MIRA®

Der Preis dieses Bandes versteht sich einschließlich der gesetzlichen Mehrwertsteuer.

*Umwelthinweis:*
Dieses Buch wurde auf chlor- und säurefreiem Papier gedruckt.

*Lisa Kleypas*

# Zaubersommer in Friday Harbor

Roman

Aus dem Amerikanischen von
Anita Sprungk

MIRA®

MIRA® TASCHENBUCH
Band 25662
1. Auflage: Mai 2013

MIRA® TASCHENBÜCHER
erscheinen in der Harlequin Enterprises GmbH,
Valentinskamp 24, 20354 Hamburg
Geschäftsführer: Thomas Beckmann



Titel der nordamerikanischen Originalausgabe:
Rainshadow Road

erschienen bei: St. Martin's Press, New York

Konzeption/Reihengestaltung: fredebold&partner gmbh, Köln
Umschlaggestaltung: fredebold&partner gmbh, Köln
Redaktion: Daniela Peter
Titelabbildung: Thinkstock/Getty Images, München
Autorenfoto: © Harlequin Enterprises S.A., Schweiz
Satz: GGP Media GmbH, Pößneck
Druck und Bindearbeiten: CPI – Ebner & Spiegel, Ulm
Printed in Germany
Dieses Buch wurde auf FSC®-zertifiziertem Papier gedruckt.
ISBN 978-3-86278-718-0

www.mira-taschenbuch.de

## *1. KAPITEL*

Als Lucy Marinn sieben Jahre alt war, geschahen drei Dinge: Ihre kleine Schwester Alice wurde krank, sie selbst durfte ihr erstes Naturlehre-Referat ausarbeiten, und sie fand heraus, dass es Wunder gab. Genauer gesagt, dass sie selbst Wunder bewirken konnte. Danach sollte sie nie wieder vergessen, dass zwischen dem Normalen und dem Außergewöhnlichen nur ein winziger Schritt liegt, nicht mehr als ein Atemzug oder ein Herzschlag.

Allerdings ist eine solche Erkenntnis nicht dazu angetan, jemanden zu einem selbstbewussten Draufgänger zu machen. Zumindest galt das für Lucy. Sie wurde eher vorsichtig, zurückhaltend und verschlossen. Denn wenn jemand Wunder bewirken kann, macht ihn das anders, zumal wenn er keine Kontrolle über seine besondere Fähigkeit hat. Und schon einem siebenjährigen Kind ist nur zu klar, dass es nicht erstrebenswert ist, auf die falsche Seite der Trennlinie zwischen normal und anders zu geraten.

Ein Problem ließ sich allerdings nicht lösen: So gut es ihr auch gelang, ihr Geheimnis zu bewahren – die bloße Tatsache, ein Geheimnis hüten zu müssen, reichte, um sie von allen anderen abzusondern.

Sie war sich nie sicher, warum sich diese Wunder ereigneten. Und sie kam nie dahinter, welche Folge von Ereignissen zum ersten Mal dazu führte, dass sie ein Wunder bewirkte. Aber sie meinte zu wissen, dass alles an dem Morgen begann, an dem Alice mit steifem Nacken, Fieber und hellrotem Ausschlag aufwachte.

Sobald Lucys Mutter entdeckte, wie Alice aussah, rief sie in Panik dem Vater zu, er solle den Arzt rufen. Lucy saß derweil im Nachthemd am Küchentisch, verängstigt durch den Aufruhr im Haus, und das Herz schlug ihr bis zum Hals, als sie sah, wie ihr Vater den Telefonhörer so hastig auf die Gabel warf, dass er wieder herunterfiel.

„Zieh dir deine Schuhe an, Lucy. Beeil dich." Die Stimme ihres Vaters, der sonst immer die Ruhe selbst war, brach beim letzten Wort. Er war kreidebleich.

„Was ist los?"

„Wir bringen Alice ins Krankenhaus."

„Muss ich auch mit?"

„Nein, du bleibst heute bei Mrs Geiszler."

Bei der Erwähnung der Nachbarin, die immer schimpfte, wenn Lucy mit dem Fahrrad über den Rasen vor ihrem Haus fuhr, protestierte sie: „Nein, das will ich nicht. Ich finde sie unheimlich."

„Nicht jetzt, Lucy." Der Blick, den ihr Vater ihr zuwarf, erstickte jeden weiteren Protest im Keim.

Sie liefen zum Auto, und ihre Mutter stieg hinten ein. Sie hielt Alice im Arm, als wäre sie ein Baby. Die Töne, die ihre kleine Schwester von sich gab, erschreckten Lucy so sehr, dass sie sich die Ohren zuhielt. Sie machte sich möglichst klein. Die Kunststoffbezüge der Autositze klebten an ihren nackten Beinen. Nachdem ihre Eltern sie bei Mrs Geiszler abgeliefert hatten, fuhren sie so eilig davon, dass die Reifen des Kleintransporters schwarze Spuren auf der Einfahrt hinterließen.

Mrs Geiszlers Gesicht legte sich in mürrische Falten, als sie Lucy ermahnte, nichts anzufassen. Das Haus stand voller Antiquitäten. Ein leicht muffiger und doch angenehmer Geruch nach alten Büchern und der Zitronenduft einer Möbelpolitur hingen in der Luft. Es war so still wie in einer Kirche, kein Fernseher, der im Hintergrund lief, keine Musik, keine Stimmen, kein Telefonklingeln.

Lucy saß regungslos auf dem mit Brokatstoff bezogenen Sofa und starrte ein Teeservice an, das sorgfältig auf dem Couchtisch arrangiert war. Das Geschirr war aus einem Glas hergestellt, wie Lucy es noch nie gesehen hatte. Jede Tasse und jede Untertasse war mit goldenen Schnörkeln und Blumen bemalt und schimmerte in irisierenden Farben, als seien Regenbogen darin gefangen. Fasziniert davon, wie die Farben sich mit jedem

Blickwinkel zu ändern schienen, kniete Lucy sich auf den Boden und neigte den Kopf mal nach links, mal nach rechts.

Mrs Geiszler trat in die Tür und lachte leise auf. Ihr Lachen klang so ähnlich wie das Knistern von Kandiszucker, wenn man heißen Tee darüber gießt. „Das ist böhmisches Glas aus Tschechien und schon seit über hundert Jahren in Familienbesitz."

„Wie haben sie die Regenbogen hineinbekommen?", fragte Lucy ehrfürchtig.

„Sie haben Metalle und Farben in das geschmolzene Glas gemischt."

Diese Offenbarung erstaunte Lucy. „Wie schmilzt man Glas?"

Aber Mrs Geiszler hatte keine Lust zu reden. „Kinder stellen viel zu viele Fragen", murrte sie und ging zurück in die Küche.

Schon bald kannte Lucy das Wort für die Krankheit ihrer fünfjährigen Schwester: Meningitis. Und sie erfuhr auch, was es bedeutete. Wenn Alice wieder nach Hause kam, würde sie sehr schwach und müde sein, und Lucy musste ein braves Mädchen sein, helfen, ihre Schwester zu pflegen, und durfte keinen Unsinn anstellen. Außerdem sollte sie nicht mit Alice streiten oder sie irgendwie aufregen. „Jetzt nicht", lautete die Antwort, die Lucy am häufigsten von ihren Eltern zu hören bekam.

Der lange ruhige Sommer erwies sich als trostlose Abkehr von der üblichen Routine. Es gab keine Spielnachmittage mit Freunden, keine Zeltlager, keine Ausflüge. Die Krankheit machte Alice zum Mittelpunkt des Familienuniversums, um den alle anderen wie instabile Planeten in ängstlichen Umlaufbahnen kreisten.

In den Wochen nach ihrer Entlassung aus dem Krankenhaus sammelten sich Unmengen von Spielzeug und neuen Büchern in Alices Zimmer. Sie durfte beim Essen aufstehen und um den Tisch herumlaufen und wurde nie aufgefordert, Bitte oder Danke zu sagen. Alice war nie zufrieden, weder mit dem größten Stück vom Kuchen noch damit, länger aufbleiben zu dürfen als die anderen Kinder. So etwas wie ‚zu viel' gab es nicht für ein Mädchen, das ohnehin schon viel zu viel hatte.

Die Marinns lebten in Seattle, im Stadtteil Ballard, in dem ursprünglich vor allem skandinavische Einwanderer gelebt und auf den Lachsfangbooten und in den Fischfabriken gearbeitet hatten. Obwohl Ballard im Laufe der Zeit gewachsen war und sich weiterentwickelt hatte, sodass die Skandinavier längst nicht mehr die größte Bevölkerungsgruppe bildeten, war das skandinavische Erbe immer noch allgegenwärtig. Lucys Mutter kochte nach Rezepten ihrer skandinavischen Vorfahren: Graved Lachs – kalt mit Salz, Zucker und Dill gebeizter Lachs. Svinemørbrad med Svedsker – mit Ingwer-Backpflaumen gefüllter Schweinerollbraten. Krumkake – knusprige Kardamom-Waffeln, die über den Stiel eines Holzlöffels zu perfekten Waffeltüten geformt wurden. Lucy half ihrer Mutter gern in der Küche, vor allem weil Alice sich nicht fürs Kochen interessierte und deshalb nie dabei störte.

Der Sommer ging, der Herbst kam, die Schule fing wieder an, und die Situation zu Hause blieb unverändert. Alice ging es wieder gut, und doch hielt sich die Familie immer noch an die Regeln, die während ihrer Krankheit gegolten hatten: Reg sie nicht auf. Wenn sie etwas will, lass sie.

Als Lucy sich deshalb beklagte, fuhr ihre Mutter sie so heftig an wie nie zuvor. „Du solltest dich für deine Eifersucht schämen! Deine Schwester wäre beinah gestorben. Sie hatte schreckliche Schmerzen. Du hast sehr, sehr großes Glück, dass du das nicht durchmachen musstest."

Noch Tage danach wurde Lucy von Schuldgefühlen gequält. Sie kamen immer wieder hoch wie Fieberschübe. Bevor ihre Mutter sie so angefahren hatte, war Lucy gar nicht klar gewesen, was an ihr nagte. Jetzt wusste sie es: Eifersucht. Und obwohl sie keine Ahnung hatte, wie sie dieses Gefühl loswerden sollte, war ihr klar, dass sie niemals darüber reden durfte.

In der Zwischenzeit konnte Lucy nur hoffen und warten, dass alles wieder so wurde wie früher. Aber das geschah nicht.

Und obwohl ihre Mutter behauptete, ihre beiden Töchter gleichermaßen zu lieben, nur auf unterschiedliche Weise, schien es Lucy, als liebe sie Alice doch nicht nur anders, sondern eben mehr.

Lucy betete ihre Mutter an. Sie hatte immer tolle Ideen, wie man sich an Regentagen beschäftigen konnte, und sie hatte nie etwas dagegen, wenn Lucy mit ihren hochhackigen Schuhen feine Dame spielen wollte. Hinter der Ausgelassenheit ihrer Mutter schien sich jedoch eine geheimnisvolle Traurigkeit zu verbergen. Hin und wieder ertappte Lucy sie dabei, dass sie irgendwo saß und verloren ins Leere starrte.

Manchmal schlich Lucy sich am frühen Morgen ins Elternschlafzimmer und kroch zu ihrer Mutter unter die Decke. Dann kuschelten sie miteinander, bis Lucys nackte Füße wieder warm waren. Ihr Vater ärgerte sich jedes Mal, wenn er Lucy im Ehebett entdeckte, und er grummelte sie an, sie solle in ihr Zimmer verschwinden. „Nur noch ein Weilchen", murmelte ihre Mutter dann und schlang ihre Arme fest um Lucy. „Ich liebe es, den Tag so zu beginnen." Und Lucy kuschelte sich noch dichter an sie.

Doch wenn es Lucy nicht gelang, ihre Mutter zufriedenzustellen, erlebte sie immer wieder Rückschläge. Zum Beispiel, wenn die Lehrerin ihr einen Tadel mitgab, weil Lucy sich während des Unterrichts unterhalten hatte. Oder wenn sie eine schlechte Note für eine Mathearbeit bekam oder nicht genug am Klavier geübt hatte. Dann reagierte ihre Mutter abweisend und verschlossen. Lucy verstand nie, warum sie das Gefühl hatte, sich ihre Zuneigung verdienen zu müssen, während Alice alles einfach so bekam. Nach ihrer beinah tödlichen Erkrankung wurde Alice mit größter Nachsicht behandelt und nach Strich und Faden verwöhnt. Sie hatte schreckliche Manieren, fiel jedem ins Wort, spielte bei den Mahlzeiten mit dem Essen herum, riss anderen Dinge aus den Händen, und ihre Eltern ignorierten das einfach.

Eines Abends, als die Marinns ausgehen und ihre Töchter einem Babysitter überlassen wollten, heulte und schrie Alice so lange herum, bis die Eltern um des lieben Friedens willen ihre Verabredung zum Essen absagten und zu Hause blieben. Sie ließen sich Pizza kommen und aßen sie am Küchentisch, beide noch ausgehfein angezogen. Der Schmuck ihrer Mutter funkelte und glitzerte im Licht der Küchenlampe.

Alice nahm sich ein Stück Pizza und verschwand damit im Wohnzimmer, um sich einen Trickfilm anzusehen. Lucy nahm daraufhin ihren Teller und wollte ihr ins Wohnzimmer folgen.

„Lucy“, sagte ihre Mutter. „Du bleibst am Tisch, bis du fertig bist mit Essen.“

„Aber Alice isst im Wohnzimmer.“

„Sie ist noch zu klein, um das zu verstehen.“

Überraschenderweise mischte ihr Vater sich ein. „Sie ist nur zwei Jahre jünger als Lucy, und soweit ich mich entsinne, durfte Lucy nie beim Essen herumwandern.“

„Alice hat immer noch nicht wieder das Gewicht erreicht, das sie vor der Meningitis hatte“, gab ihre Mutter scharf zurück. „Lucy, komm sofort an den Tisch zurück.“

Das war so unfair, dass es Lucy den Hals zuschnürte. Sie trug so langsam wie möglich ihren Teller an den Küchentisch zurück und fragte sich dabei, ob ihr Vater wohl zu ihren Gunsten eingreifen würde. Aber er schüttelte nur den Kopf und schwieg.

„Lecker“, sagte Lucys Mutter fröhlich und biss in ihre Pizza, als handele es sich um eine besondere Delikatesse. „Darauf hatte ich gerade richtig Appetit. Mir war so gar nicht nach Ausgehen. Es ist ja viel schöner, gemütlich zu Hause zu sitzen.“

Lucys Vater sagte nichts dazu. Er aß seine Pizza auf, stellte seinen leeren Teller in die Spüle und verschwand in seinem Arbeitszimmer, um zu telefonieren.

„Meine Lehrerin hat gesagt, ich soll dir das geben“, erklärte Lucy und hielt ihrer Mutter einen Zettel hin.

„Nicht jetzt, Lucy. Ich bin dabei, das Essen vorzubereiten.“ Cherise Marinn schnitt Sellerie auf einem Holzbrett. Das Messer teilte die Stangen in kleine u-förmige Stücke. Da Lucy geduldig wartend stehen blieb, warf ihre Mutter ihr einen Blick zu und seufzte. „Erzähl mir einfach, worum es geht, Schatz."

„Anweisungen für ein Naturlehre-Referat. Wir haben drei Wochen Zeit, es auszuarbeiten."

Lucys Mutter hatte das Ende der Selleriestange erreicht, legte das Messer weg und griff nach dem Zettel. Sie runzelte beim Lesen die Stirn. „Das sieht nach einem zeitraubenden Projekt aus. Müssen alle Schüler daran teilnehmen?"

Lucy nickte.

Ihre Mutter schüttelte den Kopf. „Ich wünschte, diese Lehrer wüssten, was sie den Eltern damit zumuten. Was das wieder an Zeit kostet!"

„Du musst ja nichts tun, Mommy. Ich soll die ganze Arbeit machen."

„Aber irgendwer muss mit dir losziehen und die benötigten Materialien kaufen. Außerdem muss jemand dabei sein, wenn du deine Experimente machst, und dir helfen, dich auf die mündliche Präsentation vorzubereiten."

Lucys Vater betrat die Küche. Wie immer nach einem langen Arbeitstag wirkte er müde und abgespannt. Philipp Marinn lehrte Astronomie an der Universität Washington und arbeitete nebenher als Berater für die NASA. Deshalb schien es häufig so, als besuche er sein Zuhause nur gelegentlich, statt dort zu leben. An den Abenden, an denen er es tatsächlich schaffte, rechtzeitig zum Abendessen nach Hause zu kommen, mussten seine Frau und seine beiden Töchter trotzdem oft allein essen, weil er stundenlang mit Kollegen telefonierte. Er wusste weder, wie die Freundinnen, Lehrer und Sporttrainer der Mädchen hießen, noch wie ihr Stundenplan aussah. Deshalb war Lucy auch sehr überrascht von dem, was ihre Mutter als Nächstes sagte.

„Lucy braucht deine Hilfe bei ihrem Naturlehre-Referat. Ich habe mich gerade als freiwillige Helferin für Alices Kindergartengruppe gemeldet. Damit habe ich schon mehr als genug um die Ohren." Sie reichte ihm den Zettel, nahm das Schneidebrett und ließ die Selleriestückchen in die Suppe gleiten, die auf dem

Herd vor sich hin köchelte.

„Großer Gott." Stirnrunzelnd und leicht abwesend überflog er den Text. „Dafür habe ich keine Zeit."

„Du wirst sie dir nehmen müssen."

„Hmm, ich könnte einen meiner Studenten bitten, ihr zu helfen. Was meinst du? Als Aufgabe, die ihm Zusatzpunkte einbringt."

Ihre Mutter runzelte die Stirn, ihre Lippen wurden schmal. „Philipp, wie kannst du nur darauf kommen, deine Tochter an einen Collegestudenten abschieben zu wollen ..."

„Das war ein Scherz", warf er hastig ein, aber Lucy nahm ihm das nicht wirklich ab.

„Dann bist du also bereit, Lucy bei dieser Aufgabe zu helfen?"

„Ich habe ja wohl keine andere Wahl."

„Das wird eure Bindung festigen."

Er warf Lucy einen resignierten Blick zu. „Brauchen wir das? Müssen wir unsere Bindung festigen?"

„Ja, Daddy."

„Na schön. Weißt du schon, was für ein Experiment du durchführen willst?"

„Das wird ein Referat", gab Lucy zurück. „Über Glas."

„Wie wäre es mit einem Projekt zum Thema ‚Weltall'? Wir könnten ein Modell des Sonnensystems bauen oder beschreiben, wie Sterne entstehen ..."

„Nein, Daddy. Es muss um Glas gehen."

„Warum?"

„Es muss einfach." Lucy war absolut fasziniert von Glas. Jeden Morgen bewunderte sie das vielseitige Material, aus dem ihr Trinkglas bestand. Wie vollkommen die Farben der Flüssigkeit darin leuchteten, wie leicht es Hitze, Kälte und Vibrationen übertrug.

Ihr Vater nahm sie mit in die Bücherei und suchte Bücher für Erwachsene zum Thema ‚Glas und Glaswaren' heraus. Er war der Meinung, Kinderbücher zum Thema gäben nicht genug her. Lucy lernte, dass Substanzen aus Molekülen, die wie Ziegelsteine aufeinandergestapelt waren, nicht durchsichtig waren. Aber wenn eine Substanz aus zufällig zusammengewürfelten Molekülen, wie Wasser oder aufgekochter Zucker oder Glas, bestand, dann fand das Licht einen Weg zwischen den Molekülen hindurch.

„Sag mir, Lucy", fragte ihr Vater, während sie ein Diagramm auf die Schautafel klebten, „ist Glas eine Flüssigkeit oder eine feste Substanz?"

„Es ist eine Flüssigkeit, die sich verhält wie eine feste Substanz."

„Du bist ein sehr kluges Mädchen. Möchtest du als Wissenschaftlerin arbeiten, wenn du erwachsen bist?"

Sie schüttelte den Kopf.

„Was willst du denn werden?"

„Eine Glaskünstlerin." In letzter Zeit träumte Lucy mehr und mehr davon, Dinge aus Glas herzustellen. Im Schlaf sah sie, wie Licht durch bonbonfarbige Fenster fiel und an den Scheiben gebrochen wurde ... Sie sah Glas, das herumwirbelte und sich bewegte wie exotische Meereslebewesen, Vögel, Blumen im Wind.

Ihr Vater wirkte beunruhigt. „Nur wenige Menschen können als Künstler ihren Lebensunterhalt bestreiten. Nur die Berühmten verdienen Geld damit."

„Dann werde ich eine berühmte Künstlerin", gab Lucy fröhlich zurück und malte die Buchstaben auf der Schautafel bunt an.

Am Wochenende besuchte ihr Vater mit ihr eine Glasbläserwerkstatt, wo ein Mann mit rotem Bart ihr die Grundlagen seines Handwerks zeigte. Fasziniert drängte Lucy sich so dicht an ihn heran, wie ihr Vater es ihr gerade noch erlaubte.

Nachdem der Glasbläser in einem Hochtemperatur-Schmelzofen Sand geschmolzen hatte, stieß er eine lange Metallstange in den Ofen und nahm damit einen glühend roten Klumpen geschmolzenes Glas auf. Die Luft roch nach heißem Metall,

Schweiß, verbrannter Tinte und Asche von den nassen Zeitungen, mit deren Hilfe das Glas von Hand geformt wurde.

Immer wieder nahm der Glasbläser noch mehr von der feurig glühenden Masse auf, drehte sie ständig, erhitzte sie wieder und wieder. Dann streute er blaue Glasfritte, ein fein gemahlenes Pulver aus farbigem Glas, darüber und rollte die Masse auf einem Stahltisch hin und her, um die Farbe gleichmäßig zu verteilen.

Lucy sah mit großen Augen zu. Sie wollte alles lernen, was es über diesen geheimnisvollen Vorgang zu erfahren gab, jeden Verarbeitungsschritt, jede Möglichkeit, Glas zu schneiden, miteinander zu verschmelzen, zu färben und zu formen. Noch nie war ihr etwas so wichtig und wissenswert erschienen.

Bevor sie die Werkstatt verließen, kaufte ihr Vater ihr einen mundgeblasenen Heißluftballon aus Glas, der mit schimmernden Streifen in Regenbogenfarben bemalt war. Dieser Ballon hing in einem kleinen Ständer aus Messingdraht. Für Lucy war dieser Tag der schönste ihrer ganzen Kindheit.

Etwas später in derselben Woche kam Lucy am frühen Abend vom Fußballtraining nach Hause. Der Himmel wurde bereits dunkel und war mit leichten Schleierwolken überzogen, sodass er silbrig glänzte wie die Wachsschicht auf einer reifen Pflaume. Steifbeinig, weil sie noch ihre Schienbeinschützer trug, betrat sie ihr Zimmer. Die Lampe auf ihrem Nachttisch brannte, und davor stand Alice und hielt etwas in der Hand.

Lucy musterte sie zornig. Alice durfte ihr Zimmer nicht ohne Erlaubnis betreten, aber der Umstand, dass Lucys Zimmer tabu war, machte es für Alice nur umso interessanter. Lucy hatte ohnehin schon vermutet, dass ihre Schwester sich ab und zu heimlich in ihr Zimmer schlich, seitdem sie einmal festgestellt hatte, dass ihre Plüschtiere und Puppen nicht am gewohnten Platz lagen.

Überrascht drehte Alice sich um, etwas fiel ihr aus den Händen und zerbarst klirrend auf dem Fußboden. Sie zuckten beide erschrocken zusammen. Ein Ausdruck von Schuldbewusstsein huschte über Alices schmales Gesicht.

Stumm starrte Lucy auf die glitzernden Scherben auf dem Holzfußboden. Es war der mundgeblasene Heißluftballon, den ihr Vater für sie gekauft hatte.

„Warum bist du hier drin?“, fragte sie endlich, ungläubig und zornig. „Das ist mein Zimmer. Der Ballon hat mir gehört. Mach, dass du rauskommst!“

Alice brach in Tränen aus und blieb reglos inmitten der Scherben stehen.

Von dem Lärm alarmiert, kam ihre Mutter ins Zimmer gerannt. „Alice!“ Sie lief auf das Mädchen zu und hob es hoch, weg von den Glasscherben. „Baby, bist du verletzt? Was ist passiert?“

„Lucy hat mich erschreckt“, schluchzte Alice.

„Sie hat meinen Glasballon fallen lassen“, stieß Lucy wütend hervor. „Sie ist einfach in mein Zimmer gegangen, ohne zu fragen, und hat ihn kaputt gemacht.“

Ihre Mutter hielt Alice im Arm und strich ihr übers Haar. „Das Wichtigste ist doch, dass niemandem etwas passiert ist.“

„Das Wichtigste ist, dass sie etwas kaputt gemacht hat, das mir gehört!“

Ihre Mutter wirkte verärgert und traurig. „Sie war doch nur neugierig. Das war ein Versehen, Lucy.“

Zornig funkelte Lucy ihre kleine Schwester an. „Ich hasse dich. Komm ja nie wieder hier rein, oder ich reiße dir den Kopf ab.“

Die Drohung löste einen neuen Tränenschwall bei Alice aus, und das Gesicht ihrer Mutter verdüsterte sich. „Das reicht jetzt, Lucy. Ich erwarte von dir, dass du nett zu deiner Schwester bist, zumal sie so krank war.“

„Sie ist nicht mehr krank“, gab Lucy zurück, aber ihre Worte gingen im heftigen Schluchzen ihrer Schwester unter.

„Ich kümmere mich um Alice“, fuhr ihre Mutter fort, „und dann komme ich wieder und beseitige die Scherben. Fass sie nicht an, diese Glassplitter sind scharf wie Rasierklingen. Um Himmels willen, Lucy, ich kaufe dir einen neuen Glasballon."

„Ich will keinen neuen Glasballon", erwiderte Lucy trotzig, aber ihre Mutter hatte bereits das Zimmer verlassen, Alice auf dem Arm.

Lucy kniete sich vor die Scherben, die auf dem Holzfußboden wie Seifenblasen in allen Regenbogenfarben schimmerten. Leise schluchzend kauerte sie sich zusammen und starrte auf den zerbrochenen Ballon, bis ihr alles vor Augen verschwamm. Sie war erfüllt von Wut, Trauer und einem sehnsüchtigen, nagenden, verzweifelten Verlangen nach Liebe. Doch plötzlich schienen ihre Gefühle sich von ihr zu lösen und einfach in der Luft zu verschwinden …

Im schwachen Licht der Lampe erwachten kleine Lichtpunkte zum Leben. Lucy schluckte die Tränen hinunter, schlang ihre Arme um ihren Oberkörper und atmete zittrig ein. Sie blinzelte verwirrt, als das tanzende Licht sich vom Boden erhob und um sie herumwirbelte. Erstaunt wischte sie sich die Tränen aus den Augen und beobachtete, wie die Lichter um sie kreisten und tanzten. Endlich begriff sie, was sie sah.

Glühwürmchen.

Ein Wunder nur für sie allein.

Jede einzelne Glasscherbe hatte sich in einen lebendigen Funken verwandelt. Langsam wand sich der tanzende Schwarm Glühwürmchen zum offenen Fenster hinaus in die Nacht.

Als ein paar Minuten später ihre Mutter ins Zimmer zurückkam, saß Lucy auf der Bettkante und starrte aufs Fenster.

„Was ist mit dem Glas passiert?", fragte ihre Mutter.

„Es ist verschwunden", antwortete Lucy abwesend.

Dieses Wunder war ihr Geheimnis. Lucy wusste nicht, woher es gekommen war. Sie wusste nur, dass es den Raum finden würde, den es brauchte, und darin zum Leben erwachen würde – so wie Blumen, die in den Ritzen zwischen Gehwegplatten wuchsen.

„Ich habe dir doch gesagt, du sollst nichts anfassen. Du hättest dir die Finger aufschneiden können."

„Tut mir leid, Mommy." Lucy griff nach dem Buch auf ihrem Nachttischchen und schlug es blind auf, starrte auf die Seiten, ohne etwas zu sehen.

Sie hörte ihre Mutter seufzen. „Lucy, du musst geduldiger mit deiner kleinen Schwester sein."

„Ich weiß."

„Sie ist immer noch sehr empfindlich nach allem, was sie durchgemacht hat."

Lucy hob den Blick nicht von dem Buch in ihren Händen und schwieg beharrlich, während sie darauf wartete, dass ihre Mutter endlich das Zimmer verließ.

Nach einem flüchtigen Abendessen, bei dem nur Alice mit ihrem Geplapper das Schweigen übertönte, half Lucy, den Tisch abzuräumen. In ihrem Kopf jagten sich verwirrende Gedanken. Es hatte den Anschein, als seien ihre Gefühle so übermächtig gewesen, dass sie dem Glas eine neue Form gegeben hatten. Hatte das Glas vielleicht versucht, ihr etwas zu sagen?

Sie ging in das Arbeitszimmer ihres Vaters. Der hatte gerade den Telefonhörer in der Hand und wählte. Er mochte es nicht, bei der Arbeit gestört zu werden, aber sie musste ihn etwas fragen. „Daddy", sprach sie ihn zögernd an.

Daran, wie seine Schultern sich anspannten, erkannte sie, dass die Störung ihn ärgerte. Aber seine Stimme klang freundlich, als er den Hörer wieder auflegte und antwortete. „Ja, Lucy, was ist denn?"

„Was hat es zu bedeuten, wenn man ein Glühwürmchen sieht?"

„Ich fürchte, hier in Washington bekommst du keine Glühwürmchen zu sehen. So weit im Norden gibt es die nicht."

„Ja, aber was haben sie zu bedeuten?"

„Du meinst ihre symbolische Bedeutung?" Er dachte einen Moment nach. „Bei Tageslicht ist das Glühwürmchen ein unauffälliges Insekt. Du wüsstest nicht einmal, was du da siehst, würdest es für einen ganz normalen Käfer halten. Aber bei

Nacht leuchten die Glühwürmchen. Sie haben ihre eigene Lichtquelle. Bei Dunkelheit zeigt sich ihre schönste Gabe." Er lächelte, als er Lucys hingerissenen Gesichtsausdruck sah. „Das ist eine außergewöhnliche Fähigkeit für ein so unscheinbar aussehendes Lebewesen, findest du nicht?"

Von da an geschahen Wunder, wenn Lucy sie am dringendsten brauchte. Und manchmal leider auch, wenn sie sich das am allerwenigsten wünschte.

## 2. KAPITEL

„Es fällt mir schwer, jemandem zu vertrauen“, hatte Lucy Kevin gestanden, kurz nachdem sie einander kennengelernt hatten.

Er hatte sie in die Arme genommen und ihr zugeflüstert: „Mir kannst du vertrauen.“

Jetzt lebte sie schon seit zwei Jahren mit Kevin Pearson zusammen und glaubte immer noch nicht recht an ihr Glück. Er war alles, was sie sich hätte wünschen können. Ein Mann, der wusste, wie wichtig und bedeutungsvoll kleine Gesten waren. Eines Tages hatte er Lucys Lieblingsblumen in den Vorgarten des Hauses gepflanzt, in dem sie gemeinsam wohnten. Manchmal rief er sie mitten am Tag an, ohne dass es dafür einen Grund gab. Er war ein geselliger Mensch und lotste Lucy oft aus ihrer Werkstatt, um mit ihr auf eine Party zu gehen oder sich mit Freunden zum Essen zu treffen.

Die Besessenheit, mit der sie ihrer Arbeit nachging, hatte in ihren früheren Beziehungen für Probleme gesorgt. Obwohl sie viele verschiedene Dinge anfertigte – Mosaiken, Lampenschirme und sogar kleinere Möbelstücke –, arbeitete sie am allerliebsten an Buntglasfenstern.

Lucy hatte nie einen Mann gefunden, der sie auch nur halb so sehr faszinierte wie ihre Arbeit. Infolgedessen war sie eine bedeutend bessere Künstlerin als Partnerin. Mit Kevin hatte sich das geändert. Er hatte Lucy Sinnlichkeit und Vertrauen gelehrt, und sie hatten Augenblicke miteinander erlebt, in denen Lucy sich ihm näher fühlte als jemals einem Menschen zuvor. Und dennoch gab es immer noch eine winzige, aber unüberbrückbare Distanz zwischen ihnen, die es ihnen unmöglich machte, die grundlegenden Wahrheiten des jeweils anderen zu erkennen.

Durch das halb geöffnete Fenster der umgebauten Garage drang eine kühle Brise, die trotz des trügerischen Sonnenscheins daran erinnerte, dass erst April war. Lucy hatte in ihrem

Kunstatelier alle Werkzeuge, die sie brauchte: einen Leuchttisch, auf dem sie Teile zuschneiden und arrangieren konnte, eine Lötstation, Regale für Glasscheiben, einen Schmelzofen. Draußen vor dem Eingang hing ein fröhliches Glasmosaik, das die Silhouette einer Frau auf einer altmodischen Schaukel vor einem überirdisch anmutenden Hintergrund zeigte. Darunter waren in schwungvollen goldenen Schriftzeichen die Worte *Swing On A Star* eingeätzt – *Die Sternenschaukel.*

Vom nahen Hafen tönten das fröhliche Kreischen der Möwen und das Schiffshorn einer anlegenden Fähre herüber. Obwohl San Juan Island zum Staat Washington gehörte, glaubte man sich auf der Insel in einer anderen Welt. Sie lag auf der Regenschattenseite der Olympic Mountains. Selbst wenn es in Seattle grau, trübe und regnerisch war, schien hier die Sonne. Die Küste war gesäumt von einsamen Stränden, im Inselinneren wuchsen dichte Nadelwälder. Im Frühling und im Herbst, zur Zeit der Lachswanderungen, konnte man draußen auf dem Wasser die Atemwolken der Schwertwale sehen, wenn sie die Lachse jagten.

Sorgfältig ordnete Lucy Glasteile an und wieder um, bevor sie einzelne Stücke auf die mit einer dünnen Schicht Fliesenkleber bestrichene Tischplatte drückte. Das Mosaik bestand aus einer bunten Mischung von Strandglas, zerbrochenem Porzellan, Murano- und Millefiori-Glas, die rund um einen Wirbel aus Kristallglas angeordnet waren. Der Tisch sollte ein Geburtstagsgeschenk für Kevin werden. Sie wusste, dass ihm das Muster gefallen würde, denn er hatte es im Entwurf gesehen und bewundert.

Lucy war so in ihre Arbeit vertieft, dass sie darüber vollkommen das Mittagessen vergaß. Irgendwann am frühen Nachmittag klopfte es an der Tür, und Kevin trat ein.

„Hey“, lächelte Lucy ihm entgegen und breitete ein Tuch über das Mosaik, damit er es nicht sah. „Was tust du denn hier? Willst du mich auf ein Sandwich einladen? Ich komme fast um vor Hunger.“

Aber Kevin gab keine Antwort. Seine Gesichtszüge waren angespannt, und er wich ihrem Blick aus. „Wir müssen reden", sagte er.

„Worüber?"

Er holte tief Luft. „Das funktioniert nicht für mich."

Lucy entnahm seiner Miene, dass irgendetwas ganz und gar nicht stimmte. Es überlief sie eiskalt. „Was ... was funktioniert nicht für dich?"

„Wir. Unsere Beziehung."

Verblüffung und aufkommende Panik machten es ihr unmöglich, klar zu denken, und sie brauchte etliche Augenblicke, um sich zu fangen.

„Es liegt nicht an dir", fuhr Kevin fort. „Ich meine, du bist toll. Ich hoffe, du glaubst mir das. Aber in letzter Zeit war mir das nicht genug. Nein ... das ist der falsche Ausdruck. Eher im Gegenteil. Du bist vielleicht einfach zu viel für mich. Ich habe das Gefühl, in dieser Beziehung keinen Freiraum zu haben. Ich fühle mich eingeengt. Verstehst du, was ich sagen will?"

Sprachlos starrte Lucy auf die Glasscherben auf ihrer Werkbank. Wenn sie sich auf etwas anderes konzentrierte, irgendetwas anderes als Kevin, vielleicht redete er dann ja nicht weiter.

„... ist es mir sehr wichtig, das absolut klarzustellen, damit ich am Schluss nicht als der Böse dastehe. Niemand muss als der Böse dastehen. Es ist einfach nur ermüdend, Lucy: Andauernd muss ich dir versichern, dass mir diese Beziehung genauso wichtig ist wie dir. Wenn du dich auch nur für eine Minute in meine Lage versetzen könntest, würdest du verstehen, warum ich eine Auszeit davon nehmen muss. Eine Auszeit von uns."

„Du nimmst keine Auszeit." Lucy griff mit zitternden Fingern nach einem Glasschneider und tauchte die Spitze in Öl. „Du machst Schluss mit mir." Sie konnte es nicht fassen. Selbst als sie ihre eigenen Worte hörte, konnte sie es einfach nicht glauben. Mithilfe eines L-förmigen Lineals ritzte sie ein Stück Glas. Ihr war kaum bewusst, was sie da tat.

„Siehst du, genau das meine ich. Diesen Tonfall. Ich weiß,

was du denkst. Du hast dir schon immer Sorgen gemacht, ich könnte dich verlassen. Und jetzt, wo ich es tue, glaubst du, du hättest schon immer recht gehabt. Aber das stimmt einfach nicht." Kevin hielt inne, sah zu, wie sie das Glas mit zwei Laufzangen fasste. Ein geübter Griff, und die Glasscheibe brach sauber entlang der eingeritzten Linie auseinander. „Ich sage ja nicht, dass es deine Schuld ist. Alles, was ich sage, ist: Meine Schuld ist es nicht."

Übertrieben vorsichtig legte Lucy die beiden Glasstücke und die Laufzangen beiseite. Sie fühlte sich wie im freien Fall, obwohl sie doch still dasaß. War sie eine Närrin, dass das Ganze sie so überraschte? Hatte es Warnzeichen gegeben, die sie übersehen hatte? Warum nur war sie so blind gewesen?

„Du hast gesagt, du liebst mich", sagte sie und wand sich innerlich, weil das so mitleidheischend klang.

„Ich habe dich geliebt. Ich liebe dich immer noch. Genau deshalb fällt mir die Sache ja so schwer. Mir tut das genauso weh wie dir. Ich hoffe, du begreifst das."

„Gibt es eine andere?"

„Wenn es so wäre, hätte das nichts damit zu tun, warum ich eine Pause von uns brauche."

Sie hörte, wie verletzt und gequält ihre eigene Stimme klang. „Du sagst, du machst eine Pause, als meintest du eine Kaffeepause. Aber es geht dir nicht um eine Pause. Du machst Schluss für immer."

„Ich wusste, dass du sauer sein würdest. Ich wusste es. Ganz egal, wie ich es anstelle, es ist immer verkehrt."

„Was hast du denn erwartet? Begeisterung? Freudentänze?"

„Es tut mir leid. Es tut mir leid! Wie oft soll ich es sagen? Ich kann es nicht noch mehr bedauern als im Moment. Ich habe getan, was in meiner Macht stand, und es tut mir leid, dass ich nicht gut genug für dich war. Nein, ich weiß: Du hast nie gesagt, dass ich nicht gut genug bin, aber ich habe es trotzdem bemerkt. Denn was ich auch tat, es ist mir nicht gelungen, deine Unsicherheit zu überwinden. Und schließlich musste ich mir eingestehen, dass diese Beziehung für mich nicht funktioniert. Das hat mir keinen Spaß gemacht, das kannst du mir glauben. Wenn es das für dich einfacher macht: Ich fühle mich beschissen."

Angesichts ihres verständnislosen Blicks seufzte Kevin kurz auf. „Schau, da ist noch etwas. Das musst du von mir erfahren, bevor es dir irgendjemand anders steckt. Als ich begriffen habe, dass unsere Beziehung in einer Krise war, musste ich mit jemandem darüber reden. Ich wandte mich an ... eine befreundete Person. Und je mehr Zeit wir miteinander verbrachten, desto näher kamen wir uns. Wir hatten beide keine Kontrolle darüber. Es ist einfach passiert."

„Du gehst mit einer anderen? Noch bevor du mit mir Schluss gemacht hast?"

„Emotional hatte ich mich längst von dir getrennt. Ich hatte nur noch nicht mit dir darüber gesprochen. Ich weiß, ich hätte anders damit umgehen sollen. Tatsache ist aber, dass ich mich neu orientieren muss. Das ist am besten für uns beide. Aber was es wirklich hart für alle Beteiligten macht, mich eingeschlossen, ist der Umstand, dass dir die Person, mit der ich jetzt zusammen bin ... nahesteht."

„Sie steht mir nah? Du meinst, sie ist eine meiner Freundinnen?"

„Ähm, nicht ganz ... es ist ... Alice."

Alles in ihr zog sich zusammen. Sie fühlte sich, als hätte sie gerade noch im letzten Moment einen Sturz vermieden, während das Adrenalin bereits durch ihre Adern rauschte. Lucy brachte kein Wort heraus.

„Sie hat das genauso wenig geplant wie ich", sagte Kevin.

Lucy blinzelte, schluckte. „Was hat sie nicht geplant? Du ... du gehst mit meiner Schwester? In sie hast du dich verliebt?"

„Ich hatte das nicht vor."

„Hast du mit ihr geschlafen?"

Beschämtes Schweigen gab ihr die Antwort.

„Raus hier", sagte sie.

„Okay, aber ich will nicht, dass du ihr die Schuld ..."

„Raus hier. Mach, dass du rauskommst!" Lucy hatte die Nase voll. Sie war sich nicht sicher, was sie als Nächstes tun würde, aber sie wollte Kevin nicht dabei haben, wenn sie es tat.

Er wandte sich zur Tür. „Wir sprechen später noch mal darüber, wenn du in Ruhe darüber nachdenken konntest, in Ordnung? Ich möchte nämlich, dass wir Freunde bleiben. Aber da ist noch etwas, Lucy … Alice wird schon bald hier einziehen. Du musst dir also eine neue Bleibe suchen."

Lucy schwieg. Vollkommen geschockt saß sie noch minutenlang wortlos da, nachdem er längst fort war.

Verbittert fragte sie sich, warum diese Entwicklung sie so überraschte. Das Muster war nämlich immer dasselbe. Alice hatte stets bekommen, was sie wollte. Sich immer genommen, was sie brauchte. Und nie einen Gedanken an die Konsequenzen verschwendet. Jedes Mitglied der Familie Marinn setzte Alice an erste Stelle, und natürlich tat Alice selbst das auch. Es wäre leicht gewesen, sie zu hassen, aber manchmal zeigte Alice eine Mischung aus Verletzlichkeit und Schwermut, die an die stille Traurigkeit ihrer Mutter erinnerte. Lucy war immer diejenige gewesen, die sich um Alice kümmerte. Sie bezahlte die Rechnung im Restaurant, wenn sie gemeinsam essen gingen. Borgte ihr Geld, das sie nie zurückerhielt. Lieh ihr Kleider und Schuhe, die sie nie wiederbekam.

Alice war klug und redegewandt, aber es war ihr schon immer schwergefallen, etwas zu Ende zu bringen. Sie wechselte häufig den Arbeitsplatz, fing Projekte an und schloss sie nie ab, beendete Beziehungen, bevor sie sich entwickeln konnten. Der erste Eindruck, den sie auf andere machte, war immer großartig. Sie war charismatisch, attraktiv und witzig. Aber sie lernte Leute ebenso schnell kennen, wie sie sich ihnen wieder entfremdete. Offensichtlich mangelte es ihr einfach an der Ausdauer für die banalen Alltagssituationen, die eine Beziehung festigten.

In den letzten anderthalb Jahren hatte sie als Junior-Drehbuchschreiberin für eine langfristig angelegte Daily Soap gearbeitet. Länger hatte sie es noch in keinem Job ausgehalten. Sie lebte in Seattle und flog gelegentlich nach New York, um den Handlungsrahmen der TV-Serie mit den Chefautoren zu besprechen. Lucy hatte sie selbst mit Kevin bekannt gemacht, und sie waren ein paarmal gemeinsam ausgegangen, aber Alice hatte nie Interesse an ihm gezeigt. Dummerweise war Lucy nie der Verdacht gekommen, dass Alice sich nicht nur ihre Sachen „borgte", sondern sogar so weit ging, ihr den Freund zu stehlen.

Wie hatte es zwischen den beiden angefangen? Wer hatte den ersten Schritt getan? War Lucy wirklich so anhänglich, dass Kevin die Flucht ergreifen musste? Wenn die Schuld nicht bei ihm lag, dann konnte sie nur bei ihr liegen, oder? Irgendwer musste Schuld haben.

Sie kniff die Augen zu, um die Tränen zurückzuhalten.

Wie dachte man über etwas nach, das so wehtat? Was fing man mit den Erinnerungen, Gefühlen und Bedürfnissen an, die plötzlich in der Luft hingen?

Mühsam rappelte Lucy sich auf und ging hinüber zu ihrem alten Fahrrad, das neben der Tür stand. Es war ein altes türkisfarbenes Citybike der Marke *Schwinn* mit drei Gängen und einem Korb vor dem Lenker, ein echter Oldtimer. Sie griff nach dem Schutzhelm, der an einem Haken neben der Tür hing, und schob das Rad nach draußen.

Es war dunstig geworden. Am Horizont streckten Douglasien ihre Spitzen den Wolken entgegen, die wie feinster Seifenschaum den Himmel überzogen. Die feuchte Kühle ließ Lucy frösteln, als ein Windhauch ihre nackten Arme streifte. Ohne Richtung, ohne Ziel fuhr sie los. Sie trat in die Pedalen, bis ihre Beinmuskeln brannten und ihre Brust schmerzte. Dann hielt sie auf einem Parkstreifen neben der Straße an. Von hier führte ein schmaler Pfad hinunter zu einer Bucht im Westen der Insel. Sie schob das Rad über den unebenen Pfad, bis sie an die steilen Klippen aus verwittertem rotem Basalt mit Einschlüssen von reinem Kalkstein kam. Es war Ebbe. Unten am Strand tippelten

Raben und Möwen über den Sand und suchten zwischen dem Treibgut nach Fressbarem.

Die Ureinwohner der Insel, ein Stamm der Küsten-Salish, hatten hier früher Muscheln und Austern gefischt und Lachse in ihren Netzen gefangen. Sie glaubten, die Fülle an Nahrung, die diese Meerenge ihnen bot, sei das Geschenk einer Frau, die vor langer, langer Zeit das Meer geheiratet habe. Eines Tages ging sie schwimmen, und die See nahm die Form eines hübschen jungen Mannes an, der sich in sie verliebt hatte. Ihr Vater gab nur zögerlich seine Einwilligung zur Hochzeit, und anschließend verschwand die Frau mit ihrem Geliebten im Ozean. Zum Dank dafür bot das Meer den Inselbewohnern seither reiche Ernten.

Schon als Kind hatte Lucy diese Geschichte geliebt. Sie war fasziniert von der Vorstellung, eine Liebe könne so allumfassend sein, dass es nichts ausmachte, sich darin zu verlieren. Alles dafür aufzugeben. Aber diese romantische Form der Liebe gab es nur in der Kunst, in der Literatur und in der Musik. Sie hatte nichts mit dem wahren Leben gemein.

Jedenfalls nicht mit ihrem Leben.

Sie stellte ihr Rad auf den Ständer, nahm den Helm ab und machte sich auf den Weg hinunter zum Strand am Fuß der Klippen. Er bestand aus Kies, größeren runden Steinen und Flächen aus grauem Sand, auf denen sich Treibholz angesammelt hatte. Während sie langsam dahinschlenderte, überlegte sie, was sie jetzt tun sollte. Kevin wollte sie aus dem Haus haben. An einem einzigen Nachmittag hatte sie ihr Zuhause, ihren Partner und ihre Schwester verloren.

Die Wolken senkten sich und vertrieben das restliche Tageslicht. In der Ferne ließ eine Gewitterwolke Regenschauer auf den Ozean niedergehen. Sie bewegten sich wie Gardinen im Wind. Ein Rabe erhob sich über dem Wasser in die Luft, die Schwungfedern seiner Flügel gespreizt wie Finger. Er schwang sich in einen Aufwind und flog landeinwärts davon. Das Gewitter kam auf sie zu. Lucy wusste, dass sie besser daran tat, hier zu verschwinden und sich irgendwo unterzustellen. Aber sie wusste nicht, wohin sie gehen sollte.

Tränen verschleierten ihr den Blick. Trotzdem entdeckte sie den grünen Schimmer zwischen den Kieseln. Sie bückte sich danach. Manchmal wurden Flaschen, die auf dem offenen Meer entsorgt wurden, ans Ufer gespült und von der Brandung zerschlagen. Ihre Scherben wurden von Sand und Wellen zu matten Kugeln geschliffen, die wie farbige Kiesel wirkten.

Sie schloss ihre Hand um das Stück Seeglas und schaute gedankenverloren zu, wie die Wellen gegen den Strand schlugen. Das Meer hatte eine bleigraue Farbe angenommen, die Farbe von Trauer, Verbitterung und schrecklichster Einsamkeit. Betrogen worden zu sein war schon bitter genug. Das Schlimmste aber war die Art und Weise, denn sie zerstörte Lucys Selbstvertrauen. Wenn man feststellen musste, sich so sehr geirrt zu haben, dann konnte man sich niemals wieder einer Sache ganz sicher sein.

Ihre Faust brannte wie Feuer. Sie spürte, wie sich etwas in ihrer geschlossenen Hand bewegte. Es kitzelte. Reflexartig öffnete sie ihre Finger. Das Seeglas war verschwunden. Stattdessen saß ein Schmetterling auf ihrer Handfläche und breitete seine leuchtend blauen Flügel aus. Er blieb nur einen Moment sitzen. Dann flog er in taumelndem Flug davon, ein unwirklicher blauer Schimmer, der sich vor dem nahenden Unwetter in Sicherheit bringen wollte.

Ein grimmiges Lächeln umspielte Lucys Lippen.

Nie hatte sie jemandem erzählt, was sie mit Glas tun konnte. Manchmal, wenn sie von starken Gefühlen überwältigt wurde, verwandelte sich ein Stück Glas, das sie berührt hatte, in ein Lebewesen. Oder zumindest in eine bemerkenswert überzeugende Illusion eines Lebewesens. Immer klein, immer kurzlebig. Lucy hatte sich bemüht, zu verstehen, wie und warum das geschah. Irgendwann hatte sie ein Zitat von Einstein gelesen, in dem er sagte, man müsse leben, als sei entweder alles ein Wunder oder gar nichts. Da endlich verstand sie, dass es egal war, ob sie ihre Gabe als Phänomen der Molekularphysik oder als Magie bezeichnete. Beides war richtig, und der Name, den sie der Sache gab, spielte keine Rolle.

Lucys freudloses Lächeln erstarb, während sie den Schmetterling aus den Augen verlor.

Ein Schmetterling – Symbol für die Annahme einer neuen Phase im Leben. Symbol dafür, sich nicht irremachen zu lassen, wenn alles um einen herum sich veränderte.

Diesmal nicht, dachte sie. Hass auf ihre Gabe und die Vereinsamung, die sie mit sich brachte, machte sich in ihr breit.

Am Rand ihres Blickfeldes tauchte eine Bulldogge auf, die am Wasser entlanglief. Ihr folgte ein dunkelhaariger Fremder, der aufmerksam zu Lucy herüberschaute.

Der Anblick beunruhigte sie. Der Mann war kräftig gebaut, eindeutig bestritt er seinen Lebensunterhalt mit Arbeit unter freiem Himmel. Und irgendetwas an ihm vermittelte den Eindruck, als habe er auch die rauen Seiten des Lebens kennengelernt. Unter anderen Umständen hätte Lucy vielleicht verbindlicher reagiert, aber sie hatte kein Verlangen danach, mit diesem Mann allein am Strand zu sein.

Also wandte sie sich um und ging zurück zu dem Pfad, der zur Straße hinaufführte. Ein Blick über die Schulter zeigte ihr, dass der Mann ihr folgte. Das machte sie hochgradig nervös. Schneller ausschreitend, stolperte sie auf dem unebenen verwitterten Basaltgestein. Sie stürzte nach vorn und fiel hart auf die Handflächen.

Benommen versuchte sie, sich zu berappeln. Bis sie wieder auf die Beine gekommen war, hatte der Fremde sie bereits erreicht. Sie fuhr keuchend herum, die zerzausten Haare fielen ihr ins Gesicht und nahmen ihr teilweise die Sicht.

„Immer mit der Ruhe“, sagte er besänftigend.

Lucy strich sich die Haare aus den Augen und musterte ihn misstrauisch. Seine Augen leuchteten in einem lebhaften Blaugrün, das in seinem gebräunten Gesicht besonders intensiv wirkte. Er sah umwerfend aus, sexy, auf wilde ungezügelte Weise attraktiv. Obwohl er kaum älter als dreißig sein konnte, zeigte sich in seinen Zügen die Reife eines Mannes mit sehr viel Lebenserfahrung.

„Sie sind mir gefolgt“, stellte Lucy fest.

„Ich bin Ihnen nicht gefolgt, sondern dies ist der einzige Weg, der zurück zur Straße führt, und ich wäre gern wieder in meinem Auto, bevor das Gewitter uns erreicht hat. Wenn es Ihnen also nichts ausmacht, gehen Sie ein bisschen schneller oder lassen Sie mich vorbei.“

Lucy trat zur Seite und forderte ihn mit spöttischer Geste auf, vorzugehen. „Lassen Sie sich durch mich nicht aufhalten.

Der Blick des Fremden fiel auf ihre blutende Hand. Bei dem Sturz hatte ein scharfkantiger Stein ihr einen tiefen Schnitt in die Handfläche beigebracht. Der Mann runzelte die Stirn. „In meinem Wagen habe ich einen Erste-Hilfe-Kasten.“

„Das ist nicht der Rede wert“, wiegelte Lucy ab, obwohl die Schnittwunde ziemlich schmerzte. Sie wischte sich das Blut an ihrer Jeans ab. „Mir geht es gut.“

„Drücken Sie die Stelle mit der anderen Hand zusammen“, sagte der Mann. Mit schmalen Lippen musterte er sie. „Ich begleite Sie nach oben.“

„Warum?“

„Für den Fall, dass Sie noch mal stürzen.“

„Werde ich nicht.“

„Der Pfad ist steil, und soweit ich das beurteilen kann, sind Sie nicht allzu trittsicher.“

Lucy lachte ungläubig auf. „Sie sind ja wohl … Ich … verdammt, ich kenne Sie nicht einmal.“

„Sam Nolan. Ich wohne an der False Bay.“ Er hielt inne, als ein Blitz den Himmel zerriss und grollender Donner folgte. „Wir müssen uns beeilen.“

„An Ihrer Sozialkompetenz sollten Sie unbedingt arbeiten“, meinte Lucy. Aber sie protestierte nicht länger, als er sie auf dem unwegsamen Pfad begleitete.

„Nicht trödeln, Renfield“, forderte Sam die Bulldogge auf, die ihnen keuchend und schnaufend folgte.

„Leben Sie ständig auf der Insel?“, fragte Lucy.

„Ja. Hier geboren und aufgewachsen. Und Sie?“

„Seit ein paar Jahren.“ Finster fügte sie hinzu: „Aber vielleicht ziehe ich bald weg.“

„Neue Arbeitsstelle?“

„Nein.“ Normalerweise gab Lucy nicht allzu viel über ihr Privatleben preis, aber aus einem Impuls heraus wurde sie offener. „Mein Freund hat gerade mit mir Schluss gemacht“, erklärte sie freimütig.

Sam warf ihr einen Blick von der Seite zu. „Heute?“

„Vor etwa einer Stunde.“

„Sicher, dass es vorbei ist? Vielleicht war es nur ein Streit.“

„Ganz sicher. Er hat mich betrogen“, gab sie zu.

„Na dann – seien Sie froh, dass Sie ihn los sind.“

„Sie wollen ihn gar nicht verteidigen?“

„Warum sollte ich so einen Typen verteidigen wollen?“, fragte er zurück.

„Weil er ein Mann ist, und offensichtlich können Männer nicht anders. Sie müssen betrügen. Das liegt in ihrer Natur. Sozusagen ein biologischer Zwang.“

„Quatsch mit Soße. Ein echter Mann betrügt nicht. Wenn man zu neuen Ufern aufbrechen will, macht man vorher mit seiner alten Flamme Schluss. Ohne Ausnahme.“ Schweigend folgten sie weiter dem Pfad. Schwere Regentropfen begannen zu fallen, und bald prasselte ein Gewitterschauer auf sie nieder.

„Wir haben's fast geschafft“, rief Sam schließlich und versuchte, das Rauschen zu übertönen. „Blutet Ihre Hand noch?“

Vorsichtig löste Lucy ihre Finger von der Wunde und betrachtete den Schnitt. „Nicht mehr so stark.“

„Wenn es nicht bald aufhört, zu bluten, muss der Schnitt vielleicht genäht werden.“ Die Bemerkung ließ sie stolpern, und er griff nach ihrem Ellenbogen, um sie zu halten. „Sind Sie noch nie genäht worden?“, fragte er, als er sah, wie bleich sie geworden war.

„Nein, und ich möchte nur ungern jetzt damit anfangen. Ich leide an Trypanophobie."

„Was ist das? Angst vor Nadeln?"

„Hmm", gab sie widerstrebend zu. „Sie halten das bestimmt für blöd."

Er schüttelte den Kopf, ein schwaches Lächeln um die Lippen. „Ich habe eine schlimmere Phobie."

„Welche?"

„Das erfährt nur, wer es unbedingt wissen muss."

„Spinnen?", riet sie. „Höhenangst? Furcht vor Clowns?"

Sein Lächeln wurde breiter, ein kurzes umwerfendes Strahlen. „Ganz kalt."

Sie erreichten die Straße, und er ließ ihren Ellenbogen los, ging zu einem verbeulten blauen Lkw, der in der Haltebucht stand, öffnete die Tür und begann, in der Fahrerkabine zu kramen. Die Bulldogge tappte schwerfällig zu ihm, ließ sich auf ihren Hintern plumpsen und beobachtete geduldig, was ihr Herrchen tat.

Lucy wartete in der Nähe und musterte Sam verstohlen. Sein Körper, soweit unter dem verwaschenen T-Shirt erkennbar, war muskulös und schlank. Die Jeans saß locker auf seinen Hüften. Wie fast alle Männer der Gegend wirkte er durch und durch zäh und widerstandsfähig. Der pazifische Nordwesten war ursprünglich von Forschern, Pionieren und Soldaten besiedelt worden, die nie wussten, wann das nächste Versorgungsschiff kommen würde. Sie hatten überlebt und sich von dem ernährt, was das Meer und die Berge ihnen boten. Nur eine ganz besondere Mischung aus Härte und Humor ermöglichte es einem Menschen, Hunger, Kälte, Krankheiten, feindliche Angriffe und Phasen tödlicher Langeweile zu überstehen. Ihren Nachkommen sah man es heute noch an – Männern, die in erster Linie den Gesetzen der Natur folgten und sich erst in zweiter Linie an die Regeln der Gesellschaft hielten.

„Sie müssen es mir sagen", beharrte Lucy. „Sie können nicht einfach behaupten, Sie hätten eine schlimmere Phobie als ich, und mich dann hängen lassen.“

Er zog eine weiße Plastikbox mit einem roten Kreuz darauf aus dem Wagen, nahm ein in Folie eingeschweißtes antiseptisches Tuch heraus und riss die Verpackung mit den Zähnen auf.

„Geben Sie mir Ihre Hand“, sagte er.

Sie zögerte kurz, bevor sie der Aufforderung folgte. Der sanfte Griff seiner Hand elektrisierte sie, machte ihr schlagartig die pulsierende Kraft dieses männlichen Körpers bewusst, der ihr so unglaublich nah war. Ihr stockte der Atem, als sie in Sams leuchtende blaugrüne Augen schaute. Manche Männer hatten es einfach – das gewisse Etwas, das eine Frau umhauen konnte, wenn sie es zuließ.

„Das wird brennen“, warnte er sie und begann, die Schnittwunde sanft zu reinigen.

Als sie den brennenden Schmerz des Antiseptikums spürte, zog Lucy scharf die Luft ein. Sie wartete still und fragte sich, warum ein Fremder sich solche Mühe mit ihr gab. Da er den Kopf über ihre Hand gebeugt hatte, blickte sie auf seine dichten Locken herab. Sie waren von einem so dunklen Braun, dass sie beinah schwarz schienen.

„Sie sind trotzdem in bemerkenswert guter Verfassung“, murmelte er.

„Bezieht sich das auf meine Hand oder die Trennung von meinem Freund?“

„Die Trennung. Die meisten Frauen würden jetzt weinen.“

„Ich stehe noch unter Schock. Als Nächstes werde ich weinen und jedem, den ich kenne, wütende SMS schicken. Danach folgt die Phase, in der ich meine Beziehung so lange immer wieder durchkauen möchte, bis alle meine Freunde anfangen, mir aus dem Weg zu gehen.“ Lucy wusste, dass sie plapperte, aber sie konnte sich nicht bremsen. „In der Endphase werde ich mir eine Kurzfrisur verpassen lassen, die mir nicht steht, und haufenweise teure Schuhe kaufen, die ich nie tragen werde.“

„Für Männer ist es viel leichter“, meinte Sam. „Wir trinken

einfach eine Menge Bier, laufen ein paar Tage unrasiert herum und kaufen uns dann ein technisches Gerät."

„Ein technisches Gerät? So was wie ... einen Toaster?"

„Nein, irgendwas, was Krach macht. Einen Laubbläser. Oder eine Kettensäge. Ungemein hilfreich." Er sah sie an und bemerkte, dass seine Worte ihr ein kurzes zögerndes Lächeln entlockten.

Sie musste nach Hause und darüber nachdenken, dass ihr Leben sich seit heute Morgen komplett verändert hatte. Aber wie sollte sie in das Zuhause zurückkehren, das sie und Kevin sich gemeinsam geschaffen hatten? Sie konnte sich nicht an den Küchentisch mit dem wackligen Bein setzen, den sie beide so oft zu reparieren versucht hatten. Sie würde es nicht ertragen, dem Ticken der alten schwarzen Katzen-Uhr mit dem Schwanzpendel zu lauschen, die Kevin ihr zum fünfundzwanzigsten Geburtstag geschenkt hatte.

Ihr Besteck war eine bunte Sammlung aus nicht zueinander passenden Messern, Gabeln und Löffeln aus Antiquitätengeschäften. Es hatte ihnen ungeheuren Spaß gemacht, neue Schätze aufzustöbern: eine King-Edward-Gabel, einen Waltz-of-Spring-Löffel. Jetzt war jedes Stück in dem Haus nur noch ein Beweis für eine weitere gescheiterte Beziehung. Wie sollte sie sich dieser vernichtenden Sammlung stellen?

Gekonnt legte Sam ihr einen Wundschnellverband an. „Ich glaube, Sie brauchen sich keine Sorgen zu machen. Die Wunde muss nicht genäht werden, sie blutet kaum noch", sagte er und hielt ihre Hand einen winzigen Moment länger fest als nötig. „Wie heißen Sie?"

Lucy schüttelte den Kopf, ein feines Lächeln spielte um die Lippen. „Verrate ich nur, wenn Sie mir sagen, welche Phobie Sie haben."

Er schaute auf sie herunter. Es regnete jetzt stärker, die Tropfen glitzerten auf seiner Haut, durchnässten seine Haare, ließen die dichten Locken noch dunkler glänzen. „Erdnussbutter", sagte er.

„Warum?“, fragte sie verblüfft. „Sind Sie allergisch dagegen?“

Sam schüttelte den Kopf. „Ich hasse das Gefühl, wie sie an meinem Gaumen klebt.“

Skeptisch musterte sie ihn. „Ist das wirklich eine Phobie?“

„Allerdings.“ Er neigte leicht den Kopf, musterte sie mit seinen ausdrucksstarken Augen, und sie begriff: Er wartete darauf, dass sie ihm ihren Namen verriet.

„Lucy.“

„Lucy“, wiederholte er sanft, „wollen wir irgendwohin und reden? Vielleicht auf eine Tasse Kaffee?“

Lucy stellte überrascht fest, wie stark sie versucht war, Ja zu sagen. Aber sie wusste, wenn sie mit diesem großen, gut aussehenden Fremden irgendwohin ging, dann würde sie am Ende in Tränen aufgelöst dasitzen und sich über ihr jämmerliches Liebesleben beklagen. Da er so nett zu ihr gewesen war, wollte sie ihm das ersparen. „Danke, aber ich habe wirklich keine Zeit“, wehrte sie ab, innerlich verzweifelt und am Boden zerstört.

„Kann ich Sie nach Hause fahren? Das Fahrrad passt in den Laderaum.“

Ihr schnürte sich die Kehle zusammen. Kopfschüttelnd wandte sie sich ab.

„Ich wohne am Ende der Rainshadow Road“, sagte Sam hinter ihr. „Auf dem Weingut an der False Bay. Wenn Sie mich besuchen kommen, mache ich eine Flasche Wein auf, und wir reden über was immer Sie wollen.“ Er schwieg einen Moment. „Jederzeit.“

Lucy warf ihm über die Schulter ein trübseliges Lächeln zu. „Danke, aber ich kann Ihr Angebot nicht annehmen.“ Damit ging sie hinüber zu ihrem Fahrrad, klappte den Ständer hoch und schwang sich auf den Sattel.

„Warum nicht?“

„Der Typ, der mich gerade sitzen gelassen hat … er war genauso wie Sie. Jedenfalls zu Anfang. Charmant und nett. Zuerst sind alle so wie Sie, aber am Ende sitze ich jedes Mal wieder genauso verlassen da. Und ich mag einfach nicht mehr."

Damit fuhr sie durch den Regen davon. Die Reifen ihres Fahrrades hinterließen tiefe Spuren im aufgeweichten Boden. Und obwohl sie wusste, dass er ihr nachsah, schaute sie nicht zurück.

## 3. KAPITEL

Als Sam auf der Westside Road in Richtung False Bay fuhr, stupste die Bulldogge mit der Schnauze gegen das geschlossene Fenster.

„Vergiss es", sagte Sam. „Ich will nicht, dass es reinregnet. Außerdem liegt dein Schwerpunkt so verdammt weit vorn, dass du glatt rausfallen würdest."

Renfield starrte ihn vorwurfsvoll an, gab sich geschlagen und kauerte sich auf dem Sitz zusammen.

„Wenn du etwas mehr Nase hättest, könntest du mir vielleicht helfen, diese Frau aufzuspüren. Wofür taugst du eigentlich überhaupt?" Eine Hand am Steuer, griff Sam mit der anderen nach dem Hund und kraulte ihm sanft den Kopf.

Er dachte an die Frau, die er gerade getroffen hatte, an ihren so ernst und verloren wirkenden Gesichtsausdruck, das wunderschöne schwarze Haar. Beim Blick in ihre meergrünen Augen hatte er das Gefühl gehabt, im Mondlicht zu versinken. Er wusste nicht recht, was er von ihr halten sollte. Nur eines war sicher: Er wollte sie wiedersehen.

Inzwischen regnete es sehr viel stärker, und Sam stellte die Scheibenwischer schneller. Bisher war der Frühling ziemlich feucht gewesen. Das hieß, er musste mit Mehltaubefall bei den Weinstöcken rechnen. Zum Glück wehte in der Bucht ein beständiger auflandiger Wind. Sam hatte die Weinstöcke nach den vorherrschenden Winden ausgerichtet. Die Reihen bildeten Korridore, zwischen denen die Luft ungehindert hindurchfahren und das Laub sehr effektiv abtrocknen konnte.

Weinanbau war eine Wissenschaft, eine Kunst und für jemanden wie Sam schon beinah eine Religion. Er hatte bereits als Teenager angefangen, jedes Buch über Weinbau zu lesen, das er in die Finger bekommen konnte, und seine Ausbildung in diversen Baumschulen und Weingütern auf San Juan Island und Lopez absolviert.

Anschließend hatte er an der Washington State University

Weinbau im Hauptfach studiert und als Assistent eines kalifornischen Winzers in dessen Weinkellerei gearbeitet. Schließlich hatte er fast all seine Ersparnisse in sechs Hektar Land an der False Bay auf San Juan Island gesteckt. Auf zwei Hektar kultivierte er vor allem Syrah und Riesling, aber auch ein wenig von dem temperamentvollen Pinot Noir.

Bis Rainshadow Vineyard stabile Ernten einbrachte, musste Sam anderweitig Geld verdienen. Eines Tages würde er sich eine eigene Kellerei leisten können, um die Trauben aus seinem Weingut selbst zu verarbeiten. Doch er war realistisch genug, um zu wissen, dass die meisten Träume sich nur verwirklichen ließen, wenn man zunächst Kompromisse einging.

Im Moment kaufte er noch größere Mengen Wein zu, ließ seine Weine nach eigenen Vorgaben verschneiden und auf Flaschen ziehen und hatte so fünf Rot- und zwei Weißweine entwickelt, die er an den Einzelhandel und an Restaurants verkaufte. Den meisten hatte er humorige seemännisch inspirierte Namen gegeben, zum Beispiel *Schlagseite*, *Hoch die Tassen* und *Kielholen*. Das verschaffte ihm ein bescheidenes, aber regelmäßiges Einkommen mit gutem Entwicklungspotenzial.

„Ich werde ein kleines Vermögen mit diesem Weingut verdienen", hatte er seinem älteren Bruder Mark gesagt. Der hatte daraufhin nur gemeint: „Zu dumm, dass du erst ein großes Vermögen hineingesteckt hast, das du dir leihen musstest."

Sam bog in einen Feldweg ein, der zu dem großen viktorianischen Farmhaus führte, das er zusammen mit den Weinbergen gekauft hatte. Über dem Gebäude hing ein Hauch von vergangenem Glanz. Man konnte noch erahnen, wie prächtig es einmal gewesen sein musste. Ein Schiffszimmermann hatte es vor über hundert Jahren gebaut und mit unzähligen Veranden, Balkonen und Erkerfenstern versehen.

Im Laufe der Jahrzehnte jedoch hatten wechselnde Eigentümer und Mieter das Haus ruiniert. Sie hatten Innenwände herausgerissen, um Zimmer zu vergrößern, an anderen Stellen Gipskartonwände eingezogen, Wasser-, Abwasser- und Elektroleitungen mehr schlecht als recht verlegt und das Haus kaum gewartet. Und während sich das Gebäude immer mehr setzte, senkten sich teilweise die Fußböden ab und wurden schief. An die Stelle der Buntglasscheiben waren schmucklose Fenster mit Alurahmen getreten, traditionelle architektonische Elemente wie Fischschwanz-Schindeln und Windfedern waren unter Kunststoffverkleidungen verschwunden.

Aber trotz des ruinierten Zustandes strahlte das Haus einen reizvollen Zauber aus. Vergessene Winkel und klapprige Stiegen bargen unbekannte Geschichten, und die Wände schienen mit Erinnerungen vollgesogen.

Mithilfe seiner Brüder Mark und Alex hatte Sam begonnen, das Haus zu sanieren, einige der wichtigsten Zimmer entkernt und in den ursprünglichen Zustand versetzt, die Fußböden teilweise ausgeglichen. Es blieb noch viel zu tun, bis die Restaurierung abgeschlossen war, aber das Haus war etwas Besonderes. Er wurde das Gefühl nicht los, dass es ihn brauchte.

Zu Sams Überraschung schien Alex eine ähnliche Liebe für das Gebäude entwickelt zu haben. Ein schönes altes Mädchen nannte er es, als Sam ihn das erste Mal durch die Räume führte. Als Bauunternehmer kannte er sich mit allen nur denkbaren Problemen aus, die bei Bau- und Sanierungsarbeiten auftreten können. „Es muss unheimlich viel daran gemacht werden, aber es lohnt sich."

„Wie viel Geld muss ich investieren, um dieses Haus bewohnbar zu machen?", fragte Sam. „Ich will fürs Erste nicht mehr, als dass es mir nicht im Schlaf über dem Kopf zusammenbricht."

Die Frage ließ ein amüsiertes Glitzern in Alex' Augen treten. „Wenn du eine Woche lang permanent Hundert-Dollar-Scheine in der Toilette runterspülst, dürfte das eine Summe ergeben, die gerade so eben ausreicht."

Sam hatte sich nicht beirren lassen, das Grundstück samt Haus gekauft und sich an die Arbeit gemacht. Und Alex ließ seine Bautrupps bei den schwierigeren Arbeiten helfen, zum

Beispiel bei Austausch und Reparatur der Kopf- und Tragbalken der Vorderveranda.

„Ich tue das nicht für dich“, stellte Alex klar, als Sam ihm dafür danken wollte, „sondern für Holly.“

Ein Jahr zuvor, an einem regnerischen Abend im April, war ihre einzige Schwester Victoria bei einem Verkehrsunfall in Seattle ums Leben gekommen und hatte eine sechs Jahre alte Tochter hinterlassen. Niemandem hatte Victoria den Namen des Vaters verraten, und so war Holly Waise. Ihre nächsten Angehörigen waren ihre drei Onkel Mark, Sam und Alex.

Mark, dem ältesten Bruder, war das Sorgerecht übertragen worden, und er hatte Sam gebeten, ihm dabei zu helfen, die Kleine aufzuziehen.

„Ich kann mir nicht vorstellen, wie das klappen soll“, hatte Sam seinem Bruder erklärt. „Ich weiß nicht das Geringste darüber, wie eine Familie eigentlich funktioniert.“

„Glaubst du, ich kenne mich besser aus? Wir hatten schließlich dieselben Eltern.“

„Wir haben nicht das Recht, ein Kind aufzuziehen, Mark. Weißt du, wie viele Möglichkeiten es gibt, das Leben eines Menschen zu ruinieren? Zumal wenn es um ein kleines Mädchen geht?“

„Ach, halt den Mund, Sam.“ Mark wirkte zusehends besorgter.

„Überleg doch mal: Wie willst du es mit den Elternabenden an der Schule halten? Was tust du, wenn sie mal aufs Klo muss? Willst du sie auf die Herrentoilette mitnehmen? Wie sollen wir mit solchen Problemen fertigwerden?“

„Mir wird schon was einfallen. Lass uns einfach hier wohnen.“

„Und was wird aus meinem Sexualleben?“

Mark musterte ihn verärgert. „Ist dir das wirklich so wichtig, Sam?“

„Ja, nenn mich ruhig oberflächlich. So bin ich nun mal.“

Aber zum Schluss hatte Sam natürlich nachgegeben. Schließlich musste Mark sich mit Problemen herumschlagen, mit denen er nie gerechnet hatte. Noch mehr aber war er es Victoria schuldig. Er hatte ihr nie nahegestanden, war nie für sie da gewesen. Ihrer verwaisten Tochter zu helfen war das Mindeste, was er jetzt für sie tun konnte.

Mit einem hatte Sam allerdings nicht gerechnet: Holly stahl sich mit spielerischer Leichtigkeit in sein Herz. Das hing mit den kleinen Kunstwerken und den aus Nudeln gefertigten Halsketten zusammen, die sie aus der Schule mit nach Hause brachte. Und damit, dass sie ihn immer wieder an Victoria erinnerte. Wie sie beim Lächeln die Nase krauszog. Wie konzentriert sie arbeitete, wenn sie aus Eisstielen und Leim eine Schachtel bastelte. Wie begeistert sie ein Buch über sprechende Tiere las. Mit einem Kind zu leben veränderte einen Menschen, bevor er das überhaupt bemerkte. Gewohnheiten und Meinungen wandelten sich, und auf einmal ergaben sich ganz andere Sorgen, Hoffnungen und Wünsche.

Und Sam ertappte sich dabei, plötzlich verrückte Dinge zu tun – wie etwa, eine hässliche Bulldogge zu adoptieren, die niemand haben wollte, weil sie an einem chronischen Ekzem und Hüftproblemen litt.

„Da wären wir wieder, Kumpel“, sagte Sam, hob Renfield aus dem Wagen und setzte das Tier vorsichtig auf den Boden. Der Hund folgte ihm schwerfällig zur Vorderveranda.

Dort hatte Alex es sich in einem ziemlich ramponierten Korbstuhl bequem gemacht und trank ein Bier.

„Hallo, Al“, begrüßte Sam ihn lässig und behielt dabei Renfield im Auge, der sich die extra für ihn gebaute Rampe hinaufmühte. Bulldoggen und Treppen vertrugen sich einfach nicht miteinander. „Was tust du denn hier?“

Alex trug eine abgewetzte Jeans und ein uraltes Sweatshirt, ganz gegen seine Gewohnheit, sich immer gepflegt zu kleiden. Er war unrasiert, hatte verquollene Augen und trug eine mürrische Miene zur Schau, die erkennen ließ, dass dies keineswegs sein erstes Bier an diesem Nachmittag war.

Sam lief es kalt den Rücken hinunter. Er wusste noch zu gut, wie oft seine Eltern genau solche glasigen Augen gehabt hatten. Dabei schien es, als habe der Alkohol bei ihnen eine andere Wirkung als bei ihren Mitmenschen. Was andere fröhlich, entspannt und begehrenswert machte, verwandelte Alan und Jessica Nolan in wahre Scheusale.

Obwohl Alex nie so tief gesunken war, zeigte auch er sich nicht gerade von seiner besten Seite, wenn er trank. Er wurde zu einem Typen, mit dem Sam nichts hätte zu tun haben wollen, wenn sie nicht miteinander verwandt gewesen wären.

„Ich hab mir den Nachmittag freigenommen", erklärte Alex, hob die Flasche an die Lippen und leerte sie.

Er steckte mitten in einer Scheidung. Vier Jahre war er mit der Frau verheiratet gewesen, die er eigentlich gut genug hätte kennen müssen, um sich gar nicht erst auf sie einzulassen. Seiner Frau Darcy war es mühelos gelungen, den Ehevertrag auszuhebeln. Jetzt war sie dabei, das sorgsam geordnete Leben zu demontieren, das Alex sich mit großer Mühe aufgebaut hatte.

„Hast du mit deinem Anwalt gesprochen?", fragte Sam.

„Gestern."

„Und? Wie ist's gelaufen?"

„Darcy bekommt das Haus und den größten Teil des Vermögens. Jetzt streiten sich die Anwälte um meine Nieren", versuchte Alex einen schwachen Witz.

„Tut mir leid. Ich hatte gehofft, dass es mit euch beiden klappt." Das entsprach nicht ganz der Wahrheit. Sam hatte Darcy nie ausstehen können. Der ganze Ehrgeiz dieser Frau bestand darin, sich einen reichen Ehemann zu angeln. Sam hätte sein Weingut darauf verwettet, dass sie seinem Bruder den Laufpass gegeben hatte, weil ein vermögenderer Mann aufgetaucht war.

„Schon als ich sie geheiratet habe, wusste ich, dass das nichts Dauerhaftes sein würde", meinte Alex.

„Warum hast du es dann getan?"

„Aus steuerlichen Gründen." Alex warf Renfield, der mit

dem Kopf gegen sein Bein knuffte, einen fragenden Blick zu und beugte sich zu dem Hund hinunter, um ihm den Rücken zu kraulen. „Es liegt einfach daran", fuhr er fort und wandte seine Aufmerksamkeit wieder Sam zu, „dass wir Nolans sind. Keiner von uns wird jemals eine Ehe schließen, die länger überlebt als eine durchschnittliche Zimmerpflanze."

„Ich werde nie heiraten", sagte Sam.

„Kluge Entscheidung."

„Das hat nichts mit Klugheit zu tun. Ich fühle mich einfach nur einer Frau viel näher, von der ich weiß, dass ich sie jederzeit verlassen kann."

Beide bemerkten gleichzeitig, dass aus den offenen Fenstern plötzlich Brandgeruch zog. „Was zum Teufel ist das?", fragte Sam.

„Mark steht am Herd."

Die Vordertür wurde aufgerissen, und Holly stürzte aus dem Haus. Sie entdeckte Sam, stieß einen Jauchzer aus und stürzte sich in seine Arme. Lachend fing er sie auf. Jeden Abend tat Holly so, als wären sie wochenlang getrennt gewesen.

„Onkel Sam!"

„Hallo, Ingwerkeks." Er drückte ihr einen schmatzenden Kuss auf. „Wie war's in der Schule?"

„Miss Duncan hat uns heute ein paar französische Wörter beigebracht. Und ich habe ihr gesagt, dass ich schon welche kenne."

„Welche denn?"

„Rouge, blanc, sec und doux. Miss Duncan hat mich gefragt, wo ich diese Wörter gelernt habe. Also habe ich ihr erzählt, dass mein Onkel Wein macht und sie mir beigebracht hat. Und dann meinte sie, dass sie das französische Wort für jemanden, der Wein macht, nicht kennt. Wir haben gemeinsam im Wörterbuch nachgeschaut, wir haben's aber nicht gefunden."

„Natürlich nicht. Es gibt keines."

Das Kind schaute ihn fassungslos an. „Warum nicht?"

„Sie haben ein Wort, das etwas Ähnliches ausdrückt: *vigne-*

*ron*. Ein *vigneron* ist ein Weinbauer. Aber weil die Franzosen glauben, dass die Natur den Wein macht und nicht der Kerl, der die Weinberge bewirtschaftet, haben sie kein Wort für denjenigen, der den Wein herstellt."

Holly rieb ihre Nase an seiner. „Wenn du anfängst, Wein aus deinen eigenen Trauben zu machen, taufst du dann einen davon nach mir?"

„Aber natürlich. Was für einer soll es denn sein? Ein roter oder ein weißer?"

„Ein rosa Wein", erklärte Holly sehr entschieden.

Sam tat entrüstet. „Ich produziere keinen Rosé."

„Rosa und perlend", beharrte Holly. Sein Gesichtsausdruck brachte sie zum Kichern. Sie wand sich aus seiner Umarmung und ging in die Hocke, um Renfield zu kraulen, der sich neben ihr niedergelassen hatte und geduldig auf seine Streicheleinheiten wartete.

„Was macht Mark zum Abendessen?", fragte Sam.

„Keine Ahnung", gab Holly zurück und kraulte Renfield den Nacken. „Auf jeden Fall verbrennt es gerade."

„Im *Market Chef* gibt es heute Fisch-Tacos", meinte Sam. „Magst du Mark fragen, ob er heute essen gehen möchte?"

Holly warf Alex einen hoffnungsvollen Blick zu. „Kommst du auch mit?"

Alex schüttelte den Kopf. „Ich bin nicht hungrig."

Das Kind musterte ihn besorgt. „Hast du immer noch deine Scheidung?"

„Immer noch."

„Wenn das vorbei ist, willst du dann wieder heiraten?"

„Nur wenn ich es schaffe zu vergessen, wie es war, als ich zum ersten Mal verheiratet war."

„Hör nicht auf Onkel Alex", mischte Sam sich hastig ein. „Die Ehe ist etwas Tolles." Er gab sich große Mühe, aufrichtig zu klingen.

„Die Ehe ist wie eine Schachtel Rosinen zu Halloween", meinte Alex. „Irgendwer versucht, dir weiszumachen, das sei eine tolle Leckerei. Aber wenn du die Schachtel öffnest, sind es einfach nur Rosinen."

„Ich mag Rosinen", sagte Holly.

Sam lächelte sie an. „Ich auch."

„Wusstet ihr schon, dass Weintrauben, die man gaaanz lange unterm Sofa liegen lässt, zu Rosinen werden?"

Um einen strengen Gesichtsausdruck bemüht, zog Sam die Brauen zusammen. „Wie hast du das herausgefunden, Holly?"

Sie zögerte kurz. „Egal", meinte sie dann strahlend und verschwand im Haus. Renfield folgte ihr keuchend.

Sam wandte sich stirnrunzelnd an seinen Bruder. „Alex, tu mir bitte einen Gefallen. Erzähl Holly nicht, was du von der Ehe hältst. Ich möchte ihr wenigstens bis zu ihrem achten Geburtstag die Illusionen bewahren."

„Geht klar." Alex stellte seine leere Bierflasche auf die Verandabrüstung und stand auf. „Aber an deiner Stelle würde ich mir sehr genau überlegen, was ich ihr über die Ehe erzähle. Im schlimmsten Fall macht sie dich fertig. Im günstigsten ist sie immer noch eine überholte verstaubte Institution. Tatsache ist: Da draußen ist vermutlich keine Einzige, die genau die Richtige für dich ist. Und wenn du doch genau die passende Frau für dich findest, wirst du wahrscheinlich nicht der Richtige für sie sein. Also, wenn du Holly in dem Glauben erziehst, das Leben sei ein Märchen, dann wird die Realität ihr ein paar sehr schmerzhafte Lektionen erteilen."

Sam sah seinem Bruder nach, wie er zu dem BMW hinüberging, der in der Einfahrt stand. „Volltrottel", murmelte er liebevoll, als Alex einstieg und davonfuhr. Er lehnte sich rücklings an einen der massiven Stützpfeiler der Veranda und ließ den Blick über die Ländereien rings ums Haus schweifen. Wo früher eine Streuobstwiese mit Apfelbäumen gewesen war, standen jetzt Reihen junger Weinstöcke.

Innerlich musste er Alex zustimmen, was seine Meinung über die Ehe anging. Ein Nolan konnte in einer Ehe nur verlieren. Welche Gene man auch brauchte, um eine dauerhafte Beziehung aufrechterhalten zu können – ein Nolan hatte sie nicht. Eventuell mit Ausnahme ihres ältesten Bruders Mark.

In Sams Augen jedenfalls überwogen die Risiken einer Ehe die möglichen positiven Aspekte bei Weitem. Er mochte Frauen im Allgemeinen. Er genoss ihre Gesellschaft und vergnügte sich gern mit ihnen im Bett. Dummerweise neigten Frauen dazu, Sex und Gefühle miteinander zu verquicken, und das hatte noch jede seiner Beziehungen ruiniert. Und bisher hatten sogar all die Frauen, die behaupteten, sie teilten Sams Wunsch nach einer einfachen unkomplizierten Affäre, irgendwann den Punkt erreicht, an dem sie mehr wollten. Wenn dann klar wurde, dass Sam ihnen nicht geben konnte, was sie sich wünschten, machten sie Schluss mit ihm und suchten sich jemand anderen.

Zum Glück hatte er noch nie eine Frau getroffen, die ihn in Versuchung führte, seine Freiheit aufzugeben. Wenn das doch einmal geschehen sollte, wusste er genau, wie er damit umzugehen hatte. Er würde davonrennen, als sei der Teufel hinter ihm her.

## 4. KAPITEL

Es regnete immer heftiger, und Lucy beschloss, dorthin zu fahren, wohin sie stets flüchtete, wenn sie sich allein und mutlos fühlte. Ihre Freundinnen Justine und Zoë betrieben in Friday Harbor, keine zwei Minuten Fußweg vom Fähranleger entfernt, eine Frühstückspension in einem umgebauten Herrenhaus mit großzügigen Veranden und Panoramafenstern, die einen herrlichen Blick auf die erhabene Kuppe des Mount Baker in der Ferne boten.

Obwohl Justine und Zoë Hoffmann Cousinen waren, ähnelten sie sich nicht im Geringsten. Justine war schlank und sportlich, ein Mensch, der gern seine Grenzen austestet und ausprobiert, wie weit er Rad fahren, laufen und schwimmen kann. Selbst wenn sie still saß, wirkte Justine eigentlich immer wie in Bewegung. Sie war offen, absolut ehrlich und ging das Leben mit einer fröhlichen inneren Ruhe an, die manche Leute unerträglich fanden. Wenn sie mit einem Problem konfrontiert wurde, fackelte sie nicht lange, sondern handelte. So manches Mal allerdings, ohne die Sache gründlich zu überdenken.

Zoë dagegen wog ihre Entscheidungen so sorgfältig ab wie die Zutaten für ihre Rezepte. Sie liebte nichts so sehr, wie auf dem Markt von Stand zu Stand zu trödeln, um die besten Früchte und Gemüse aus biologischem Anbau auszuwählen. Für das Frühstück ihrer Gäste kaufte sie Wildbeerenkonfitüre, Lavendelhonig und frische Butter von einer Inselmolkerei. Zoë war diplomierte Köchin, ließ sich aber beim Zubereiten der Speisen gern auch von ihrem Instinkt leiten. Sie liebte gebundene Bücher und Kinoklassiker und schrieb ihre Briefe von Hand. Außerdem sammelte sie antike Broschen und schmückte damit eine uralte Schneiderpuppe, die in ihrem Schlafzimmer stand.

Nach ihrer Scheidung – knapp ein Jahr nach der Hochzeit – hatte Zoë sich von ihrer Cousine dazu überreden lassen, ihr bei der Leitung der Frühstückspension zu helfen. Sie hatte schon immer in Restaurants und Bäckereien gearbeitet und gelegentlich mit dem Gedanken gespielt, ein eigenes Café zu eröffnen. Doch die Aussicht auf Geschäftsführungsaufgaben und Buchhaltung hatte sie abgeschreckt. Die Zusammenarbeit mit Justine war für beide die perfekte Lösung.

„Mir liegen besonders die geschäftlichen Aufgaben", hatte Justine ihrer Freundin Lucy einmal erzählt. „Mir macht es nichts aus, zu putzen, und ich kann sogar Klempnerarbeiten erledigen, aber kochen? Das könnte ich nicht mal, wenn mein Leben davon abhinge. Zoë dagegen ist eine wahre Kochkünstlerin."

Das entsprach der Wahrheit. Zoë werkelte unglaublich gern in der Küche. Mühelos kreierte sie ständig neue Leckereien wie Bananenmuffins mit Mascarponeglasur oder Zimt-Kaffee-Kuchen mit Karamellüberzug aus braunem Zucker. Nachmittags stellte Zoë Tabletts mit Kaffee und Gebäck in die Aufenthaltsräume. Auf Etageren stapelten sich Kürbisdoppelkekse mit Frischkäsefüllung, Schokoladenbrownies, die so viel wogen wie ein Briefbeschwerer, und kleine Obsttörtchen mit kandierten Früchten.

Einige Männer hatten bereits Interesse an ihr gezeigt, aber bisher hatte Zoë alle abgewiesen, denn sie hatte den katastrophalen Ausgang ihrer Ehe noch nicht überwunden. Zu ihrem größten Kummer hatte es offenbar außer ihr niemanden überrascht, dass ihr Mann Chris schwul war.

„Jeder hat das gewusst", hatte Justine ihr unverblümt erklärt. „Ich habe es dir gesagt, bevor du ihn geheiratet hast, aber du wolltest ja nicht auf mich hören."

„Chris machte auf mich nicht den Eindruck, schwul zu sein."

„Und seine Schwärmerei für Sarah Jessica Parker?"

„Auch Heteros mögen Sarah Jessica Parker", verteidigte sich Zoë.

„Schon, aber wie viele Heteros benutzen das Parfum von Sarah Jessica Parker als Aftershave?"

„Für mich war es ein zitroniger Duft."

„Und erinnerst du dich noch an den Skiurlaub in Aspen?"
„Auch Heteros fahren Ski in Aspen."
„Während der Schwulen-Ski-Woche?", bohrte Justine weiter, und Zoë musste zugeben, das sei vermutlich ein verräterisches Zeichen gewesen.
„Und weißt du noch, wie Chris immer behauptet hat, jeder sei ein kleines bisschen schwul?"
„Ich dachte, er zeigt damit seine intellektuelle Seite."
„Er zeigte damit seine homosexuelle Seite, Zoë. Glaubst du wirklich, ein Hetero würde so etwas sagen?"
Leider war Zoës Vater ein strikter Scheidungsgegner. Für ihn gab es keine Scheidungsgründe, und er war der festen Überzeugung, die Ehe hätte gerettet werden können, wenn sie sich für eine Paartherapie entschieden hätten. Er verstieg sich sogar zu der Äußerung, Zoë sei schuld. Ihr Mann sei vor seiner Heirat nicht schwul gewesen, aber sie habe sich für Chris nicht interessant genug gemacht. Zoë nahm es ihrem Ex nicht übel, dass er homosexuell war. Sie verübelte ihm nur, von ihm zu einem ahnungslosen Opfer seiner sexuellen Selbstfindung degradiert worden zu sein.
„Es ist so erniedrigend", gestand sie Lucy, „vom Ehemann wegen eines Kerls verlassen zu werden. Man fühlt sich, als hätte man sämtliche Frauen der Welt im Stich gelassen. Als sei ich diejenige, die ihn ans andere Ufer gejagt hat."
Lucy ging durch den Kopf, dass man sich häufig dafür schämte, betrogen zu werden. Es war zwar nicht logisch, aber man konnte nicht umhin, den Betrug als Beweis dafür zu betrachten, dass es einem selbst an etwas mangelte.
„Was ist los?", fragte Justine stirnrunzelnd, als sie die Hintertür öffnete, um Lucy ins Haus zu lassen. Wie immer trug Justine Jeans und Sweatshirt und hatte die Haare zu einem Pferdeschwanz hochgebunden. „Du siehst furchtbar aus. Komm mit in die Küche."
„Ich bin klatschnass", wehrte Lucy ab. „Dann mache ich euch nur alles dreckig."

„Quatsch. Zieh die Schuhe aus und komm rein."

„Es tut mir leid, dass ich nicht vorher angerufen habe." Lucy streifte ihre schlammverkrusteten Sneakers ab.

„Macht doch nichts. Wir haben gerade nicht viel zu tun."

Lucy folgte ihr in die große warme Küche. Die Tapeten an den Wänden waren mit fröhlichen dunkelroten Zwillings- und Drillingskirschen bedruckt, und es duftete appetitlich nach Mehl, heißer Butter, geschmolzener Schokolade. Zoë holte ein Backblech frisch gebackener Muffins aus dem Ofen. Sie hatte ihre blonden Locken zu einem losen Knoten hochgesteckt und sah aus wie ein altmodisches Pin-up-Girl: ausgeprägt weibliche Kurven, eine schmale Taille, von der Hitze des Backofens rosig überhauchte Wangen.

Zoë lächelte. „Lucy! Möchtest du meine aktuelle Kreation testen? Ich habe gerade ein neues Rezept für Schokoladen-Ricotta-Muffins entwickelt."

Benommen schüttelte Lucy den Kopf. Irgendwie fühlte sie sich in der heimeligen Wärme der Küche noch schlechter. Aufsteigende Tränen drohten ihr die Kehle zuzuschnüren, und sie legte die Hand an den Hals.

Justine musterte sie besorgt. „Was ist los, Lucy?"

„Es ist etwas Schlimmes passiert", brachte Lucy mühsam hervor. „Etwas ganz Schreckliches."

„Hast du dich mit Kevin gestritten?"

„Nein." Zittrig rang sie nach Atem. „Er hat mich abserviert."

Sofort führten die Freundinnen sie zu einem Stuhl am Tisch. Zoë reichte ihr einen Stapel Papierservietten, damit sie sich die nassen Haare trocknen und die Nase putzen konnte, während Justine ihr ein Glas Whisky einschenkte. Als Lucy von dem hochprozentigen Alkohol nippte, füllte Justine sofort ein zweites Glas.

„Um Himmels willen, Justine! Sie hat das erste Glas doch noch nicht mal leer", empörte sich Zoë.

„Das ist nicht für Lucy, sondern für mich."

Zoë schüttelte lächelnd den Kopf und stellte einen Teller voller Muffins auf den Tisch. Dann setzte sie sich auf einen Stuhl neben Lucy. „Greif zu. Es gibt kaum ein Problem, bei dem ein warmer Muffin nicht hilft."

„Nein danke, ich kriege nichts herunter."

„Es ist Schokolade", meinte Zoë, als verliehe das den Törtchen medizinischen Wert.

Seufzend nahm Lucy sich einen ofenheißen Muffin, brach ihn auseinander und ließ den heißen Dampf zwischen ihren Fingern entweichen.

„Und jetzt schieß los. Warum hat Kevin mit dir Schluss gemacht?", fragte Justine und biss in eines der kleinen Küchlein.

„Er betrügt mich", antwortete Lucy trübsinnig. „Er hat's mir gerade gesagt."

„Dieser Mistkerl", schimpfte Zoë. „Dieses schleimige Stück Dreck … dieser … dieser …"

„Schwachkopf?", schlug Justine vor.

„Das auch. Ich wünschte, ich könnte behaupten, dass mich das überrascht", fuhr Zoë fort. „Aber mir schien Kevin schon immer der Typ zu sein, der fremdgehen könnte."

„Wie kommst du darauf?", fragte Justine.

„Zum Beispiel kann er seine Augen nicht bei sich behalten. Er schaut jeder Frau nach. Ich ertappe ihn andauernd dabei, dass er mir auf die Brüste starrt."

„Jeder Mann starrt dir auf die Brüste, Zoë. Das ist unvermeidlich."

Demonstrativ ignorierte Zoë diesen Einwand. „Kevin ist einfach nicht der Typ für eine dauerhafte Partnerschaft. Er ist wie ein Hund, der Autos jagt. Der Hund will das Auto gar nicht kriegen, er liebt nur die Jagd darauf", erklärte sie.

„Und mit wem hat er dich betrogen?", wandte Justine sich wieder an Lucy.

„Mit meiner Schwester. Alice."

Beide Cousinen schauten sie sprachlos vor Verblüffung an.

„Das glaube ich einfach nicht", meinte Zoë schließlich. „Bist du sicher, dass Kevin die Wahrheit sagt?"

„Warum sollte er mir so etwas erzählen, wenn es nicht stimmt?“

Zoë warf Lucy einen besorgten Blick zu. „Hast du Alice angerufen und sie danach gefragt?“

„Und wenn sie nun sagt, dass es wahr ist?“, fragte Lucy kläglich.

„Dann gib’s ihr, aber ordentlich. Sag ihr, dass sie eine Schlampe ist und in der Hölle verrotten soll!“

Lucy hob ihr Whiskyglas und trank es aus. „Ich hasse Zoff.“

„Dann lass mich anrufen“, bot Justine an. „Ich liebe Zoff.“

„Wo bleibst du heute Nacht?“, fragte Zoë freundlich. „Brauchst du einen Platz zum Schlafen?“

„Ich weiß nicht. Wahrscheinlich schon. Kevin will, dass ich so schnell wie möglich meine Sachen packe. Alice wird bei ihm einziehen.“

Einen Moment verschlug es Justine die Sprache. „Sie zieht von Seattle hierher? In *dein* Haus? Mein Gott, das ist ja widerlich.“

Lucy biss von ihrem Muffin ab. Der feine Ricotta-Geschmack passte hervorragend zu den dunklen Schokoladenaromen. „Ich werde von der Insel fortziehen müssen“, sagte sie. „Ich könnte es nicht ertragen, ihnen andauernd über den Weg zu laufen.“

„An deiner Stelle“, widersprach Justine, „ginge ich nicht weg. Ich würde dableiben und dafür sorgen, dass sie sich so schuldig wie nur irgend möglich fühlen. Bei jeder Gelegenheit würde ich dafür sorgen, dass sie mich nicht vergessen.“

„Hier sind all deine Freunde“, fügte Zoë hinzu. „Bleib bei uns. Du bekommst hier die Hilfe und Unterstützung, die du brauchst, um damit fertigzuwerden.“

„Wirklich?“

„Selbstverständlich! Wie kannst du überhaupt fragen?“

„Weil ich die meisten meiner Freunde auf der Insel durch Kevin kennengelernt habe. Das gilt sogar für euch. Werden sich jetzt alle Freunde auf seine Seite schlagen?“

„Ein paar vermutlich schon", meinte Justine. „Aber du hast uns und unsere überaus wertvollen Ratschläge. Und einen Platz, an dem du bleiben kannst, solange du willst."

„Habt ihr denn ein Zimmer frei?"

„Nur eins", sagte Zoë. „Das Zimmer, das immer frei ist." Sie warf Justine einen finsteren Blick zu.

„Welches ist das?", wollte Lucy wissen.

„Das Edvard-Munch-Zimmer", antwortete Justine leicht verlegen.

Fragend sah Lucy sie an. „Der Künstler, der den *Schrei* gemalt hat?"

„Er hat auch noch andere Bilder gemalt, nicht nur *Der Schrei*. Aber, ja, ich habe einen Kunstdruck von diesem Bild in das Zimmer gehängt, weil es sein bekanntestes Werk ist. Es hängen aber auch ein paar schöne Bilder von ihm darin, zum Beispiel *Vier Mädchen auf der Brücke*."

„Spielt keine Rolle", warf Zoë ein. „Jeder sieht in dem Zimmer immer nur den *Schrei*. Ich habe dir gesagt, dass niemand mit diesem Bild vor Augen einschlafen möchte."

„Ich schon", meinte Lucy. „Klingt, als sei es das perfekte Zimmer für eine Frau, die gerade eine Trennung durchsteht."

Justine warf ihr einen liebevollen Blick zu. „Du kannst das Zimmer haben, solange du willst."

„Und wenn sie wieder auszieht, dekorieren wir um und hängen einen anderen Künstler auf."

Justines Gesicht verfinsterte sich. „An wen denkst du dabei?"

„Picasso", erklärte Zoë fest.

„Du hast ein Problem mit Munch, aber nicht mit einem Mann, der Frauen mit drei Augen und quadratischen Brüsten gemalt hat?"

„Jeder, der ein Zimmer in unserer Frühstückspension bucht, fragt, ob er das Picasso-Zimmer haben kann. Ich bin es leid, den Leuten jedes Mal antworten zu müssen, dass es kein Picasso-Zimmer gibt."

Tief seufzend wandte Justine sich wieder an Lucy. „Wenn du deinen Muffin gegessen hast, fahre ich dich zu eurem Haus, und wir holen deine Sachen."

„Kann sein, dass wir Kevin treffen", befürchtete Lucy.

„Genau das will sie doch", klärte Zoë sie auf.

Justine lächelte finster. „Richtig, und zwar am liebsten mit meinem Auto."

Ein paar Tage, nachdem sie sich in ihrem Zimmer im *Artist's Point* häuslich eingerichtet hatte, nahm Lucy allen Mut zusammen und rief ihre Schwester an. Die Situation hatte etwas Unwirkliches an sich. Nach all den Jahren, in denen sie die perfekte Helferin für Alice gewesen war, ihr alles gegeben hatte, was sie wollte oder brauchte, war es jetzt also so weit gekommen? Glaubte Alice wirklich, sie habe das Recht, Lucy den Freund wegzunehmen, ohne über die Folgen nachzudenken?

Mit dem Telefon in der Hand saß Lucy auf dem Bett. Das Munch-Zimmer war gemütlich eingerichtet und gut geheizt, die Wände waren in einem warmen Rotbraun gestrichen und zur Decke hin weiß abgesetzt, die Bettbezüge in einem bunten geometrischen Muster gehalten. Und die großformatigen Kunstdrucke wie *Vier Mädchen auf der Brücke* und *Vier Mädchen in Åsgårdstrand* gefielen ihr sehr. Nur der albtraumhafte *Schrei*, das Bild mit dem Mann, der den Mund voller Angst und in geradezu greifbarer Pein aufgerissen hatte, drückte auf die Stimmung. Wenn man es einmal gesehen hatte, konnte man sich auf nichts anderes mehr konzentrieren.

Lucy drückte die Kurzwahltaste und starrte dabei auf diesen Mann, der sich die Hände auf die Ohren presste, auf den blutroten Himmel über ihm, den schwarzblauen Fjord im Hintergrund. Sie wusste genau, wie er sich fühlte.

Ihr Magen verkrampfte sich, als Alice abnahm.

„Hallo?" Argwohn schwang in der Stimme ihrer Schwester.

„Ich bin's." Lucy schnappte kurz nach Luft. „Ist Kevin bei dir?"

„Ja."

Stille.

Das war ein anderes Schweigen, als je zuvor zwischen ihnen geherrscht hatte. Es war erstickend und lähmend. In Gedanken war Lucy dieses Gespräch tausendmal durchgegangen, in immer neuen Varianten, aber jetzt, wo es darauf ankam, brachte sie kein Wort heraus.

Alice brach das Schweigen zuerst. „Ich weiß nicht, was ich sagen soll."

Lucy suchte ihre Zuflucht im Zorn, klammerte sich daran wie ein Schiffbrüchiger an einen Rettungsring. Was sie sagen sollte? „Du könntest mir sagen, warum du das getan hast."

„Es ist einfach passiert. Wir hatten beide keine Kontrolle darüber."

„Mag ja sein, dass du keine Kontrolle über deine Gefühle hattest, aber über dein Handeln hättest du sie haben können. Du hättest dich beherrschen müssen."

„Natürlich. Ich weiß genau, was du sagen wirst. Und mir ist klar, dass es nichts bringt, wenn ich dir sage, wie leid es mir tut. Auch wenn es tatsächlich stimmt."

„Alice. Jedes Mal, wenn du mir gesagt hast, es tue dir leid, dann habe ich geantwortet: Ist schon in Ordnung. Aber das hier, das ist nicht in Ordnung und wird auch nie in Ordnung sein. Wie lange läuft das schon?"

„Du meinst, wie lange wir schon miteinander gehen oder …"

„Ich meine Sex. Seit wann schlaft ihr miteinander?"

„Ein paar Monate. Seit Weihnachten."

„Seit …" Lucy brach ab. Im Zimmer schien plötzlich keinerlei Sauerstoff mehr zu sein. Sie schnappte nach Luft wie ein Fisch auf dem Trockenen.

„Wir waren nicht so oft zusammen", fuhr Alice hastig fort. „Es war schwer, Zeit zu finden, um …"

„Um euch hinter meinem Rücken miteinander zu vergnügen?"

„Kevin und ich hätten das anders angehen sollen. Aber ich

habe dir nichts weggenommen, Lucy. Du und Kevin, ihr hattet euch auseinandergelebt. Es war offensichtlich, dass es zwischen euch nicht mehr gut lief."

„Für mich war das nicht offensichtlich. Wir waren zwei Jahre zusammen. Wir haben in einem Haus miteinander gelebt. Noch letzte Woche haben wir miteinander geschlafen. Aus meiner Sicht lief es zwischen uns verdammt gut, Teufel noch mal."

Es fiel Lucy nicht leicht, so zu reden. Ihr lag es einfach nicht zu fluchen, nicht einmal jetzt. Aber dennoch tat es ihr gut. Es passte zum Anlass. Und anscheinend hatte Alice nicht damit gerechnet, dass Lucy und Kevin noch miteinander schliefen, entnahm sie dem Schweigen am anderen Ende der Leitung.

„Was, glaubst du, passiert jetzt?", fragte Lucy. „Erwartest du von mir, dass ich dir vergebe, meine Beziehung zu Kevin vergesse und mit euch plaudere, wenn wir uns im Familienkreis treffen?"

„Ich weiß, dass du Zeit brauchen wirst, bevor du das tun kannst."

„Zeit reicht nicht, um das in Ordnung zu bringen. Du hast mehr getan, als mir das Herz zu brechen, Alice. Du hast unsere Familie zerstört. Was soll jetzt geschehen? War es das wirklich wert?"

„Kevin und ich – wir lieben uns."

„Kevin liebt nur sich selbst. Und glaubst du nicht, dass er, wenn er mich hintergangen hat, das Gleiche mit dir tun wird? Denkst du wirklich, dass aus einer Beziehung, die so anfängt, etwas Gutes werden kann?"

„Er hat eine andere Beziehung zu mir als zu dir."

„Worauf begründest du das?"

„Ich verstehe deine Frage nicht."

„Ich frage: Wo liegt der Unterschied? Warum du? Warum nicht ich?"

„Bei mir kann Kevin er selbst sein. Du bist so vollkommen, Lucy. Deinen hohen Maßstäben kann niemand gerecht werden. Außer dir, wie es scheint."

„Ich habe nie behauptet, ich sei vollkommen“, sagte Lucy unsicher.

„Das brauchst du auch nicht. Du bist einfach so.“

„Du willst also allen Ernstes mir die Schuld an dem geben, was du getan hast?“

„Wir machen Witze darüber, was für ein Kontrollfreak du bist“, fuhr ihre Schwester gnadenlos fort. „Kevin sagt, du kannst es nicht ertragen, wenn er eine Socke auf dem Boden liegen lässt. Du bist so eifrig dabei, alles und jeden zu kontrollieren, dass du nie einen Augenblick innehalten kannst, um das Offensichtliche zu bemerken. Ich kann nichts dafür, wenn Kevin mich lieber mag. Ich schubse ihn nicht herum, so wie du das tust. Und übrigens: Du wirst auch künftig deine Freunde immer wieder verlieren, wenn du dich nicht änderst.“

„Du hättest bei diesem nicht unbedingt nachhelfen müssen“, gab Lucy zittrig zurück und legte auf, bevor ihre Schwester antworten konnte.

## 5. KAPITEL

Die Gedanken, die Lucy nach der Trennung durch den Kopf gingen, brachten sie an den Rand einer geistigen Erschöpfung. Sie zerpflückte vergangene Ereignisse, nahm Unterhaltungen genauestens unter die Lupe und bewertete sie neu, sortierte mögliche Warnzeichen und verknüpfte sie miteinander. Nach all dieser Mühe wunderte sie sich schließlich nicht mehr, dass es zur Trennung gekommen war, sondern nur noch darüber, dass sie die vielen Vorzeichen nicht wahrgenommen hatte.

Und sie wusste, dass es fast allen Menschen in der Trennungsphase so ging wie ihr.

„Die meisten Leute haben gar nicht die Zeit, etwas im Kontext zu betrachten, während es ihnen passiert", sagte Justine. „Wir alle sind viel zu beschäftigt damit, den Zahnarzttermin nicht zu vergessen, rechtzeitig zur Arbeit zu kommen und das Aquarium zu reinigen, bevor die Fische krank werden."

„Ich kann einfach nicht fassen, wie leicht Kevin mich täuschen konnte", gab Lucy nachdenklich zurück. „Ich glaubte, ihn so gut zu kennen, und nun stellt sich heraus, dass ich ihn überhaupt nicht kannte."

„So funktioniert Betrug nun mal. Menschen können dich nicht verletzen, solange du ihnen nicht vertraust."

„Ich glaube nicht, dass er es darauf angelegt hat, mich zu verletzen. Aber irgendwann im Laufe unseres Zusammenlebens haben sich Kevins Empfindungen für mich geändert, und ich habe das nicht gemerkt. Vielleicht hat er sich wirklich nur in Alice verliebt. Ganz einfach so."

„Glaube ich nicht", meinte Justine. „Ich schätze, dass Kevin deine Schwester benutzt hat. Als Mittel zum Zweck, aus der Beziehung zu dir auszubrechen. Und jetzt hat er sie an der Backe."

„Selbst wenn das stimmen sollte, muss ich begreifen, warum er mich nicht mehr liebt."

„Du brauchst einfach nur einen neuen Freund."

Lucy schüttelte den Kopf. „Ich nehme mir erst mal eine Auszeit von den Männern, bis ich herausgefunden habe, warum ich immer bei den Falschen lande."

Aber ihre Freundin ließ das nicht gelten. „Ich kenne eine Reihe großartiger Typen. Ich kann dich mit jemandem verkuppeln." Justine gehörte beinah jeder Gruppe und jedem Club in Friday Harbor an. Sie meldete sich als freiwillige Helferin für wohltätige Veranstaltungen und Volksläufe und leistete finanzielle Unterstützung für einen lokalen Selbstverteidigungskurs für Frauen. Obwohl Justines Kontakte zu Männern selten länger dauerten als das Abtasten durch einen Sicherheitsoffizier auf dem Flughafen, schaffte sie es meistens, dass sie und die Männer, mit denen sie mal gegangen war, Freunde blieben.

„Natürlich", fuhr Justine nachdenklich fort, „kann es sein, dass du deine Anforderungen ein bisschen runterschrauben musst."

„Meine Anforderungen sind doch gar nicht so hoch", widersprach Lucy. „Ich möchte doch nur einen Mann, der auf sich achtet, ohne zu selbstverliebt zu sein ... Der arbeitet, aber nicht nur für seinen Job lebt. Selbstbewusst sollte er sein, aber nicht arrogant ... und nicht noch mit Mitte dreißig bei seinen Eltern leben. Außerdem sollte er nicht davon ausgehen, dass eine Einladung zu einem romantischen Essen in einem Restaurant automatisch dazu führt, dass ich mich für ihn entblättere. Ist das wirklich zu viel verlangt?"

„Ja", entgegnete Justine. „Aber wenn du diese Qualitätenliste vergessen kannst, findest du wahrscheinlich einen ganz annehmbaren Mann. So was wie Duane."

Sie bezog sich damit auf ihren derzeitigen Partner, einen Biker, der Lederklamotten trug und eine 81er Harley Davidson Shovelhead fuhr.

„Habe ich euch erzählt, dass ich an einem Auftrag für Hog Heaven arbeite?", fragte Lucy. Das war die Biker-Kirche, der Duane angehörte.

„Nein, hast du nicht."

„Sie wollen das große Fenster an der Rückseite des Gebäudes austauschen, und ich soll es für sie anfertigen. Ich habe ein paar Vorschläge aus der Gemeinde aufgegriffen. Der Querbalken des Kreuzes wird ein stilisierter Motorradlenker werden."

„Das ist ja cool", meinte Justine. „Ich hätte nie gedacht, dass sie sich deine Arbeit leisten können."

„Können sie auch nicht", gab Lucy grinsend zu. „Aber sie sind alle so nett, dass ich sie nicht abweisen konnte. Also sind wir eine Art Tauschhandel eingegangen. Ich übernehme die Glasarbeiten für sie, und wenn sie mir irgendwann mal einen Gefallen tun können, soll ich sie einfach anrufen."

Zwei Tage lang hatte Lucy beinah rund um die Uhr in ihrer Kunstwerkstatt gearbeitet, nachdem sie aus Kevins Haus ausgezogen war und sich in dem Zimmer im *Artist's Point* eingerichtet hatte. Sie kam praktisch nur für ein paar Stunden Schlaf in die Frühstückspension und kehrte schon vor Tagesanbruch wieder in ihr Atelier zurück. Während das Fenster für die Biker-Kirche Gestalt annahm, fühlte Lucy sich ihrer Arbeit noch stärker verbunden als sonst.

Der Gemeindesaal der Biker-Kirche befand sich in einem ehemaligen Kino. Er war klein und bisher fensterlos. Nun war dort, wo künftig das Buntglasfenster prangen sollte, ein Loch mitten in die Vorderwand geschnitten worden. Früher hatte dort die Kinoleinwand gehangen. Das ganze Gebäude war kaum mehr als sechs Meter breit. Beidseits des Mittelgangs standen mehrere Reihen zu je sechs Stühlen. „Wir bereiten uns auf den Himmel vor", hatte ihr der Pastor gesagt, „weil die Hölle uns nicht aufnehmen wird." Nach diesen Worten wusste Lucy ganz genau, wie das Fenster aussehen würde.

Sie verband in dieser Arbeit zwei Techniken miteinander: zum einen die traditionelle Bleiruten-Methode, bei der die Glasstücke in ein Fachwerk aus Bleischienen, sogenannten Bleiruten, gesetzt wurden – zum anderen eine moderne Methode, bei der stellenweise bunt lackierte Glasplatten auf größere Glasflächen aufgeklebt wurden. Das verlieh dem Fenster mehr Tiefe und den Eindruck von Dreidimensionalität. Nachdem sie die Einzelbilder in das Fachwerk aus Bleiruten eingesetzt und mit Spezialfensterkitt fest verankert hatte, stabilisierte sie das ganze Fenster mit aufgelöteten Verstärkungen aus verzinkten Flachstahl-Windeisen.

Gegen zwei Uhr morgens war sie fertig und trat von ihrer Werkbank zurück. Tiefe Befriedigung erfüllte sie, als sie das Fenster betrachtete. Es war ganz genauso geworden, wie sie es sich vorgestellt hatte: pietätvoll und schön, ein wenig skurril. Passend zu der Biker-Kirche, für die es gemacht war.

Es hatte ihr gutgetan, etwas Produktives zu leisten und sich auf etwas anderes zu konzentrieren als ihre aktuellen Probleme. Mein Glas hat mich noch nie im Stich gelassen, dachte sie und strich mit den Fingerspitzen über eines der glänzenden durchscheinenden Einzelbilder.

Eigentlich hätte Lucy ihren Eltern längst von der Trennung von Kevin erzählen müssen. Doch sie hatte das Telefonat immer wieder aufgeschoben. Sie brauchte Zeit, über das Geschehene nachzudenken, und außerdem war sie sicher, dass Alice inzwischen längst angerufen und ihre eigene Darstellung der Ereignisse abgeliefert hatte. Lucy wollte nicht schon wieder Gefühle und Energie in eine sinnlose Auseinandersetzung investieren. Ihre Eltern würden sich sowieso wie immer auf Alices Seite stellen und von Lucy erwarten, dass sie ihren Mund hielt und in den Hintergrund trat.

Die Marinns waren in eine Eigentumswohnung in der Nähe des California Institute of Technology, kurz Caltech, gezogen, wo Philipp in Teilzeit unterrichtete. Alle zwei bis drei Monate kamen sie nach Seattle, um ihre Töchter zu besuchen und mit ihren Freunden und ehemaligen Kollegen Kontakt zu halten. Bei ihrem letzten Besuch hatten sie sich darüber geärgert, dass ein großzügiger Scheck, den sie Lucy zum Geburtstag gegeben hatten, komplett für ein neues Jetboot für Kevin draufgegangen war.

„Ich hatte gehofft, du kaufst dir mal was Nettes für dich", hatte ihre Mutter sie unter vier Augen sanft getadelt. „Oder lässt deinen Wagen mal richtig in Ordnung bringen und neu lackieren. Irgendetwas, das dir zugutekommt."

„Aber es kommt mir zugute, wenn Kevin sich freut."

„Nachdem du den Scheck bekommen hast, wie lange hat er gewartet, bis er erwähnt hat, er hätte gern ein Jetboot?"

Genervt von dieser Frage, meinte Lucy beiläufig: „Oh, er hat es gar nicht erwähnt. Das war ganz und gar meine Idee."

Das entsprach natürlich nicht der Wahrheit, und ihre Mutter hatte ihr sowieso nicht geglaubt. Spätestens in diesem Moment war Lucy klar geworden, dass ihre Eltern ihren Freund ablehnten, und das hatte sie beunruhigt. Jetzt fragte sie sich, was sie wohl davon halten mochten, dass er der einen Schwester zugunsten der anderen den Laufpass gab. Sie hegte den Verdacht, dass ihre Eltern sich irgendwie damit arrangieren würden, wenn damit ein Wunsch von Alice in Erfüllung ging und sie glücklich wurde.

Als jedoch ihre Mutter aus Pasadena anrief, reagierte sie ganz anders, als Lucy erwartet hätte.

„Ich habe gerade mit Alice gesprochen. Sie hat mir erzählt, was passiert ist. Das glaube ich einfach nicht."

„Ich konnte es erst auch nicht fassen", bestätigte Lucy. „Erst als Kevin mich aufforderte, auszuziehen, habe ich begriffen."

„Gab es irgendwelche Warnzeichen? Hattest du eine Ahnung, was auf dich zukommt?"

„Nein, nicht die leiseste."

„Alice sagt, du und Kevin, ihr hättet Probleme miteinander gehabt."

„Offensichtlich", meinte Lucy. „Das Problem, das wir hatten, war augenscheinlich Alice."

„Ich habe Alice klargemacht, dass euer Vater und ich unglaublich enttäuscht von ihr sind und wir dieses Benehmen auf keinen Fall unterstützen können. Zu ihrem eigenen Besten."

„Tatsächlich?", fragte Lucy nach kurzem Schweigen.

„Warum klingst du so überrascht?“

Leicht befremdet lachte Lucy auf. „Mom, ich kann mich nicht entsinnen, jemals von dir oder Dad gehört zu haben, dass ihr enttäuscht seid von etwas, das Alice getan hat. Ich dachte eigentlich, ihr würdet mich bitten, Alices Beziehung zu Kevin zu akzeptieren und über die Sache hinwegzukommen.“

„Du hast zwei Jahre mit diesem Mann zusammengelebt. Ich kann mir nicht vorstellen, dass du einfach so darüber *hinwegkommen* kannst.“ Lange blieb es still in der Leitung. „Ich verstehe nicht, wie du auf die Idee kommst, dein Vater und ich fänden es gut, was Alice tut.“

Ihre Mutter klang so ehrlich verwundert, dass Lucy unwillkürlich ungläubig auflachte. „Euch hat immer alles gefallen, was Alice wollte, ob es nun richtig oder falsch war.“

Einen Moment schwieg ihre Mutter. „Ich gebe zu“, sagte sie schließlich, „dass ich wohl stets etwas zu nachsichtig mit deiner Schwester war. Sie hat immer mehr Hilfe gebraucht als du, Lucy. Sie war nicht so leistungsfähig wie du, und nach der Meningitis hat sie sich nie richtig erholt. Wechselnde Launen und Depressionen …“

„Das alles könnte auch darauf zurückzuführen sein, dass ihr sie hoffnungslos verzogen habt.“

„Lucy.“ Der Ton ihrer Mutter war vorwurfsvoll.

„Ich bin ebenso schuld“, fuhr Lucy fort. „Schließlich habe ich ihr genauso geholfen wie alle anderen. Wir haben sie immer wie ein kleines Kind behandelt. Natürlich kann es sein, dass sie mit Langzeitfolgen der Meningitis zu kämpfen hat. Aber … irgendwann muss Alice auch mal selbst die Verantwortung für ihr Verhalten übernehmen.“

„Möchtest du nach Kalifornien kommen und uns besuchen? Mal für ein paar Tage raus? Dad und ich bezahlen das Flugticket.“

Lucy lächelte. Der Themawechsel war zu offensichtlich. „Danke, das ist wirklich lieb von euch. Aber ich würde ja doch nur herumhängen und Trübsal blasen. Ich glaube, es ist besser für mich, hierzubleiben und zu arbeiten."

„Brauchst du irgendwas?"

„Nein, es ist alles okay. Ich nehme jeden Tag, wie er kommt. Schwierig wird es, wenn ich zufällig mit Kevin und Alice zusammentreffe. Ich weiß noch nicht, wie ich damit umgehen soll."

„Es ist doch wohl zu hoffen, dass Kevin so anständig ist, sie in Seattle zu besuchen, statt darauf zu bestehen, dass sie ihn auf der Insel besucht."

Lucy blinzelte verdutzt. „Sie werden beide hier sein, Mom."

„Wie meinst du das?"

„Hat Alice dir das nicht gesagt? Sie zieht zu Kevin."

„Nein, sie ..." Ihre Mutter unterbrach sich. „Großer Gott. In das Haus, in dem ihr beide gewohnt habt?"

„Ja."

„Und was macht Alice mit ihrer Wohnung in Seattle?"

„Keine Ahnung", gab Lucy trocken zurück. „Vielleicht sollte ich sie mieten."

„Lucy, das ist ganz und gar nicht witzig!"

„Tut mir leid. Es ist nur ... Alice hat sich mein Leben angezogen wie ein altes Kleid. Und das Verrückte an der Sache ist – sie scheint deswegen keinerlei Schuldgefühle zu haben. Ich glaube sogar, dass sie der Meinung ist, ein Anrecht auf meinen Freund zu haben. So als müsste ich ihn ihr überlassen, nur weil sie ihn haben will."

„Das ist meine Schuld. Wie ich sie erzogen habe ..."

„Warte", fiel Lucy ihr ins Wort. Da ihr Ton schärfer ausfiel, als sie es wollte, holte sie kurz Luft und sprach dann ruhiger weiter. „Mom, bitte, kann sie nicht einmal, *ein einziges Mal*, selbst Schuld haben? Können wir uns einfach darauf einigen, dass Alice etwas falsch gemacht hat, statt ein Dutzend Wege zu suchen, sie zu entschuldigen? Denn jedes Mal, wenn ich daran denke, dass sie in meinem Haus schläft, in meinem Bett, mit meinem Freund, dann ist mir ganz und gar danach, ihr die Schuld zu geben."

„Aber, Lucy – auch wenn es dafür sicher viel zu früh ist –, sie ist deine Schwester. Und wenn sie eines Tages zu dir kommt, um dich aufrichtig um Verzeihung zu bitten, dann hoffe ich doch, dass du ihr vergeben wirst. Schließlich sind wir eine Familie.“

„Du hast recht: Es ist viel zu früh dafür. Hör mal, Mom, ich ... muss jetzt weg.“ Lucy wusste, dass ihre Mutter nur zu helfen versuchte. Aber Gespräche dieser Art waren zwischen ihnen noch nie gut gelaufen. Sie konnten über Oberflächlichkeiten reden. Aber sowie sie ernstere Themen anschnitten, schien ihre Mutter zu glauben, sie müsse Lucy vorschreiben, wie sie zu denken und zu fühlen hatte. Infolgedessen hatte Lucy die persönlichen Einzelheiten ihrer Beziehungen immer viel lieber ihren Freundinnen als ihrer Familie anvertraut.

„Ich weiß, du glaubst nicht, dass ich verstehen kann, wie du dich fühlst, Lucy“, sagte ihre Mutter. „Aber ich tue es.“

„Tatsächlich?“ Während Lucy darauf wartete, dass ihre Mutter weiterredete, fiel ihr Blick auf einen Kunstdruck von Munchs *Tanz des Lebens*. Das Werk zeigte mehrere tanzende Paare in einer Sommernacht. Und zwei Frauen, die allein danebenstanden. Die junge Frau auf der Linken war in Weiß gekleidet und sah unschuldig und voller Hoffnung aus. Die Ältere auf der Rechten dagegen trug Schwarz, und ihre steife, unnachgiebige Haltung vermittelte die Verbitterung über eine Liebesaffäre, die unschön geendet hatte.

„Bevor ich geheiratet habe“, begann ihre Mutter, „war ich mit einem Mann zusammen. Ich habe ihn sehr geliebt. Und eines Tages teilte er mir mit, dass er sich in meine beste Freundin verliebt habe.“

Nie zuvor hatte ihre Mutter ihr davon erzählt. Lucy umklammerte den Telefonhörer und brachte keinen Ton heraus.

„Es war mehr als nur schmerzhaft. Ich hatte ... nun ja, ich nehme an, du würdest es einen Nervenzusammenbruch nennen. Nie habe ich vergessen, wie das war. Ich fühlte mich, als käme ich nie mehr aus dem Bett hoch. Als sei meine Seele viel zu schwer, um mich zu bewegen.“

„Es tut mir leid“, erwiderte Lucy sehr leise. „Es fällt mir schwer, mir vorzustellen, dass du so etwas durchgemacht hast. Es muss schrecklich für dich gewesen sein.“

„Das Schlimmste daran war, dass ich meinen Freund und meine beste Freundin zugleich verloren habe. Ich glaube, es tat ihnen beiden leid, mir solchen Schmerz zuzufügen, aber sie liebten einander so sehr, dass alles andere unwichtig wurde. Sie haben geheiratet. Später hat meine ehemalige Freundin mich um Verzeihung gebeten, und ich habe ihr vergeben.“

„Hast du es auch ernst gemeint?“ Lucy musste diese Frage einfach stellen.

Ein kleinlautes Lachen war die Antwort. „Ich habe die Worte gesagt. Mehr konnte ich einfach nicht. Und ich war froh, dass ich wenigstens das getan habe, denn sie starb schon ein Jahr nach der Hochzeit am Lou-Gehrig-Syndrom, einer Krankheit, die nach und nach das gesamte Nervensystem befällt.“

„Und was wurde aus dem Mann? Hast du je wieder Kontakt aufgenommen?“

„Das könnte man so sagen“, gab ihre Mutter trocken zurück. „Ich habe ihn schließlich geheiratet, und wir haben zwei Töchter.“

Lucy riss überrascht die Augen auf. Sie hatte nie gewusst, dass ihr Vater schon einmal verheiratet gewesen war. Dass er eine andere Frau geliebt und verloren hatte. War das der Grund, dass er ständig so weit entfernt wirkte?

So viele Geheimnisse, versteckt in der Familiengeschichte, versteckt in den Herzen der Eltern.

„Warum erzählst du mir das jetzt?“, brachte sie schließlich über die Lippen.

„Ich habe Philipp geheiratet, weil ich ihn immer noch liebte und obwohl ich wusste, dass er diese Liebe nicht genauso erwiderte. Er kam zu mir zurück, weil er trauerte und allein war. Er brauchte jemanden. Aber das ist nicht dasselbe wie lieben.“

„Er liebt dich“, widersprach Lucy.

„Auf seine Weise. Es war und ist eine gute Ehe. Aber ich musste immer mit dem Wissen leben, dass ich nur seine zweite Wahl war. Und das ist etwas, was ich mir auf keinen Fall für dich wünsche. Ich möchte, dass du einen Mann findest, der dich für die Sonne und den Mond seines Lebens hält."

„Ich glaube nicht, dass es diesen Mann gibt."

„Es gibt ihn. Und, Lucy, auch wenn du zum falschen Mann Ja gesagt hast, hoffe ich doch sehr, dass du dem richtigen Mann nicht deshalb einen Korb gibst."

## 6. KAPITEL

Nach zwei Monaten im *Artist's Point* hatte Lucy ein paar Wohnungen gefunden, die für sie infrage kamen. Aber so richtig gefiel ihr keine davon. Entweder war sie viel zu abgelegen oder zu teuer oder zu dunkel oder, oder, oder. Sie würde sich bald entscheiden müssen, aber Justine und Zoë meinten, sie solle sich ruhig so viel Zeit nehmen, wie sie nun mal brauchte.

Es hatte Lucy unglaublich gutgetan, bei den Hoffmanns untergekommen zu sein. Ihre Gesellschaft war das perfekte Gegenmittel für ihren Trennungs-Blues. Immer wenn sie sich niedergeschlagen oder allein fühlte, konnte sie Zoë in der Küche Gesellschaft leisten oder eine Joggingrunde mit Justine drehen. Es war nahezu unmöglich, in Justines Nähe traurig zu sein, denn sie hatte einen ausgefallenen Sinn für Humor und verfügte über endlose Energiereserven.

„Ich kenne genau den Richtigen für euch", verkündete Justine eines Nachmittags, während sie, Zoë und Lucy die Pension für eine monatlich stattfindende Veranstaltung herrichteten – eine stille Leseparty. Ursprünglich war das Zoës Idee gewesen. Die Leute konnten ihre Lieblingsbücher mitbringen oder sich Lektüre aus der Büchersammlung der Pension auswählen. Dann ließen sie sich in den bequemen Sofas oder Sesseln des großen Aufenthaltsraums im Erdgeschoss nieder, wo Wein und Käse bereitstanden, und lasen in Ruhe ihre Bücher.

Justine hatte sich zunächst über die Idee lustig gemacht. „Warum sollte jemand zum Lesen irgendwohin gehen, wenn er das auch zu Hause tun kann?"

Aber Zoë hatte sich durchgesetzt, und der Erfolg gab ihr recht. Selbst bei schlechtem Wetter standen die Leute draußen Schlange, bevor die Türen sich zur Leseparty öffneten.

„Ich würde ihn ja dir überlassen, Lucy", fuhr Justine fort, „aber Zoë muss schon länger ohne Freund auskommen. Das ist wie in der Notaufnahme. Wer am schlimmsten dran ist, hat Vorrang.“

Ihre Cousine schüttelte den Kopf und stellte ein Tablett mit Käsehäppchen auf die große antike Anrichte im Aufenthaltsraum. „Ich brauche keine Notfall-Behandlung. Irgendwann, wenn die Zeit reif ist, werde ich jemanden treffen. Warum kannst du nicht alles einfach seinen Lauf nehmen lassen?“

„Weil es zu lange dauert, wenn man alles dem Schicksal überlässt“, gab Justine zurück. „Und du musst einfach mal wieder rauskommen. Ich sehe die Warnsignale.“

„Was für Warnsignale?“

„Zum Beispiel verbringst du viel zu viel Zeit mit Byron. Er ist total verhätschelt.“

Tatsächlich ging ein großer Teil von Zoës Freizeit dafür drauf, ihre Perserkatze zu verwöhnen. Das Tier hatte ein Katzenklo mit Mahagoniverkleidung, eine ganze Sammlung Halsbänder, die mit Strass besetzt waren, und ein blaues Katzenbett aus Samt. Byron wurde regelmäßig gebadet, gekämmt und gebürstet und bekam seine Luxus-Mahlzeiten stilecht auf Porzellantellerchen serviert.

„Der Kater führt ein besseres Leben als ich“, fuhr Justine fort.

„Auf jeden Fall hat er besseren Schmuck“, meinte Lucy.

Zoë runzelte die Stirn. „Ganz ehrlich: Ich bin allemal lieber mit einer Katze zusammen als mit einem Mann.“

Justine warf ihr einen süffisanten Blick zu. „Hast du dich schon mal mit einem Mann getroffen, der Haarballen hochwürgt?“

„Nein. Aber im Gegensatz zu Männern kommt Byron immer pünktlich zum Essen und beschwert sich nicht, wenn ich shoppen gehe.“

„Trotz deiner Schwäche für kastrierte Kerle“, erwiderte Justine, „glaube ich, dass Sam dir sehr gut gefallen würde. Du kochst gern. Er produziert Wein. Passt doch ideal.“

Zoë wirkte nicht überzeugt. „Sprichst du von Sam Nolan? Dem Sam, der in der Grundschule schon ein Streber war?“

Als Lucy den Namen hörte, wäre ihr fast ein Stapel Bücher aus den Händen gefallen. Mit etwas Mühe stapelte sie die schweren Bände auf einem Couchtisch vor dem geblümten Sofa.

„So schlimm war er nun auch wieder nicht", protestierte Justine.

„Ich bitte dich. Er spielte ständig mit seinem Zauberwürfel herum. Wie Gollum mit seinem Ring."

Justine musste lachen. „Gott, ja, ich erinnere mich."

„Und er war so dünn, dass wir ihn festhalten mussten, wenn es mal ein bisschen wehte. Ist er tatsächlich zu einem hübschen netten Kerl herangewachsen?"

„Hübsch und nett? Er ist absolut geil!", gab Justine mit Nachdruck zurück.

„Findest du", berichtigte Zoë sie. „Aber was Männer angeht, haben wir beide ganz und gar nicht den gleichen Geschmack."

Verdutzt musterte Justine sie. „Findest du Duane etwa nicht süß?"

In einer Mischung aus Verlegenheit und Unbehagen zuckte Zoë mit den Schultern. „Keine Ahnung. Man sieht ja nichts von ihm."

„Wie meinst du das?"

„Ich kann kaum sein Gesicht erkennen, weil sein Backenbart es komplett überwuchert. Und dann die vielen Tätowierungen."

„Er hat doch nur drei", widersprach Justine.

„Es sind viel mehr als drei", gab Zoë zurück. „Sie alle zu lesen bietet fast so viel Stoff wie ein E-Book."

„Na und? Ich mag Tätowierungen. Und um dich zu beruhigen: Sam hat keine. Auch keine Piercings." Als Zoë den Mund öffnete, fügte Justine hinzu: „Und keinen Bart." Sie prustete verärgert auf. „Ich werde Beweisfotos heranschaffen."

„Justine hat recht", mischte Lucy sich ein. „Ich bin ihm begegnet. Er ist wirklich toll."

Die beiden Cousinen wandten verblüfft die Köpfe und starrten sie an.

„Du hast Sam getroffen und es nicht für nötig gehalten, das auch nur mit einem Wort zu erwähnen?“, fragte Justine.

„Na ja, nur ein einziges Mal und das auch nur sehr kurz. Ich hatte keine Ahnung, dass ihr ihn kennt.“

„Sam und ich – wir sind schon ewig Freunde“, erklärte Justin.

„Warum ist er noch nie hier aufgekreuzt?“, wollte ihre Cousine wissen.

„Weil Sam seit ein paar Jahren wahnsinnig viel um die Ohren hat. Er hat ein paar Leute, die für ihn auf dem Weingut arbeiten, aber für ihn bleibt noch mehr als genug zu tun.“ Justine wandte sich wieder Lucy zu. „Erzähl – wie und wo seid ihr euch begegnet?“

Lucy stellte die Weingläser auf die Anrichte. „Ich war mit dem Fahrrad unterwegs und habe ... für ein paar Minuten angehalten. Wir haben ein paar Worte gewechselt. Das war alles.“

„Justine, warum gehst du nicht mit ihm?“, fragte Zoë.

„Ich bin mit ihm gegangen. In der Mittelstufe, nachdem du mit deinen Eltern nach Everett gezogen bist. Es war eine typische Sommerromanze. Als das neue Schuljahr begann, hat sie sich sozusagen in Luft aufgelöst. Aber seitdem sind Sam und ich befreundet.“ Justine hielt einen Moment inne. „Es gibt ein Problem: Er ist nicht der Typ für eine dauerhafte Beziehung. An etwas Ernsthaftem ist er nicht interessiert. Sam ist ein freier Geist und gibt offen zu, dass er niemals heiraten will.“ Wieder schwieg sie einen Moment bedeutungsvoll. „Frag Denise Rausman.“

Der Name war Lucy geläufig. Denise war eine toll aussehende blonde Fernsehreporterin, die erst kürzlich zur heißesten Nachrichtensprecherin von Seattle gewählt worden war. „Mit *der* ist er gegangen?“

„Ja. Sie hat ein Ferienhaus in der Nähe von Roche Harbor. Sie und Sam waren fast ein Jahr zusammen. War eine ziemlich heftige Affäre. Sie war absolut heiß auf ihn. Aber auch sie hat es nicht geschafft, ihn zu halten, und schließlich hat sie aufgegeben. Und dann war da noch Laura Delfrancia."

„Wer ist das?", fragte Zoë.

„Die Chefin von Pacific Mountain Capital ... Sie investiert in junge Unternehmen, vor allem Hi-Tech und Erneuerbare Energie. Eine Klasse-Frau, sehr elegant und stinkreich. Aber auch sie konnte Sam nicht dazu bringen, sich dauerhaft an sie zu binden."

„Schwer vorstellbar, dass eine solche Frau es auf Sam Nolan abgesehen haben soll", meinte Zoë. „Auf diesen Streber? Da muss er sich schon ganz gewaltig entwickelt haben."

„Streber haben auch ihre Vorteile", erwiderte Justine. „Sie sind toll im Bett. Sie haben eine Menge Fantasie und sind ausgesprochen kreativ. Und sie spielen gern mit diversen Gerätschaften herum."

Als die anderen beiden losprusteten, reichte sie ihnen ein Glas Wein. „Hier. Was immer man auch über Sam sagen mag, er produziert einen fantastischen Wein."

„Das ist einer seiner Weine?", fragte Lucy und schwenkte die leicht ölig wirkende tiefrote Flüssigkeit in ihrem Glas.

„Der heißt *Kielholen* und ist ein Verschnitt aus Shiraz und Cabernet."

Lucy nippte davon. Der Wein war erstaunlich weich, die Frucht kräftig, aber harmonisch, ein Hauch von Mokka im Abgang. „Der ist gut", sagte sie. „Es würde sich lohnen, mit ihm auszugehen, wenn man dafür kostenlos ein paar Flaschen von diesem Wein bekäme."

„Hast du Sam deine Telefonnummer gegeben?", wollte Justine wissen.

Lucy schüttelte den Kopf. „Kevin hatte mich gerade sitzen gelassen."

„Kein Problem. Ich kann dich mit Sam zusammenbringen. Sofern Zoë keine Einwände hat."

„Nein", erklärte Zoë mit Nachdruck. „Ich habe kein Interesse."

Leicht gereizt lachte Justine auf. „Selbst schuld. Dann ist Lucy die Glückliche."

„Ich habe auch kein Interesse", wehrte Lucy ab. „Es ist erst zwei Monate her, dass meine Beziehung in die Brüche gegangen ist. Und in der Regel sollte man genau halb so lange warten, wie die Beziehung gehalten hat, bevor man sich auf etwas Neues einlässt ... Für mich hieße das: ungefähr ein Jahr."

„Die Regel lautet ganz anders!", rief Justine. „Die Anzahl der Jahre, die die Beziehung gehalten hat, in Monaten. Das wäre die Wartezeit."

„Ich halte all diese Regeln für albern", warf Zoë ein. „Lucy, du solltest dich von deinen Instinkten leiten lassen. Du wirst einfach wissen, wann du bereit für einen Neuanfang bist."

„In Sachen Männer traue ich meinen Instinkten nicht", erwiderte Lucy. „Das ist bei mir wie mit den Glühwürmchen. Ich habe neulich einen Artikel darüber gelesen, warum es immer weniger Glühwürmchen gibt. Einer der Gründe liegt in der künstlichen Beleuchtung. Sie bemerken die Signale ihrer Partner nicht mehr, weil es überall hell ist: Hausbeleuchtungen, Straßenlaternen, Leuchtreklamen ..."

„Die armen Dinger", meinte Zoë.

„Genau", stimmte Lucy zu. „Da denken sie, den perfekten Partner gefunden zu haben, fliegen darauf zu und blinken so schnell, wie sie können, und dann ist es ein Feuerzeug. So geht es mir ständig, und ich kann und mag einfach nicht mehr."

Justine schüttelte langsam den Kopf und musterte die Freundinnen. „Das Leben ist ein Festessen, und ihr beide lauft mit chronischen Magenschmerzen rum."

Nachdem sie den Hoffmanns geholfen hatte, alles für die Leseparty vorzubereiten, ging Lucy in ihr Zimmer. Sie hockte sich im Schneidersitz auf ihr Bett, den Laptop auf dem Schoß, und rief ihre E-Mails ab. Tatsächlich war eine Mail eingegangen, und zwar von ihrem früheren Professor und Mentor, Dr. Alan Spellman. Er war erst kürzlich als Kunst- und Industrie-Koordinator an das weltberühmte Mitchell Art Center in New York berufen worden.

*Liebe Lucy,*

*erinnerst du dich noch an das Residenzprogramm für Künstler, das ich bei unserem letzten Gespräch erwähnt habe? Es läuft ein ganzes Jahr, alle Ausgaben trägt das Art Center, und man arbeitet mit Künstlern aus aller Welt zusammen. Du wärst die perfekte Besetzung für diese Stelle. Ich glaube, dass du ein einzigartiges Gespür für Glas als Ausdrucksmittel hast, während zu viele moderne Künstler dessen illusorische Möglichkeiten übersehen. Dieses Förderprojekt würde dir die Freiheit geben, Experimente durchzuführen, die für dich unter den derzeitigen Bedingungen schwierig, wenn nicht gar unmöglich sind.*

*Lass mich wissen, ob du einen Versuch wagen möchtest. Das Bewerbungsformular findest du im Anhang. Ich habe schon ein gutes Wort für dich eingelegt, und sie sind hier total begeistert von der Chance, etwas auf die Beine zu stellen.*

*Herzliche Grüße*
*Alan Spellman*

Die Chance ihres Lebens: ein Jahr in New York, um sich nur mit Glas zu befassen und zu experimentieren.

Lucy klickte auf den Link am Schluss der E-Mail, überflog die Anforderungen für eine Bewerbung – ein Projektvorschlag von einer DIN A4-Seite, ein Anschreiben und zwanzig digitale Fotos von ihren Arbeiten. Einen quälenden Moment lang gestattete sie sich, darüber nachzudenken.

Ein neuer Ort … ein neuer Anfang.

Aber ihre Chancen, sich gegen all die anderen Bewerber

durchzusetzen, waren so gering, dass sie es lächerlich fand, sich überhaupt Gedanken darüber zu machen.

Wer bist du schon, dass du glaubst, eine Chance auf diese Stelle zu haben? fragte sie sich.

Aber dann drängte sich ein zweiter Gedanke auf. *Wer bist du, dass du es nicht mal für nötig hältst, den Versuch zu wagen?*

## 7. KAPITEL

*Ich muss mit dir reden, Lucy*, hatte ihre Mutter auf dem Anrufbeantworter hinterlassen. *Ruf mich an, wenn du ein paar Minuten Zeit ungestört sprechen kannst. Schieb's bitte nicht auf. Es ist wichtig.*

Trotz des drängenden Tonfalls hatte Lucy noch nicht zurückgerufen. Sie war sich sicher, dass es um Alice ging, und sie wollte nur einen Tag lang mal nicht über ihre jüngere Schwester nachdenken oder reden. Also hatte sie stattdessen den Nachmittag damit verbracht, ihre zuletzt gefertigten Werke zu verpacken und an eine Reihe von Geschäften in Friday Harbor auszuliefern.

„Wunderschön", freute sich Susan Seburg, Inhaberin eines Ladens und mittlerweile eine enge Freundin von Lucy, als sie die Auswahl an Glasmosaiken in Augenschein nahm, die Lucy ihr gebracht hatte. Es handelte sich um eine Serie von Frauenschuhen: Pumps, hochhackige Sandalen, Keilschuhe und sogar ein Paar Turnschuhe. Sie waren alle aus Glas, Keramik, Kristall und Perlen gefertigt. „Oh, ich wünschte, ich könnte sie tatsächlich tragen! Weißt du, es wird bestimmt jemand reinkommen und die ganze Serie auf einmal kaufen. In letzter Zeit bleiben deine Arbeiten einfach nicht in den Regalen liegen. Sowie ich sie ausstelle, sind sie auch schon verkauft."

„Das ist gut zu hören."

„Deine letzten Stücke haben etwas Bezauberndes an sich ... etwas ... Ach, ich weiß nicht, etwas Besonderes. Einige Kunden denken darüber nach, bestimmte Arbeiten direkt bei dir zu bestellen."

„Das ist toll. Aufträge kann ich immer gebrauchen."

„Ja, es ist gut, wenn man zu tun hat." Susan legte die Akzentlampe aus der Hand und schaute Lucy mitfühlend an. „Ich vermute, es hilft dir, dich abzulenken." Als Lucy sie verständnislos ansah, fügte sie hinzu: „Wegen Kevin Pearson und deiner Schwester."

Lucy senkte ihren Blick auf den Terminkalender in ihrem Handy. „Du meinst, weil die zwei zusammenleben?"

„Das und die Hochzeit."

„Hochzeit?", wiederholte Lucy schwach. Ihr war, als hätte sich schlagartig Eis unter ihren Füßen gebildet. Wenn sie auch nur einen Schritt tat, egal in welche Richtung, würde sie ausrutschen und fallen.

Susans Gesichtsausdruck änderte sich. „Das wusstest du noch nicht? Mist. Es tut mir leid, Lucy. Ich wollte nicht diejenige sein, die es dir sagt."

„Sie sind verlobt?" Lucy konnte es einfach nicht glauben. Wie hatte Alice es geschafft, Kevin dazu zu bringen?

„Ich kann mir schon vorstellen, irgendwann mal zu heiraten", hatte er Lucy einmal gesagt. „Aber ich habe es damit ganz und gar nicht eilig. Ich meine, ich bin bereit, mit jemandem zu leben. Aus freien Stücken und für sehr lange Zeit. Aber wo ist da der große Unterschied zur Ehe?"

„Es hebt die Beziehung auf eine andere Ebene", hatte Lucy geantwortet.

„Kann sein. Kann aber auch sein, dass die Gesellschaft uns das einfach nur glauben machen will. Haben wir das wirklich nötig?"

Offensichtlich hatte er es jetzt nötig. Wegen Alice. Bedeutete das etwa, dass er sie wirklich liebte?

Im Grunde war Lucy nicht einmal eifersüchtig. Kevin hatte sie betrogen, und er würde vermutlich auch Alice betrügen. Aber diese Neuigkeit brachte sie ins Grübeln. Was stimmte mit ihr nicht? Vielleicht hatte Alice ja recht. Vielleicht war Lucy ein Kontrollfreak und verjagte damit jeden Mann, der dumm genug war, sie zu lieben.

„Es tut mir leid", wiederholte Susan. „Deine Schwester fährt mit einem Hochzeitsplaner kreuz und quer über die Insel. Sie suchen nach einem geeigneten Platz für die Feier."

Das Telefon in Lucys Hand zitterte. Sie steckte es in ihre Tasche, versuchte zu lächeln, brachte aber nur eine Grimasse zustande. „Na schön“, sagte sie. „Jetzt weiß ich wenigstens, was meine Mutter heute Morgen wollte, als sie mir auf den Anrufbeantworter gesprochen hat.“

„Du bist kreidebleich geworden. Komm mit nach hinten. Ich habe kalte Getränke dort. Oder ich mache dir einen Kaffee …“

„Nein danke, Susan, aber ich mache Schluss für heute. Mein Tag ist gelaufen.“ Das wilde Durcheinander der Gefühle begann sich zu setzen. Da waren Traurigkeit, Verwunderung und Wut.

„Kann ich irgendwas für dich tun?“, hörte sie Susan fragen.

Sofort schüttelte Lucy den Kopf. „Mir geht es gut. Wirklich, mir geht es gut.“ Sie rückte den Trageriemen ihrer Tasche auf der Schulter zurecht und wandte sich dem Ladenausgang zu. Als Susan noch etwas sagte, blieb sie stehen.

„Ich weiß nicht viel über Kevin, und ich weiß praktisch nichts über deine Schwester. Aber nach dem zu urteilen, was ich bisher gesehen und gehört habe … sie passen zusammen. Und das meine ich nicht als Kompliment für die beiden.“

Lucys Fingerspitzen berührten die Glasscheibe der Tür. Einen Moment brachte ihr die beruhigende Kühle und Glätte des Glases Erleichterung. Sie schenkte Susan ein brüchiges Lächeln. „Ist schon in Ordnung. Das Leben geht weiter.“

Dann wandte sie sich ab, verließ den Laden, ging zu ihrem Wagen, stieg ein und steckte den Schlüssel ins Zündschloss. Sie drehte ihn um – und nichts geschah. Ungläubig lachte sie auf. „Das kann doch nur ein schlechter Scherz sein“, sagte sie und versuchte es noch einmal. *Klick-klick-klick-klick.* Der Motor sprang einfach nicht an. Da die Scheinwerfer funktionierten, lag es wohl nicht an der Batterie.

Zur Pension zurückzukommen war kein Problem. Sie lag nicht weit von hier. Aber der Gedanke, sich mit Mechanikern herumärgern und eine Menge Geld für eine Reparatur hinlegen zu müssen, war einfach zu viel. Das gehörte zu den Dingen, um die sich Kevin für sie gekümmert hatte. Lucy ließ den Kopf aufs Lenkrad sinken. „Einer meiner Nebenverdienste“, hatte er gescherzt, wenn er dafür gesorgt hatte, dass das Öl gewechselt und die Scheibenwischerblätter ausgetauscht wurden.

Sich selbst um den Wagen kümmern zu müssen, so ging es Lucy niedergeschlagen durch den Kopf, war zweifellos das Schlimmste am Single-Dasein als Frau. Jetzt brauchte sie etwas zu trinken, etwas Starkes und Betäubendes.

Sie stieg aus dem Auto und ging zu einer Bar am Hafen. Dort konnte man sitzen, die Boote bewundern und das Be- und Entladen der Fähren beobachten. Im neunzehnten Jahrhundert war die Bar ein Saloon gewesen. Damals verkehrten hier hauptsächlich Goldgräber, die während des Fraser-Goldrauschs nach British Columbia unterwegs waren. Als die Goldgräber nicht mehr kamen, übernahmen andere Kunden: Soldaten, Pioniere, Angestellte der Hudson Bay Company. Und im Laufe der Jahrzehnte war der Saloon zu einer ehrwürdigen alten Bar geworden.

Aus Lucys Tasche erklang eine fröhliche Melodie. Hastig kramte sie zwischen dem Tascheninhalt – Lippenstift, loses Kleingeld, Kaugummi – herum und bekam ihr Handy zu fassen. Sie erkannte Justines Nummer und meldete sich mit einem matten Hallo.

„Wo bist du?“, fragte ihre Freundin kurz angebunden.

„Zu Fuß in der Stadt unterwegs.“

„Susan Seburg hat mich gerade angerufen. Ich glaube das einfach nicht.“

„Geht mir genauso“, sagte Lucy. „Jetzt wird Kevin mein Schwager.“

„Susan fühlt sich richtig elend, weil ausgerechnet sie es dir gesagt hat.“

„Braucht sie nicht. Früher oder später hätte ich es sowieso erfahren. Meine Mom hat heute Morgen auf den Anrufbeantworter gesprochen. Da ging es ganz sicher um die Verlobung.“

„Alles in Ordnung mit dir?“

„Nein. Aber ich genehmige mir jetzt einen Drink, und dann geht es mir wieder gut. Magst du mir Gesellschaft leisten?“

„Komm nach Hause. Ich mixe uns ein paar Margaritas."

„Danke", sagte Lucy, „aber in der Pension ist es mir im Moment zu still. Ich möchte in einer Bar sitzen, Menschen um mich herum haben. Viele Leute mit vielen Problemen."

„Okay", antwortete Justine, „also wo …"

Das Telefon piepte, und die Verbindung brach ab. Lucy schaute auf das winzige Display, auf dem ein rotes Batteriesymbol blinkte. Der Akku war am Ende.

„War ja klar", murmelte sie, ließ das jetzt nutzlose Handy in ihre Tasche gleiten und betrat die schummerige Bar. Hier drin roch es unverkennbar nach einem alten Gebäude: leicht süßlich, muffig und dumpf.

Es war noch früh am Abend und entsprechend wenig los. Lucy ging ans Ende der Bar, wo es am dunkelsten war, und studierte die Getränkekarte. Dann bestellte sie einen Lemon Drop, einen Cocktail aus Wodka, zerstoßenen Limonen und trockenem Sekt, der in einem Glas mit gezuckertem Rand serviert wurde. Angenehm eiskalt glitt ihr der Drink durch die Kehle.

„Wie ein Kuss von einem Eisberg, nicht wahr?", fragte die Bedienung hinterm Tresen, eine Blondine namens Marty, grinsend.

Lucy leerte das Glas, nickte und stellte es ab. „Noch einen, bitte."

„So schnell hintereinander? Möchtest du vielleicht ein bisschen Knabberkram? Nachos oder gefüllte Jalapeños?"

„Nein. Nur noch einen Drink."

Marty musterte sie zweifelnd. „Ich hoffe doch, dass du dich danach nicht ans Steuer setzt."

Lucy lachte bitter. „Nein. Mein Wagen hat gerade den Geist aufgegeben."

„So ein Tag also?"

„So ein Jahr."

Marty ließ sich Zeit beim Mixen des zweiten Drinks. Lucy drehte sich auf ihrem Barhocker um und schaute sich die übrigen Gäste an, die teils am anderen Ende der Bar saßen, teils an den Tischen. An einem der Tische kippten ein paar Biker ihr Bier und unterhielten sich lautstark.

Zu spät erkannte Lucy sie als Mitglieder der Biker-Kirche. Obendrein war Justines Freund Duane dabei. Bevor sie wegschauen konnte, sah er zu ihr herüber und gab ihr sofort ein Zeichen, sie möge doch zu ihnen an den Tisch kommen.

Sie schüttelte den Kopf und winkte ihm kurz zu, bevor sie sich abwandte.

Aber der große Biker mit dem weichen Herzen kam zu ihr und legte ihr freundschaftlich die Hand auf den Rücken.

„Lucy, Mädchen, wie geht's dir?"

„Ich bin nur auf einen schnellen Drink hier", gab sie mit halbherzigem Lächeln zurück. „Und wie geht es dir, Duane?"

„Kann mich nicht beklagen. Komm mit und setz dich zu uns. Wir gehören alle zu Hog Heaven."

„Danke, Duane. Wirklich nett von dir. Aber im Moment möchte ich einfach nur allein sein."

„Was ist los?" Als sie zögerte, fügte er hinzu: „Wenn du irgendwas hast, kümmern wir uns drum. Erinnerst du dich noch?"

Lucy schaute zu ihm hoch, in dieses breite, von dichtem Bartwuchs überwucherte Gesicht, und ihr Lächeln wurde aufrichtig. „Ja, ich erinnere mich. Ihr Jungs seid meine Schutzengel."

„Also rück schon raus damit. Was hast du für ein Problem?"

„Zwei Probleme", sagte sie. „Erstens: Mein Auto hat seinen Geist aufgegeben. Oder liegt zumindest im Koma."

„Die Batterie?"

„Ich glaube nicht. Keine Ahnung."

„Okay, wir kümmern uns darum", erklärte Duane bereitwillig. „Und das andere Problem?"

„Mein Herz fühlt sich an wie etwas, das man mit Zeitungspapier vom Boden nehmen und in den nächsten Mülleimer werfen sollte."

Der Biker musterte sie mitleidig. „Justine hat mir von der

Sache mit deinem Freund erzählt. Sollen die Jungs und ich ihn uns vorknöpfen?"

Lucy lachte in sich hinein. „Ich möchte euch nicht zu einer Sünde verführen."

„Oh, aber wir sündigen doch ständig", gab er fröhlich zurück. „Deshalb haben wir ja die Kirche gegründet. Und es klingt ganz so, als könnte dein Ex einen rechtschaffenen Tritt in den Arsch vertragen." Grinsend zitierte er: *„Du wirst feurige Kohlen auf sein Haupt häufen, und der Herr wird dir's vergelten.* Sprüche 25, Vers 22."

„Mir reicht's, wenn mein Wagen wieder in Ordnung kommt", meinte Lucy. Auf Duanes Drängen sagte sie ihm, wo das Auto stand, und gab ihm die Schlüssel.

„In ein oder zwei Tagen bringen wir ihn zur Pension zurück", versprach Duane, „repariert und fahrbereit."

„Danke, Duane. Ich kann dir gar nicht sagen, wie sehr ich mich darüber freue."

„Sicher, dass du keinen Drink mit uns nehmen möchtest?"

„Danke, aber ja, ich bin mir ganz sicher."

„Okay. Aber ich und die Jungs behalten dich im Auge." Er deutete in die Ecke der Bar, in der sich gerade eine kleine Band auf ihren Auftritt vorbereitete. „Hier wird es nämlich bald richtig voll."

„Ist denn was Besonderes?", fragte Lucy.

„Pig War Day."

Ihre Augen weiteten sich. „Etwa heute?"

„Am fünfzehnten Juni, wie jedes Jahr." Er klopfte ihr leicht auf die Schulter und ging wieder hinüber zu seinen Freunden.

„Ich muss hier raus", murmelte Lucy, griff nach ihrem zweiten Drink und nahm einen Schluck davon. Sie war ganz und gar nicht in Stimmung für eine Pig War Party.

Die Tradition ging auf ein Ereignis von 1859 zurück. Damals war ein Schwein, das zum Handelsposten der Hudson Bay Company auf britischer Seite gehörte, in das Kartoffelfeld des amerikanischen Farmers Lyman Cutler eingedrungen. Als der Farmer das große Schwein dabei erwischte, wie es seinen Acker durchwühlte und seine Ernte fraß, erschoss er das Tier. Daraus ging ein dreizehn Jahre währender Krieg zwischen den Briten und den Amerikanern hervor, in dessen Verlauf beide Seiten auf der Insel Feldlager errichteten. Der Krieg endete schließlich mit einem Schlichterspruch, die Insel wurde den Amerikanern zugesprochen. Das einzige Todesopfer des langen *Krieges* blieb bis zuletzt das Schwein. Ungefähr hundertfünfzig Jahre später wurde der Gedenktag an den Pig War das erste Mal begangen – mit gegrilltem Schweinefleisch, Musik und genug Bier, um eine ganze Flotte Dreimaster darauf schwimmen zu lassen.

Bis Lucy ihren Lemon Drop ausgetrunken hatte, spielte die Band bereits, und an der Theke wurden kostenlos Schweinerippchen verteilt. Inzwischen war die Bar gerammelt voll. Lucy gab der Kellnerin ein Zeichen, dass sie zahlen wollte, und die nickte.

„Darf ich Ihnen noch einen Drink spendieren?“, fragte ein Mann, der auf dem Barhocker neben ihr Platz genommen hatte.

„Danke, aber ich habe genug“, lehnte Lucy ab.

„Wie wäre es dann damit?“ Er bot ihr einen Teller mit Schweinerippchen an.

„Ich habe keinen Hunger.“

„Die gibt es gratis“, sagte der Typ.

Lucy warf ihm einen finsteren Blick zu. Sie kannte ihn. Er war einer von Kevins Landschaftsgärtnern, aber sein Name fiel ihr nicht ein. Paul Irgendwas. Seine glasigen Augen und sein säuerlicher Atem verrieten ihr, dass er schon früher am Tag angefangen hatte zu feiern. Offenbar hatte er sie jetzt auch erkannt und fühlte sich plötzlich nicht mehr wohl in seiner Haut. „Oh, Sie sind Pearsons Freundin“, sagte er.

„Nicht mehr.“

„Stimmt. Sie sind die alte.“

„Die *alte*?“, wiederholte Lucy empört.

„Ich meine die alte Freundin … ähm … trinken Sie ein Bier.

Auf meine Rechnung." Er nahm einen großen Plastikbecher von einem Tablett auf der Theke.

„Nein danke." Sie zuckte zurück, als er ihr den Becher unter die Nase hielt.

„Kostet Sie nichts. Nehmen Sie schon."

„Ich will kein Bier." Sie schob den Becher weg, als er versuchte, ihn ihr in die Hand zu drücken. Gleichzeitig rempelte ihn jemand von hinten an. Wie in Zeitlupe kollidierte der volle Becher mit Lucys Brust, und der Inhalt ergoss sich über sie. Sie schnappte erschrocken nach Luft, als die eiskalte Flüssigkeit ihr Shirt und ihren BH durchnässte.

Für einen Moment wurde es still, als die Leute ringsum begriffen, was passiert war. Zahlreiche Blicke wandten sich ihr zu. Manche drückten Mitgefühl aus, manche kühle Missbilligung. Zweifellos glaubten mehr als nur ein paar Gäste, dass Lucy ihr Bier selbst verschüttet habe.

Gedemütigt und wütend zerrte sie an ihrem biergetränkten Shirt, das ihr auf der Haut klebte.

Die Kellnerin sah, was geschehen war, und reichte Lucy eine Rolle Küchenpapier über die Theke. Lucy begann, ihr Shirt trocken zu tupfen.

Inzwischen waren Duane und seine Kumpels an die Theke getreten. Duane packte Paul am Kragen und hob ihn mühelos von den Füßen. „Du hast Lucy mit Bier beschüttet?", fragte Duane. „Das wirst du büßen, du Knallkopf."

Die Kellnerin mischte sich ein. „Bitte keine Prügelei hier drin!"

„Ich habe nichts getan", stotterte Paul. „Sie hat nach dem Bier gegriffen, und es ist mir aus der Hand gerutscht."

„Ich habe nach gar nichts gegriffen", entrüstete sich Lucy.

Jemand drängte sich durch die Menge und legte ihr sanft seine Hand auf den Rücken. Lucy erstarrte und wollte ihn wütend anfahren, aber die Worte blieben ihr im Halse stecken, als sie in ein Paar blaugrüner Augen aufschaute.

Sam Nolan.

War das nötig? Musste ausgerechnet er sie unter solchen Umständen zu sehen bekommen?

„Lucy“, sagte er leise und ließ seinen Blick über sie wandern. „Hat dir jemand was getan?“ Er warf Paul einen scharfen Blick zu. Der duckte sich verschüchtert.

„Nein“, murmelte Lucy und verschränkte die Arme vor der Brust. Der Stoff ihres T-Shirts war feucht und beinah durchsichtig. „Ich bin nur … nass. Und friere.“

„Machen wir, dass wir hier rauskommen.“ Sam griff nach ihrer Tasche auf der Theke, gab sie ihr und fragte die Kellnerin: „Wie hoch ist die Rechnung, Marty?“

„Ihre Drinks gehen aufs Haus“, gab sie zurück.

„Danke.“ Sam wandte sich an die Biker. „Schlag den armen Jungen nicht zum Krüppel, Duane. Der ist viel zu besoffen, um zu begreifen, was los ist.“

„Hab ich nicht vor“, erwiderte Duane. „Ich schmeiß ihn einfach nur ins Hafenbecken. Vielleicht drücke ich ihn ein paarmal unter Wasser und verschaffe ihm eine leichte Unterkühlung. Mehr nicht.“

„Mir ist übel“, wimmerte Paul.

Er begann, Lucy beinah leidzutun. „Lass ihn einfach gehen, Duane.“

„Ich denke darüber nach.“ Duanes Augen wurden schmal, als Sam begann, Lucy durch die Menge zu steuern. „Nolan, Vorsicht mit der Lady, sonst bist du als Nächster dran.“

Sam lächelte ihn spöttisch an. „Wer hat dich zum Aufpasser beim Schulball gemacht, Duane?“

„Sie ist Justines Freundin“, erklärte Duane. „Das heißt, ich muss dir in den Hintern treten, wenn du irgendwas bei ihr versuchst.“

„Du wirst meinen Hintern nicht anrühren“, meinte Sam. Grinsend fügte er hinzu: „Justine hingegen …“ Dann half er Lucy, sich durch das dichte Gedränge zu kämpfen.

Draußen blieb sie auf dem Bürgersteig stehen und wandte sich zu Sam um. Er wirkte so lebendig und gut aussehend, wie sie ihn in Erinnerung hatte. „Sie können wieder reingehen“, sagte sie kurz. „Ich brauche keine Hilfe.“

Sam schüttelte den Kopf. „Ich wollte sowieso gehen. Viel zu voll da drin.“

„Warum waren Sie überhaupt da?“

„Ich habe einen Drink mit meinem Bruder Alex genommen. Heute war sein Scheidungstermin vor Gericht. Aber er ist gegangen, als ihm klar wurde, dass da eine Pig War Party steigen würde.“

„Das hätte ich auch tun sollen.“ Eine leichte Brise streifte Lucys durchnässtes T-Shirt, und sie fröstelte. „Uhh. Ich muss nach Hause, mich umziehen.“

„Und wo ist zu Hause?“

*„Artist's Point.“*

„Die Pension von Justine Hoffmann. Ich begleite Sie.“

„Danke, aber ich gehe lieber allein. Es ist nicht weit.“

„Sie können so nicht durch Friday Harbor laufen. Der Andenkenladen an der Ecke hat noch geöffnet. Ich kaufe Ihnen ein T-Shirt.“

„Das kann ich selbst.“ Lucy wusste, dass sie undankbar und unhöflich klang, aber sie fühlte sich viel zu elend, um sich darüber Gedanken zu machen. Zielstrebig betrat sie den Laden, Sam folgte ihr.

„Gute Güte“, rief die ältliche blauhaarige Frau hinter dem Verkaufstresen, als sie Lucy sah. „Hatten wir einen Unfall?“

„Ein Besoffener hat sein Bier über mich ausgeschüttet“, antwortete Lucy.

„Du liebes bisschen.“ Als die alte Dame den Mann hinter Lucy erkannte, erhellte sich ihr Gesichtsausdruck. „Sam Nolan. Das warst aber nicht du, oder?“

„Um das zu glauben, kennst du mich doch viel zu gut, Mrs O'Hehir“, schalt er sie grinsend. „Ich verschütte doch nicht so kostbare Getränke. Gibt es hier einen Raum, in dem meine Freundin sich umziehen kann? Sie braucht ein neues T-Shirt.“

„Da hinten", antwortete Mrs O'Hehir und deutete auf eine Tür hinter sich. Sie musterte Lucy mitleidig. „Was für ein Shirt hätten Sie denn gern, meine Liebe?"

„Einfach nur ein ganz normales T-Shirt."

„Ich suche Ihnen etwas Passendes heraus", wandte Sam sich an Lucy. „Warum gehen Sie nicht schon mal nach hinten und waschen sich, während ich mich hier umschaue?"

Lucy zögerte kurz. Dann nickte sie. „Aber bitte nichts Ausgefallenes oder Verrücktes. Keine Schädel, keine dummen Sprüche, nichts Unanständiges."

„Ihr Mangel an Vertrauen tut mir weh", sagte Sam.

„Ich kenne Sie nicht gut genug, um Ihnen zu vertrauen."

„Mrs O'Hehir wird für mich bürgen." Sam wandte sich wieder an die ältere Frau, stützte sich mit den Händen auf dem Tresen ab und beugte sich verschwörerisch zu ihr hinüber. „Komm schon, sag ihr, was für ein netter Mensch ich bin. Was für ein Engel. Was für ein Sonnenschein."

„Er ist ein Wolf im Schafspelz", sagte die Frau zu Lucy.

„In Wirklichkeit wollte Mrs O'Hehir sagen, ich sei ein Schaf im Wolfspelz", korrigierte Sam sie.

Lucy unterdrückte ein Lächeln. Ihre Laune hob sich zusehends, als die kleine Frau ihr einen bedeutsamen Blick zuwarf und langsam den Kopf schüttelte. „Ich bin sicher, dass sie ganz genau wusste, was sie sagen wollte."

Damit ging sie in den winzigen Waschraum, zog das nasse T-Shirt aus und ließ es in den Abfalleimer fallen. Da ihr BH ebenfalls durchnässt war, warf sie ihn auch gleich weg. Er war sowieso schon alt, ausgeleiert und ziemlich schäbig. Mit heißem Wasser und Papierhandtüchern wusch sie sich die Arme und die Brust.

„Wie kommt's, dass Sie ein Biker-Gefolge um sich geschart haben?", hörte sie Sam durch die Tür fragen.

„Sie haben mich damit beauftragt, für ihre Kirche ein Buntglasfenster zu fertigen. Und jetzt haben sie mich ... nun ja, sozusagen unter ihre Fittiche genommen."

„Verdienen Sie damit Ihren Lebensunterhalt? Sie sind Glaskünstlerin?“

„Ja.“

„Klingt interessant.“

„Ist es auch. Manchmal.“ Lucy warf einen Haufen feuchter Papierhandtücher in den Abfalleimer.

„Ich habe ein Shirt für Sie gefunden. Kann ich es Ihnen reinreichen?“

Lucy trat zur Tür und öffnete sie einen Spalt weit, wobei sie darauf achtete, außer Sicht zu bleiben. Sam reichte ihr ein dunkelbraunes T-Shirt durch die winzige Öffnung. Nachdem Lucy die Tür wieder geschlossen hatte, betrachtete sie das Kleidungsstück mit kritischem Blick. Auf der Vorderseite war in Rosa die grafische Darstellung einer chemischen Formel aufgedruckt.

„Was soll das sein?“

Seine Stimme drang durch die geschlossene Tür. „Die Strukturformel eines Theobromin-Moleküls.“

„Was ist Theobromin?“, fragte sie verständnislos.

„Der Wirkstoff in der Schokolade, der glücklich macht. Soll ich Ihnen was anderes suchen?“

Obwohl sie so einen grässlichen Tag gehabt hatte, fand sie das witzig. „Nein, ich nehme dieses. Ich mag Schokolade.“ Der elastische Jerseystoff war weich und angenehm auf ihrer feuchten Haut. Lucy öffnete die Tür und verließ den Waschraum.

Sam wartete draußen. Er musterte sie. „Sieht gut aus.“

„Ich sehe aus wie eine Streberin“, gab Lucy zurück. „Ich rieche wie eine Brauerei. Und ich brauche einen BH.“

„Meine Traumfrau.“

Eisern unterdrückte sie ein Grinsen und trat zum Verkaufstresen. „Wie viel macht das?“

Mrs O’Hehir deutete auf Sam. „Er hat schon bezahlt.“

„Betrachten Sie’s als Geburtstagsgeschenk“, sagte Sam, als er Lucys Gesichtsausdruck sah. „Wann haben Sie Geburtstag?“

„Im November.“

„Ein sehr frühes Geburtstagsgeschenk.“

„Danke, aber ich kann das nicht …"

„Sie gehen damit keinerlei Verpflichtungen ein." Er schwieg einen Moment. „Nun ja, vielleicht doch eine."

„Welche?"

„Sie könnten mir sagen, wie Sie mit vollem Namen heißen."

„Lucy Marinn."

Er reichte ihr die Hand, und sie zögerte kurz, bevor sie sie ergriff. Seine Hand war warm, seine Finger leicht schwielig. Die Hand eines Arbeiters. Hitze jagte ihr über den Arm, als würde ihre Haut zum Leben erwachen, und sie zog hastig ihre Hand zurück.

„Ich möchte Sie nach Hause begleiten", sagte Sam.

Lucy schüttelte den Kopf. „Suchen Sie lieber Ihren Bruder und leisten Sie ihm Gesellschaft. Wenn er heute endgültig geschieden wurde, ist er vermutlich ziemlich am Boden."

„Er wird auch morgen noch am Boden sein. Dann besuche ich ihn."

Mrs O'Hehir, die ihre Unterhaltung mit angehört hatte, warf ein: „Sag Alex, dass er ohne sie besser dran ist. Und richte ihm aus, er solle nächstes Mal lieber ein nettes Mädchen von der Insel heiraten."

„Ich glaube, inzwischen werden alle netten Mädchen von der Insel sich hüten", erklärte Sam und folgte Lucy aus dem Laden. „Schauen Sie", sagte er draußen, „ich will mich wirklich nicht aufdrängen, aber ich muss sichergehen, dass Sie unbeschadet nach Hause kommen. Wenn es Ihnen lieber ist, folge ich Ihnen auf Abstand."

„Mit welchem Abstand?", fragte sie.

„Wenn ein Gericht ein Kontaktverbot ausspricht, heißt es meistens: nicht näher als hundert Meter."

Sie lachte widerwillig. „Das wird nicht nötig sein. Sie dürfen mich begleiten."

Folgsam ging er neben ihr her.

Als sie sich dem *Artist's Point* näherten, bemerkte Lucy, dass ihnen ein spektakulärer Sonnenuntergang bevorstand. Der

Himmel leuchtete orange und rosa, die Wolken trugen vergoldete Ränder. Unter anderen Umständen hätte sie diesen Anblick genossen.

„Also, in welcher Phase sind Sie jetzt?“, fragte Sam.

„Phase? … Oh, Sie meinen meine Phasen der Trennungsbewältigung. Ich schätze, ich bin am Ende der ersten Phase.“

„Wütende SMS an jeden, den Sie kennen.“

„Ja.“

„Lassen Sie das mit dem Haarschnitt“, bat er.

„Wie bitte?“

„Die nächste Phase. Neuer Haarschnitt und neue Schuhe. Lassen Sie sich keine Kurzhaarfrisur verpassen. Ihre Haare sind so schön.“

„Danke.“ Verlegen strich Lucy sich eine lange dunkle Locke hinters Ohr. „Aber der neue Haarschnitt kommt erst in Phase drei.“

Sie blieben an der Straßenecke stehen und warteten darauf, dass die Ampel umsprang.

„Wir stehen gerade zufällig vor einer Weinbar, die den besten Mahi-Wein im ganzen pazifischen Nordwesten serviert. Was halten Sie davon, hier zu Abend zu essen?“

Lucy schaute durchs Fenster des kleinen Lokals. Drinnen saßen Leute bei Kerzenlicht, es wirkte gemütlich. Sie wandte ihre Aufmerksamkeit wieder Sam Nolan zu, der sie genau beobachtete. Hinter seiner Nonchalance verbarg sich etwas anderes. Irgendwie erinnerte er sie an eine Chiaroscuro-Malerei. Die Franzosen nannten diese im Barock sehr weit verbreitete Maltechnik *Clair-Obscur*. Klar und doch undurchsichtig. Sie wurde das Gefühl nicht los, dass Sam Nolan wohl doch kein so unkompliziertes Wesen hatte, wie Justine behauptete.

„Danke“, sagte sie, „aber das würde nur zu etwas führen, was ich nicht will.“

„Es muss zu gar nichts führen. Es könnte einfach nur ein Abendessen sein.“ Da sie immer noch zögerte, fügte Sam hinzu: „Wenn Sie Nein sagen, schiebe ich mir zu Hause irgendein Fertiggericht in die Mikrowelle. Können Sie das vor Ihrem Gewissen verantworten?"

„Ja."

„Ja, Sie essen mit mir zu Abend?"

„Ja, ich kann es vor meinem Gewissen verantworten, dass Sie ein Fertiggericht essen."

„Sie sind herzlos", bezichtigte er sie leise, aber seine Augen funkelten dabei leicht belustigt.

Sie gingen weiter in Richtung der Pension.

„Wie lange werden Sie im *Artist's Point* wohnen?", fragte Sam.

„Nicht mehr lange, hoffe ich. Ich suche nach einer Wohnung." Sie lachte mutlos. „Leider reizen mich die Wohnungen, die ich mir leisten kann, nicht halb so sehr, wie jene, die ich mir nicht leisten kann."

„Was steht denn alles auf Ihrer Wunschliste?"

„Ein Schlafzimmer reicht mir. Die Wohnung sollte ruhig sein, aber nicht zu abgelegen. Und ich hätte gern Meerblick, wenn es denn ginge. Bis ich etwas finde, bleibe ich in Justines Pension." Sie hielt inne. „Ich schätze, wir haben eine gemeinsame Freundin."

„Hat Justine gesagt, wir seien Freunde?"

„Sehen Sie das anders?"

„Hängt davon ab, was sie über mich erzählt hat."

„Sie sagte, Sie seien ein toller Kerl, und ich sollte mal mit Ihnen ausgehen."

„In dem Fall sind wir Freunde."

„Sie hat außerdem erwähnt, Sie seien der perfekte Typ für eine kurze Affäre, weil Sie Humor haben und sich nicht binden wollen."

„Und was haben Sie darauf geantwortet?"

„Kein Interesse. Ich habe die Nase voll davon, dumme Fehler zu machen."

„Mit mir auszugehen, wäre aber ein sehr kluger *Fehler*", erklärte Sam, und Lucy musste lachen.

„Warum?"

„Weil ich nie eifersüchtig bin und nie etwas verspreche, das ich doch nicht halten kann. Mit mir bekommen Sie genau das, was Sie sehen."

„Kein schlechtes Angebot", meinte Lucy. „Aber ich habe trotzdem kein Interesse."

„Zu dem Angebot gehört eine kostenlose Probefahrt", sagte er.

Lucy schüttelte lächelnd den Kopf.

Inzwischen hatten sie das *Artist's Point* erreicht und blieben vor der Eingangstreppe stehen.

Lucy wandte sich Sam zu und sagte: „Danke für das neue Shirt. Und für Ihre Hilfe, aus der Bar zu verschwinden. Sie waren … ein erfreulicher Abschluss eines grässlichen Tages."

„Gern geschehen." Er schwieg einen Moment. „Wegen der Wohnung, nach der Sie suchen. Ich hätte da eine Idee. Mein Bruder Mark vermietet seine Wohnung – ein Apartment am Wasser –, seitdem er mit Holly bei mir eingezogen ist."

„Wer ist Holly?"

„Meine Nichte. Sieben Jahre alt. Meine Schwester Victoria ist letztes Jahr gestorben, und Mark wurde das Sorgerecht für sie übertragen. Ich stehe ihm ein wenig zur Seite."

Lucy musterte ihn eingehend. Das war ja interessant. „Sie helfen ihm, sie großzuziehen?", hakte sie nach.

Sam nickte kurz.

„Und Sie haben die beiden in Ihr Haus aufgenommen." Das war eine Feststellung, keine Frage.

Unbehaglich zuckte Sam mit den Schultern. „Das Haus ist groß." Seine Miene wurde undurchdringlich, sein Tonfall betont salopp. „Also, um auf die Wohnung zurückzukommen … Der letzte Mieter ist gerade ausgezogen, und soweit ich weiß, sucht Mark immer noch einen Nachmieter. Soll ich ihn mal fragen? Ich kann Ihnen die Wohnung vielleicht mal zeigen."

„Ich … vielleicht." Lucy wurde bewusst, dass sie übervorsichtig war. Eine Wohnung am Wasser war nicht leicht zu finden, und es würde sich auf jeden Fall lohnen, sie anzuschauen. „Ich bin sicher, dass ich sie mir nicht leisten kann. Wie viel Miete will er denn haben?"

„Ich frage ihn und sage Ihnen Bescheid." Sam zog sein Handy aus der Tasche und sah sie erwartungsvoll an. „Sagen Sie mir Ihre Nummer?" Er grinste, als sie zögerte. „Ich schwöre, ich bin kein Stalker. Wenn man mir einen Korb gibt, trage ich den mit Würde."

Anscheinend konnte sie dem unbekümmerten Charme, den er an den Tag legte, nicht widerstehen, stellte Lucy fest. Sie gab ihm ihre Nummer, schaute ihm in die blaugrünen Augen und spürte, wie sie gegen ihren Willen lächelte. Wirklich schade, dass sie sich nicht so weit gehen lassen konnte, sich ein wenig Spaß mit ihm zu gönnen.

Aber Lucy war nun mal ein gebranntes Kind. Sie hatte keine Lust mehr auf Sehnsucht, Hoffnung und Verlust. Später, in ein paar Monaten oder doch eher in ein paar Jahren, würde sie wieder das Bedürfnis nach einem Partner spüren. Dann würde sie das Risiko eingehen, sich wieder auf jemanden einzulassen. Aber nicht jetzt. Und auf keinen Fall mit diesem Mann, der grundsätzlich nur oberflächliche Beziehungen einging.

„Danke", sagte sie und sah zu, wie Sam sein Handy wieder wegsteckte. Sie streckte ihm in einer etwas unsicheren geschäftsmäßigen Geste die Hand entgegen. „Ich freue mich darauf, von Ihnen zu hören, ob die Wohnung noch frei ist."

Sam schüttelte ihr mit ernster Miene die Hand, während seine Augen amüsiert funkelten.

Die Wärme seiner Hand, das Sicherheit vermittelnde Gefühl seiner Finger, die sich um ihre schlossen, fühlten sich unaussprechlich gut an. Es war so lange her, dass jemand sie überhaupt berührt oder gehalten hatte. Lucy ließ den Händedruck ein bisschen länger dauern als nötig, obwohl sie vor Verlegenheit über und über rot wurde.

Mit ausdrucksloser Miene musterte Sam sie. Er nutzte den Umstand, dass er immer noch ihre Hand hielt, um sie näher an sich heranzuziehen und sich über sie zu beugen. „Um noch mal auf die Probefahrt zurückzukommen ...", murmelte er.

Lucys Gedanken überschlugen sich. Ihr Herz begann zu rasen, und sie starrte blind in den Sonnenuntergang, der sich in blauer Dunkelheit auflöste. Überraschend zog Sam sie an seine Schulter und ließ seine Hand besänftigend über ihren Rücken gleiten. Ihre Körper berührten sich. Seine Wärme und die festen Muskeln ließen ihr die Knie weich werden.

Sie wusste nicht mehr, wo sie war, und brachte keinen Ton heraus, als er mit der Hand ihre Wange berührte, sie festhielt und seinen Mund auf ihre Lippen senkte. Er ging sehr sanft vor, führte sie zärtlich in einen Kuss hinein, und sie öffnete sich ihm, ohne nachzudenken. Wieder trugen die falschen Instinkte den Sieg davon.

Der Kuss verleitete sie, einen Augenblick lang zu glauben, sie habe nichts zu verlieren. Das ist verrückt, dachte sie, aber seine Zunge berührte die ihre, und sie ließ ihre Hand über seinen Rücken nach oben in seinen Nacken gleiten. Ihr Herz raste, und sie spürte, wie seine Zärtlichkeit sie erregte.

Sam löste sich als Erster aus dem Kuss. Er hielt Lucy in den Armen, bis sie das Gleichgewicht wiedergefunden hatte. Verwirrt und entwaffnet schaffte sie es schließlich, sich von ihm zu lösen, und eilte die Stufen zur Haustür hinaus.

„Ich rufe dich an", hörte sie ihn sagen.

Sie hielt einen Moment inne und warf einen Blick über die Schulter zurück. „Das wäre keine gute Idee", meinte sie leise.

Sie wussten beide, dass ihre Antwort sich nicht auf die Wohnung bezog.

„Du musst dich nicht bedrängt fühlen", sagte er. „Du bestimmst, wo es langgeht, Lucy."

Sie lachte kurz auf. „Wenn man jemandem sagen muss, dass er bestimmt, wo es langgeht, dann ist das ganz sicher nicht der Fall." Ohne sich noch einmal nach ihm umzusehen, eilte sie die restlichen Stufen hinauf.

## 8. KAPITEL

Es ist noch zu früh", hatte Kevin protestiert, als Alice das Thema Hochzeit ansprach. „Du bist doch gerade erst eingezogen."

Sie warf ihm einen langen strengen Blick zu. „Über was für eine Zeitachse reden wir hier?"

„Zeitachse?", gab er verwirrt zurück.

„Sechs Monate? Ein Jahr? Ich werde nicht ewig warten, Kevin. Viele Männer sind in deinem Alter längst verheiratet. Wo also liegt das Problem? Du hast gesagt, du liebst mich."

„Ja, aber ..."

„Wie viel Zeit brauchst du noch, mich kennenzulernen? Woran hapert es? Ich habe kein Problem damit, dich zu verlassen, wenn du das Gefühl hast, dass wir nicht zusammenpassen."

„Das habe ich nie behauptet."

Aber Alice hatte entschieden, dass sich für sie etwas Großartiges ereignen musste – zumal sie gerade ihren Job als Drehbuchschreiberin verloren hatte. Ihr Agent hatte angerufen, nachdem er mit der Chefautorin von *Nur das Herz kennt die Wahrheit* gesprochen hatte. Die Serie war abgesetzt worden. Das Zuschauerinteresse war so gering, dass nicht einmal die erste Staffel abgedreht werden sollte. Man hatte den Sendeplatz bereits mit ein paar Spielshows neu belegt. Noch wurde versucht, die Rechte an der Serie an einen Kabelkanal zu verkaufen, aber derweil saß Alice arbeitslos zu Hause und war auf ihre mageren Ersparnisse angewiesen.

Kevin zu heiraten würde für sie gleich drei Probleme lösen. Sie bekam damit Anrecht auf seine finanzielle Unterstützung. Lucy würde anerkennen müssen, dass Kevin Alice mehr liebte, als er sie geliebt hatte. Und ihre Eltern müssten diese Verbindung endlich akzeptieren. Alice und ihre Mutter würden gemeinsam die Hochzeit planen, alle wären aufgeregt, und die Familie könnte wieder glücklich vereint sein. Lucy wäre gezwungen, ihren verletzten Stolz hinunterzuschlucken und über die Sache hinwegzukommen.

Kaum steckte der Verlobungsring an ihrem Finger, rief Alice triumphierend ihre Eltern an. Sie war fassungslos, als sie statt mit den erwarteten Glückwünschen mit harscher Kritik konfrontiert wurde.

„Habt ihr schon einen Termin festgesetzt?“, hatte ihre Mutter gefragt.

„Noch nicht. Ich dachte, wir beide setzen uns zusammen und überlegen gemeinsam …“

„Du brauchst mich nicht in deine Pläne einzubeziehen“, fiel ihre Mutter ihr ins Wort. „Dad und ich werden an deiner Hochzeitsfeier teilnehmen, wenn du das möchtest. Aber sie zu planen und zu bezahlen liegt nicht in unserer Verantwortung.“

„Wie bitte? Ich bin eure erste Tochter, die heiratet – und ihr wollt mir keine Hochzeit ausrichten?“

„Wir wären überglücklich, eine Hochzeit auszurichten, wenn unsere Familie wieder versöhnt ist. Aber so wie die Dinge im Moment stehen, hast du dir dein Glück auf Kosten deiner Schwester erkauft. Und unsere Rücksichtnahme auf ihre Gefühle macht es uns unmöglich, deine Beziehung zu Kevin zu unterstützen. Das heißt übrigens auch, dass wir dir nicht länger jeden Monat finanziell unter die Arme greifen werden.“

„Ich fühle mich, als würde ich enterbt“, rief Alice wütend und erstaunt zugleich. „Ich glaube das einfach nicht. Das ist so unfair!“

„Du hast eine Situation herbeigeführt, die jedem gegenüber unfair ist, Alice. Auch dir selbst gegenüber. Vor uns liegen so viele Ereignisse … Festzeiten, Geburten, Krankheiten … alles Dinge, die wir als Familie bewältigen müssen. Und das geht nicht, solange du dein Verhältnis zu Lucy nicht in Ordnung gebracht hast.“

Voller Entrüstung hatte Alice den Inhalt des Gespräches an Kevin übermittelt. Der zuckte nur die Achseln und meinte, sie sollten die Hochzeit vielleicht besser aufschieben.

„Bis Lucy darüber hinwegkommt, dich verloren zu haben?

Sie wird die nächsten fünfzig Jahre allein bleiben, nur um mir das Leben schwer zu machen."

„Du kannst sie nicht zwingen, sich wieder jemanden zu suchen."

Alice begann zu grübeln. „Sowie Lucy einen neuen Freund hat, kann sie sich nicht mehr als Opfer darstellen. Dann werden meine Eltern zugeben müssen, dass ihr Leben weitergeht. In diesem Fall können sie mir die Hochzeit ausrichten, und alles wird wieder so, wie es immer war."

„Und woher willst du den neuen Freund für sie nehmen?"

„Du kennst doch eine Menge Leute auf der Insel. Wen würdest du vorschlagen?"

Er musterte sie verdutzt. „Das ist doch einfach krank, Alice. Ich werde meine Exfreundin nicht mit einem meiner Kumpel verkuppeln."

„Natürlich nicht mit einem guten Freund. Einfach mit einem normalen, anständig aussehenden Kerl, der ihr gefallen könnte."

„Selbst wenn mir jemand einfiele, wie willst du ..." Kevins Stimme verklang, als er ihren störrischen Gesichtsausdruck bemerkte. „Ach, ich weiß nicht. Vielleicht einer der Nolans. Ich habe gehört, dass Alex sich scheiden lässt."

„Keine geschiedenen Männer. Darauf lässt Lucy sich nicht ein."

„Der mittlere Bruder ist noch Junggeselle. Sam. Er hat ein Weingut."

„Perfekt. Wie bringen wir die beiden zusammen?"

„Erwartest du, dass ich sie einander vorstelle?"

„Nein, das muss natürlich heimlich geschehen. Lucy würde sich niemals auf jemanden einlassen, den einer von uns vorgeschlagen hat."

Kevin überlegte, wie man zwei Menschen dazu brachte, miteinander auszugehen, ohne zu erkennen zu geben, dass man das Ganze eingefädelt hatte. „Alice, müssen wir wirklich ..."

„Ja."

„Ich schätze, Sam ist mir einen Gefallen schuldig", sinnierte Kevin. „Ich habe vor ein paar Jahren ein paar grundlegende Arbeiten für seine Weinpflanzung durchgeführt und ihm nichts dafür berechnet."

„Gut. Dann fordere jetzt diesen Gefallen ein. Sorge dafür, dass Sam Nolan mit Lucy ausgeht."

Holly kicherte, als Sam sie mühelos auf seine Schultern hob, um sie durch den Weingarten zu tragen. „Seht alle her, ich bin groß!", rief sie.

Sie war ein Federgewicht. Die Arme legte sie lose um Sams Stirn.

„Ich habe dir doch gesagt, du sollst dir nach dem Frühstück die Hände waschen", sagte Sam.

„Woher weißt du, dass ich das nicht getan habe?"

„Weil sie kleben, und zwar in meinen Haaren."

Wieder musste das Mädchen kichern. Sie hatten Pfannkuchen zum Frühstück gehabt, nach Sams eigenem Rezept. Wenn Mark da gewesen wäre, hätte er das ganz sicher nicht erlaubt. Aber Mark hatte die Nacht bei seiner Verlobten Maggie verbracht, und wenn er nicht zu Hause war, zog Sam eher lockere Saiten auf.

Sam hielt Holly an den Fußgelenken fest und grüßte zu seinen Arbeitern hinüber, die gerade den Caval-Traktor in Gang brachten. Die landwirtschaftliche Maschine speziell für Arbeiten im Weinberg trug eine riesige Spule Netzgewebe, mit der sie vier bis fünf Reihen Weinstöcke gleichzeitig abdecken konnte.

Holly schlang ihre Arme fester um Sams Kopf und hielt ihm dabei fast die Augen zu. „Wie viel zahlst du mir dafür, dass ich dir heute Morgen helfe?"

Sam grinste. Er genoss ihren kleinen leichten Körper auf seinen Schultern, ihren nach Zucker riechenden Atem, ihre Versponnenheit, ihre Aufgewecktheit, ihre überschäumende Energie. Bevor Holly in sein Leben getreten war, waren kleine Mädchen mit ihrer Vorliebe für Rosa und Lila, für Glitzerleim,

Plüschtiere und Märchen für ihn wie Wesen von einem anderen Stern gewesen.

Hollys alleinstehende Onkel machten keine Unterschiede zwischen Mädchen und Jungen, und so hatten sie ihr beigebracht, wie man angelte, einen Ball warf und Nägel einschlug. Das hatte allerdings nichts an ihrer Begeisterung für Schleifen, Mädchenkram und flauschige Dinge geändert. Ihre liebste Kopfbedeckung, die sie auch jetzt trug, war eine rosa Baseballkappe mit einem aufgestickten silbernen Diadem.

Erst vor Kurzem hatte Sam dem Kind ein paar neue Kleidungsstücke gekauft und die alten, die ihr nicht mehr passten, in die Altkleidersammlung gegeben. Ihm war dabei bewusst geworden, dass die Spuren ihres Lebens, die ihre Mutter gelegt hatte, immer mehr verblassten. Die Kleider, die alten Spielsachen, selbst frühere Redewendungen und Gewohnheiten wurden allmählich und unvermeidlich gegen neue ersetzt. Also hatte er ein paar Dinge beiseitegelegt, um sie in einer Truhe auf dem Dachboden aufzubewahren. Und er schrieb seine eigenen Erinnerungen an Vicky nieder, lustige oder schöne Geschichten, die er eines Tages mit Holly teilen wollte.

Manchmal wünschte sich Sam, er könne mit Vicky über ihre Tochter reden, ihr erzählen, wie verflixt niedlich und klug Holly war. Ihr sagen, wie sie sich entwickelte und wie sie die Dinge um sich herum beeinflusste und veränderte. Sam verstand jetzt einiges von seiner Schwester, über das er nie nachgedacht hatte, als sie noch am Leben war: Wie schwer es für sie als alleinerziehende Mutter gewesen sein musste. Wie mühsam es werden konnte, das Haus zu verlassen, wenn man etwas zu erledigen hatte. Denn wenn man Holly irgendwohin mitnehmen wollte, brauchte sie immer mindestens eine Viertelstunde, um ihre Schuhe zu finden.

Andererseits lohnte es sich auch auf unerwartete Weise, sich mit einem Kind zu beschäftigen. Nie hatte er damit gerechnet, so starke Gefühle für Holly zu entwickeln. Als er ihr beibrachte, ihre Schuhe zuzubinden, beobachtete er gerührt, wie sie sich, die kleine Stirn hochkonzentriert in Falten gelegt, mit den Bändern abmühte. Väterliche Gefühle, vermutete er. Nur zu gern hätte er seiner Schwester davon erzählt. Auch davon, wie leid es ihm tat, dass er sich so wenig um sie und das Kind gekümmert hatte, als das noch möglich gewesen wäre.

Aber so waren die Nolans nun mal.

Hollys Füße trommelten ihm sanft auf die Brust.

„Wie viel zahlst du mir?“, ließ sie nicht locker.

„Du und ich – wir arbeiten heute beide unentgeltlich“, erklärte Sam.

„Das verstößt aber gegen das Gesetz, mich umsonst arbeiten zu lassen.“

„Holly, Holly … du wirst mich doch nicht anzeigen, nur weil ich gegen ein paar armselige Gesetze zur Kinderarbeit verstoße, oder?“

„Doch“, gab sie fröhlich zurück.

„Na schön, wie wäre es mit einem Dollar?“

„Fünf Dollar.“

„Wie wäre es mit einem Dollar und heute Nachmittag einem Eis in Friday Harbor?“

„Abgemacht!“

Es war Sonntagmorgen. Zwischen den Weinstöcken hing noch der Frühdunst, und das Wasser in der Bucht lag still da und schimmerte wie poliertes Silber. Dann jedoch wurde die friedliche Morgenstimmung vom Grollen des Caval-Traktors zerrissen, der sich langsam auf seinen Weg zwischen den Rebstockreihen hindurch machte.

„Warum hängen wir Netze über den Wein?“, fragte Holly.

„Um die Vögel von den Früchten fernzuhalten.“

„Warum machen wir das erst jetzt?“

„Während der Blüte war das noch nicht nötig, und die ersten winzigen Beerenansätze mussten wir auch noch nicht schützen. Aber jetzt sind wir in der nächsten Phase, der *Véraison*.“

„Was bedeutet das?“

„Das ist Französisch und heißt *Reife*. Die Beeren werden

größer, und in ihnen bildet sich allmählich Zucker. Sie werden also immer süßer, je reifer sie werden. Genau wie ich."

Er blieb stehen und setzte Holly vorsichtig ab. „Warum sagst du *Véraison*, statt einfach von Beerenreife zu reden?", fragte sie.

„Weil die Franzosen diesen Vorgang als Erste benannt haben. Ich mag den Begriff. Auf Französisch klingt alles viel schöner."

Sie würden zwei bis drei Tage brauchen, um die ganze Weinpflanzung mit Netzen zu schützen. Aber dann konnten die Reben nicht mehr von Tieren geplündert werden, und die Arbeiter kamen trotzdem ungehindert an die Pflanzen heran, um die Trauben herauszuschneiden, die zu spät reifen würden.

Nachdem die ersten Netze ausgelegt waren, hob Sam sich seine Nichte wieder auf die Schultern, und einer seiner Arbeiter zeigte ihr, wie man die Netze mithilfe einer dicken Holznadel und des Zwirns fest miteinander verband.

Mit ihren kleinen Händen nähte Holly die Netze geschickt und flink zusammen. Die Stickerei auf ihrer rosa Baseballkappe glitzerte in der Sonne, als sie zu ihrer Arbeit aufschaute. „Ich nähe den Himmel zu", erklärte sie, und Sam musste grinsen.

Um die Mittagszeit machten die Arbeiter eine Pause, und Sam schickte Holly ins Haus, damit sie sich wusch. Er selbst schlenderte allein durch seinen Weinberg, lauschte dem Rascheln der Blätter im Wind und blieb gelegentlich stehen, um seine Finger auf einen Rebstock oder eine Rebe zu legen. Er spürte die feine Vibration, die von gesunden Trieben ausging, fühlte, wie das Wasser von den Wurzeln aufstieg, die Blätter das Sonnenlicht aufnahmen, die Beeren weicher wurden und schwer von Zucker.

Wenn er seine Hand über die jüngsten Triebe an der Spitze der Pflanze hielt, wandten sich die Blätter sichtbar ihm zu.

Schon in seiner Kindheit hatte sich erwiesen, dass Sam eine besondere Beziehung zu allem hatte, was wuchs. Damals arbeitete er im Garten eines benachbarten kinderlosen Ehepaars, Fred und Mary Harbison. Als Sam ungefähr zehn war, hatte er mit einem Bumerang gespielt, den er zum Geburtstag geschenkt bekommen hatte, und damit ihr Wohnzimmerfenster eingeworfen.

Fred kam nach draußen gehumpelt. Er sah so groß und knorrig aus wie eine alte Eiche, aber sein strenges hässliches Gesicht verriet seine von Grund auf freundliche Natur. „Lauf nicht weg", sagte er, als Sam sich bereit machte, davonzusprinten. Und Sam blieb, starrte ihn misstrauisch und fasziniert zugleich an.

„Du kannst dein Spielzeug wiederhaben", erklärte Fred ihm, „wenn du uns hier und da ein wenig hilfst und so das kaputte Fenster abbezahlst. Für den Anfang bräuchte Mrs Harbison jemanden, der in ihrem Garten Unkraut jätet."

Sam mochte Mary sofort. Die ältere Frau war so klein und rundlich, wie ihr Mann groß und dürr war. Nachdem sie ihm gezeigt hatte, welche der eifrig sprießenden Pflanzen Unkraut waren und welche Blumen, machte Sam sich an die Arbeit.

Als er da auf dem Boden kniete, Unkraut zupfte und Pflanzlöcher für Zwiebeln, Knollen und Sämlinge grub, war ihm so, als redeten die Pflanzen mit ihm und teilten ihm wortlos mit, was sie brauchten. Ohne auch nur um Erlaubnis zu fragen, holte Sam sich einen kleinen Spaten aus dem Geräteschuppen der Harbisons und pflanzte ein paar Primeln um, damit sie mehr Sonne bekamen. Außerdem setzte er die Sämlinge von Rittersporn und Margeriten nicht dorthin, wo Mary sie haben wollte, sondern an andere Stellen im Garten.

Danach ging Sam beinah jeden Tag nach der Schule zu den Harbisons, auch nachdem Fred ihm längst seinen Bumerang zurückgegeben hatte. Während Sam am Küchentisch seine Hausaufgaben erledigte, stellte Mary ihm immer ein Glas kalte Milch und ein Schälchen Salzcracker hin. Sie ließ ihn in ihren Gartenbüchern schmökern und sorgte dafür, dass alles herbeigeschafft wurde, wovon er behauptete, der Boden brauche es: Seetang und Knochenmehl, zermahlene Eierschalen, Kalk und Magnesiumkarbonat, ja sogar Fischabfälle vom Markt. Als Ergebnis seiner Mühen blühte der Garten in einer Pracht und Fülle, dass die Leute auf der Straße stehen blieben, um den Anblick zu bewundern.

„Also, weißt du, Sam“, sagte Mary hocherfreut und zeigte ihr weiches runzliges Lächeln, das er so liebte, „du hast einen grünen Daumen.“

Aber Sam wusste, dass es mehr als das war. Irgendwie lagen der Garten und er auf der gleichen Wellenlänge. Und er hatte etwas bemerkt, was nur wenigen auffiel: Die ganze Welt war empfindungsfähig und lebendig. Er wusste instinktiv, welche Saaten bei abnehmendem Mond ausgebracht werden wollten und welche bei zunehmendem. Er wusste, ohne dass es ihm jemand gesagt hätte, wie viel Wasser und Sonne die Pflanzen brauchten, womit der Boden angereichert werden musste, wie man Pilzbefall mit einer Wasser-Seife-Lösung bekämpfte und dass Studentenblumen Blattläuse fernhielten.

Hinter dem Haus legte er einen Nutzgarten für Mary an, und der lieferte reiche Ernten gesunder aromatischer Gemüse und alle möglichen Kräuter. Sam erkannte, dass Kürbisse und Gurken sich gut vertrugen, dass Bohnen gern in der Nähe von Sellerie standen, die Nähe von Zwiebeln aber gar nicht mochten, und dass man auf keinen Fall Blumenkohl und Tomaten nebeneinander pflanzen durfte. Wenn Sam sich um die Pflanzen kümmerte, wurde er nie von Bienen gestochen oder von Fliegen belästigt, und die Bäume reckten ihre Zweige über ihn, so weit sie konnten, um ihm Schatten zu spenden.

Es war Mary zu verdanken, dass er von einem eigenen Weinberg zu träumen begann. „Beim Wein geht es nicht ums Trinken“, erklärte sie ihm. „Beim Wein geht es um Leben und Lieben.“

Tief in Gedanken wanderte Sam in eine Ecke seines Weinhangs, um sich einen Rebstock anzusehen, der ganz anders war als alle anderen. Er war groß und knorrig. Er lebte noch, gedieh aber nicht, zeigte keinen Fruchtansatz, sondern nur fest geschlossene Knospen. All seinen Bemühungen zum Trotz hatte

Sam noch nicht herausfinden können, was er tun musste, damit diese Pflanze gedieh. Und es gelang ihm auch nicht, Kontakt aufzunehmen. Es gab keine schweigende Kommunikation, kein Gefühl dafür, was der Rebstock brauchte ... nur Leere.

Als Sam das Grundstück an der Rainshadow Road gekauft und die Grenzen abgeschritten hatte, entdeckte er diesen Weinstock, der wild auf dem Gelände wuchs. Vom Aussehen her hätte er ein Exemplar der Edlen Weinrebe – Vitis vinifera subspecies vinifera – sein können, die von den Kolonisten aus Europa mitgebracht worden war. Aber das war im Grunde nicht möglich. Diese Sorte war sehr anfällig für hiesige Schadinsekten und Krankheiten und dem Klima nicht gewachsen. Es gab praktisch keine überlebenden Exemplare mehr. Die Franzosen hatten Hybridsorten mit heimischen Weinreben entwickelt, die Früchte produzierten, ohne auf eine krankheitsresistente Unterlage gepfropft werden zu müssen. Vielleicht war dieser Weinstock eine solche alte Hybride. Aber er ähnelte keiner Sorte, die Sam jemals untergekommen war oder über die er je etwas gelesen hatte. Bisher hatte ihn auch noch niemand identifizieren können, nicht einmal ein Spezialist, der sich die Fotos angesehen und die Proben untersucht hatte, die Sam ihm geschickt hatte.

„Wie kann ich dir helfen?“, murmelte Sam und strich mit der Hand sanft über die großen flachen Blätter. „Was ist dein Geheimnis?“

Normalerweise konnte er die Energie im Boden und in den Wurzeln spüren und Signale empfangen, was gebraucht wurde, sei es eine andere Temperatur oder Feuchtigkeit, mehr Licht oder Nährstoffe. Aber der Weinstock schwieg. Er schien traumatisiert und unempfindlich für Sams Nähe.

Sam verließ seinen Weinberg und machte sich auf den Weg zur Küche, um für sich und Holly etwas zu essen zuzubereiten. Er holte Milch und Käse aus dem Kühlschrank und war dabei, gegrillte Käsesandwiches vorzubereiten, als es an der Haustür klingelte.

Sam öffnete und sah sich Kevin Pearson gegenüber, den er schon ein paar Jahre nicht mehr gesehen hatte. Sie waren nicht miteinander befreundet, aber da beide auf der Insel aufgewachsen und eine Zeit lang in dieselbe Klasse gegangen waren, kannten sie sich. Kevin war schon immer gut aussehend und beliebt gewesen, eine Sportskanone und ein Frühentwickler, der immer die besten Mädchen abschleppte.

Sam dagegen war eher eine Bohnenstange gewesen und hatte seine Nase ständig in einer Ausgabe von *Popular Science* oder einem Roman von Tolkien stecken. Von allen Söhnen mochte sein Vater ihn am wenigsten. Er war der Mittlere, der Streber, der sich für die bei Ebbe in den Gezeitentümpeln der False Bay zurückbleibenden Muscheln, Schlickkrebse und Borstenwürmer begeistern konnte. Kein schlechter Sportler, hatte er trotzdem nie so viel Spaß an Wettkämpfen gehabt wie Mark oder mit solch wildem Siegeswillen daran teilgenommen wie Alex.

Die lebhafteste Erinnerung an Kevin Pearson hatte Sam aus der siebten Klasse. Sie hatten gemeinsam die Aufgabe erhalten, ein Referat über jemanden auszuarbeiten, der sich in Medizin oder Naturwissenschaft hervorgetan hatte. Dazu gehörten ein Interview mit einem ortsansässigen Apotheker, eine Schautafel und ein Aufsatz über die Geschichte der Pharmakologie. Angesichts der Tatsache, dass Kevin die Arbeit ständig vor sich herschob und stinkfaul war, hatte Sam schließlich alles allein erarbeitet. Sie hatten dafür eine ausgezeichnete Note erhalten, die ihm und Kevin gleichermaßen zuerkannt wurde.

Aber als Sam protestierte, dass es nicht fair sei, wenn Kevin so viel Anerkennung für eine Aufgabe einstrich, die er gar nicht erfüllt hatte, schaute dieser ihn nur verächtlich an.

„Willst du wissen, warum ich dir nicht geholfen habe? Mein Dad hat es mir nicht erlaubt“, erklärte er. „Er sagt, deine Eltern sind Säufer.“

Das konnte Sam nicht abstreiten.

Trotzdem meinte er: „Du hättest mich ja zu dir nach Hause einladen können. Dann hätten wir wenigstens die Schautafel gemeinsam erstellen können."

„Kapierst du es einfach nicht? Meine Eltern hätten dich nie ins Haus gelassen! Niemand will, dass seine Kinder mit einem Nolan befreundet sind."

Auch Sam fiel kein Grund ein, warum irgendjemand mit einem Nolan befreundet sein wollte. Seine Eltern, Jessica und Alan, stritten sich hemmungs- und zurückhaltungslos, schrien sich vor den Augen ihrer Kinder, ihrer Nachbarn und sogar Fremder an. Sie zögerten keine Sekunde, sich lautstark über Geldfragen, Sex und Privatangelegenheiten auszulassen. Und während sie aufeinander losgingen und sich dabei immer mehr erniedrigten, lernten ihre Kinder etwas Entscheidendes zum Thema Familienleben: nämlich, dass sie nichts damit zu tun haben wollten.

Nicht lange nach dem Naturlehre-Referat – Sam war ungefähr dreizehn – starb sein Vater bei einem Bootsunfall. Danach fiel die Familie völlig auseinander. Es gab keine regelmäßigen Essens- oder Schlafenszeiten und keinerlei Regeln. Niemanden überraschte es, dass Jessica sich innerhalb von fünf Jahren nach dem Tod ihres Mannes selbst zu Tode trank. Und die Nolan-Kinder hatten nicht gerade wenig mit Schuldgefühlen zu kämpfen, als sie feststellten, dass sie trotz ihrer Trauer über den Verlust der Mutter auch Erleichterung darüber empfanden, sie nicht mehr ertragen zu müssen.. Keine Telefonanrufe mehr mitten in der Nacht, die dazu aufforderten, eine Mutter abzuholen, die zu betrunken war, um selbst zu fahren, nachdem sie sich in der Bar zum Gespött gemacht hatte. Keine demütigenden Witze oder Kommentare Außenstehender, keine Krisen, die urplötzlich aus heiterem Himmel auftraten.

Jahre später, als Sam das Land an der False Bay für sein Weingut kaufte, musste er sich ein paar schwere Landmaschinen leihen. Dabei stellte er fest, dass Kevin einen eigenen Betrieb gegründet hatte. Sie unterhielten sich bei einem Bier, erzählten sich ein paar Witze und schwelgten in Erinnerungen. Anschließend erledigte Kevin einige Arbeiten für Sam und berechnete ihm dafür aus Gefälligkeit nur einen Bruchteil des normalen Preises.

Sam hatte keine Ahnung, was Kevin jetzt an seine Tür geführt haben könnte, und er reichte ihm die Hand zum Gruß. „Pearson. Lange her."

„Schön, dich zu sehen, Nolan."

Sie musterten einander kurz, schätzten sich ab. Sam war insgeheim verblüfft, dass Kevin Pearson, dessen Familie niemals einen Nichtsnutz von Nolan über ihre Schwelle gelassen hatte, ihn jetzt zu Hause besuchte. Der ehemalige Pausenhof-Tyrann konnte Sam nicht mehr in den Hintern treten oder ihn mit seiner sozialen Schwäche reizen. Sie waren einander ebenbürtig, in jeder Hinsicht.

Kevin schob seine Hände in die Taschen seiner Kaki-Shorts, trat ein und ließ den Blick lächelnd durch die Eingangshalle schweifen. „Allmählich wird was aus dem Haus."

„Es hält mich auf Trab", gab Sam freundlich zurück.

„Ich habe gehört, dass du und Mark für eure Nichte sorgt." Kevin zögerte kurz. „Mein Beileid wegen Vicky. Sie war ein tolles Mädchen."

Obwohl sie eine Nolan war, dachte Sam, aber er sagte nur: „Holly und ich wollen gerade essen. Möchtest du auch was?"

„Nein danke, ich kann nicht lange bleiben."

„Magst du mit in die Küche kommen, während ich uns Sandwiches mache?"

„Ja, klar." Kevin folgte ihm. „Ich bin hier, um dich um einen Gefallen zu bitten", erklärte er. „Obwohl du mir vielleicht am Ende sogar dankbar dafür sein wirst."

Sam nahm eine Pfanne aus dem Küchenschrank, erhitzte sie auf dem Herd und gab etwas Olivenöl hinein. Da ihm schon vor längerer Zeit klar geworden war, dass ihre Junggesellenküche aus Pizza und Bier für Holly nicht das Wahre war, hatte Sam ausprobiert, zu kochen. Es gab zwar noch viel zu lernen, aber er hatte sich mittlerweile einige Grundfertigkeiten angeeignet, die sie bisher vorm Verhungern bewahrt hatten.

Während Sam die Tomatensuppe in eine mikrowellengeeignete Schüssel füllte, fragte er: „Worum geht's bei dem Gefallen?"

„Vor ein paar Monaten habe ich mich von meiner Freundin getrennt. Und die Sache hat sich als kniffliger erwiesen als erwartet."

„Stellt sie dir nach oder so was?"

„Nein, nichts dergleichen. Sie geht nur so gut wie nie aus."

Die Käsesandwiches brutzelten leise vor sich hin, als Sam sie in die heiße Pfanne gleiten ließ. „Das ist doch normal nach einer Trennung."

„Ja, schon, aber sie muss doch irgendwie wieder anfangen zu leben. Ich habe darüber nachgedacht, mit wem man sie zusammenbringen könnte. Mit wem sie Spaß haben könnte. Und soweit ich weiß, bist du doch zurzeit gerade solo. Oder?"

Sam riss ungläubig die Augen auf, als er begriff, worauf Kevin hinauswollte. Und dann musste er lachen. „Ich habe kein Interesse an deiner Ex. Und ich werde dir mit Sicherheit nicht dankbar dafür sein."

„Du verstehst das völlig falsch", protestierte Kevin. „Sie ist toll. Sie ist eine scharfe Braut. Na ja ... vielleicht nicht unbedingt eine scharfe Braut, aber doch hübsch. Und lieb. Ungeheuer lieb."

„Wenn sie so toll ist, warum hast du dann mit ihr Schluss gemacht?"

„Na ja, ich habe was mit ihrer jüngeren Schwester angefangen."

Wortlos sah Sam ihn an.

Kevins Gesichtsausdruck zeigte, dass er sich in die Defensive gedrängt sah. „Ach, Mann, das Herz lässt sich nun mal nichts vorschreiben."

„Richtig. Aber ich kümmere mich nicht um den Sondermüll, den du hinterlässt."

„Sondermüll?", fragte Kevin verständnislos.

„Jede Frau hätte nach so einer Erfahrung größere Probleme.

Wahrscheinlich ist sie hochradioaktiv." Geschickt wendete Sam die Sandwiches.

„Quatsch. Es geht ihr gut. Und sie ist bereit für einen Neuanfang. Sie weiß es nur noch nicht."

„Warum lässt du sie nicht selbst entscheiden, wann sie so weit ist? Warum ist es dir so wichtig, einen neuen Kerl für sie zu finden?"

„Die Geschichte hat für ein paar Probleme in der Familie gesorgt. Ich habe mich gerade mit Alice verlobt."

„Der jüngeren Schwester? Gratuliere."

„Danke. Jedenfalls ... ihre Eltern sind stocksauer. Sie wollen die Hochzeit weder bezahlen noch bei der Planung helfen. Nichts dergleichen. Und Alice möchte die ganze Familie bei der Feier vereint sehen. Aber zu dieser großartigen Versöhnung kann es nicht kommen, solange ihre Schwester nicht über mich hinweg ist und mit jemand anderem geht."

„Viel Glück dabei."

„Du schuldest mir was, Nolan."

Sam runzelte die Stirn, stellte die Suppenschüssel in die Mikrowelle und schaltete das Gerät ein. „Verdammt", murmelte er. „Wusste ich doch, dass das kommt."

„All die Erdarbeiten und die Fuhren, die ich für dich erledigt habe, ohne sie dir in Rechnung zu stellen. Ganz zu schweigen von meiner Hilfe beim Umpflanzen des wilden Weinstocks."

Das stimmte natürlich. Der alte Weinstock wäre einem Straßenbauprojekt zum Opfer gefallen, wenn er nicht umgepflanzt worden wäre. Nicht nur hatte Kevin bei dem diffizilen Projekt sehr gute Arbeit geleistet, er hatte Sam dafür obendrein nur einen Bruchteil dessen berechnet, was jeder andere verlangt hätte.

So gesehen: Ja, er schuldete Kevin etwas.

„Wie oft soll ich mit ihr ausgehen?", fragte Sam kurz angebunden.

„Nur ein paarmal. Vielleicht einmal auf einen Drink und dann noch einmal zum Essen."

Sam legte die dampfenden Sandwiches auf Teller und schnitt

Hollys Sandwich in vier exakte Dreiecke. „Wenn ich diese Frau ausgeführt habe – wenn ich es denn überhaupt schaffe, sie dazu zu überreden, mit mir irgendwohin zu gehen –, sind wir quitt, Pearson. Ich schulde dir keinen Gefallen mehr. Aus und erledigt."

„Selbstverständlich", stimmte Kevin sofort zu.

„Wie willst du uns miteinander bekannt machen?"

„Na ja, die Sache ist die …" Kevin schaute unbehaglich drein. „Du wirst dir was einfallen lassen müssen, wie du sie allein kennenlernen kannst. Wenn sie wüsste, dass ich meine Finger mit im Spiel habe, würde sie sich nie mit dir einlassen."

Sam starrte ihn ungläubig an. „Du erwartest also, dass ich deine verbitterte, männerhassende Ex-Freundin aufspüre und sie dazu überrede, mit mir auszugehen?"

„Ja, so in etwa."

„Vergiss es. Lieber bezahle ich dich für die Erdarbeiten."

„Ich will dein Geld nicht. Ich will, dass du meine Ex ausführst. Einmal auf einen Drink, einmal zum Essen."

„Da kommt man sich ja vor wie ein Stricher", gab Sam säuerlich zurück.

„Du musst ja nicht mit ihr schlafen. Tatsächlich …"

„Was ist ein Stricher, Onkel Sam?", erklang Hollys Stimme, die in dem Moment die Küche betrat. Sie ging zu Sam, schlang ihm die Arme um die Taille und lächelte zu ihm hoch.

„Streicher", korrigierte er hastig, nahm ihre Baseballkappe und setzte sie ihr verkehrt herum auf. „Ein Anstreicher, ein Maler." Er beugte sich gehorsam zu ihr hinunter, als sie ihre Hände nach seinem Kopf reckte.

„Wer ist das?", fragte sie ihn flüsternd.

„Ein alter Freund." Sam gab ihr einen Teller mit ihrem Sandwich, setzte sie an den Tisch und füllte ihr Suppe ein. Dann warf er Kevin einen verärgerten Blick zu und fragte: „Hast du ein Bild von ihr?"

Kevin zog sein Smartphone aus der Gesäßtasche seiner Shorts und scrollte durch ein paar Fotos. „Hier ist eins. Ich schicke es dir aufs Handy."

Sam nahm ihm das Telefon ab und betrachtete die Frau auf dem Display. Ihm stockte der Atem, als er sie erkannte.

„Sie ist Künstlerin", hörte er Kevin sagen. „Sie heißt Lucy Marinn, wohnt zurzeit im *Artist's Point* und hat ihr eigenes Atelier in der Stadt. Sie macht Buntglassachen … Fenster, Lampenschirme, Mosaiken. Hübsch, siehst du?"

Eine interessante Situation – mindestens. Sam überlegte kurz, ob er erwähnen sollte, dass er Lucy schon mal begegnet war. Dass er sie am Abend zuvor zum *Artist's Point* begleitet hatte. Aber er entschied sich, das vorläufig für sich zu behalten.

In das angespannte Schweigen, das folgte, fragte Holly vom Tisch her: „Onkel Sam, kriege ich jetzt meine Suppe?"

„Aber klar doch, mein Spatz." Sam stellte die Suppentasse vor ihr ab und band ihr eine Papierserviette um.

Anschließend wandte er sich wieder Kevin zu.

„Also, machst du's nun?", fragte dieser.

„Ja, meinetwegen." Sam deutete lässig zur Tür. „Ich begleite dich nach draußen."

„Wenn dir Lucy gefällt", meinte Kevin, „dann solltest du mal ihre Schwester sehen. Jünger und schärfer." Als müsste er sich selbst davon überzeugen, dass er – Kevin – bei dem Handel trotz allem besser abschnitt.

„Toll", meinte Sam lakonisch. „Ich will diese."

„Okay." Kevin wirkte eher verwirrt denn erleichtert. „Ich muss schon sagen: Ich habe nicht damit gerechnet, dass du dich so leicht überreden lässt."

„Kein Problem. Aber eine Sache verstehe ich noch nicht ganz."

„Die wäre?"

„Warum hast du wirklich mit Lucy Schluss gemacht? Und erzähl mir jetzt keinen Schwachsinn von wegen Wunsch nach einer Jüngeren oder Schärferen. Denn eins ist mal klar: Was diese Frau nicht hat, brauchst du auch nicht. Also, was ist der wahre Grund?"

Kevin schaute ihn leicht verdutzt an. So wie jemand, der über seine eigenen Füße stolpert und sich nach dem unsichtbaren Hindernis auf dem Boden umdreht. „Ich habe sie einfach so gründlich kennengelernt, dass es keine Überraschungen mehr gab, und … das wurde langweilig. Höchste Zeit für einen Wechsel.“ Er runzelte die Stirn, als er Sams leichtes Lächeln bemerkte. „Was ist daran lustig?“

„Nichts.“ Sam hatte nicht vor, zu erklären, worüber er sich amüsierte. Ihm war nämlich auf unangenehme Weise bewusst geworden, dass er, was Frauen anging, kein bisschen besser war als Kevin. Tatsächlich hatte er noch nie so etwas wie eine längerfristige Beziehung aufbauen können – und wollte das auch nicht.

„Wie erfahre ich, wie es läuft?“, fragte Kevin, als Sam ihn durch die Eingangshalle geleitete und die Tür für ihn öffnete.

„Irgendwann wirst du’s schon erfahren.“ Sam hielt es nicht für nötig, ihm zu sagen, dass er Lucy noch am selben Abend anrufen wollte.

„Ich wüsste es lieber vorher. Schick mir ’ne SMS, wenn du dich mit ihr verabredest.“

Sam lehnte sich mit der Schulter an den Türpfosten und musterte Kevin spöttisch. „Keine SMS, keine E-Mail, keine PowerPoint-Präsentation. Ich gehe mit deiner Ex aus, Pearson. Aber wann ich das tue und was danach geschieht, ist einzig und allein meine Sache.“

# 9. KAPITEL

Am Morgen hörte Lucy ihre Mobilbox ab und empfing die Nachricht, die Sam Nolan am Abend zuvor hinterlassen hatte: „Die Wohnung ist noch frei. Sie bietet einen tollen Blick auf den Hafen und liegt nur zwei Minuten zu Fuß vom *Artist's Point* entfernt. Ruf mich an, wenn du sie dir ansehen möchtest."

Lucy brauchte fast bis zur Mittagszeit, um den Mut aufzubringen, zurückzurufen. Früher hatte sie nie lange gefackelt, wenn sie etwas wollte. Aber seit ihrer Trennung von Kevin stellte sie Dinge infrage, die sie normalerweise nicht angezweifelt hätte – vor allem sich selbst.

In den letzten zwei Jahren war sie vollständig in ihrer Beziehung zu Kevin aufgegangen. Sie hatte dafür Freundschaften vernachlässigt und ihre eigenen Ansichten und Wünsche hintangestellt. Konnte es sein, dass sie unbewusst versucht hatte, sich dafür einen Ausgleich zu schaffen, indem sie Kevin kontrollierte und an ihm herumnörgelte? Sie wusste nicht, wie sie wieder Tritt fassen und zu sich selbst finden sollte. Aber eins war ihr klar: Es hatte keinen Zweck, sich auf eine Affäre mit Sam Nolan einzulassen, der für eine ernsthafte Partnerschaft nicht infrage kam.

„Muss denn jede Beziehung unbedingt ernst sein?", hatte Justine gefragt, als Lucy am Abend zuvor genau das geäußert hatte.

„Warum sich überhaupt die Mühe machen, wenn das Ganze nirgendwohin führt?"

„Ich habe einige sehr wichtige Dinge aus Beziehungen gelernt, die nirgendwohin führten. Was ist wichtiger: das Ziel oder der Weg?"

„Ich weiß, dass ich jetzt antworten sollte: der Weg", erwiderte Lucy verstimmt. „Aber im Moment würde ich nun mal gern das Ziel erreichen."

Justine lachte. „Betrachte Sam einfach als Attraktion am

Wegesrand, die sich unerwartet als toller Spaß erweist."

Lucy warf ihr einen skeptischen Blick zu. „So was wie das weltgrößte Garnknäuel? Oder Carhenge in Nebraska?"

Obwohl die Frage ironisch gemeint war, reagierte Justine geradezu enthusiastisch. „Genau. Oder vielleicht ein großer Jahrmarkt mit Achterbahn und hypermodernen Karussells."

„Ich hasse so etwas", gab Lucy zurück. „Man hat das Gefühl, irgendwohin zu fliegen, aber wenn die Fahrt vorbei ist, findet man sich da wieder, wo man losgeflogen ist. Obendrein ist einem schwindelig und schlecht."

Auf Lucys Einladung besuchte Sam sie am Nachmittag in ihrem Atelier. Er trug eine abgetragene Jeans und ein schwarzes Polohemd. In seinem gebräunten Gesicht leuchteten seine Augen überraschend hell, sodass sie beinahe türkis wirkten. Als sie ihn begrüßte, machte sich ein nervöses Zucken in ihrem Magen bemerkbar.

„Hübsch hast du's hier", sagte Sam und schaute sich im Atelier um.

„Das war mal eine Garage, aber der Eigentümer hat sie umgebaut", erklärte Lucy. Sie zeigte ihm ihre Montage- und Leuchttische sowie die Regale voller Fächer mit geschnittenen Glasplatten, aus denen sie ihre Buntglasfenster fertigte. In einem Regalfach bewahrte sie Dosen mit Lack, Fensterkitt und Schlämmkreide auf; daneben lagen in ordentlichen Reihen ihre Werkzeuge, Bürsten und Pinsel. Den meisten Platz nahmen jedoch deckenhohe Glasregale ein. „Ich sammele jedes Stückchen Glas, das ich finde", erklärte Lucy. „Manchmal schlachte ich sogar kaputte antike Glasarbeiten aus, weil ich die Teile für Restaurierungsarbeiten an historischen Werken gebrauchen könnte."

„Was ist das?" Sam trat an einen wahren Schatz aus blaugrünem, silbern überlaufenem Glas heran. „Es ist wunderschön."

Sie trat neben ihn und strich mit ihren Fingern über eine der Glasscheiben. „Oh, das ist mein Schnäppchen des Jahres. Es sollte ursprünglich für eine große öffentliche Kunstinstallation in Tacoma verwendet werden, aber die Fördermittel wurden gestrichen, und all dieses herrliche experimentelle Glas lag über zwanzig Jahre ungenutzt in irgendeiner Scheune herum. Dann wollte der Typ, dem die Scheune gehört, das Zeug loswerden, und ein gemeinsamer Freund erzählte mir davon. Ich habe die ganze Ladung praktisch geschenkt bekommen."

„Was willst du daraus machen?", fragte Sam, lächelnd über ihre Begeisterung.

„Weiß ich noch nicht. Irgendwas Besonders. Sieh doch nur, wie die Farben in dem Glas eingebettet sind – all diese Blau- und Grüntöne." Bevor sie wusste, was sie tat, schaute sie zu ihm hoch und fügte hinzu: „Sie schimmern genauso wie deine Augen."

Er zog die Brauen hoch.

„Das war kein Flirten", erklärte Lucy hastig.

„Zu spät. Ich habe es schon als solches verbucht." Sam schlenderte zu dem großen elektrischen Schmelzofen hinüber. „Das ist mal ein Ofen. Welche Maximaltemperatur erreicht er?"

„Achthundertfünfzehn Grad. Ich benutze ihn, um Glas zu schmelzen oder ihm eine andere Struktur zu geben. Manchmal gieße ich auch Glas in Formen."

„Keine Glasbläsereiarbeiten?"

Lucy schüttelte den Kopf. „Dafür bräuchte ich einen gewaltigen Schmelzofen, der dauerhaft seine Temperatur halten muss. Und ich habe zwar schon Glas geblasen, aber das ist nicht gerade meine Stärke. Am liebsten fertige ich Buntglasfenster."

„Warum?"

„Das sind ... Kunstwerke aus Licht. In gewisser Weise zeige ich damit, wie ich die Welt sehe. Mache Gefühle sichtbar."

Mit dem Kinn deutete Sam auf die Lautsprecher auf der Werkbank. „Hast du normalerweise Musik laufen, wenn du arbeitest?"

„Meistens. Bei komplizierten Schneidearbeiten brauche ich meine Ruhe. Aber sonst lege ich die Musik auf, nach der mir gerade ist."

Interessiert sah Sam sich weiter um, durchstöberte Behälter, in denen farbige Glasröhrchen und -stangen aufbewahrt wurden. „Wann hast du dich zum ersten Mal für Glas interessiert?"

„In der zweiten Klasse. Mein Vater besuchte mit mir eine Glasbläserei, und seitdem bin ich geradezu besessen. Wenn ich zu lange nicht arbeiten kann, bekomme ich Sehnsucht danach. Meine Arbeit ist wie eine Art Meditation. Sie hält mich im inneren Gleichgewicht."

Sam trat an ihren Tisch und schaute sich einen Entwurf an, der dort lag. „Ist Glas weiblich oder männlich?"

Überrascht lachte Lucy auf. Eine solche Frage hatte ihr noch niemand gestellt, und sie dachte intensiv darüber nach. Man musste das Glas tun lassen, was es wollte. Ihm eher ein Partner sein, als zu versuchen, es zu kontrollieren, es sanft und trotzdem mit Kraft behandeln. „Weiblich", antwortete sie schließlich. „Wie steht es mit dem Wein? Weiblich oder männlich?"

„Das französische Wort für Wein – *vin* – ist männlich. Aber meines Erachtens hängt das vom Wein ab. Natürlich …", Sam grinste sie an, „… wird die sexistische Sprache in der Welt des Weines nicht von allen gern gesehen. Zum Beispiel die Beschreibung eines Chardonnay als feminin, wenn er leicht und duftig ist, oder einen Cabernet als maskulin zu bezeichnen. Aber manchmal gibt es keine andere Möglichkeit, den Charakter zu beschreiben." Er wandte sich wieder dem Entwurf zu. „Hast du schon mal Probleme gehabt, eins deiner Werke herzugeben?"

„Ich habe immer Probleme damit. Nichts gebe ich gerne her", antwortete Lucy selbstironisch lächelnd. „Aber es fällt mir immer leichter."

Schließlich verließen sie das Atelier und gingen hinüber zu der Wohnung. Die Straßen von Friday Harbor, durch die sie flanierten, waren gesäumt von einem bunten Mix aus eleganten Kunstgalerien, trendigen Restaurants, altmodischen Eisdielen und gemütlichen Cafés. Das gelegentliche Dröhnen der Schiffssirene einer anlegenden Fähre tat der entspannten Atmosphäre des Viertels keinen Abbruch. Gerüche nach Sonnenmilch, gegrillten Meeresfrüchten, Salzwasser und Diesel lagen in der Luft.

Die Wohnung gehörte zu einem gemischt genutzten Komplex an der West Street. Ein gepflasterter Fußweg führte von dort hinunter zur Front Street. Passend zur modernen schlichten Fassade hatte das Gebäude eine Dachterrasse und bodentiefe Fenster. Lucy versuchte gar nicht erst, ihre Bewunderung zu verbergen, als sie die Wohnung betraten. Sie war mit einigen wenigen, aber neuen und geschmackvollen Stücken möbliert und in naturbelassenem Holz sowie hellen Blau- und warmen Erdtönen gehalten.

„Was meinst du?“, fragte Sam und sah zu, wie Lucy den Blick aus jedem Fenster des Hauptraums testete.

„Wundervoll“, sagte sie wehmütig. „Aber das kann ich mir beim besten Willen nicht leisten.“

„Woher willst du das wissen? Wir haben doch noch gar nicht über die Höhe der Miete gesprochen.“

„Weil diese Wohnung schöner ist als jede andere, in der ich jemals gelebt habe, und nicht einmal die könnte ich mir zurzeit leisten.“

„Mark ist sehr daran gelegen, dass hier wieder jemand einzieht. Und diese Wohnung passt einfach nicht zu jedem.“

„Wem könnte sie nicht gefallen?“

„Leuten, die was gegen Treppen haben. Leuten, die Wert auf mehr Privatsphäre legen, als diese Riesenfensterfront zulässt.“

„Ich finde sie vollkommen.“

„Dann werden wir uns einig werden.“

„Was soll das heißen?“, fragte Lucy, plötzlich misstrauisch geworden.

„Das soll heißen: Ich sorge dafür, dass die Miete deine Möglichkeiten nicht übersteigt.“

Sie schüttelte den Kopf. „Ich will dir nicht verpflichtet sein.“

„Das wärst du auch nicht.“

„Natürlich wäre ich das, wenn ich dir gestatte, mir einen Gefallen zu tun. Vor allem wenn es um einen finanziellen Gefallen geht."

Sam zog die Brauen zusammen. „Du glaubst, ich würde versuchen, deine Situation auszunutzen?" Er trat näher, und Lucy wich instinktiv zurück, bis sie mit dem Rücken an die Granitarbeitsplatte der Küchenzeile stieß. „Du erwartest, dass ich eines Tages hier aufkreuze, mit Zylinder und Schnurrbart, und von dir Sex verlange statt Miete?"

„Natürlich erwarte ich das nicht." Nervös begann Lucy, zu zappeln, als er seine Hände links und rechts von ihr auf die Arbeitsplatte stützte. „Es ist nur so … ich fühle mich mit dieser Situation nicht wohl."

Sam beugte sich über sie, ohne sie zu berühren. Er stand so nah, dass sie unwillkürlich auf seinen leicht gebräunten Hals starrte.

„Lucy, du benimmst dich so, als wollte ich dich zu etwas drängen. Das tue ich nicht. Wenn sich herausstellen sollte, dass du an mehr als nur Freundschaft interessiert bist, werde ich mich darüber freuen wie ein Spatz, der ein Stück Pommes gefunden hat. Aber fürs Erste wäre ich schon froh, wenn du mich nicht in eine Schublade mit solchen Arschlöchern wie Kevin Pearson steckst."

Lucy blinzelte verblüfft, und ihr stockte der Atem. „Wo… woher kennst du seinen Namen?"

„Er kam gestern auf mein Weingut und sagte, er müsse mich um einen Gefallen bitten. Es ging um dich."

„Er … um … du kennst Kevin?"

„Natürlich kenne ich ihn. In der siebten Klasse habe ich sämtliche Hausaufgaben für ihn erledigt, damit er mich nicht auf dem Schulhof verprügelt."

„Ich … was hat er dir gesagt? Was wollte er?"

„Er hat erzählt, dass er deine Schwester heiratet. Außerdem sagte er, dass deine Eltern das Geld für die Hochzeit nicht rausrücken wollen, solange Alice sich nicht mit dir ausgesöhnt hat."

„Davon wusste ich noch nichts. Alice muss außer sich sein.

Meine Eltern geben ihr seit Jahren ständig Geld."

Sam trat zurück, ging zu einem Stuhl und lümmelte sich darauf. „Offenbar glauben Kevin und Alice, die Lösung des Problems liege darin, dich mit jemandem zu verkuppeln. Sie wollen, dass dich ein Kerl umgarnt, bis du so vollgepumpt mit Endorphinen bist, dass es dir nichts mehr ausmacht, wenn die beiden heiraten."

„Und du sollst dieser Kerl sein?", fragte sie ungläubig. „Mr Endorphine?"

„Erraten."

Erstickende Wut erfüllte sie. „Und was soll ich jetzt tun?"

Sam zuckte die Achseln. „Was immer du willst."

„Selbst wenn ich wollte, würde ich jetzt auf gar keinen Fall mit dir ausgehen. Sie würden hinter meinem Rücken über mich lachen und darüber reden, wie leicht ich doch zu täuschen bin."

„Aber in Wirklichkeit würdest du über sie lachen", betonte Sam.

„Das ist mir egal. Ich will das einfach nicht."

„In Ordnung", sagte er. „Ich sage den beiden, dass du kein Interesse an mir hast. Dass ich nicht dein Typ bin. Aber wundere dich nicht, wenn sie versuchen, dich mit einem anderen zu verkuppeln."

Ungläubig lachte sie auf. „Das ist doch das Lächerlichste, was ich je … Warum können sie mich nicht einfach in Ruhe lassen?"

„Allem Anschein nach", erklärte Sam, „sind deine Eltern nur unter einer Bedingung mit Alices Hochzeit einverstanden – und bereit, sie wieder finanziell zu unterstützen."

„Unter welcher Bedingung?"

„Dass du glücklich bist."

„Mein Gott", stieß Lucy verärgert hervor, „meine Familie ist so was von bizarr!"

„Glaub mir, gegen die Nolans sind sie die reinsten Waisenknaben."

Sie schien ihn kaum gehört zu haben. „*Jetzt* machen sie sich

Sorgen darüber, ob ich glücklich bin?", fuhr sie fort. „Früher hätten sie Tausende Male für mich Partei ergreifen können, haben es aber nie getan. Und jetzt, auf einmal, wollen sie, dass ich glücklich bin? Zum Teufel mit ihnen! Und mit dir auch!"

„Hey, schieß bitte nicht auf den Überbringer der Nachricht."

„Oh, stimmt ja", sagte Lucy und funkelte ihn an. „Du bist ja gar nicht das Problem, sondern die Lösung. Du bist mein Endorphin-Shop. Na schön, meinetwegen. Gib's mir."

Sam blinzelte. „Was soll ich dir geben?"

„Endorphine. Wenn alle wollen, dass ich glücklich bin, dann tue ich ihnen den Gefallen. Also gib mir eine Injektion deiner besten stimmungsaufhellenden Endorphine Güteklasse A."

Er musterte sie zweifelnd. „Vielleicht sollten wir vorher essen gehen."

„Nein", gab Lucy schäumend vor Wut zurück. „Bringen wir's hinter uns. Wo ist das Schlafzimmer?"

Sam betrachtete sie halb amüsiert, halb besorgt. „Wenn es dir um Rachesex geht, helfe ich dir mit Vergnügen. Aber kannst du mir vorher vielleicht noch verraten, auf wen du eigentlich wütend bist?"

„Auf jeden. Unter anderem auf mich."

„Na schön. Mit mir zu schlafen löst die Probleme von niemandem … außer vielleicht meine. Aber das gehört nicht zur Sache." Er stand auf, trat auf sie zu, fasste sie bei den Schultern und schüttelte sie sanft. „Tief durchatmen. Na, komm schon. Lass es raus."

Lucy gehorchte. Sie atmete einmal durch und noch einmal, bis sich endlich der rote Nebel vor ihren Augen auflöste. Dann gab sie sich mit hängenden Schultern geschlagen.

„Gehen wir essen", schlug Sam vor. „Wir gönnen uns eine Flasche Wein und reden. Wenn du danach immer noch Endorphine willst, schau ich mal, was ich für dich tun kann."

## *10. KAPITEL*

Sie verließen die Wohnung, überquerten die Front Street und gingen zum *Downrigger's*, einem sehr beliebten Fischrestaurant. An einem warmen Sommertag gab es keinen besseren Platz in ganz Friday Harbor für ein Mittagessen unter freiem Himmel als die Terrasse des Restaurants mit Blick auf Shaw Island. Sam bestellte eine Flasche Weißwein und als Vorspeise über Holzkohle gegrillte Kammmuscheln in Speck auf Zuckermais-Salat. Die schmelzende Süße der Muscheln passte hervorragend zum salzigen Speck und dem rauchig-süßen Mais.

Lucy begann, sich zu entspannen, nippte an ihrem gekühlten Chardonnay und ließ sich von Sams lässigem Charme besänftigen. Sie erzählte ihm, dass ihre Schwester als Kind an Meningitis erkrankt war und welche Auswirkungen die Krankheit auf das Familienleben gehabt hatte, selbst noch nach ihrer Gesundung.

„Ich war immer eifersüchtig auf Alice“, sagte Lucy. „Aber schließlich habe ich begriffen, dass ich gar keinen Grund dazu habe. Denn sie hat gelernt, sich darauf zu verlassen, dass ihr alles zufliegt. Dass ihr alles gegeben wird. Das ist eine ziemlich schreckliche Art, durchs Leben zu gehen. Nie bringt sie irgendetwas zu Ende, was sie anfängt. Ich glaube, meine Mom beginnt zu bedauern, sie so verwöhnt zu haben, aber jetzt ist es zu spät. Alice wird sich niemals ändern.“

„Es ist nie zu spät, sich zu ändern.“

„Das würdest du nicht sagen, wenn du Alice schon mal begegnet wärst. Sie ist von Grund auf so, wie sie ist. Ich kann ehrlich nicht begreifen, was Kevin in ihr sieht.“

Sams Augen waren hinter einer Pilotensonnenbrille versteckt. „Was hast du in Kevin gesehen?“

Nachdenklich kaute Lucy an ihrer Unterlippe. „Zu Anfang war er wirklich sehr aufmerksam“, antwortete sie schließlich. „Zärtlich. Verlässlich.“

„Und der Sex?"

Lucy errötete und warf einen raschen Blick in die Runde, um zu prüfen, ob das jemand gehört haben könnte. „Was hat das damit zu tun?"

Sam zuckte leicht die Achseln. „Sex entspricht dem Kanarienvogel in der Kohlengrube." Als Lucy ihn nur verständnislos ansah, fuhr er fort: „Bergleute haben früher einen Kanarienvogel im Käfig mit unter Tage genommen. Wenn sich irgendwo Kohlenmonoxid bildete, starb der Kanarienvogel zuerst, und sie wussten, sie mussten schnellstens raus aus der Grube. Also … wie wär's damit?"

„Ich möchte nicht darüber reden", zierte Lucy sich.

Sein Lächeln ließ freundschaftlichen Spott erkennen. „Schon gut. Ich kenne die Antwort schon."

Ihre Augen weiteten sich. „Kevin hat dir von unserem Sexualleben erzählt?"

Sam kniff die Augen zusammen, als müsste er sich anstrengen, sich zu erinnern. „Irgendwas über Vaseline, Starthilfekabel, eine Tauchmaske …"

„Es war vollkommen normal", flüsterte Lucy scharf. Sie war knallrot angelaufen. „Ganz einfacher, normaler, langweiliger Nullachtfünfzehn-Sex."

„Das war meine zweite Vermutung", antwortete er ernsthaft.

Sie runzelte die Stirn. „Wenn du dich über mich lustig machen willst, während wir essen …"

„Ich mache mich nicht über dich lustig. Ich necke dich. Das ist ein Unterschied."

„Ich mag nicht geneckt werden."

„In Ordnung", erwiderte Sam, und seine Stimme wurde weicher. „Ich tu's nicht noch mal."

Nachdem die Bedienung ihre Bestellung für den Hauptgang aufgenommen hatte, betrachtete Lucy ihr Gegenüber mit vorsichtigem Interesse. Sam vereinte eine ganze Reihe von Widersprüchen in sich. Er war als Schürzenjäger bekannt, schien aber sehr viel mehr Zeit mit seiner Arbeit im Weinberg zu verbringen als damit, Frauen nachzustellen. Er gab sich den Anschein, unbekümmert in den Tag hineinzuleben, teilte sich aber dennoch freiwillig mit seinem Bruder die Verantwortung, ein Kind aufzuziehen.

„Es überrascht mich, dass wir uns noch nie begegnet sind", sagte sie. „Zumal wir doch beide Justine kennen."

„Seit ich mein Weingut habe, komme ich nicht mehr allzu viel unter Leute. Das gilt vor allem für die erste Zeit. Es ist kein Job, bei dem man am Wochenende einfach den Bleistift fallen lässt. Und im letzten Jahr brauchte Holly jede freie Minute, die Mark und ich für sie aufbringen konnten."

„Ihr habt beide eine Menge für sie geopfert, nicht wahr?"

„Von Opfer kann keine Rede sein. Holly ist das Beste, was mir je passiert ist. Von Kindern bekommt man so viel mehr, als man geben kann." Einen Moment schwieg er nachdenklich. „Außerdem habe ich dabei einen Bruder gewonnen."

„Du und Mark, ihr habt euch vorher nicht nahegestanden?"

Sam schüttelte den Kopf. „Aber im letzten Jahr haben wir uns kennengelernt. Wir mussten uns aufeinander verlassen. Und dabei hat sich herausgestellt, dass ich den Kerl mag."

„Ich habe den Eindruck", meinte Lucy zögerlich, „dass du aus einer … schwierigen Familie stammst?"

„Das war keine Familie. Sie mag von außen so ausgesehen haben, als wäre sie eine, aber … Sie hatte nicht mehr Ähnlichkeit mit einer Familie als die Schlachthälften im Kühlhaus mit einer Rinderherde."

„Das tut mir leid", erwiderte Lucy sanft. „Gab es ein Problem mit deinen Eltern?"

Sam zögerte so lange, dass Lucy schon glaubte, er werde ihr die Antwort schuldig bleiben. „In jeder kleinen Stadt gibt es den stadtbekannten Säufer", sagte er schließlich. „Mit meinen Eltern waren es gleich zwei." Seine Lippen verzogen sich zu einem schwachen ironischen Lächeln. „Zwei miteinander verheiratete Alkoholiker unterstützen einander in ihrer Sucht den ganzen Weg bis in die Hölle."

„Hat je einer von ihnen versucht, sich helfen zu lassen?“

Er schüttelte den Kopf. „Selbst wenn es einer von ihnen versucht hätte – es ist nahezu unmöglich, nüchtern zu werden und vor allem zu bleiben, wenn man mit einem Alkoholiker zusammenlebt.“

Die Unterhaltung wurde zu einem vorsichtigen Abtasten, Erforschen von Grenzen. Sie befanden sich auf vermintem Terrain.

„Waren sie immer so?“, fragte Lucy.

„Soweit ich mich entsinnen kann. Als wir Kinder nach und nach alt genug wurden, um auszuziehen, sahen wir zu, dass wir wegkamen. Bis schließlich nur noch Alex zu Hause war. Und jetzt ...“

„Ist er ein Alkoholiker?“

„Ich weiß nicht, wo ich die Grenze ziehen soll. Aber wenn er sie noch nicht überschritten haben sollte, dann ist das nur noch eine Frage der Zeit.“

Kein Wunder, dass Sam Angst vor einer Bindung hat, dachte Lucy. *Kein Wunder, dass er Probleme mit Beziehungen hat, die über das Körperliche hinausgehen.* Ein alkoholkranker Elternteil reichte schon, um eine Familie zu zerstören. Die Kinder mussten immer auf der Hut sein, ständig mit Manipulation und Misshandlung fertigwerden. Aber wenn beide Eltern tranken, dann waren sie nirgends in Sicherheit, konnten niemandem vertrauen.

„Angesichts der Probleme deiner Eltern“, begann Lucy vorsichtig, „hast du dir da keine Sorgen gemacht, dass es gefährlich sein könnte, ausgerechnet Wein anzubauen und zu produzieren?“

„Nicht im Geringsten. Dass meine Eltern Trinker waren, heißt noch lange nicht, dass ich keinen Wein lieben kann. Außerdem bin ich weniger Weinproduzent als Weinbauer. Ich arbeite mit den Pflanzen.“

Innerlich amüsierte Lucy sich. Mit seiner lässigen Attraktivität und mit dieser dunklen Pilotensonnenbrille auf der Nase sah Sam ganz und gar nicht wie ein Bauer aus. „Was gefällt dir am meisten am Weinanbau?"

„Es ist eine Mischung aus Wissenschaft, harter Arbeit ... und einem Hauch von Magie."

„Magie", wiederholte Lucy und musterte ihn eindringlich.

„Richtig. Ein Winzer kann auf demselben Boden dieselben Reben anbauen, aber jedes Jahr fällt der Wein anders aus. Geschmack und Duft der Beeren verraten, wie der Boden zusammengesetzt ist, ob er genügend Sonne bekommen hat, wie kühl es in den Nächten wurde, ob es ein trockenes oder regenreiches Jahr war. Der Wein verrät auf einzigartige Weise die Lage und das Anbaujahr der Trauben. Die Franzosen nennen das *Terroir*."

Für einen Moment wurde ihre Unterhaltung unterbrochen, als die Serviererin den Hauptgang brachte und ihre Wassergläser auffüllte. Sie aßen ohne Eile weiter, und Lucy stellte fest, wie sie entspannte und das Ganze viel mehr genoss, als sie erwartet hätte. Sam hatte eine Art, sich auf sein Gegenüber zu konzentrieren, die ausgesprochen schmeichelhaft war, zumal für eine Frau mit angekratztem Selbstbewusstsein. Er war aufgeweckt, selbstironisch und so charmant, dass er sie mit Leichtigkeit in falscher Sicherheit hätte wiegen können.

Aber sie durfte nicht vergessen, dass er genau der Typ war, von dem sie sich leicht überrumpeln ließ: Er konnte sich nehmen, was er wollte, und sie davon überzeugen, dass sie genau das auch wollte. Er würde zulassen, dass sie sich im Kreis drehte, die Zeit mit ihr genießen und sich anschließend der nächsten Eroberung zuwenden, ohne auch nur einen Blick zurückzuwerfen. Und sie konnte sich dann nicht einmal beklagen, weil er sich nie als jemand anderes ausgegeben hatte, als er war.

Schließlich brachte die Kellnerin die Rechnung, und Sam legte seine Hand auf Lucys, als sie nach ihrer Handtasche griff. „Vergiss es", sagte er und reichte der Serviererin seine Kreditkarte.

„Freunde können sich die Rechnung teilen", protestierte Lucy.

„Das ist ein geringer Preis für das Vergnügen deiner Gesellschaft."

„Danke", erwiderte sie aufrichtig. „Es hat mir sehr viel Freude gemacht. Tatsächlich habe ich jetzt so gute Laune, dass ich mir nicht vorstellen kann, irgendwas könnte sie mir verderben."

„Beschrei's nicht." Er klopfte auf die Tischplatte.

Sie lachte. „Bist du etwa abergläubisch?"

„Natürlich. Ich bin Insulaner. Ich habe den Aberglauben mit der Muttermilch aufgesogen."

„Zum Beispiel?"

„Die Wunschsteine in South Beach. Die kennst du, oder? Nein? Die Leute suchen ständig danach. Glatte Steine mit weißen Quarzbändern. Wenn du einen findest, wünschst du dir etwas und wirfst ihn ins Meer."

„Hast du das schon mal getan?"

„Ein- oder zweimal."

„Und sind deine Wünsche wahr geworden?"

„Noch nicht. Aber Wünsche haben kein Verfallsdatum."

„Ich bin nicht abergläubisch", sagte Lucy, „aber ich glaube an Wunder."

„Ich auch. Man nennt das Wissenschaft."

„Ich glaube an richtige Wunder", beharrte Lucy.

„Zum Beispiel?"

Bevor sie antworten konnte, fiel ihr Blick auf ein Pärchen, das soeben die Restaurantterrasse betrat, und alle Farbe wich aus ihrem Gesicht. „Mist", flüsterte sie, und Sam konnte förmlich sehen, wie ihre gute Laune sich in Luft auflöste.

Ihr wurde leicht übel. „Du hattest recht. Ich hätte es nicht beschreien dürfen."

Sam folgte ihrem Blick und entdeckte Kevin und Alice. Er runzelte die Stirn und griff nach ihrer Hand, die kraftlos auf dem Tisch lag. „Schau mich an, Lucy."

Mühsam hob sie ihren Blick zu ihm und brachte ein freudloses Lächeln zustande. „Wir können ihnen nicht aus dem Weg gehen, nicht wahr?"

„Nein." Sein Griff war warm und tröstlich.

„Du brauchst keine Angst zu haben", sagte er eindringlich.

„Ich habe keine Angst. Ich bin nur noch nicht so weit, um damit fertigzuwerden."

„Wie willst du damit umgehen?"

Sie schaute ihn an, Verzweiflung im Blick, und entschied spontan: „Küss mich!"

In Sams Augen blitzte leichte Überraschung auf. „Jetzt?"

„Ja."

„Was für ein Kuss?"

„Wie meinst du das – was für ein Kuss? Ein ganz normaler Kuss."

„Ein freundschaftlicher Kuss oder ein romantischer Kuss? Soll es so aussehen, als würden wir miteinander gehen, oder …"

„Oh, Mann, mach's doch nicht so kompliziert." Sie stöhnte auf und zog seinen Kopf zu sich heran.

## 11. KAPITEL

Sam reagierte, ohne zu zögern, als er Lucys zierliche Hände in seinem Nacken spürte. Er hatte sie schon während des gesamten Essens begehrt, war fasziniert von ihrer Verwundbarkeit und davon, wie sie zum Selbstschutz die Stacheln zeigte. Die Art, wie sie lächelte – nur mit den Lippen, nicht mit den Augen –, berührte ihn tief. Die ganze Zeit musste er daran denken, wie sie aufgeblüht war, als sie über ihre Arbeit gesprochen hatte. Wie sie dabei mit den Fingern unbewusst ein Stück Glas gestreichelt hatte, als wäre es der Körper eines Liebhabers.

Er wollte Lucy ins Bett kriegen und sie dort behalten, bis all ihre misstrauische Anspannung verflogen sein und sie weich und zufrieden in seinen Armen liegen würde. Er sehnte sich danach, sie zu schmecken, und erhöhte den Druck seines Kusses. Mit der Zungenspitze berührte er ihre. Die glatte Weichheit erregte ihn sofort und erfüllte ihn mit tatkräftiger Hitze. Sie war zierlich gebaut und trotzdem stark; ihr Körper gab ihm nicht völlig nach. Dieser Anflug von widerspenstiger Abwehr erfüllte ihn mit dem Wunsch, sie zu packen und an sich zu pressen, bis sie sich an ihn schmiegte.

Als ihm klar wurde, dass die öffentliche Zurschaustellung ihrer Liebe außer Kontrolle zu geraten drohte – wenigstens, was ihn anging –, beendete er den Kuss und hob den Kopf gerade so weit, um ihr in die grünen Augen sehen zu können. Verdutzt schaute sie ihn an, ihre porzellanweiße Haut war gerötet, ihr Atem traf seine Lippen in heißen Wellen und erregte ihn nur noch mehr.

Lucys Blick glitt zur Seite. „Sie haben uns gesehen“, flüsterte sie.

Immer noch tief in Gedanken darüber, was er am liebsten mit ihr täte, spürte Sam, wie sich Verärgerung in ihm breitmachte. Er wollte sich jetzt nicht mit diesen beiden Idioten auseinandersetzen, wollte nicht reden, wollte nichts weiter tun, als mit seiner Frau ins Bett zu gehen.

Es überlief ihn eiskalt. *Seine Frau?* Noch nie in seinem ganzen Leben hatte er so etwas gedacht. Er war ganz und gar nicht der besitzergreifende Typ. Das Bedürfnis, eine bestimmte Frau für sich zu reklamieren und Exklusivrechte auf sie geltend zu machen, hatte er einfach nicht. Und würde er auch nie haben.

Woher zum Teufel kam dann dieser Gedanke?

Er legte Lucy den Arm um die Schultern und wandte sich Kevin und Alice zu, die beide beinah komisch bestürzt wirkten.

„Nolan", sagte Kevin. Es wollte ihm nicht gelingen, Lucy anzusehen.

„Pearson."

Verlegen übernahm Kevin die Vorstellung. „Sam Nolan, das ist meine … Freundin Alice."

Alice streckte ihm ihren schlanken Arm entgegen, und Sam schüttelte ihr die Hand. Die vielen Armreifen an ihrem Handgelenk klimperten leicht. Sie hatte die gleichen dichten dunklen Haare wie Lucy und war ebenfalls zierlich gebaut, aber dabei klapperdürr und eckig. Auf hochhackigen Keilschuhen stakste sie einher, und ihre Wangenknochen stachen aus ihrem Gesicht hervor. Sie war so stark geschminkt, dass ihre Augen wie die eines Pandas wirkten und ihre Haut merkwürdig schimmerte. Auf ihn machte sie den Eindruck einer Frau, die sich ein bisschen zu sehr bemühte. Einer Frau, deren Unsicherheit durch ihre eifrigen Versuche, sie zu verbergen, umso deutlicher zutage trat.

„Ich bin seine Verlobte", korrigierte Alice kühl.

„Gratuliere", sagte Lucy. Obwohl sie sich alle Mühe gab, eine undurchschaubare Miene aufzusetzen, huschten Schmerz, Zorn und Verletzlichkeit blitzschnell über ihre Züge.

Alice sah sie an. „Ich wusste nicht, wie ich es dir sagen sollte."

„Ich habe schon mit Mom darüber gesprochen", erwiderte Lucy. „Habt ihr bereits einen Termin festgesetzt?"

„Vermutlich irgendwann gegen Ende des Sommers."

Sam entschied, die Unterhaltung zu beenden, bevor die Fetzen zu fliegen begannen. „Viel Glück“, sagte er kurz angebunden und drängte Lucy zum Aufbruch. „Wir müssen gehen.“

„Lasst es euch schmecken“, fügte Lucy tonlos hinzu.

Sam hielt Lucys Hand, als sie das Restaurant verließen. Ihr Gesichtsausdruck war seltsam entrückt, und er hatte die Befürchtung, wenn er sie jetzt losließe, würde sie wie in Trance irgendwohin laufen wie ein achtlos abgestellter Einkaufswagen, der über den Parkplatz eines Supermarktes rollte.

Sie überquerten die Straße und machten sich auf den Weg zu Lucys Atelier.

„Warum habe ich das gesagt?“, fragte sie plötzlich.

„Was?“

„*Lasst es euch schmecken.* Ich habe das absolut nicht ernst gemeint. Ich hoffe, das Essen bleibt ihnen im Hals stecken.“

„Glaub mir“, erwiderte Sam trocken, „kein Mensch hat geglaubt, dass du das ernst meinst.“

„Alice sieht so dünn aus. Und gar nicht glücklich. Welchen Eindruck hast du von ihr?“

„Ich glaube, du bist hundertmal mehr wert als sie.“ Sam wechselte auf ihre andere Seite, um am Straßenrand zu gehen.

„Aber warum hat Kevin dann ...“ Sie unterbrach sich, schüttelte ungeduldig den Kopf.

Sam brauchte einen Augenblick, um zu antworten. Nicht weil er darüber nachdenken musste, was der Grund war, dass Kevin sich für Alice entschieden hatte. Den kannte er längst. Sondern weil Lucy eine irrwitzige Wirkung auf ihn hatte. Sie weckte seltsame Gefühle in ihm: Zärtlichkeit, Zuneigung und ein namenloses Empfinden, von dem er nicht wusste, was es war, das ihm aber überhaupt nicht behagte.

„Kevin hat sich für deine Schwester entschieden, weil er sich ihr überlegen fühlt“, erklärte er schließlich.

„Woher weißt du das?“

„Weil er der Typ ist, der eine abhängige Frau braucht. Er muss die Kontrolle über sie haben. Warum er sich zu dir hingezogen gefühlt hat, ist offensichtlich, aber ebenso offensichtlich ist, dass das nie auf längere Sicht funktioniert hätte."

Lucy nickte, als hätte er etwas bestätigt, was sie sich selbst bereits gedacht hatte. „Aber warum hat er es jetzt so eilig, zu heiraten? Mom hat mir erzählt, dass Alice kürzlich ihren Job verloren hat. Vielleicht weiß sie sich also wirklich nicht anders zu helfen. Aber das erklärt noch nicht, warum Kevin da mitspielt."

„Würdest du ihn zurücknehmen?"

„Niemals." Traurigkeit schlich sich in ihre Stimme. „Aber ich habe geglaubt, er sei glücklich mit mir, obwohl er das offenbar nicht war. Das ist nicht gut fürs Selbstbewusstsein."

Sam blieb an der Straßenecke stehen, fasste Lucy an den Oberarmen und drehte sie, sodass sie ihn anschaute. Er hätte nichts lieber getan, als sie mit in die Wohnung zu nehmen und ihr zu zeigen, was ihm alles so einfiel, um ihr verletztes Selbstbewusstsein zu heilen. Als er sie ansah, wurde ihm bewusst, dass er gerade eine völlig neue Erfahrung machte. Von ihr ging eine Anziehungskraft aus, die mit jeder Sekunde, die er in ihrer Gegenwart verbrachte, stärker wurde.

Aber wie sehr würde er ihr wehtun, wenn es vorbei war? Mit amüsierter Selbstironie erkannte Sam, dass sein instinktiver Wunsch, sie zu verführen, von einem ebenso starken Wunsch, sie vor ihm selbst zu warnen, in Schach gehalten wurde.

Ein leichtes Lächeln glitt über sein Gesicht, und er hob die Hand, um ihr sanft über die Wange zu streichen. „Du nimmst das Leben sehr ernst, nicht wahr?"

Sie runzelte die Stirn. „Wie sollte ich es sonst nehmen?"

Sam grinste. Mit beiden Händen hob er ihr Gesicht und streifte ihre Lippen in einem behutsamen sanften Kuss. Ihre Haut fühlte sich heiß an, und er spürte ihren Puls schnell und stark an seinen Fingerspitzen. Der Kontakt, so beschränkt er auch war, erregte ihn stärker und schneller als erwartet. Er hob den Kopf, bemühte sich, seinen Atem zu beruhigen und seinem wachsenden Verlangen entgegenzusteuern.

„Wenn du jemals Lust auf eine bedeutungslose körperliche

Beziehung hast, die zu nichts führt", sagte er, „dann lässt du es mich hoffentlich wissen."

Schweigend gingen sie weiter, bis sie Lucys Kunstwerkstatt erreichten.

An der Schwelle blieb Lucy stehen. „Ich bin an der Wohnung interessiert, Sam", sagte sie vorsichtig, „aber nicht, wenn das zu einer problematischen Situation führt."

„Das wird es nicht", erwiderte Sam. Gerade war er zu dem Schluss gelangt, dass, so sehr er sich auch eine Affäre mit Lucy Marinn wünschte, nichts Gutes dabei herauskommen konnte. Er lächelte sie freundschaftlich an und umarmte sie kurz. „Ich rede mit Mark und rufe dich dann an."

„In Ordnung." Lucy löste sich von ihm und lächelte unsicher. „Danke für die Einladung zum Essen. Und noch mehr dafür, dass du mir durch meine erste Begegnung mit Kevin und Alice geholfen hast."

„Ich habe gar nichts getan", erklärte er. „Du wärst wunderbar allein zurechtgekommen."

„Ich weiß. Aber mit dir war es einfacher."

„Gut", sagte er und schenkte ihr noch einmal ein Lächeln, bevor er ging.

„Es ist schief", erklärte Holly, als sie am Morgen die Küche betrat.

Sam, der gerade eine Schüssel mit Müsli füllte, blickte auf. „Was ist schief?"

Die Kleine drehte sich um und zeigte ihm ihren Hinterkopf. Sie hatte Sam gebeten, ihre Haare in zwei Zöpfen hochzubinden. Das war eine mühsame Angelegenheit, die damit begann, dass das Haar am Hinterkopf in einer absolut geraden Linie gescheitelt wurde. Die Zöpfe durften nicht zu tief und nicht zu hoch sitzen, nicht zu straff und nicht zu locker gebunden werden. Normalerweise fiel Mark die Aufgabe zu, Holly zu frisieren, weil er das sehr geschickt so tat, wie sie es wollte. Aber Mark war über Nacht bei Maggie geblieben und gegen alle Gewohnheit noch nicht wieder zu Hause.

Sam untersuchte Hollys Hinterkopf. „Das ist so gerade wie ein Katzenschwanz."

Sie warf ihm einen mild empörten Blick zu. „Katzenschwänze sind nicht gerade."

„Doch, sind sie – wenn man daran zieht", gab er zurück und zog sanft an einem der Zöpfchen. Dann stellte er die Schüssel mit dem Müsli auf den Tisch. „Du kommst zu spät zur Schule, wenn ich dich noch einmal frisieren muss."

Holly stieß einen tiefen Seufzer aus. „Dann muss ich wohl den ganzen Tag *so* herumlaufen." Um die schiefe Linie auszugleichen, neigte sie leicht den Kopf.

Sam lachte und verschluckte sich dabei an seinem Kaffee. „Na schön, wenn du dich mit dem Frühstück beeilst, haben wir vielleicht doch noch Zeit, um das in Ordnung zu bringen."

„Um was in Ordnung zu bringen?", fragte Mark, der im selben Moment die Küche betrat. Er ging zu Holly und kauerte sich neben ihren Stuhl. „Guten Morgen, mein Schatz."

Sie schlang ihm die Arme um den Hals. „Guten Morgen, Onkel Mark." Dann küsste sie ihn und strahlte ihn treuherzig an. „Bringst du meine Haare in Ordnung?"

Mark musterte sie mitleidig. „Hat Sam dich wieder schief frisiert? Ich kümmere mich gleich darum. Aber iss erst mal dein Müsli, solange es noch knusprig ist."

„Wie steht's?", fragte Sam, während Mark die Kaffeekanne und den Kaffeefilter leerte. „Alles in Ordnung?"

Mark nickte. Er sah müde aus und verstört. „Das Essen mit Maggie gestern Abend war großartig – alles in Ordnung. Allerdings versuchen wir uns gerade an einer verzwickten Terminplanung." Er hielt inne, zog die Stirn kraus. „Wir probieren, unseren Hochzeitstermin neu zu planen. Ihn vielleicht ein bisschen vorzuziehen. Später mehr."

„Warum die Eile?", fragte Sam. „Eine Verlobung hat doch kein Verfallsdatum."

Mark füllte den Wassertank der Kaffeemaschine und warf

Sam einen verhaltenen Blick zu. „Doch, irgendwie schon."

„Ich verstehe nicht. Warum ..." Dann begriff er, und seine Augen wurden groß. „Reden wir hier von einem neunmonatigen Verfallsdatum?", fragte er behutsam.

Ein leichtes Nicken.

„Bekommt Maggie ein Baby?", fragte Holly mit vollem Mund.

Mark wandte sich ab und fluchte lautlos in sich hinein, während Sam seiner Nichte einen ungläubigen Blick zuwarf. „Woher weißt du, was meine Frage bedeutet?"

„Ich schaue Discovery Channel."

„Danke, Sam", knurrte Mark.

Sam grinste, zog ihn in seine Arme und schlug ihm freundschaftlich auf den Rücken. „Ich gratuliere."

Holly sprang von ihrem Stuhl und hüpfe auf und ab. „Darf ich helfen, mich um das Baby zu kümmern? Darf ich ihm einen Namen geben? Kriege ich einen Tag schulfrei, wenn es geboren wird? Wann kommt das Baby?"

„Ja, ja, ja, und das wissen wir noch nicht", antwortete Mark. „Süße, schaffst du das irgendwie, diese Sache noch eine Weile für dich zu behalten? Maggie möchte nicht, dass jetzt schon jemand davon erfährt."

„Natürlich", erklärte Holly strahlend. „Ich kann ein Geheimnis für mich behalten."

Mark und Sam warfen einander einen resignierten Blick zu. Sie hatten keinen Zweifel daran, dass bis zum Ende des Tages jeder in Hollys Schule Bescheid wissen würde.

Mark brachte Holly zur Schule. Als er zurückkam, war Sam dabei, die neue Vertäfelung im Wohnzimmer zu streichen. Der Geruch der Farbe, ein dunkles Walnussbraun, hing betäubend schwer in der Luft, obwohl Sam die Fenster geöffnet hatte, um frische Luft hereinzulassen.

„Bleib draußen, wenn du dir keinen Rausch holen willst", warnte Sam.

„Wenn das so ist, dann helfe ich dir auf jeden Fall."

Wissend lächelte Sam, als Mark das Zimmer betrat. „Die Neuigkeit war ein Schock, hmm? So hattet ihr das nicht geplant?"

„Nein." Seufzend ließ Mark sich neben ihm nieder und schnappte sich einen Pinsel.

„Diese Vertäfelung ist verflixt schwer zu streichen", beklagte sich Sam. „Du musst aufpassen, die Farbe in sämtliche Ritzen zu bekommen. Wie hast du reagiert, als Maggie es dir erzählt hat?"

„Absolut positiv natürlich. Ich habe ihr gesagt, das seien die besten Nachrichten, die ich je gehört hätte, dass ich sie liebe und dass alles einfach toll werden wird."

„Und wo liegt das Problem?", fragte Sam.

„Ich schlottere vor Angst."

Sam lachte leise. „Ich schätze, das ist normal."

„Die größten Sorgen macht mir Holly. Ich will nicht, dass sie sich abgeschoben fühlt. Ich wollte Zeit für sie haben. Zeit, die Maggie und ich nur mit ihr verbringen."

„Ich glaube, Holly braucht genau das Gegenteil", widersprach Sam. „Ich meine, Teufel noch mal, Mark, sie hat jetzt ein Jahr lang damit leben müssen, dass wir beide – und manchmal auch noch Alex – uns völlig auf sie konzentriert haben. Das arme Kind braucht wahrscheinlich mal eine Auszeit. Wenn jetzt das Baby dazukommt, hat Holly Gesellschaft. Das wird ihr gefallen."

Ein zweifelnder Blick. „Glaubst du?"

„Warum sollte sie es nicht schön finden? Eine Mom, ein Dad und ein Brüderchen oder Schwesterchen – die vollkommene Familie."

Eine Weile arbeitete Mark schweigend mit Farbe und Pinsel. Erst nach etlichen Minuten brachte er den Mut auf, zuzugeben, was ihn wirklich quälte. „Ich hoffe nur, dass ich gut genug für sie sein werde, Sam."

Sam verstand. Wenn man in einer Familie aufgewachsen war, die so kaputt war wie ihre, hatte man keine Ahnung, was zu tun war. Es gab keine Schablone, keinen Erinnerungsschatz, auf den man zurückgreifen konnte, wenn man wissen musste, wie man mit etwas umzugehen hatte. Man wünschte sich eine Garantie, nicht so zu enden wie die eigenen Eltern. Aber es gab keine Garantien. Man konnte nur hoffen, dass es vielleicht doch gut gehen würde, wenn man nur alles ganz anders anpackte, als man selbst es im Laufe der Kindheit erlebt hatte.

„Du bist jetzt schon gut genug", meinte Sam.

„Ich bin noch nicht reif, ein Vater zu sein. Ich mache mir grässliche Sorgen, dass ich den Ball fallen lasse."

„Sorg dich nicht darum, ob du den Ball fallen lässt. Problematisch wird es, wenn du das Baby fallen lässt."

Mark funkelte ihn böse an. „Ich versuche, dir zu erklären, dass ich glaube, verkorkster zu sein, als man meinen könnte."

„Das habe ich nie bezweifelt", erwiderte Sam und musste grinsen, als er Marks Gesichtsausdruck sah. Etwas ernster fuhr er fort: „Du, Alex, ich – wir sind alle verkorkst, ganz einfach, weil wir Nolans sind. Aber bei dir stehen die Chancen am besten, dass du dich zu einem ganz patenten Kerl entwickelst. Ich kann mir vorstellen, dass du ein richtig guter Vater wirst. Was übrigens ein Wunder ist und sehr viel mehr, als ich von Alex oder mir behaupten könnte."

„Ich hatte es besser als du und Alex", sagte Mark nach einem Moment. „Mom und Dad waren in der ersten Zeit ihrer Ehe noch nicht so schlimm. Erst nachdem Alex auf der Welt war, wurden sie zu jähzornigen Alkoholikern. Insofern habe ich von einem ... na ja, nicht unbedingt einem Familienleben profitiert, aber doch von etwas, das dem zumindest nahekam. Du hattest das nicht."

„Ich hatte die Harbisons", hob Sam hervor.

Den Pinsel in die Farbe getaucht, hielt Mark inne. „Die hatte ich ganz vergessen."

„Ich wäre genauso übel dran wie Alex, vielleicht sogar schlechter, wenn sie nicht gewesen wären. Fred hatte keine eigenen Kinder, aber er wusste viel mehr darüber, was einen Vater ausmachte, als unser eigener Vater. Womit wir wieder bei dem wären, was ich vorhin schon sagte … Du machst das schon."

„Woher willst du das wissen?"

„Weißt du noch, die erste Zeit mit Holly? Sie ging praktisch die Wände hoch, war total überdreht, und das abends um zehn, und der Kinderarzt musste uns erst mal erklären, was *übermüdet* bedeutet."

„Ja. Aber was hat das damit zu tun?"

„Nur dass wir nichts darüber wussten, wie man ein Kind aufzieht, nicht mal die grundlegendsten Dinge. Trotzdem entwickelt Holly sich prima. Du warst und bist besser als gut genug. Du musst also einfach nur so weitermachen wie bisher, immer weiter dazulernen, von Fall zu Fall entscheiden. Soweit ich das beurteilen kann, machen die meisten Eltern das so. Und wenn du denn mal einen Fehler machst, dann mache ihn in Liebe. Denn das ist doch das Wichtigste, nicht wahr? Ein weiterer Mensch, den du lieben kannst, tritt in dein Leben."

„Großer Gott, wirst du sentimental von diesen Farbdämpfen." Aber Mark wirkte jetzt viel entspannter, und er lächelte sogar. „Danke."

„Keine Ursache."

„Also, in Anbetracht all dieser tollen Ratschläge, die du mir gibst … hast du vor, irgendwann deine Meinung zu ändern?"

„Über die Ehe? Teufel, nein. Ich mag Frauen viel zu sehr, um das einer von ihnen anzutun. Dafür bin ich kein bisschen mehr geeignet als Alex."

„He, sag mal, hast du Alex kürzlich irgendwann gesehen?"

„Vor ein paar Tagen. Aber nur sehr kurz."

„Wie geht's ihm?"

„Er ist übermüdet."

Ein grimmiges Lächeln zog über Marks Gesicht. „In letzter Zeit hatte er immer ordentlich getankt, wenn ich ihn gesehen habe."

„Ich schätze, nur so kann er das Leben aushalten." Sam schwieg einen Moment. „Er ist ziemlich abgebrannt im Moment. Darcy hat ihn ausgenommen wie eine Weihnachtsgans."

„Der Idiot hat es nicht anders verdient. Warum hat er sie überhaupt erst geheiratet?"

„Stimmt natürlich."

Ein paar Minuten malerten beide schweigend weiter. „Was können wir tun?", fragte Mark schließlich.

„Warten, bis er am Boden ist."

„Was, wenn Alex das nicht überlebt? Unsere Eltern sind beide dabei draufgegangen."

Da er die Farbdämpfe nicht länger ertragen konnte, legte Sam den Deckel auf die Farbdose und trat ans offene Fenster. Tief atmete er ein paarmal die frische Luft ein. „Ich schätze, wir könnten versuchen, irgendwie einzuschreiten", sagte er zweifelnd.

„Wenn wir dadurch die Chance bekommen, ihm mal ordentlich in den Hintern zu treten, sollten wir das tun."

Sam lächelte seinem Bruder kurz über die Schulter zu und schaute dann hinaus auf seinen Weinberg, dessen grünes Blätterwerk sich gen Himmel reckte. In der Luft hing der Duft von Weinreben, sonnendurchglühten Wandschindeln, hochreifen Brombeeren und der salzige fruchtbare Geruch der False Bay.

Immer wenn es besonders übel für ihn lief, war Alex im letzten Jahr vorbeigekommen, um am Haus zu arbeiten oder einfach auf der Veranda herumzusitzen. Manchmal hatte Sam ihn überredet, mit ihm durch die Weinpflanzung zu schlendern oder hinunter zur Bucht zu gehen. Aber Sam wurde das Gefühl nicht los, dass Alex keinen Blick für die herrliche Landschaft hatte. Er ging durchs Leben, ohne es wahrzunehmen.

Von allen Nolan-Kindern hatte es Alex am schlimmsten getroffen. Jahr für Jahr vernachlässigten ihre Eltern ihre Kinder mehr, bis für den jüngsten Sohn überhaupt keine Fürsorge mehr blieb. Jetzt, lange nach Jessicas und Alans Tod, war Alex wie ein Ertrinkender. Man konnte ihn so gerade noch unter der Oberfläche sehen, aber nur begrenzt eingreifen, um ihm zu helfen. Komm einem Ertrinkenden zu nah, und er packt dich in seinem verzweifelten Überlebenskampf, klammert sich an dich und zieht dich mit in die Tiefe. Und Sam war sich ganz und gar nicht sicher, dass er in der Lage war, jemandem zu helfen. Im Moment wusste er ja noch nicht einmal, ob er sich selbst retten konnte.

Am nächsten Morgen erwachte Lucy in einem verwirrenden Gefühlschaos. Sie war von Träumen heimgesucht worden, von Bildern gleitender, sich windender, vor Lust angespannter Körper. Bildern von sich selbst, gefangen unter dem schweren und willkommenen Gewicht eines Mannes. Sie hatte von Sam geträumt, wie sie sich in beschämtem Ärger eingestand. Vielleicht war das ja auch ein gutes Zeichen. Es ließ immerhin erkennen, dass sie sich auch innerlich von Kevin getrennt hatte. Andererseits aber war das idiotisch. Sam war jemand, mit dem jede Beziehung garantiert in einer Sackgasse endete.

Was sie jetzt brauchte, entschied Lucy, war Bewegung und frische Luft. Sie verließ die Pension, ging zu ihrem Atelier hinüber und schnappte sich ihr Fahrrad und den Helm. Es war ein schöner Tag, sonnig, leicht windig, einfach perfekt für einen Besuch auf der örtlichen Lavendelfarm, wo sie handgemachte Seife und Badeöl zu kaufen gedachte.

In gemütlichem Tempo radelte sie die Roche Harbor Road entlang. Obwohl die Straße zu den meistbefahrenen Durchgangsstraßen der Insel gehörte, gab es einen guten breiten Seitenstreifen für Radfahrer, und sie bot einen herrlichen Ausblick auf Obstgärten, Weiden, Teiche und dichten Wald. Die angenehme Gleichförmigkeit der Fahrt half Lucy, ihre Gedanken zu beruhigen.

Sie dachte darüber nach, wie es sich angefühlt hatte, am Tag zuvor Kevin und Alice zusammen zu sehen. Es war eine willkommene Entdeckung gewesen, dass sie nichts mehr für ihn empfand. Das eigentliche Problem und die Quelle anhaltenden Kummers lagen in ihrer Beziehung zu Alice. Lucy erkannte, dass sie einen Weg finden musste, ihrer Schwester zu verzeihen, zu ihrem eigenen Besten. Denn sonst würde der Schmerz über den Betrug ihr folgen wie irgendein Objekt im verkleinernden Rückspiegel ihres Autos, das immer näher war, als es aussah. Aber was, wenn Alice niemals irgendwelches Bedauern zum Ausdruck brachte? Wie vergab man jemandem, dem nicht im Geringsten leidtat, was er getan hatte?

Lucy hörte von hinten einen Wagen kommen und wich so weit wie möglich auf den Seitenstreifen aus, um dem Fahrer Platz zum Überholen zu lassen. Aber in den nächsten Sekunden merkte sie, dass sich das Auto viel zu schnell näherte. Das Motorengeräusch erklang unmittelbar hinter ihr. Sie warf einen Blick über die Schulter nach hinten. Der Wagen, eine große Limousine, war von der Fahrbahn abgekommen und schwenkte geradewegs auf sie zu. Es gab einen Moment, in dem sie den Luftzug des Autos spürte, unmittelbar bevor es gegen ihr Hinterrad prallte. Die Landschaft schien sich plötzlich auf den Kopf zu stellen. Sie flog durch die Luft, sah den Himmel, den Wald, Asphalt und Metall um sie herumwirbeln, und dann raste der Boden mit Lichtgeschwindigkeit auf sie zu.

Als sie ihre Augen wieder öffnete, dachte sie zunächst, es sei Morgen, Zeit zum Aufwachen. Aber sie lag nicht im Bett. Sie lag zwischen grünen Pflanzen, und zwei Fremde beugten sich über sie, ein Mann und eine Frau.

„Beweg sie nicht", warnte die Frau, ein Handy am Ohr.

„Ich nehme ihr nur den Helm ab", gab der Mann zurück.

„Ich glaube nicht, dass du das tun solltest. Vielleicht hat sie sich die Halswirbelsäule verletzt oder so was."

Besorgt schaute der Mann Lucy an, als sie sich langsam rührte. „Stopp, nicht so hastig. Wie heißen Sie?"

„Lucy", keuchte sie und fummelte an den Riemen ihres Helms herum.

„Warten Sie, ich helfe Ihnen, das abzunehmen."

„Hal, ich habe dir doch gesagt …", mischte die Frau sich ein.

Der Mann fiel ihr ins Wort. „Ich glaube, das geht in Ordnung. Sie bewegt ihre Arme und Beine." Er löste die Riemen ihres Helms und nahm ihn Lucy vorsichtig ab. „Nein, bleiben Sie liegen. Versuchen Sie noch nicht, sich aufzusetzen. Sie haben eine Menge abgekriegt."

Lucy blieb still liegen und versuchte festzustellen, was ihr alles wehtat. Ihre rechte Seite war aufgeschrammt und brannte. In der Schulter pochte ein dumpfer Schmerz, und sie hatte rasende Kopfschmerzen. Am schlimmsten aber schienen ihr rechtes Bein und ihr Fuß zu sein, die schmerzten, als stünden sie in Flammen.

Die Frau beugte sich über sie. „Der Krankenwagen ist unterwegs. Soll ich jemanden benachrichtigen?"

Ihre Zähne klapperten. Je mehr sie sich bemühte, das Zittern zu unterdrücken, desto schlimmer wurde es. Ihr war kalt, eisiger Schweiß sammelte sich unter ihrer Kleidung. In der Nase hatte sie den salzig-metallischen Geruch von Staub und Blut.

„Immer mit der Ruhe, langsam, Mädel", sagte der Mann, während Lucy nach Atem rang. „Die Pupillen sind geweitet."

„Schock." Die Stimme der Frau schien aus großer Ferne zu kommen und wurde mehr und mehr von Rauschen überlagert.

Ein Name fiel ihr ein. *Justine.* Es kostete Anstrengung, die Silben zusammenzubringen, gerade so, als wollte sie in einem Sturm Blätter aufsammeln. Sie hörte seltsame Geräusche aus ihrem eigenen Mund. Hatte sie den Namen klar genug aussprechen können?

„Schon gut", meinte der Mann beruhigend. „Versuchen Sie nicht zu sprechen."

Neue Geräusche, Fahrzeuge, die am Straßenrand anhielten, blitzende rote Lichter, der rot glänzende Lack eines Rettungswagens. Stimmen. Fragen. Das Gefühl fremder Hände an ihrem Körper, eine Sauerstoffmaske, die ihr über Mund und Nase gelegt wurde, der Stich einer Nadel. Und dann entglitt ihr alles, und sie fiel ins bodenlose Nichts.

## 12. KAPITEL

Als Lucy allmählich wieder zu Bewusstsein kam, fand sie sich in einem Puzzle wieder, das sie erst zusammensetzen musste, um zu begreifen. Es roch nach Latex, Pflaster, Isopropanol. Stimmen im Hintergrund, die ratternden Räder eines Wagens oder einer Transportliege, Telefonklingeln, elektronisches Gepiepe eines Überwachungsmonitors. Befremdet stellte sie fest, dass sie vor sich hin redete und die Silben einfach nicht ganz zum Bild passen wollten, wie eine Schauspielerin in einem schlecht synchronisierten Film.

Sie trug ein dünnes Krankenhausnachthemd und konnte sich nicht entsinnen, es angezogen zu haben. Eine Infusionsnadel steckte in ihrem Handrücken und war mit Pflaster fixiert. Jedes Mal, wenn ein Pfleger oder eine Pflegerin die kleine Kabine betrat, wurde der Vorhang davor schwungvoll beiseitegezogen, und die Aufhänger ratterten durch die Vorhangschiene. Das hörte sich fast so an, als verquirlte jemand in einer Metallschüssel mit einem Schneebesen Eier.

Ihr rechtes Bein steckte bis zum Fußgelenk in einer Gipsschiene. Vage erinnerte sie sich daran, untersucht und geröntgt worden zu sein. Obwohl sie wusste, dass sie großes Glück gehabt hatte und der Unfall viel übler hätte ausgehen können, verfiel sie in eine erstickende Depression. Sie wandte den Kopf zur Seite, und das Kissen unter ihr knisterte, als sei es aus Kunststoff. Eine Träne lief ihr über die Wange und wurde vom Kissenbezug aufgesogen.

„Hier." Die Krankenpflegerin reichte ihr ein Taschentuch. „Das ist normal nach einem Unfall", sagte sie, als Lucy sich die Augen abtupfte. „In den nächsten Tagen werden Sie sicherlich noch öfter mal weinen."

„Danke." Lucy zerknüllte das Papiertuch in ihrer Hand. „Können Sie mir sagen, was mit meinem Bein los ist?"

„Der Arzt schaut sich gerade die Röntgenaufnahmen an. Er wird bald mit Ihnen reden." Die Frau lächelte, sie wirkte freundlich. „Inzwischen haben Sie Besuch." Sie zog den Vorhang zurück und blieb abrupt stehen, als sie überraschend jemanden vor sich sah. „Oh! Sie hätten eigentlich im Warteraum bleiben sollen."

„Ich muss sie aber jetzt sofort sehen." Es war Justines entschlossene Stimme.

Ein schwaches Grinsen kroch über Lucys Gesicht.

Justine kam herein wie eine frische Brise. Ihr dunkler Pferdeschwanz wippte, und ihre Gegenwart in der kalten Sterilität der Krankenhausumgebung wirkte belebend. Die Erleichterung darüber, dass ihre Freundin da war, ließ erneut Tränen in Lucys Augen schießen.

„Lucy ... Mädchen ..." Justine trat näher und rückte sorgfältig den Infusionsschlauch zurecht. „Mein Gott, ich habe Angst, dich in den Arm zu nehmen. Wie schlimm ist es denn? Hast du dir was gebrochen?"

„Der Doktor kommt bald." Sie griff nach Justines Händen, und ihre Worte überschlugen sich fast. „Ich war mit dem Fahrrad unterwegs und wurde angefahren. Der Wagen ist von der Spur abgekommen, als wäre der Fahrer betrunken. Ich glaube, eine Frau saß am Steuer. Ich weiß nicht, warum sie nicht angehalten hat. Ich weiß nicht, wo mein Fahrrad ist. Und meine Tasche, mein Handy ..."

„Langsam, immer mit der Ruhe." Justine drückte ihre Hand. „Die Fahrerin war nicht betrunken. Es war eine alte Dame. Sie dachte, sie hätte einen Ast überfahren, hielt aber ein Stückchen weiter vorn auf der Straße an und kehrte um. Sie war entsetzlich aufgeregt, als ihr klar wurde, was passiert war. Das Ehepaar, das dich gefunden hat, fürchtete schon, sie würde einen Herzanfall bekommen."

„Die arme Frau", murmelte Lucy.

„Deine Tasche und dein Handy sind hier. Dein Fahrrad ist hinüber."

„Es ist ein Oldtimer. Ein altes *Schwinn* aus den Sechzigern. Alle Teile sind original", sagte Lucy traurig.

„Ein Fahrrad lässt sich ersetzen. Du nicht."

„Es ist so lieb von dir, dass du gekommen bist. Ich weiß doch, wie viel du zu tun hast."

„Ja, spinnst du? Nichts ist mir wichtiger als du oder Zoë. Sie wollte mitkommen, aber eine von uns musste in der Pension bleiben." Sie hielt kurz inne. „Bevor ich's vergesse: Duane hat mich gebeten, dir zu sagen, dass sie den Fehler an deinem Wagen gefunden haben. Er hat Probleme bei der Kompression."

„Was heißt das?"

„Vielleicht ein fehlerhaftes Ventil, kaputte Kolbenringe, defekte Zylinderkopfdichtung ... Duane bringt den Wagen selbst in die Werkstatt, damit die da auch anständig arbeiten. Keine Ahnung, wie lange das dauern wird."

Lucy schüttelte den Kopf. Sie fühlte sich erschöpft und desorientiert. „Mit dem kaputten Bein kann ich wahrscheinlich sowieso eine Weile nicht fahren."

„Dir steht eine ganze Legion Biker zur Verfügung, die dich überallhin bringen, wohin du möchtest ... Solange es dir nichts ausmacht, auf einer Harley mitzufahren."

Lucy brachte ein schwaches Lächeln zustande.

Der Arzt, ein schwarzhaariger Mann mit müden Augen und einem freundlichen Lächeln, trat ein.

„Ich bin Dr. Nagano", sagte er und trat an Lucys Bett. „Erinnern Sie sich an mich?"

„Vage", antwortete Lucy verlegen. „Sie haben mich aufgefordert, meine Nase zu berühren. Und Sie haben nach meinem zweiten Vornamen gefragt."

„Das gehört zu den diagnostischen Tests. Sie haben eine leichte Gehirnerschütterung. Das heißt, Sie brauchen ein paar Tage Ruhe. Und wenn ich mir Ihre Röntgenbilder so anschaue, wird das kein Problem sein."

„Sie sprechen von meinem Bein? Ist es gebrochen?"

Dr. Nagano schüttelte den Kopf.

„Oh, gut", meinte Lucy.

„Um ehrlich zu sein, ein glatter Bruch wäre wünschenswerter. Knochen heilen leichter als überdehnte Bänder."

„Das habe ich also? Ein überdehntes Band?"

„Drei überdehnte und angerissene Bänder. Und einen Haarriss im Wadenbein. Das ist der kleinere der beiden Unterschenkelknochen. Ich muss wohl nicht betonen, dass Sie die nächsten drei Tage strikte Bettruhe halten müssen."

„Ich darf nicht mal von einem Zimmer ins andere gehen?"

„Richtig. Sie dürfen das verletzte Bein nicht belasten. Überhaupt nicht. Legen Sie es hoch und kühlen Sie es. Die Bänder werden einige Zeit brauchen, um richtig zu verheilen. Wir geben Ihnen detaillierte Anweisungen mit nach Hause. In drei Tagen kommen Sie wieder her. Dann passen wir Ihnen eine Orthese an, und Sie erhalten Gehhilfen."

„Für wie lange?"

„Die Orthese müssen Sie mindestens drei Monate tragen."

„Großer Gott." Lucy schloss die Augen.

„Hat sie noch andere Verletzungen?", hörte sie Justine fragen.

„Schrammen und Blutergüsse, nichts Schlimmeres. Am wichtigsten ist die Überwachung, falls es irgendwelche Folgeerscheinungen der Gehirnerschütterung gibt ... Kopfschmerzen, Übelkeit, Verwirrung. Wenn so etwas auftritt, muss sie sofort ins Krankenhaus."

„Verstehe", erwiderte Justine.

Als der Arzt wieder fort war, öffnete Lucy die Augen und sah, dass Justine sich die Stirn rieb, als versuchte sie, ein zerknittertes Stück Papier zu glätten.

„Oh", murmelte Lucy betroffen, als sie begriff. „Du und Zoë habt bereits mehr als genug um die Ohren, nicht wahr?" In den letzten Tagen waren sie mit den Vorbereitungen für eine große Hochzeitsfeier mit Empfang beschäftigt gewesen, die am Wochenende stattfinden sollte. „Einen schlechteren Zeitpunkt hätte ich mir hierfür nicht aussuchen können."

„Du hast das nicht mit Absicht getan", wehrte Justine ab. „Und im Übrigen gibt es keinen günstigen Zeitpunkt, sich von einem Auto anfahren zu lassen."

„Ich muss mir überlegen, was ich tun soll ... Wohin ich gehen kann ..."

„Mach dir keine Sorgen", erklärte die Freundin fest. „Von jetzt an konzentrierst du deine ganze Kraft darauf, wieder gesund zu werden. Kein Stress. Uns fällt schon eine Lösung ein."

„Es tut mir so leid", schniefte Lucy. „Jedem gehe ich nur auf die Nerven."

„Sei still!" Justine nahm ein frisches Papiertuch aus dem Spender, setzte sich auf die Bettkante und wischte Lucy die Nase ab, als sei sie ein kleines Kind. „Freunde sind die Stütz-BHs des Lebens. Wir lassen einander nicht hängen. Klar?"

Lucy nickte.

Lächelnd stand Justine auf. „Ich verzieh mich erst mal ins Wartezimmer und erledige ein paar Anrufe. Lauf nicht weg!"

Seit Justines Anruf litt Sam unter einer düsteren Beklommenheit. „Bin gleich da", hatte er nur gesagt, und fünfzehn Minuten später erreichte er das Krankenhaus.

Mit ausgreifenden Schritten betrat er das Gebäude und fand Justine im Wartezimmer.

„Sam." Der Anflug eines Lächelns huschte über ihr Gesicht. „Danke, dass du gekommen bist. Wir sitzen fürchterlich in der Klemme."

„Wie geht es Lucy?", fragte er knapp.

„Sie hat eine leichte Gehirnerschütterung, ein paar Abschürfungen und Schnittwunden, und ihr Bein hat es schlimm erwischt: gezerrte und angerissene Bänder und ein Bruch."

„Verdammt", stieß er leise hervor. „Wie ist das passiert?"

Justine erklärte mit einem Wortschwall, und er hörte schweigend zu. „Und deshalb darf sie ihr Bein ein paar Tage überhaupt nicht belasten", schloss sie ihren Bericht. „Und auch wenn Lucy nicht viel wiegt – Zoë und ich können sie nicht umhertragen."

„Ich helfe“, erklärte Sam sofort.

Erleichtert seufzte Justine auf. „Gott sei Dank. Ich bete dich an. Ich wusste, dass du in deinem Haus genug Platz hast. Und Zoë und ich müssen uns an diesem Wochenende um diese grässliche Hochzeit kümmern. Wir werden keine freie Sekunde haben und können uns einfach nicht …“

„Moment mal“, unterbrach Sam sie schroff. „Ich kann Lucy nicht zu mir nach Hause nehmen.“

Justine stemmte die Hände in die Hüften und musterte ihn verärgert. „Du hast gerade gesagt, dass du helfen willst.“

„Ja. *Helfen*. Sie kann nicht bei mir bleiben.“

„Warum nicht?“

Für einen Moment war Sam sprachlos, selbst überrascht von der Intensität seiner Abwehr. Noch nie hatte er einer Frau gestattet, über Nacht bei ihm zu bleiben. Und für Lucy galt das ganz besonders. Er wollte sie nicht in seinem Haus haben, schon gar nicht jetzt, wo sie verletzt war und ihn brauchte. Heftige Anspannung ergriff ihn, und ihm brach der Schweiß aus.

„Warum kann das nicht jemand anders machen?“, fragte er knapp. „Was ist mit ihren Eltern?“

„Die leben in Pasadena.“

„Hat sie denn sonst keine Freunde?“

„Doch, schon, aber nicht auf der Insel. Bis auf Zoë und mich hat sie alle Freunde verloren, die sie durch Kevin kennengelernt hat. Sie wollten sich nicht auf Lucys Seite schlagen, um ihn nicht zu verärgern.“ Mit übertriebener Geduld fragte Justine: „Wo genau liegt dein Problem, Sam?“

„Ich kenne sie kaum“, protestierte er.

„Du magst sie. Du hast dich sofort auf den Weg gemacht, als ich angerufen habe.“

„Ich kenne Lucy nicht gut genug, um ihr ins Bett zu helfen und wieder heraus, sie zur Dusche zu tragen, ihre Verbände zu wechseln und so weiter.“

„Was denn, bist du etwa auf einmal prüde geworden? Jetzt mach mal einen Punkt, Sam. Du warst schon mit vielen Frauen zusammen. Es gibt nichts, was du nicht schon zu sehen bekommen hättest."

„Darum geht es doch gar nicht." Im leeren Wartezimmer tigerte Sam auf und ab und fuhr sich mit der Hand durchs Haar. Wie sollte er erklären, welche Gefahr lauerte, wenn er Lucy zu nah war? Er konnte Justine nicht klarmachen, dass das Problem darin bestand, dass er sich viel zu gern um Lucy gekümmert hätte. In Bezug auf sie vertraute er sich selbst nicht. Am Ende würde er mit ihr schlafen, sie ausnutzen und ihr wehtun.

Er blieb stehen und funkelte Justine an. „Schau", stieß er zwischen zusammengebissenen Zähnen hervor. „Ich will ihr nicht nahekommen. Ich will nicht, dass sie von mir abhängig wird."

Fassungslos warf Justine ihm einen Blick zu, der hätte töten können. „Bist du wirklich dermaßen verkorkst, Sam?"

„Natürlich bin ich das", fuhr er sie an. „Habe ich je so getan, als sei ich normal?"

Justine schnalzte missbilligend mit der Zunge. „Weißt du was? Es tut mir leid, dass ich dich überhaupt gefragt habe. Mein Fehler."

Sam runzelte die Stirn, als sie sich abwandte. „Was werdet ihr tun?"

„Mach dir darüber keine Gedanken. Ist nicht dein Problem."

„Wen rufst du an?", bohrte er weiter.

„Duane. Er und seine Freunde werden sich um sie kümmern."

Mit offenem Mund sah Sam sie an. „Du willst eine verletzte Frau, die unter Medikamenteneinfluss steht, einer Bikergang anvertrauen?"

„Die Jungs sind in Ordnung. Sie haben sogar eine eigene Kirche."

Wut flammte in ihm hoch, und das Blut schoss ihm ins Gesicht. „Eine eigene Kirche macht noch niemanden zu einem guten Menschen. Sie befreit nur von der Steuer."

„Schrei mich nicht an."

„Ich schreie nicht.“

„Ich würde das nicht als Zimmerlautstärke bezeichnen, Sam.“ Justine griff nach ihrem Handy und tippte auf dem Display herum.

„Nein“, knurrte er.

„Wie ... nein?“

Sam atmete tief durch. Am liebsten hätte er mit der Faust gegen die Wand geschlagen. „Ich werde ...“ Er brach ab, räusperte sich und warf ihr einen zornigen Blick zu. „Ich nehme sie.“

„Zu dir ins Haus“, stellte sie klar.

„Ja“, stieß er zwischen zusammengebissenen Zähnen hervor.

„Gut. Danke. Mein Gott, warum erst das Drama?“ Kopfschüttelnd ging sie zum Getränkeautomaten, um sich eine Limo zu ziehen.

Lucy blinzelte verwirrt, als Sam Nolan den Vorhang beiseiteschob. „Was tust du denn hier?“, fragte sie schwach.

„Justine hat mich angerufen.“

„Das hätte sie nicht machen sollen. Tut mir leid.“

Er ließ seinen Blick über sie gleiten, und ihm entging dabei nichts. Als er sprach, klang seine Stimme leise und unwirsch. „Hast du Schmerzen?“

„Geht so.“ Lucy deutete auf die Infusionsflasche. „Sie geben mir irgendein Schmerzmittel.“ Gereizt fügte sie hinzu: „In meiner Hand steckt eine Nadel.“

„Wir holen dich bald hier heraus.“

Sie konzentrierte sich auf Sams T-Shirt. Es war dunkelblau. Weiß aufgedruckt waren die Umrisse von etwas, das aussah wie eine altmodische Telefonzelle. „Was hat es mit der Telefonzelle auf sich?“

„Alte britische Polizei-Notrufzelle. Aus Dr. Who.“ Angesichts ihres verständnislosen Blicks fühlte er sich genötigt, zu erklären: „Das ist eine Zeit-Raum-Maschine. Aus einer Science-Fiction-Fernsehserie der BBC.“

Ein schwaches Lächeln kräuselte ihre Lippen. „Streber“,

sagte sie und putzte sich die Nase.

Sam trat näher, legte seine Hand auf ihre Hüfte, untersuchte den Verband und deckte dann ihr geschientes Bein sorgfältig zu. Die Art, wie er sie berührte, war seltsam besitzergreifend. Verwundert sah Lucy ihn an und versuchte zu ergründen, was mit ihm los war. Er wirkte wie jemand, der vor einer unangenehmen Aufgabe stand.

„Du siehst verärgert aus“, stellte sie fest.

„Bin ich nicht.“

„Deine Kiefermuskeln sind angespannt.“

„Die wirken von Natur aus so.“

„Deine Augen funkeln wütend.“

„Das liegt an der Beleuchtung hier.“

„Irgendwas stimmt einfach nicht“, beharrte sie.

Sam nahm ihre eiskalte Hand in seine, sorgsam bemüht, nicht gegen das Blutsauerstoff-Messgerät zu kommen, das auf ihrem Zeigefinger steckte. Mit dem Daumen rieb er leicht über ihren Handrücken. „In den nächsten paar Tagen brauchst du jemanden, der dir hilft. Allein kommst du nicht zurecht.“ Er machte eine bedeutsame Pause. „Deshalb nehme ich dich mit zu mir in die Rainshadow Road.“

Lucy riss die Augen auf, abrupt entzog sie ihm ihre Hand. „Nein. Ich … nein, da mache ich nicht mit. Hat Justine dich deshalb angerufen? Oh Gott. Nein, ich kann mit dir nirgendwohin gehen.“

Sam reagierte ruhig und unbarmherzig. „Wohin willst du gehen, Lucy? In die Pension? Da bist du eingesperrt in deinem Zimmer, ganz für dich allein, und keiner ist da, der dir hilft. Selbst wenn Zoë und Justine an diesem Wochenende keine Großveranstaltung zu managen hätten, wäre es für sie trotzdem noch ein gewaltiges Problem, dich die Treppen rauf und runter zu schaffen.“

Lucy drückte ihre schweißfeuchte Hand gegen die Stirn. Sie hatte plötzlich heftige Kopfschmerzen. „Ich … ich rufe meine Eltern an.“

„Die sind mindestens tausend Meilen weit weg."

Sie war so besorgt und erschöpft, dass sie spürte, wie sich ihr die Kehle zuschnürte und ihr schon wieder die Tränen kamen. Erschüttert über ihren Mangel an Selbstbeherrschung schlug sie die Hand vor die Augen und seufzte frustriert. „Du hast viel zu viel zu tun. Dein Weingut …"

„Meine Arbeiter kommen auch ohne mich zurecht."

„Was ist mit deinem Bruder und mit Holly?"

„Denen wird das nichts ausmachen. Das Haus ist groß."

Als sie sich allmählich über ihre Lage klar wurde, begriff Lucy, dass Sam ihr beim Baden, Essen, Anziehen helfen würde. Lauter intime Hilfeleistungen, die ihr selbst von einem sehr guten langjährigen Bekannten immer noch peinlich wären. Und er wirkte über die Situation kein bisschen glücklicher als sie selbst.

„Es muss eine andere Lösung geben", beharrte Lucy und grübelte verzweifelt. Sie atmete wieder und wieder tief durch. Irgendwie hatte sie plötzlich Beklemmungen, das Gefühl, keine Luft zu bekommen.

„Verdammt, fang nicht an zu hyperventilieren." Sam legte seine Hand auf ihre Brust und rieb sie in langsam kreisenden Bewegungen. Die Vertraulichkeit dieser Geste ließ sie aufkeuchen.

„Ich habe dir nicht erlaubt …", begann sie unsicher.

„In den nächsten paar Tagen", fiel Sam ihr ins Wort, die Lider gesenkt, damit sie den Ausdruck seiner Augen nicht sah, „wirst du dich daran gewöhnen müssen, meine Hände an deinem Körper zu haben." Er machte einfach weiter, und Lucy gab sich geschlagen. Ein hilfloses Schluchzen entrang sich ihrer Kehle, und sie schloss peinlich berührt die Augen. „Du wirst mir erlauben, mich um dich zu kümmern", hörte sie ihn sagen. „Spar dir also deinen Atem. Widerspruch ist zwecklos. Tatsache ist: Du kommst mit zu mir nach Hause."

## 13. KAPITEL

Als Sams Lkw in die Rainshadow Road einbog und die Einfahrt hinaufrumpelte, war es bereits früher Abend. Er hatte Lucys Entlassungspapiere unterschrieben, einen Stapel Behandlungsanweisungen und Rezepte entgegengenommen und war neben Lucy hergegangen, als eine Krankenpflegerin sie im Rollstuhl nach draußen schob. Justine war auch da und ging ihm mit ihrer guten Laune auf den Geist.

„Ach, Kinder", zwitscherte sie vergnügt. „Jetzt wird alles gut. Sam, ich bin dir was schuldig. Lucy, Sams Haus wird dir gefallen – es ist einfach toll. Und eines Tages werden wir auf diesen Tag zurückblicken und … Was hast du gerade gesagt, Sam?"

„Ich sagte: Leck mich, Justine", brummelte er und hob Lucy aus dem Rollstuhl.

Unbeeindruckt blieb Justine ihm auf den Fersen, als er Lucy um den Lkw herum zur Beifahrerseite trug. „Ich packe dir zusammen, was du für eine Nacht brauchst, Lucy. Zoë oder ich bringen dir morgen deine Sachen vorbei."

„Danke." Lucy hatte ihre Arme um Sams Hals geschlungen, als er sie mit erstaunlicher Leichtigkeit aus dem Rollstuhl hob. Sie spürte seine straff gespannte Schultermuskulatur unter ihren Händen. Seine Haut roch sehr angenehm: sauber mit einem Hauch von Salz, wie eine Meeresbrise, und frisch wie Gartenpflanzen und grüne Blätter.

Sam setzte Lucy auf dem Beifahrersitz ab, schob ihn ein Stück zurück und schnallte sie an. Jeder Handgriff saß, aber er gab sich distanziert, musterte sie immer wieder kurz und abschätzend. Unglücklich überlegte sie, was Justine wohl gesagt haben mochte, um ihn dazu zu überreden, sie mit zu sich nach Hause zu nehmen.

„Er will das nicht tun", hatte sie Justine im Krankenhaus zugeflüstert, und die Freundin hatte leise entgegnet: „Doch, will er. Aber er ist ein bisschen nervös deswegen."

Nein, auf Lucy wirkte Sam kein bisschen nervös, aber ziemlich verärgert, auch wenn er kein Wort zu dem Thema sagte. Die Fahrt zum Weingut verlief schweigend. Obwohl der Lkw hervorragend gefedert war, ließen die tiefen Schlaglöcher in der Straße Lucy schmerzhaft zusammenzucken. Alles tat ihr weh, sie war erschöpft, und noch nie hatte sie so sehr das Gefühl gehabt, jemandem tierisch zur Last zu fallen.

Schließlich bogen sie in eine private Einfahrt ein, die zu einem viktorianischen Haus mit zahlreichen Giebeln und Balustraden, einer Kuppel in der Mitte des Daches und einer Dachterrasse führte. Der Sonnenuntergang ließ das weiß gestrichene Haus in einem warmen Karamellton erstrahlen. Die Grundmauern verschwanden hinter einer üppigen Einfassung aus roten Buschrosen und weißen Hortensien. Ganz in der Nähe bewachte eine trutzige graue Scheune die Rebstock-Reihen, die wie Schulkinder auf dem Pausenhof über das Ackerland zu tollen schienen.

Lucy betrachtete die Szenerie mit verträumter Verwunderung. Wenn San Juan Island schon eine Welt für sich war, dann war das hier ein verwunschenes Fleckchen Erde in diesem Mikrokosmos. Das Haus wartete mit offenen Fenstern darauf, Meeresbrisen, Mondlicht und umherwandernde Geister einzufangen. Auch auf sie schien es zu warten.

Ihre Reaktion entging Sam nicht. Er warf ihr einen raschen aufmerksamen Blick zu, als er den Wagen neben dem Haus abstellte. „Ja“, antwortete er, als hätte sie ihm eine Frage gestellt. „Genauso habe ich empfunden, als ich es zum ersten Mal sah.“ Damit stieg er aus, ging um den Lkw herum auf die Beifahrerseite, beugte sich über Lucy und löste den Sicherheitsgurt. „Leg deine Arme um meinen Hals“, sagte er.

Zögernd kam sie der Aufforderung nach. Er hob sie hoch, darauf bedacht, mit ihrem geschienten Bein nirgendwo anzustoßen. Als seine Arme sich um sie schlossen, überfiel Lucy ein neues rätselhaftes Gefühl: Ihr war, als würde in ihr etwas nachgeben, sich auflösen. Ihr Kopf sank schwer gegen seine Schulter, und sie hatte Mühe, ihn wieder zu heben. Sam murmelte:

„Ist schon in Ordnung. Alles in Ordnung." Und erst dadurch wurde ihr bewusst, dass sie zitterte.

Sie stiegen die Stufen zu einer breiten Veranda hinauf, deren Überdachung hellblau gestrichen war. „Geisterblau", meinte Sam, als er Lucys Blick bemerkte. „Wir haben versucht, die Originalfarbe so gut wie möglich zu treffen. Früher haben hier in der Gegend viele Leute ihre Verandadecken blau gestrichen. Manche behaupten, man versuche damit, Vögeln und Insekten etwas vorzumachen. Sie sollen glauben, den Himmel über sich zu haben. Aber andere sagen, in Wahrheit diene das der Abschreckung von Geistern."

Der Wortschwall ließ Lucy erkennen, dass Sam doch ein wenig nervös war. Justine hatte also recht. Die Situation war für sie beide ungewohnt.

„Weiß deine Familie, dass ich zu Besuch komme?", fragte sie.

Er nickte. „Ich habe vom Krankenhaus aus angerufen."

Die Vordertür wurde geöffnet, und ein langer Streifen Licht fiel auf die Veranda. Ein dunkelhaariger Mann hielt ihnen die Tür auf, ein blondes Mädchen und eine Bulldogge blieben auf der Schwelle stehen. Der Mann war eine etwas ältere, etwas stämmigere Ausgabe von Sam. Auch er sah auf ungehobelte Weise attraktiv aus, und ihm war das gleiche umwerfende Lächeln zu eigen. „Willkommen in Rainshadow", begrüßte er Lucy. „Ich bin Mark."

„Tut mir leid, dass ich mich so aufdränge. Ich …"

„Kein Problem", fiel Mark ihr leichthin ins Wort. Sein Blick glitt zu Sam hinüber. „Kann ich irgendwie helfen?"

„Ihre Tasche steht noch im Auto."

„Ich hole sie." Mark eilte an ihnen vorbei.

„Macht mal Platz, Leute", forderte Sam das Kind und den Hund auf, und sie rückten beiseite. „Ich bringe Lucy nach oben."

Sie betraten die Eingangshalle mit dunklen Fußböden und hoher getäfelter Decke. Die Wände waren cremefarben gestrichen, und überall hingen gerahmte botanische Drucke.

„Maggie macht das Abendessen", erzählte Holly und folgte ihnen. „Hühnersuppe, Hefebrötchen und Bananenpudding zum Nachtisch. Richtigen Pudding, keinen gekauften."

„Ich wusste doch, dass es für Marks Kochkünste viel zu gut riecht", meinte Sam.

„Maggie und ich haben dein Bett neu bezogen. Sie sagt, ich bin eine große Hilfe."

„So mag ich mein Mädchen. Jetzt geh und wasch dich fürs Abendessen."

„Kann ich mich mit Lucy unterhalten?"

„Später, Schatz. Lucy ist müde."

„Hallo, Holly", meldete Lucy sich über seine Schulter.

Das Kind strahlte sie an. „Onkel Sam lädt nie jemanden zum Übernachten ein. Du bist die Erste."

„Danke, Holly", murmelte Sam und trug Lucy die geschwungene Mahagonitreppe hinauf.

Ein atemloses Lachen gluckste in Lucys Kehle. „Tut mir leid. Justine hat dich dazu überredet. Ich bin …"

„Justine könnte mich zu nichts überreden, was ich nicht tun möchte."

Lucy ließ ihren Kopf auf seine Schulter sinken. Sie konnte ihm nicht in die Augen sehen, als sie sagte: „Du willst mich nicht hier haben."

Sam wählte seine Worte sehr sorgfältig. „Ich will keine Komplikationen. Genau wie du."

Als sie den Treppenabsatz erreichten, starrte Lucy wie gebannt auf das große Fenster, von dem aus man die Einfahrt überblicken konnte. Es war ein Buntglasfenster mit einem beeindruckenden Motiv: ein kahler Baum, zwischen dessen Zweigen ein fahloranger Wintermond ruhte.

Aber als sie blinzelte, verschwanden das Motiv und die Farben. Übrig blieb ein schlichtes Glasfenster, eine klare Flachglasscheibe.

„Warte. Was ist das?"

Sam drehte sich um, um zu sehen, was sie meinte. „Das Fenster?"

„Das war mal ein Buntglasfenster."

„Kann schon sein."

„Nein, ganz sicher. Mit einem Baum und dem Mond als Motiv."

„Was immer mal da war, wurde schon vor sehr langer Zeit rausgerissen. Irgendwann hat mal jemand versucht, das Haus in mehrere Wohnungen aufzuteilen." Sam trug sie fort von dem Fenster. „Du hättest es sehen sollen, als ich es gekauft habe. Zottelteppiche in einigen Zimmern. Tragende Wände abgerissen, dünne Gipskartonwände eingezogen. Mein Bruder Alex kam mit seinen Leuten, um die tragenden Wände zu erneuern und Stützbalken einzuziehen. Jetzt steht das Haus wieder felsenfest."

„Es ist schön. Ein Haus wie aus einem Märchen. Mir kommt es vor, als sei ich schon mal hier gewesen oder hätte davon geträumt." Ihr Verstand drohte vor Erschöpfung die Arbeit einzustellen, sie konnte nicht mehr klar denken.

Sie betraten einen langen rechteckigen Raum, der parallel zur Bucht verlief. Die Wände waren mit breiten Profilbrettern vertäfelt, in einer Ecke war ein offener Kamin gemauert, und zahlreiche Fenster boten einen herrlichen Blick auf die schimmernde blaue Wasserfläche der False Bay. Zwei der Fenster waren mit Fliegengittern versehen und standen offen, um frische Luft hereinzulassen.

„Da wären wir." Sam legte sie auf einem großen Bett ab. Die blaue Steppdecke war bereits zurückgeschlagen.

„Das ist dein Zimmer? Dein Bett?"

„Ja."

Lucy versuchte sich aufzusetzen. „Sam, nein ..."

„Sei still", fiel er ihr ins Wort. „Ich meine es ernst, Lucy. Du wirst dir noch wehtun. Du nimmst das Bett. Ich schlafe auf einem Gästebett in einem anderen Zimmer."

„Ich verdränge dich nicht aus deinem eigenen Zimmer. Ich

schlafe auf dem Gästebett."

„Du schläfst da, wo ich dich unterbringe." Sam deckte sie sorgfältig mit der weiß-blau gemusterten Steppdecke zu. Dann stützte er sich mit den Händen links und rechts von Lucys Körper ab und schaute auf sie hinunter. Vielleicht lag es an den warmen Strahlen des Sonnenuntergangs, die durch die Fenster fielen, aber sein Gesichtsausdruck wirkte jetzt entspannter. Mit der Hand strich er ihr eine Haarsträhne hinters Ohr. „Glaubst du, du kannst lange genug wach bleiben, um etwas Suppe zu essen?"

Lucy schüttelte den Kopf.

„Dann schlaf jetzt. Ich schaue später noch mal nach dir."

Nachdem er gegangen war, lag Lucy still da. Das Zimmer strahlte eine heitere Ruhe aus. Es war angenehm kühl, und aus der Ferne hörte sie das rhythmische Plätschern der Wellen. Wohltuend unbestimmte Geräusche drangen durch den Fußboden und die Wände, Stimmen, gelegentlich ein Lachen, das Klappern von Töpfen, Geschirr und Besteck. Geräusche einer Familie, eines Zuhauses, die sie wie ein Wiegenlied in den Schlaf geleiteten.

Sam blieb auf dem Treppenabsatz im zweiten Stock stehen, um aus dem Fenster zu schauen. Der Mond war aufgegangen, noch bevor die Sonne ganz verschwunden war, und stand als große weißgoldene Scheibe am tiefrosa leuchtenden Himmel. Wissenschaftler sagten, die Größe des Mondes zur Sommersonnenwende sei eine optische Täuschung, weil das menschliche Auge eine Entfernung ohne visuelle Anhaltspunkte nicht richtig wahrnehmen konnte. Trotzdem entsprachen manche Illusionen viel mehr der Wahrheit als die Wirklichkeit.

Vor langer Zeit hatte Sam eine Geschichte über einen chinesischen Dichter gelesen, der beim Versuch, das Spiegelbild des Mondes zu umarmen, ertrunken war. Er hatte am Yangtse gesessen und Reiswein getrunken. Zu viel davon offenbar, wenn man von seinem schmählichen Tod ausging. Aber man hatte weiß Gott keine Wahl, wenn man sich nach einer Sache oder einer Person sehnte, die man niemals haben konnte. Ja, man wollte noch nicht einmal die Wahl haben. So tödlich war die Verlockung des Mondlichts.

Lucy lag in seinem Bett. Sie wirkte so zerbrechlich wie eine Orchideenblüte. Er war versucht, sich im Flur vor der Schlafzimmertür auf den Boden zu setzen, den Rücken an die Wand gelehnt, und auf ein Zeichen zu warten, dass sie irgendetwas brauchte. Stattdessen zwang er sich, nach unten zu gehen, wo Renfield mit einer alten Socke im Maul hin und her tappte, Holly am Tisch saß und malte und Mark am Telefon einen Zahnarzttermin auszumachen versuchte.

Sam steuerte auf die Küche zu und trat an den großen Arbeitstisch aus Holz, an dem Maggie stand und Sahne schlug.

Maggie Conroy war nicht unbedingt schön, aber doch hübsch. Ihre Persönlichkeit war so überschäumend, dass sie größer wirkte, als sie war. Nur wenn man direkt neben ihr stand, erkannte man, dass sie gerade mal einen Meter zweiundfünfzig groß war. „Einen Meter vierundfünfzig", beharrte sie jedes Mal, als ob die zwei Zentimeter irgendetwas ausmachten.

Früher hatte Mark sich immer die begehrtesten Mädchen geangelt. Die Frauen, die toll aussahen, mit denen man es aber nicht lange aushielt. Gott sei Dank hatte er sich für eine ernsthafte Beziehung Maggie ausgesucht, deren verschrobener Optimismus genau dem entsprach, was die Familie brauchte.

Wortlos stellte Sam sich neben sie, nahm ihr Schneebesen und Schüssel aus den Händen und schlug für sie die Sahne.

„Danke", sagte Maggie und schüttelte ihr verkrampftes Handgelenk aus.

„Warum benutzt du eigentlich nicht den Mixer?"

„Hat Mark dir das gar nicht erzählt?" Sie verzog das Gesicht und ließ beschämt den Kopf hängen. „Mir ist letzte Woche der Motor durchgebrannt. Ich ersetze den Mixer, versprochen."

„Mach dir darüber keine Gedanken", meinte Sam, immer noch den Schneebesen schwingend. „Wir sind hier an Küchenkatastrophen gewöhnt. Allerdings sind meistens Mark und ich die Auslöser. Wie hast du das fertiggekriegt, den Motor durchbrennen zu lassen?"

„Ich habe versucht, Pizzateig aus Vollkorn damit zu kneten. Der Teig ist mir zu schwer und zu fest geraten. Und dann war da plötzlich Brandgeruch, und der Mixer fing an zu qualmen."

Sam grinste und testete mit der Spitze des Schneebesens, ob die Sahne schon steif genug war. Perfekt. „Maggie, Süße, Pizza macht man nicht zu Hause. Pizza isst man dann, wenn man keine Lust hat, selbst etwas zu kochen."

„Das war ein Versuch, eine gesündere Pizza zu backen."

„Pizza soll gar nicht gesund sein. Pizza ist Pizza." Er reichte ihr die Schüssel, sie spannte Frischhaltefolie darüber und stellte sie in den Kühlschrank.

Nachdem sie die Kühlschranktür geschlossen hatte – die cremefarbene Verkleidung passte perfekt zum Rest der Kücheneinrichtung –, trat Maggie an den Herd und rührte die Suppe um. „Wie geht es deiner Freundin?", fragte sie. „Sie heißt Lucy, richtig?"

Er nickte. „Zum Glück ist sie nicht schwer verletzt."

Maggie warf ihm einen aufmerksamen Blick zu. „Und wie geht's dir?"

„Bestens", antwortete er ein bisschen zu schnell.

Sie füllte die dampfende Suppe in Suppentassen. „Soll ich ihr ein Tablett fertig machen?"

„Nein, sie schläft wahrscheinlich schon." Sam griff nach der bereits geöffneten Flasche Wein und goss sich ein Glas ein.

„Du hast Lucy also hierhergebracht, damit sie sich erholen kann", stellte Maggie fest. „Und du willst dich um sie kümmern. Sie muss etwas Besonderes sein."

„Kein Problem", erwiderte Sam betont lässig. „Wir sind befreundet."

„Einfach nur befreundet?"

„Ja."

„Aussichten, dass sich daraus mehr entwickelt?"

„Nein." Wieder kam seine Antwort ein bisschen zu schnell, und er runzelte die Stirn, als er Maggies wissendes Lächeln sah. „Sie will keine Beziehung, wie ich sie bevorzuge."

„Was für eine Beziehung wäre das? Sex mit beliebigen schönen Frauen, ohne Aussicht auf Bindung?"

„Genau."

„Wenn du die richtige Frau findest, möchtest du vielleicht etwas Dauerhafteres ausprobieren."

Nachdrücklich schüttelte Sam den Kopf. „Ich und dauerhaft, das passt nicht zusammen." Er deckte den Tisch und ging auf die Suche nach Mark und Holly, um ihnen zu sagen, dass das Essen fertig war. Im Wohnzimmer fand er sie und blieb auf der breiten Schwelle stehen, einem Überbleibsel einer überflüssigen Wand, die herausgerissen worden war, um ein großzügigeres Zimmer zu schaffen.

Mark und Holly saßen dicht nebeneinander auf dem Sofa, einem bootsähnlichen antiken Möbelstück, das Maggie entdeckt hatte. Sie hatte Mark überredet, es zu kaufen. In seiner ursprünglichen Form war das Sofa ein Monstrum gewesen, zerschrammt, abgewetzt und mottenzerfressen. Aber nachdem die Schnitzereien aus Rosenholz abgebeizt und neu lackiert waren und die Sitzfläche neu gepolstert und mit salbeigrünem Samt bezogen war, erwies es sich als ein skurriles Prunkstück, das hervorragend zum Haus passte.

Holly ließ die Beine baumeln, während Mark Notizen in den Familienplaner eintrug, den er auf dem Couchtisch ausgebreitet hatte.

„Wenn du also beim Zahnarzt bist und der dich fragt, wie oft du die Zahnseide benutzt", sagte Mark, „was antwortest du ihm dann?"

„Ich frage: Was ist Zahnseide?" Holly kicherte, als Mark sie in die Seite knuffte und dann auf den Scheitel küsste.

Nicht zum ersten Mal staunte Sam über die väterliche Seite seines Bruders. Er hatte früher nie den Eindruck gemacht, für diese Rolle sonderlich gut geeignet zu sein, aber er war mit

Lichtgeschwindigkeit hineingewachsen, als Holly in ihr Leben trat.

Mark beugte sich vor, um etwas in den Kalender zu kritzeln. „Hat Maggie die Ballettschuhe für deinen Tanzunterricht schon bestellt?“

„Ich weiß nicht.“

„Okay, ich frage sie.“

„Onkel Mark?“

„Hmmm?“

„Das Baby wird mein Cousin oder meine Cousine, nicht wahr?“

Mark legte sorgfältig den Stift aus der Hand und schaute in das ernsthafte Gesicht des Kindes. „Rein technisch betrachtet, ja. Aber ich glaube ...“ Er zögerte, suchte nach den richtigen Worten. „Ich glaube, es wird sich so anfühlen, als wäre das Baby dein Bruder oder deine Schwester. Denn ihr werdet zusammen aufwachsen.“

„Ein paar Kinder in meiner Klasse halten dich für meinen Dad. Du siehst sogar so aus wie ein Dad.“

Sam, der von der Schwelle aus etwas hatte sagen wollen, schloss den Mund. Er wagte es nicht, den Augenblick zu stören, indem er ging oder sich einmischte. Also blieb er wie erstarrt stehen, denn ihm war klar, dass hier gerade etwas sehr Wichtiges geschah.

Mark gab sich Mühe, keine Miene zu verziehen. „Was erzählst du deinen Freunden, wenn sie dich fragen, ob ich dein Dad bin?“

„Ich lasse sie in dem Glauben.“ Holly schwieg einen Moment. „Ist das falsch?“

Mark schüttelte den Kopf. „Natürlich nicht.“ Er klang heiser.

„Soll ich dich immer noch Onkel Mark nennen, wenn das Baby da ist?“

Mark griff nach Hollys Hand, die im Vergleich zu seiner geradezu winzig war, und nahm sie zwischen seine Hände. „Du kannst mich nennen, wie immer du willst, Holly."

Das Kind lehnte sich an ihn, bis sein Kopf auf Marks Arm lag. „Ich möchte dich Dad nennen. Ich will, dass du mein Dad bist."

Mark verschlug es die Sprache. Damit hatte er ganz eindeutig nicht gerechnet, ja nicht einmal darüber nachzudenken gewagt. Er schluckte und beugte sich über sie, um sein Gesicht in ihre aschblonden Haare zu drücken. „Ich fände das toll. Ich ... ja." Er hob sie auf seinen Schoß und drückte sie an sich, streichelte ihr linkisch den Kopf. Dann murmelte er undeutlich etwas, drei Wörter, die er ständig wiederholte.

Sam schnürte es die Kehle zu. Er stand daneben und gehörte doch irgendwie dazu.

„Du erdrückst mich", protestierte Holly nach einer langen Minute.

Mark ließ sie los, und sie rutschte von seinem Schoß.

Renfield war ins Zimmer getappt, eine zerknüllte Papierserviette im Maul.

„Renfield", schimpfte Holly, „das darfst du nicht essen."

Zufrieden, ihre Aufmerksamkeit zu haben, trottete der Hund mit der Serviette aus dem Zimmer.

„Ich nehme sie ihm weg", erklärte Holly, wandte sich wieder Mark zu und rieb ihre Nase an seiner. „Dad", sagte sie mit schelmischem Grinsen und rannte dem Hund nach.

Sam hatte seinen Bruder noch nie so überwältigt gesehen. Als Mark ihn sah, blinzelte er. „Sam ...", begann er unsicher.

„Ich hab's gehört", unterbrach Sam ihn leise und lächelte. „Ist schon gut, Mark. Holly hat recht. Du siehst aus wie ein Dad."

## 14. KAPITEL

Stimmen drangen von draußen ins Schlafzimmer. „Ich möchte, dass Lucy mein rosa Badezimmer benutzt“, beharrte Holly. „Es ist viel schöner als deins.“

„Stimmt“, gab Sam zu. „Aber Lucy braucht eine begehbare Duschkabine. Sie kann nicht in eine Wanne hinein- und wieder herausklettern.“

„Kann sie sich trotzdem mein Badezimmer ansehen? Und mein Zimmer?“

„Ja. Du darfst ihr später eine offizielle Führung anbieten. Aber jetzt zieh deine Socken an. Du kommst sonst zu spät zur Schule.“

Lucy atmete einen schwer fassbaren Duft ein, der im Kissen hing. Er erinnerte an Laub, frischen Frühlingsregen und jüngst geschnittenes Nadelholz. Es war Sams Duft, und er gefiel ihr so gut, dass sie schamlos danach schnüffelte und ihren Kopf tief in dem warmen Daunenkissen vergrub.

Vage erinnerte sie sich daran, dass sie mitten in der Nacht vor Schmerzen aufgewacht war. Sam war wie ein Schatten in ihr Zimmer gekommen, hatte ihr Tabletten und ein Glas Wasser gebracht, seinen Arm um ihren Rücken gelegt, als sie das Medikament nahm. Später war sie noch einmal aufgewacht, hatte im Halbschlaf wahrgenommen, dass er die kalten Kompressen um ihr Bein erneuerte, und ihm gesagt, er solle doch nicht für sie aufstehen, sondern lieber ein wenig schlafen.

„Sei still“, hatte er gemurmelt und ihre Decke zurechtgezogen. „Es ist alles in Ordnung.“

Als der Morgen heraufdämmerte, lag Lucy still in ihrem Bett und lauschte auf die gedämpften Geräusche aus dem Haus: Stimmen, klapperndes Frühstücksgeschirr, ein Telefon klingelte, dann machten sich alle auf die Suche nach einem fehlenden Hausaufgabenheft und einem Blatt, das unterschrieben werden musste, damit Holly an einem Schulausflug teilnehmen durfte. Schließlich fuhr ein Wagen aus der Einfahrt.

Sie hörte jemanden die Treppe heraufkommen, es klopfte an der Tür, und Sam steckte den Kopf ins Zimmer. „Wie geht es dir?“ Der leicht verschlafene raue Bariton seiner Stimme klang angenehm in ihren Ohren.

„Ich habe noch ein bisschen Schmerzen.“

„Wohl eher starke Schmerzen.“ Sam betrat das Zimmer, ein Frühstückstablett in den Händen. Sein Anblick, etwas lotterig und sehr sexy in seiner Flanellpyjamahose und einem weißen T-Shirt, ließ sie heftig rot anlaufen. „Es ist Zeit für die nächste Schmerztablette, aber vorher solltest du etwas essen. Was hältst du von einem Ei und Toast?“

„Klingt großartig.“

„Danach kannst du duschen.“

Lucy errötete noch stärker, und ihr Puls wurde hektisch. Sie wünschte sich nichts sehnlicher als zu duschen, aber angesichts ihrer körperlichen Verfassung war klar, dass sie eine Menge Hilfe brauchen würde. „Wie genau soll das funktionieren?“, brachte sie mühsam heraus.

Sam stellte das Tablett auf dem Bett ab und half Lucy, sich aufzusetzen. Fürsorglich schob er ihr ein zweites Kissen in den Rücken. „Es ist eine begehbare Dusche. Du kannst dich auf einen Plastikstuhl setzen und dich mit der Handbrause waschen. Ich werde dir hinein- und wieder heraushelfen müssen, aber das meiste kannst du allein bewältigen“, erklärte er sachlich.

„Danke“, antwortete sie erleichtert. „Das klingt gut.“ Sie nahm sich ein Stück dünn mit Butter bestrichenen Toast und begann, Konfitüre darauf zu verteilen. „Warum hast du eine Handbrause in deiner Dusche?“

„Ich habe ein paar schwer erreichbare Stellen“, erklärte Sam trocken. Als er das Lächeln sah, das um ihre Lippen spielte, fügte er hinzu: „Außerdem baden wir Renfield da drin.“

Sam verschwand im Bad, um zu duschen und sich zu rasieren, während sie frühstückte. Als er zurückkam, trug er eine abgewetzte Jeans und ein T-Shirt, auf dem stand: *Schrödingers Katze lebt.*

„Was bedeutet das?“, fragte Lucy mit Blick auf das T-Shirt.

„Es geht um ein Gedankenexperiment der Quantenmechanik.“ Sam stellte eine Plastiktüte mit Utensilien auf den Boden und nahm Lucy das Frühstückstablett ab. „Schrödinger war Wissenschaftler. Er verwendete ein Gedankenexperiment mit einer Katze, einem instabilen Atomkern und einer Giftgaskartusche in einem geschlossenen Raum, um zu veranschaulichen, dass eine Messung oder Beobachtung unweigerlich Einfluss auf den gemessenen oder beobachteten Vorgang hat.“

„Was geschieht mit der Katze?“

„Magst du Katzen?“

„Ja.“

„Dann willst du das nicht wissen.“

Sie zog eine Grimasse. „Hast du keine optimistischen T-Shirts?“

„Dies ist optimistisch“, erwiderte Sam. „Ich kann dir nur nicht erklären, warum, weil du dich sonst wegen der Katze aufregst.“

Lucy kicherte in sich hinein. Aber als Sam an das Bett herantrat und nach der Decke griff, wurde sie still und zuckte zurück, während ihr Herz zu rasen begann.

Sofort ließ Sam die Decke los und bemühte sich, keine Miene zu verziehen. Er musterte sie, ließ den Blick auf ihren vor der Brust verschränkten Armen ruhen. „Bevor wir anfangen“, sagte er ruhig, „sollten wir uns mit dem Elefanten im Zimmer auseinandersetzen.“

„Wer ist der Elefant?“, fragte Lucy misstrauisch.

„Niemand. Der Elefant ist die Tatsache, dass es mir überraschend schwerfällt, einer Frau beim Duschen zu helfen, mit der ich nicht bereits geschlafen habe.“

„Ich werde nicht mit dir schlafen, nur um das Duschen einfacher zu machen“, antwortete Lucy.

Das entlockte ihm ein Grinsen. „Nimm’s bitte nicht persönlich, aber du trägst ein Krankenhausnachthemd mit aufgedruckten kleinen gelben Enten, von den Verbänden und den vielen blauen Flecken ganz abgesehen. Mit anderen Worten: Du hast keinerlei erregende Wirkung auf mich. Obendrein stehst du unter Medikamenteneinfluss, bist also nicht in der Lage, überlegte Entscheidungen zu treffen. All das bedeutet: Keine Chance, dass ich dich anmache." Er stockte. „Fühlst du dich jetzt besser?"

„Ja, aber …" Lucys Wangen brannten. „Wenn du mir hilfst, kriegst du vermutlich allerhand zu sehen."

Sein Gesichtsausdruck blieb ernst, aber um seine Mundwinkel zuckte es verdächtig. „Ich bin bereit, dieses Risiko einzugehen."

Lucy seufzte tief. „Ich schätze, ich habe keine andere Wahl." Sie schlug die Decke zurück und versuchte, sich aufzusetzen.

Sofort kam Sam ihr zu Hilfe und stützte ihren Rücken. „Nein, lass mich das machen. Du wirst dir nur wehtun, wenn du nicht vorsichtig bist. Ich helfe dir bis an die Bettkante. Du brauchst dich nur aufzusetzen und die Beine hängen zu lassen – ja, genau so."

Ihm stockte der Atem, als Lucy mit dem Saum des Krankenhausnachthemds kämpfte, das ihr hoch auf die Hüften gerutscht war. „Okay." Er begann, wieder Luft zu holen. „Wir dürfen die Schiene nicht abnehmen. Die Krankenschwester meinte, wir sollten sie in Folie einwickeln, wenn du duschst, damit sie nicht nass wird." Er griff nach der Plastiktüte mit den Utensilien und zog eine dicke Rolle Klarsichtfolie heraus.

Still wartete Lucy ab, während Sam ihr den Unterschenkel in Folie wickelte. Er arbeitete geschickt und vorsichtig. Trotzdem jagten ihr seine gelegentlichen Berührungen mit den Fingerspitzen am Knie oder an der Wade angenehme Schauer über den Körper. Er kniete am Boden, sodass sie auf seine dichten dunklen Haare hinabschaute. Verstohlen beugte sie sich vor, um den Duft zu erhaschen, der von seinem Nacken aufstieg, einen sommerlichen Duft nach Sonne und frisch gemähtem Gras.

Als er mit seiner Verpackungsarbeit zufrieden war, schaute er zu ihr hoch. „Wie fühlt sich das an? Zu eng?"

„Nein, es ist perfekt." Lucy bemerkte, dass er Farbe angenommen hatte, seine Wangen brannten unter der Sonnenbräune, und er atmete schwer. „Du hast gesagt, ich hätte keine anregende Wirkung auf deine Libido."

Sam gab sich zerknirscht. „Tut mir leid. Aber eine Frau in Malerfolie einzuwickeln – so viel Spaß hatte ich seit meiner Collegezeit nicht mehr." Er stand auf, hob Lucy hoch, und sie klammerte sich automatisch an ihn. Ihr Herzschlag beschleunigte sich, als sie spürte, wie wenig Anstrengung es ihn kostete, sie zu tragen.

„Musst du vielleicht … erst mal runterkommen?", fragte sie behutsam.

Sam schüttelte den Kopf, in seinen Augen blitzte Belustigung auf, gepaart mit ein wenig Reue. „Gehen wir einfach mal davon aus, dass der jetzige Zustand meine Standard-Voreinstellung ist, wenn du duschst. Keine Sorge. Ich werde dich trotzdem nicht anmachen."

„Darüber mache ich mir keine Sorgen. Ich will nur nicht, dass du mich fallen lässt."

„Sexuelle Erregung beraubt mich nicht meiner körperlichen Kraft", erklärte er. „Meines Verstandes schon. Aber den brauche ich nicht, um dir beim Duschen zu helfen."

Lucy lächelte unsicher und hielt sich an seinen kräftigen Schultern fest, als er sie ins Bad trug. „Du bist gut in Form."

„Das macht der Weinberg. Organischer Anbau, das heißt jede Menge Handarbeit – Hacken und Jäten statt Unkrautvernichtungsmittel. So spare ich mir die Beiträge fürs Fitnessstudio."

Er war wieder nervös, redete ein bisschen zu schnell, stellte Lucy fest und fand das interessant. Soweit sie Sam bisher kennengelernt hatte, wirkte er wie jemand mit starker Selbstbeherrschung. Sie hätte erwartet, dass er eine Situation wie die jetzige souverän meisterte. Stattdessen schien ihn die erzwungene Intimität genauso aus der Fassung zu bringen, wie das bei ihr selbst der Fall war.

Das Bad war sauber und zweckmäßig eingerichtet, mit elfenbeinfarbenen Kacheln, Mahagonischränkchen und einem großen gerahmten Spiegel über dem Waschbecken. Sam zeigte ihr, wie die Duscharmatur zu bedienen war. „Wenn ich hier raus bin", sagte er und reichte ihr die Handbrause, „wirf deinen Morgenmantel und das Nachthemd einfach aus der Kabine und dreh das Wasser auf. Lass dir so viel Zeit, wie du möchtest. Ich warte hinter der Tür. Wenn es Probleme gibt oder du irgendwas brauchst, musst du nur rufen."

„Danke."

Mit schmerzverzerrtem Gesicht und unter Stöhnen kämpfte Lucy sich auf den Stuhl und warf ihre Kleidung auf den Boden vor der Duschkabine. Dann drehte sie das Wasser auf, regulierte die Temperatur und ließ den warmen Regen aus der Handbrause über ihren Körper laufen. „Au", sagte sie, als die Schnitt- und Schürfwunden begannen zu brennen. „Au, au ..."

„Na, wie läuft's?", fragte Sam von der anderen Seite der Tür.

„Es tut weh und gut zugleich."

„Brauchst du Hilfe?"

„Nein danke."

Es war alles andere als einfach für sie, sich einzuseifen und abzuspülen. Schließlich musste Lucy feststellen, dass die Haarwäsche sie überforderte. „Sam", meldete sie sich frustriert.

„Ja?"

„Jetzt brauche ich doch Hilfe."

„Wobei?"

„Meine Haare. Ich kann sie nicht selbst waschen. Würde es dir was ausmachen reinzukommen?"

Er zögerte lange. „Du kannst das nicht allein?"

„Nein. Ich komme nicht an die Shampooflasche, mein rechter Arm schmerzt, und mit nur einer Hand kann ich mir die Haare nicht waschen." Noch während sie redete, drehte sie das Wasser ab und ließ die Handbrause auf den Boden fallen. Mühsam und unter Schmerzen wickelte sie sich in das Handtuch.

„Okay", hörte sie Sam sagen. „Ich komme rein."

Als Sam das Bad betrat, wirkte er unbeholfen und unsicher. Er kam in die offene Duschkabine und nahm die Handbrause auf. Dann fummelte er damit herum, regulierte den Wasserdruck und die Temperatur. Lucy entging nicht, dass er schon wieder schwer atmete, und sie sagte: „Durch das Echo hier drin klingst du wie Darth Vader."

„Ich kann's nicht ändern", gab er gereizt zurück. „So wie du da sitzt, rosa und dampfend ..."

„Tut mir leid." Zerknirscht blickte sie zu ihm hoch. „Ich hoffe, dass deine Standard-Voreinstellung nicht wehtut."

„Im Moment nicht." Sam legte die Hand um ihren Hinterkopf. Als sie ihm in die blaugrünen Augen sah, fügte er hinzu: „Es tut nur weh, wenn ich nichts dagegen tun kann."

Die Art, wie er ihren Kopf hielt, und der rau-weiche Klang seiner Stimme lösten ein sehr angenehmes Gefühl in ihrem Bauch aus. „Du flirtest mit mir", sagte sie.

„Ich nehm's zurück", antwortete er prompt.

„Zu spät." Lächelnd schloss sie die Augen und ließ sich die Haare waschen.

Es war himmlisch, einfach nur still zu sitzen und zu genießen, wie Sam ihr die Haare schamponierte und mit seinen kräftigen Fingern ihr die Kopfhaut massierte. Er nahm sich Zeit und achtete darauf, dass sie weder Wasser noch Schaum in die Augen bekam. Der Duft nach Rosmarin und Minze, den das Shampoo verströmte, füllte die dampfgeschwängerte Luft. Sie begriff, dass sie genau das vorhin an ihm gerochen hatte. Tief atmete sie ein, legte den Kopf in den Nacken und entspannte sich.

Schließlich drehte Sam das Wasser ab und hängte die Handbrause in die Wandhalterung. Lucy drückte mit der Hand überschüssiges Wasser aus ihren Haaren. Ihr Blick glitt über Sams Kleidung. Sie war feucht geworden, hatte zahlreiche Wasserflecken, und seine Jeans war an den Unterschenkeln durchnässt. „Du bist ganz nass geworden", sagte Lucy entschuldigend.

Sam starrte auf sie hinunter, sein Blick blieb an der Stelle hängen, an der das feuchte Handtuch ansatzweise ihre Brüste bedeckte. „Ich werd's überleben."

„Jetzt habe ich nichts anzuziehen."

Er starrte sie immer noch an. „Es tut mir sehr leid, das zu hören."

„Kannst du mir vielleicht irgendwas leihen?" Als er nicht antwortete, wedelte sie ihm mit der Hand vorm Gesicht herum. „Sam. Komm zurück von der dunklen Seite."

Sam blinzelte. Die glasige Leere verschwand aus seinen Augen. „Ich könnte bestimmt ein sauberes T-Shirt auftreiben."

Mit Sams Hilfe wickelte Lucy ihre Haare in ein Handtuch. Er half ihr, das Gleichgewicht zu halten, hielt sie leicht an den Hüften fest, als sie auf einem Bein balancierend ihre Zähne über dem Waschbecken putzte. Sobald sie fertig war, trug er sie zum Bett zurück, gab ihr ein T-Shirt und wandte ihr taktvoll den Rücken zu, während sie es anzog. Dabei verrutschte das Frotteetuch und zog schwer an ihren Haaren. Lucy nahm es ab und kämmte sich ihre feuchten Locken mit den Fingern durch.

„Was ist das?", fragte sie und musterte die farbigen Flächen und Buchstaben, mit denen das T-Shirt bedruckt war.

„Das Periodensystem der Elemente." Sam kauerte sich vor sie hin, um die Folie von ihrem geschienten Bein zu entfernen.

„Oh, gut. Ich fände es furchtbar, wenn ich irgendwo draußen wäre und das chemische Symbol für Rhodium nicht wüsste."

„Rh", erwiderte Sam, während er sich mit einer kleinen Schere durch die Lagen nasser Folie arbeitete.

Lucy lächelte. „Woher weißt du das?"

„Es steht auf deiner linken Brust." Sam warf die nasse Folie auf den Boden und untersuchte die Schiene. „Wenn du dich stark genug dafür fühlst, bringe ich dich für einen Tapetenwechsel nach unten. Wir haben ein großes Sofa, einen Flachbild-Fernseher, und Renfield kann dir Gesellschaft leisten."

Während sie beobachtete, wie das Sonnenlicht in seinem Haar spielte, registrierte Lucy verunsichert, dass die Gefühle, die sie durchströmten, über Dankbarkeit und bloße körperliche Anziehung hinausgingen. Ihr Herzschlag begann zu stolpern, und sie stellte fest, dass sie Unmögliches wollte, ja, brauchte.

„Danke“, sagte sie. „Danke, dass du dich um mich kümmerst.“

„Kein Problem.“

Langsam griff Lucy nach seinem Kopf, ließ ihre Finger durch sein herrlich dichtes Haar gleiten. Es fühlte sich unaussprechlich gut an, ihn zu berühren. Sie wollte ihn erforschen, alles an ihm kennenlernen.

Eigentlich hatte sie erwartet, dass Sam sich dagegen verwahren würde, aber er verharrte regungslos, den Kopf gesenkt. Streichelnd ließ sie ihre Hand tiefer gleiten bis in seinen Nacken, und sie hörte, wie sein Atem stockte.

„Doch ein Problem“, sagte Lucy sanft. „Nicht wahr?“

Jetzt schaute er zu ihr auf, die Lider halb über die unglaublich leuchtenden Augen gesenkt, die Züge angespannt. Er antwortete nicht. Das brauchte er auch nicht. Die Wahrheit lag unübersehbar in dem Blick, den sie einander schenkten, lag zwischen ihnen und füllte ihre Lungen mit jedem Atemzug.

Definitiv ein Problem, und zwar eines, das nichts mit Schienen, Verbänden oder Krankenpflege zu tun hatte.

Sam schüttelte den Kopf, als wollte er ihn frei bekommen, und griff nach der Bettdecke. „Ich lasse dich einen Moment ausruhen, während ich …“

Ohne groß nachzudenken, legte Lucy ihm den Arm um den Hals und drückte ihre Lippen auf seinen Mund. Es war verrückt und leichtsinnig, aber das war ihr egal. Sam brauchte gerade mal eine halbe Sekunde, um zu reagieren. Dann erwiderte er ihren Kuss, und ein schwaches Stöhnen entrang sich seiner Kehle.

Er hatte sie schon einmal geküsst, aber diesmal war es anders. Ein Kuss wie in einem Wachtraum, das Gefühl des freien Falls. Sie schloss die Augen gegen den Blick aus den Fenstern, das blaue Meer, die gleißende Sonne. Sam schlang die Arme um ihren Rücken, hielt sie an sich gedrückt, während seine Lippen an den ihren hingen und die leisen Laute einfingen, die ihr in die Kehle stiegen. Sie wurde schwach, sank gegen seine Brust und konnte ihm einfach nicht nah genug kommen. Sam löste die Lippen von ihrem Mund, küsste ihren Hals, liebkoste ihn mit Zunge und Zähnen, während er sich zu ihrer Schulter vorarbeitete. „Ich möchte dir nicht wehtun“, sagte er an ihrer Haut. „Lucy, ich bin nicht …“

Blind suchte sie nach seinem Mund, rieb die geöffneten Lippen über sein glatt rasiertes Kinn, bis Sam erschauerte und sie erneut küsste. Sein Kuss wurde drängender, intensiver, suchender und tiefer, bis Lucy sich zitternd in seinem T-Shirt festkrallte.

Mit einer Hand schob er den Saum ihres Shirts hoch, und sie spürte seine Finger kühl und rau auf der erhitzten Haut. Ihre Brüste schmerzten unter dem losen Stoff, ihre Brustwarzen zogen sich erwartungsvoll zusammen. Sie tastete nach seiner Hand, drängte sie nach oben. „Bitte …“

„Nein. Oh Gott, Lucy …“ Mit einem leisen Fluch brach er ab, zog ihr T-Shirt wieder nach unten, zwang sich, sie loszulassen, und rieb sich mit beiden Händen übers Gesicht, als wäre er aus tiefem Schlaf aufgewacht. Als Lucy wieder die Hände nach ihm ausstreckte, fing er reflexhaft ihre Handgelenke ab und hielt sie fest.

Er hielt das Gesicht abgewandt und schluckte hart. „Tu irgendwas“, murmelte er, „oder ich …“

Lucys Augen weiteten sich, als ihr klar wurde, dass er um seine Selbstbeherrschung kämpfte. „Was … soll ich denn tun?“

Als Sam endlich seine Stimme wiederfand, hatte sie einen ironischen Unterton angenommen. „Irgendeine Ablenkung wäre nett.“

Lucy schaute hinunter auf das Periodensystem auf ihrem T-Shirt. „Wo ist Glas?“, fragte sie und versuchte, die chemischen Elemente über Kopf zu lesen.

„Nicht im Periodensystem. Glas ist kein Element, sondern eine Verbindung. Es besteht überwiegend aus Silizium, was …

Ach, Unsinn, ich kann nicht klar denken. Glas ist $SiO_2$. Siliziumdioxid. Hier ..." Er berührte das Si, das sich zufällig hoch auf ihrer linken Brust befand. „Und hier." Sein Daumen streifte das O schräg darüber, ganz dicht an ihrer Brustwarze.

„Glas enthält auch Natriumkarbonat", sagte sie.

„Ich glaube, das ist ..." Sam hielt inne, versuchte sich zu konzentrieren. „... $NaCO_3$." Er musterte ihr T-Shirt und schüttelte den Kopf. „Ich kann dir Natriumkarbonat nicht zeigen. Gefährliches Gelände."

„Was ist mit Kalziumoxid?"

Sein Blick glitt über das T-Shirt, bis er die Elemente gefunden hatte. Dann schüttelte er erneut den Kopf. „Wenn ich das tue, liegst du in knapp fünf Sekunden auf dem Rücken."

Sie zuckten beide zusammen, als die Türglocke ging – die alte viktorianische Handglocke hatte einen harten metallischen Klang.

Aufstöhnend verließ Sam das Bett. Er bewegte sich langsam. „Als ich sagte, dass ich dich nicht anmachen würde ..." Er öffnete die Tür und blieb einen Moment schwer atmend auf der Schwelle stehen. „Ich hatte das als Arrangement auf Gegenseitigkeit geplant. Von jetzt an: Hände weg, verstanden?"

„Ja, aber wie willst du dich um mich kümmern, wenn ..."

„Nicht meine Hände", fiel Sam ihr ins Wort. „Deine."

Die Türglocke ging noch ein paarmal, während Sam nach unten ging. Hitze und Erregung hatten seinen Körper im Griff, und er konnte keinen klaren Gedanken fassen. Er begehrte Lucy, wollte sie langsam nehmen und ihr in die Augen schauen, während er sich in ihr bewegte, und das stundenlang.

Als Sam die Vordertür erreichte, war seine Temperatur so weit gesunken, dass er wieder klar denken konnte. Vor ihm stand Alex, der noch wütender und verhungerter wirkte als sonst. Seine Kleidung saß lose, und man konnte jeden Knochen zählen. Ganz offensichtlich bekamen ihm die Folgen seiner Scheidung überhaupt nicht.

„Warum hast du die verdammten Türen abgeschlossen?“, fragte Alex.

„Hallo, Al“, gab Sam knapp zurück. „Ich freue mich auch, dich zu sehen. Wo ist der Schlüssel, den ich dir gegeben habe?“

„An meinem anderen Schlüsselbund. Du hast gewusst, dass ich heute Morgen komme. Wenn du willst, dass ich kostenlos an deinem Haus arbeite, könntest du zumindest die Tür offen lassen.“

„Ich hatte noch ein paar andere Dinge im Kopf, als nur darauf zu warten, dass du hier aufkreuzt.“

Alex schob sich an ihm vorbei, einen alten Metallwerkzeugkasten in der Hand. Wie üblich eilte er direkten Weges in die Küche, wo er sich eine brühheiße Tasse schwarzen Kaffee einschenkte.

Sam wusste, dass er sie ohne Umschweife austrinken würde, bevor er den Teil des Hauses ansteuerte, in dem er gerade arbeitete. Bisher hatte er sich geweigert, Geld für seine Arbeit zu nehmen, obwohl er ein Vermögen hätte verdienen können, wenn er dasselbe für jemand anders getan hätte. Alex war Bauunternehmer, aber er hatte Zimmermann gelernt, und er leistete ganz hervorragende Arbeit.

Er hatte Stunden in das Haus gesteckt, den Putz von den Wänden geschlagen und erneuert, Holz- und Metallarbeiten restauriert, Fußböden in Ordnung gebracht. Manchmal machte er Dinge noch einmal, die Mark oder Sam schon erledigt hatten, weil niemand seinen peniblen Anforderungen gerecht werden konnte. Aber warum Alex nun eigentlich bereitwillig so viel Energie in das Haus steckte, blieb den anderen Nolans ein Rätsel.

„Ich glaube, das ist seine Vorstellung von einem entspannenden Hobby“, hatte Mark gesagt.

„Das ist mir ausgesprochen recht“, hatte Sam erwidert, „und sei es nur, weil er bei der Arbeit nicht trinkt. Dieses Haus ist möglicherweise das Einzige, was verhindert, dass er seine Leber komplett ruiniert.“

Jetzt, als er seinen jüngeren Bruder durch den Flur gehen sah, bemerkte Sam, dass Stress und Alkohol allmählich doch Spuren hinterließen. Alex' Exfrau Darcy war nie das gewesen, was man als treu sorgendes Eheweib bezeichnen mochte, aber immerhin hatte sie sich ein paarmal wöchentlich von ihm zum Essen ausführen lassen. Sam fragte sich, wann Alex das letzte Mal eine warme Mahlzeit gehabt haben mochte.

„Al, was hältst du davon, wenn ich dir ein paar Eier in die Pfanne haue, bevor du dich an die Arbeit machst?"

„Kein Hunger. Kaffee reicht."

„Okay." Sam folgte ihm. „Übrigens ... Ich fände es großartig, wenn es heute nicht zu laut würde. Ich habe eine Freundin zu Besuch, und sie braucht Ruhe."

„Sag ihr, sie soll ihren Rausch woanders ausschlafen. Ich habe heute ein paar Sägearbeiten zu erledigen."

„Mach das bitte später", sagte Sam. „Und es ist kein Rausch. Sie hatte gestern einen Unfall."

Bevor Alex darauf reagieren konnte, klingelte es erneut an der Tür.

„Das ist vermutlich eine ihrer Freundinnen", murmelte Sam. „Versuch bitte, ausnahmsweise ein bisschen nett zu sein, Alex."

Alex warf ihm einen vielsagenden Blick zu und trank seinen Kaffee.

Kopfschüttelnd ging Sam zur Vordertür zurück. Die Besucherin erwies sich als kurvige kleine Blonde in Caprihose, Ballerinas und einer ärmellosen Bluse, die sie in der Taille geknotet hatte. Vollbusig, mit großen blauen Augen und kinnlangen goldblonden Locken sah sie aus wie ein altmodischer Filmstar oder ein Showgirl aus den dreißiger Jahren.

„Hallo, ich bin Zoë Hoffmann", zwitscherte sie fröhlich. „Ich bringe ein paar von Lucys Sachen. Ich hoffe, es passt im Moment? Sonst komme ich später wieder ..."

„Nein, es passt hervorragend." Sam lächelte sie an. „Kommen Sie rein."

In den Händen ein großes Blech voller Muffins, von denen

ein warmer süßer Duft ausging, trat Zoë ein und stolperte über die Schwelle. Sam griff automatisch zu, um sie vor einem Sturz zu bewahren.

„Ich bin ein Tollpatsch“, erklärte sie fröhlich. Eine blonde Locke hing ihr dabei übers Auge.

„Gott sei Dank sind Sie nicht gefallen“, meinte Sam. „Die Vorstellung, entscheiden zu müssen, ob ich Sie oder die Muffins rette, ist einfach zu grässlich.“

Sie reichte ihm das Blech und folgte ihm in die Küche. „Wie geht es Lucy?“

„Besser, als ich erwartet hätte. Sie hat letzte Nacht ganz gut geschlafen, aber heute hat sie Schmerzen. Nimmt auch noch Schmerzmittel.“

„Es ist so nett von Ihnen, sich so um sie zu kümmern. Justine und ich wissen das beide sehr zu schätzen.“

Zoë schien sich für ihre üppigen Kurven durch eine entsprechende Haltung entschuldigen zu wollen. Sie ließ die Schultern hängen und hielt den Rücken rund. Für eine Frau von so umwerfender Schönheit war sie erstaunlich schüchtern. Vielleicht lag genau da das Problem. Sam vermutete, dass ihr schon mehr als genug plumpe Anmache von der falschen Sorte Männer zuteilgeworden war.

Gemeinsam betraten sie die geräumige Küche. Zoë ließ ihren Blick bewundernd von der hohen Fachwerkdecke bis zu dem gewaltigen Specksteinspülbecken schweifen, nahm den Emailleherd in seiner cremeweiß gekachelten Nische wahr, die Küchenschränke mit den Glastüren und das schwarze Walnussparkett. Aber ihre Augen weiteten sich, und ihr Gesicht wurde ausdruckslos, als Alex, der vor der Kaffeemaschine stand, sich zu ihnen umdrehte. Sam fragte sich, was sie wohl von seinem Bruder halten mochte, der im Moment aussah wie der Leibhaftige mit einem ausgewachsenen Kater.

„Hallo“, sagte Zoë mit gedämpfter Stimme, nachdem Sam die beiden einander vorgestellt hatte. Alex nickte nur mürrisch. Keiner von beiden machte Anstalten, dem anderen die Hand zu schütteln. Zoë wandte sich an Sam. „Haben Sie vielleicht eine Kuchenplatte für die Muffins?“

„In einem der Schränke neben dem Gefrierschrank müsste eine stehen. Alex, würdest du ihr bitte behilflich sein? Ich geh nach oben und hole Lucy.“ Sam wandte sich wieder Zoë zu. „Ich frage sie, ob sie hier unten im Wohnzimmer sitzen möchte oder ob Sie lieber raufkommen sollen.“

„Natürlich“, erwiderte sie und trat an den Küchenschrank heran.

Alex erreichte die Küchentür im selben Moment wie Sam. Er senkte die Stimme. „Ich habe zu tun. Ich habe keine Zeit, mit Betty Boop zu plaudern.“

Daran, wie sich Zoës Schultern versteiften, erkannte Sam, dass sie die Bemerkung gehört hatte. „Al“, erwiderte er leise, „hilf ihr bitte einfach, die dämliche Kuchenplatte zu finden.“

Zoë entdeckte die Kuchenplatte mit der Glaskuppel in einem der Schränke, aber sie stand so weit oben, dass sie nicht darankam. Mit gerunzelter Stirn schaute sie hinauf und strich sich die Locke aus dem Gesicht, die ihr immer wieder übers Auge fiel. Sie spürte, dass Alex Nolan sich von hinten näherte, und es überlief sie heiß und kalt. „Da oben steht sie“, erklärte sie und trat zur Seite.

Er holte Platte und Glaskuppel mühelos aus dem Schrank und stellte beides auf die Granitarbeitsplatte. Groß war er, aber knochig, als hätte er seit Wochen nichts Anständiges mehr zu essen gehabt. Der leicht grausame Zug in seinem Gesicht konnte nicht davon ablenken, dass er unverschämt gut aussah. Vielleicht war es auch gar kein grausamer Zug, sondern Verbitterung. Er hatte ein Gesicht, das die meisten Frauen attraktiv finden mochten, aber Zoë machte er nervös.

Nun ja, die meisten Männer machten sie nervös.

Zoë dachte, Alex werde die Küche verlassen, nachdem er seine Aufgabe erledigt hatte. Sie hoffte es jedenfalls. Aber er blieb da, eine Hand auf die Arbeitsplatte gestützt, sodass seine teure Armbanduhr im Licht, das durch die Kassettenfenster hereinfiel, funkelte.

Sie versuchte, ihn zu ignorieren, und stellte die Kuchenplatte neben das Blech mit den Muffins. Sorgfältig nahm sie jeden einzelnen Muffin vom Blech und setzte ihn auf die Platte. Der Duft von heißen Beeren, weißem Zucker und Butterstreuseln breitete sich schmelzend süß in der Küche aus. Sie hörte, wie Alex einmal tief einatmete. Und noch einmal.

Als sie ihm einen vorsichtigen Blick zuwarf, bemerkte sie die dunklen Ringe unter seinen lebhaft blaugrünen Augen. Er sah aus wie jemand, der seit Monaten nicht geschlafen hatte. „Sie können jetzt gehen", sagte Zoë. „Sie müssen nicht bleiben und plaudern."

Alex machte sich nicht die Mühe, sich für seine Unhöflichkeit von vorhin zu entschuldigen. „Womit sind sie gefüllt?", fragte er in anklagendem misstrauischen Ton.

Zoë war so verdutzt, dass sie kaum sprechen konnte. „Blaubeeren. Nehmen Sie einen, wenn Sie wollen."

Er schüttelte den Kopf und griff nach seinem Kaffee.

Seine Hand zitterte. Die dunkelbraune Flüssigkeit in der Porzellantasse schwappte unübersehbar. Sofort senkte Zoë den Blick. Was führte dazu, dass die Hand eines Mannes so zitterte? Ein nervliches Problem? Alkoholmissbrauch? Irgendwie war dieses Zeichen von Schwäche bei einer körperlich so imponierenden Person viel bewegender, als wenn er kleiner gewesen wäre.

Trotz seiner Gereiztheit weckte er sofort Zoës Mitgefühl. Sie hatte noch nie an einem weinenden Kind, einem verletzten Tier, einem einsam oder hungrig wirkenden Menschen vorbeigehen können. Vor allem Letzteres, denn wenn es etwas gab, das Zoë lieber tat als alles andere, dann war es, Leuten etwas zu essen zu geben. Sie liebte das offensichtliche Vergnügen, das Menschen daran hatten, etwas Leckeres zu schmecken. Etwas, das mit viel Liebe und Sorgfalt zubereitet und nahrhaft war.

Wortlos legte sie einen Muffin auf Alex' Untertasse, solange er die Tasse noch in der Hand hielt. Ohne ihn anzusehen, setzte sie weiter die Muffins vom Backblech auf die Kuchenplatte. Sie hielt es durchaus für wahrscheinlich, dass er ihr die Gabe vor die Füße warf oder eine abfällige Bemerkung machte. Doch er schwieg.

Aus dem Augenwinkel sah sie, dass er den Muffin nahm.

Dann verließ er die Küche mit einem barschen Murmeln, das vermutlich so viel wie Auf Wiedersehen heißen sollte.

Alex ging hinaus auf die Vorderveranda und achtete dabei darauf, dass die Tür nicht hinter ihm ins Schloss fiel. Den Muffin hielt er wie eine Kostbarkeit in der Hand. Das Förmchen aus ungebleichtem Papier war buttergetränkt, und Streusel saßen wie Kieselsteine auf dem Gebäckstück.

Er setzte sich auf einen Korbstuhl und beugte sich über den Muffin, als könnte jemand kommen und ihm die Köstlichkeit wegnehmen.

In letzter Zeit hatte er Probleme mit dem Essen. Kein Appetit, nichts konnte ihn in Versuchung bringen, und wenn er es tatsächlich schaffte, einen Bissen zu nehmen und zu kauen, dann schnürte sich ihm der Hals zu, bis er kaum noch schlucken konnte. Ständig war ihm kalt, und er brauchte die kurzfristige Wärme, die der Alkohol ihm spendete, brauchte mehr davon, als sein Körper verkraften konnte. Jetzt, wo die Scheidung hinter ihm lag, gab es eine Menge Frauen, die ihm jeden Trost anboten, den er wollte, aber er hatte einfach kein Interesse.

Er dachte an die kleine Blonde in der Küche, die auf beinah komische Weise schön war – mit ihren großen Augen, dem perfekt geformten Mund … und den üppigen Kurven unter ihrer sorgsam zugeknöpften Kleidung. Nein, sie entsprach ganz und gar nicht seinem Geschmack.

Als er seinen ersten Bissen von dem Muffin nahm, überwältigte ihn beinah die Mischung aus Säure und Süße, die ihm das Wasser im Mund zusammenlaufen ließ. Das Gebäckstück war dicht und kuchenähnlich. Er aß es langsam, genoss es mit allen

Sinnen. Zum ersten Mal seit Monaten war er in der Lage, etwas zu schmecken, ein Aroma wirklich zu erleben.

Bissen für Bissen genoss er den Muffin, während ihn Erleichterung überkam. Die tiefen Furchen, von der ewigen Anspannung in sein Gesicht gegraben, wurden milder. Er hätte bei seinem Leben schwören können, dass Zoë etwas in die Muffins getan hatte. Etwas Illegales. Aber es war ihm völlig egal. Er gewann daraus ein sauberes gutes Gefühl … als wenn er sich nach einem harten Tag in ein warmes Vollbad gleiten ließe. Seine Hände zitterten nicht mehr.

Eine Minute lang saß er still, ließ die ungewohnte Stimmung auf sich wirken, spürte, dass sie wenigstens eine Zeit lang anhalten würde. Dann ging er zurück ins Haus, nahm seinen Werkzeugkasten und schlich sich katzengleich die Treppe zum Dachboden hinauf. Es war ihm wichtig, dieses gute Gefühl zu bewahren, und er war entschlossen, sich von nichts und niemandem stören zu lassen.

Auf dem Weg nach oben kam er an Sam vorbei, der eine schlanke junge Frau mit großen grünen Augen trug. Sie war in einen Morgenmantel gehüllt, und eins ihrer Beine steckte in einer unförmigen Schiene. „Alex“, sagte Sam, ohne stehen zu bleiben, „das ist Lucy.“

„Hi“, murmelte Alex und ging, ebenfalls ohne anzuhalten, weiter die Treppen hinauf zum Dachboden.

„Fühlst du dich wohl hier?“, fragte Zoë, nachdem Sam sie und Lucy allein gelassen hatte, damit sie ungestört reden konnten.

Lucy lächelte. „Ja, wirklich. Wie du sehen kannst …“ Sie deutete auf das riesige grüne Samtsofa, die Kühlkompressen, die Sam um ihr Bein angeordnet hatte, die cremefarbene Decke, die er ihr über den Schoß gelegt und das Glas Wasser, das er ihr hingestellt hatte. „Ich werde hier sehr gut versorgt.“

„Sam scheint nett zu sein“, meinte Zoë, und ihre blauen Augen funkelten. „Genauso nett, wie Justine behauptet hat. Ich glaube, er mag dich.“

„Sam mag Frauen", gab Lucy spöttisch zurück. „Und ja, er ist ein toller Kerl." Sie schwieg einen Moment und fügte dann ein wenig schüchtern hinzu: „Du solltest mit ihm ausgehen."

„Ich?" Zoë schüttelte den Kopf und musterte sie fragend. „Da läuft doch was zwischen euch."

„Nein, tut es nicht. Und wird es auch nicht. Sam ist sehr ehrlich, Zoë, und er hat mir klipp und klar gesagt, dass er sich niemals auf Dauer an eine Frau binden wird. Und auch wenn es mich reizen könnte, mich einfach mal gehen zu lassen und meinen Spaß mit ihm zu haben …" Lucy zögerte und senkte die Stimme zu einem Flüstern. „Er ist der schlimmste Herzensbrecher, den man sich vorstellen kann, Zoë. Der Typ, der so verlockend ist, dass du versuchst, dir einzureden, du könntest ihn ändern. Und nach allem, was ich durchgemacht habe … Ich bin nicht stark genug, so bald schon wieder verletzt zu werden."

„Ich verstehe." Zoës Lächeln war warm und mitfühlend. „Ich glaube, das ist sehr weise von dir, Lucy. Manchmal tut man sich selbst den größten Gefallen, wenn man etwas aufgibt, was man haben möchte."

## *15. KAPITEL*

Nachdem Zoë wieder fort war, entspannte Lucy sich auf dem Sofa mit ihrem Handy und einem E-Book-Reader. Sam hatte frische Kältekompressen um ihr Bein gelegt und ihr ein Glas kaltes Wasser hingestellt, bevor er nach draußen ging, um die Arbeit des Tages mit seinen Leuten zu besprechen. Zurzeit waren sie damit beschäftigt, Blätter zu entfernen, damit die reifenden Weinbeeren besser von der Sonne beschienen werden konnten, und den Boden von Hand mit Spaten umzugraben.

„Ich werde etwa eine Stunde da draußen sein", kündigte er an. „Mein Handy ist eingeschaltet. Ruf an, wenn du was brauchst."

„Das wird nicht nötig sein." Sie schnitt eine Grimasse und fügte hinzu: „Ich muss meine Mutter anrufen und ihr sagen, was passiert ist. Vermutlich werde ich meine ganze Überredungskunst aufbieten müssen, um sie davon abzuhalten, sich ins nächste Flugzeug zu setzen und herzukommen, um persönlich nach mir zu sehen."

„Sie ist herzlich eingeladen."

„Danke, das ist nett von dir. Aber ich kann es im Moment gar nicht gebrauchen, dass meine Mutter mich begluckt."

„Das Angebot steht trotzdem." Sam trat ans Sofa heran und beugte sich zu Renfield hinunter, der neben Lucy hockte. „Du passt gut auf sie auf", sagte er zu der Bulldogge, die ihn mit großem Ernst betrachtete.

„Dieser Hund ist ein guter Gesellschafter", meinte Lucy. „Er macht so gar keinen Lärm."

„Bulldoggen sind allgemein keine Kläffer." Sam stockte kurz und streifte Renfield mit einem tadelnden Blick. „Aber Blähungen haben sie."

Renfield reagierte mit so betont würdevollem Gesichtsausdruck, dass Lucy lachen musste. Sie streckte die Hand nach dem Hund aus und tätschelte ihm den Kopf, während Sam ging.

Obwohl es noch früh war, wurde es bereits heiß. Die Sonne brannte durch die Lücken einer Wolkendecke, die immer mehr aufriss. Die geöffneten, mit Fliegengittern versehenen Fenster auf beiden Seiten des Hauses ließen ab und zu eine frische Meeresbrise herein.

Lucy ruhte auf dem Sofa und ließ ihren Blick durch das schön hergerichtete Zimmer gleiten, über die glänzenden schwarzen Walnussdielen, den cremeweiß, salbeigrün und bernsteinfarben gemusterten Perserteppich, die sorgfältig restaurierten Stuckverzierungen an den Wänden und der Decke.

Sie griff nach dem Handy, wählte die Nummer ihrer Eltern, und ihre Mutter meldete sich.

Sosehr sie auch versuchte, die Geschichte herunterzuspielen, ihre Mutter ahnte die Wahrheit und war sofort in größter Sorge.

„Ich komme. Ich nehme den nächsten Flieger."

„Mom, nein. Du kannst hier sowieso nichts tun."

„Das spielt keine Rolle. Ich will dich sehen."

„Das musst du nicht. Man kümmert sich großartig um mich, es geht mir gut, und ..."

„Wer kümmert sich um dich? Justine?"

„Also, ich bin bei ... wir sind befreundet."

„Bei wem bist du?"

„Er heißt Sam Nolan."

Nach kurzem verdutzten Schweigen sagte ihre Mutter: „Du hast ihn nie erwähnt. Wie lange kennst du ihn schon?"

„Noch nicht lange, aber ..."

„Du bist in seiner Wohnung?"

„Keine Wohnung. Er hat ein Haus."

„Ist er verheiratet?"

Lucy nahm das Handy vom Ohr und schaute es ungläubig an. Dann hielt sie es wieder dichter. „Natürlich nicht. Ich gehe nicht mit den Freunden oder Ehemännern anderer Frauen." Sie konnte es sich nicht verkneifen hinzuzufügen: „Das ist deine andere Tochter."

„Lucy", erwiderte ihre Mutter mit sanftem Tadel in ihrem

Ton. „Dad und ich wollten Alice nächste Woche besuchen. Ich werde die Flüge umbuchen, sodass wir früher kommen können."

„Das musst du nicht. Um ehrlich zu sein, ich möchte das lieber nicht …"

„Ich will diesen Sam kennenlernen."

Lucy hatte Mühe, nicht loszulachen. „Er ist ein absolut netter Kerl. Ja, er ist dein Traum-Schwiegersohn."

„So ernst steht es zwischen euch?"

„Nein … Gott, nein … Ich gehe ja nicht mal mit ihm. Ich meinte einfach nur, dass er genau der Typ Mann ist, den du dir immer für mich vorgestellt hast. Er besitzt ein Weingut. Dort betreibt er biologischen Weinbau und hilft, seine verwaiste Nichte aufzuziehen." Während sie redete, schaute Lucy aus den Fenstern hinterm Sofa. Sie entdeckte Sam in einer Gruppe von Männern, die mit Spaten arbeiteten. Da es sehr heiß war, hatten etliche von ihnen ihre T-Shirts ausgezogen. Sam beschäftigte sich mit einer Motorhacke und prüfte irgendwas an dem Startkabel. Er hielt inne, wischte sich mit dem Unterarm den Schweiß von der Stirn.

„Ist er geschieden?", fragte ihre Mutter.

„Er war nie verheiratet."

„Das klingt viel zu vollkommen. Was stimmt nicht mit ihm?"

„Bindungsscheu."

„Aah, so sind sie alle, bis man ihnen die Augen öffnet."

„Nein, nicht diese Art *bindungsscheu*. Er ist nicht der Typ, der im letzten Moment kalte Füße bekommt. Er will sich einfach generell nicht binden."

„Gibt es da noch Eltern?"

„Die sind beide tot."

„Gut, dann gibt es kein Konkurrenzgerangel bei Familienfesten."

„Mom!"

„Das war ein Scherz!"

„Na, ich weiß nicht recht." Wenn sie mit ihrer Mutter sprach, hatte sie oft das Gefühl, dass sie beide aneinander vorbeiredeten. Lucy vermutete, dass ihre Mutter mindestens die Hälfte von dem, was sie gesagt hatte, überhaupt nicht wahrgenommen hatte. Sie konzentrierte sich wieder auf Sam, der an der Motorhacke auf den Zündknopf drückte, um Benzin in den Motor zu pumpen. „Weißt du, Mom, du stellst viel mehr Fragen nach dem Mann, bei dem ich untergebracht bin, als nach meinen Verletzungen."

„Erzähl mir, wie er aussieht. Rasiert er sich anständig? Ist er groß oder klein? Wie alt ist er?"

„Er ist …" Lucy brach ab. Ihr Verstand setzte aus, als Sam sein T-Shirt auszog, sich damit Gesicht und Nacken abwischte und es zu Boden fallen ließ. Er hatte einen umwerfenden Körper, schlank und hochgewachsen, durchtrainierte Muskeln.

„Was ist los?", hörte sie die Stimme ihrer Mutter. „Alles in Ordnung?"

„Ja, alles in Ordnung", brachte Lucy mit Mühe über die Lippen, während sie das Spiel der Muskeln auf Sams Rücken beobachtete, als er sich über das Werkzeug beugte und mehrfach das Startkabel durchzog. Da der Motor trotzdem nicht ansprang, ließ er den Griff des Startkabels los und wandte sich an einen seiner Leute. Er stand lässig da, die Hände in die schmalen Hüften gestemmt. „Entschuldige, meine Gedanken schweifen ab. Ich nehme immer noch Schmerzmittel."

„Wir sprachen über Sam", erinnerte ihre Mutter sie.

„Oh. Ja. Er ist … glatt rasiert, wissenschaftlich interessiert, ein bisschen ein Streber." *Mit dem Körper eines griechischen Gottes.*

„Das klingt nach einer willkommenen Abwechslung vom letzten Exemplar."

„Du sprichst von Kevin, deinem künftigen Schwiegersohn?"

Ihre Mutter gab einen missmutigen Laut von sich. „Warten wir's ab. Das ist einer der Gründe, warum ich komme, um Alice zu besuchen. Ich habe das Gefühl, die Sache ist noch nicht in trockenen Tüchern, obwohl sie das behauptet."

„Warum …“ Lucy unterbrach sich, als sie ein seltsames unirdisches Kläffen hörte. Sie richtete sich ein wenig auf und sah sich im Zimmer um. Renfield war nirgends zu sehen. Ein metallisches Scheppern, als hätte jemand einen Topf oder ein Sieb fallen lassen. Dann ein Winseln und ein lang anhaltendes Heulen. „Oh-oh, Mom. Ich muss auflegen. Ich glaube, der Hund hat irgendwas angestellt.“

„Ruf mich nachher noch mal an. Wir sind noch nicht durch mit dem Thema.“

„In Ordnung. Ich muss Schluss machen.“ Sie beendete rasch das Gespräch und wählte dann Sams Nummer, während sie versuchte, einen Blick auf Renfield zu erhaschen. Der Hund hörte sich an, als würde er geschlachtet.

Sam meldete sich. „Lucy?“

„Irgendwas stimmt mit Renfield nicht. Er heult. Ich glaube, er ist in der Küche, aber ich bin mir nicht sicher.“

„Bin gleich da.“

Sam brauchte zwar nur eine Minute, um zum Haus zu laufen, aber diese kurze Zeit war für Lucy eine einzige Qual, weil sie nichts tun konnte. Sie rief nach Renfield, und der Hund reagierte mit einem geisterhaften Winseln. Dann kam das Scheppern, Schnauben und Heulen näher, bis er endlich ins Wohnzimmer stolperte.

Irgendwie hatte der Hund es fertiggebracht, seinen Kopf in einen rostigen Metallzylinder zu stecken, von dem er sich auch durch heftiges Schütteln nicht befreien konnte. Er war so in Panik und unglücklich, dass Lucy ihre Kühlkompressen beiseiteschob und darüber nachdachte, wie sie zu ihm gelangen konnte, ohne ihr geschientes Bein zu belasten.

„Denk nicht mal dran, von dem Sofa aufzustehen“, sagte Sam, als er das Wohnzimmer betrat. Belustigter Ärger lag in seiner Stimme. „Renfield, wie zum Teufel hast du das denn angestellt?“

„Was ist das?“, fragte Lucy ängstlich.

„Das Rohr von einem Kohlenbecken.“ Sam kniete sich auf

den Boden und schnappte sich den Hund, der sich wand und winselte. „Ruhig, Junge. Sitz. Sitz!“ Er klemmte sich den stämmigen, sich windenden Körper zwischen die Knie und begann, den Kopf des Hundes vorsichtig aus dem Metallrohr zu befreien.

„Was ist ein Kohlenbecken?“

„So was wurde früher benutzt, um blühende Obstbäume vor Spätfrösten zu schützen. Darin wurde Kerosin verbrannt.“

Renfields Kopf war über und über mit schwarzem Ruß beschmiert. Überschäumend vor Dankbarkeit sprang der Hund Sam an.

„Ruhig, Junge. Beruhig dich.“ Sam tätschelte und streichelte den Hund, um ihn zu beruhigen. „Er muss irgendwie durch die Hintertür entwischt sein. Da liegt ein Haufen Schrott herum, den wir noch nicht wegschaffen konnten. Jede Menge Zeugs, das einen Hund wie ihn in Schwierigkeiten bringen kann.“

Lucy nickte, wie gebannt von seinem Anblick: Mit nacktem Oberkörper kniete er neben dem Hund, die sonnengebräunten Muskeln schweißglänzend.

„Du wirst draußen gebadet“, sagte Sam und betrachtete die rußverschmierte Bulldogge finster. „Wenn es nach mir gegangen wäre, hätte ich einen hübschen Golden Retriever genommen oder einen Labrador … Einen nützlichen Hund, der das Ungeziefer aus dem Weingarten fernhält.“

„Du hast Renfield nicht für dich ausgesucht?“

„Himmel, nein. Das war ein Tierheimhund, den Maggie jemandem anzudrehen versuchte. Und Mark hat sich so heftig in sie verliebt, dass er den Hund freiwillig genommen hat.“

„Ich finde das lieb von ihm.“

Sam sandte einen Blick zum Himmel. „Mark ist ein Einfaltspinsel, dass er diesen Hund genommen hat. Er kann keine Kunststücke. Bei einem flotten Spaziergang kann er nicht mithalten. Seine Tierarztrechnungen sind etwa so hoch wie die Staatsverschuldung, und er liegt im Haus grundsätzlich an den Stellen herum, an denen man am ehesten über ihn fällt.“ Aber während er das sagte, wuselte er mit den Händen im Fell des Hundes herum und kraulte dem Tier den Nacken. Renfield schloss die Augen und schnaufte glücklich. „Na komm, du Dummkopf. Wir gehen hinten raus." Sam griff nach dem Metallrohr, stand auf und sah Lucy fragend an. „Kann ich dich allein lassen, während ich den Hund bade?"

Mühsam löste sie ihren Blick von seinem halb bekleideten Körper und wandte sich ihrem E-Book-Reader zu. „Ja, ich habe alles, was ich brauche."

„Was liest du da?"

„Eine Biografie von Thomas Jefferson."

„Ich mag Jefferson. Er war ein großer Förderer des Weinanbaus."

„Hatte er einen Weinberg?"

„Ja, auf Monticello. Aber er experimentierte mehr herum, als ernstlich Wein anzubauen. Er versuchte, europäische Weine anzubauen – Vitis vinifera –, eine Sorte, die in Ländern wie Frankreich oder Italien fantastische Weine lieferte. Aber sie kam nicht mit dem Klima, den Krankheiten und den Schädlingen der Neuen Welt zurecht."

Ganz offensichtlich war Sam ein Mann, der liebte, was er tat. Um ihn wirklich zu verstehen, dachte Lucy, müsste man sich mit seiner Arbeit auseinandersetzen, in Erfahrung bringen, warum sie ihm so viel bedeutete und mit welchen Herausforderungen er zu kämpfen hatte. „Ich wünschte, ich könnte mit dir durch deinen Weinberg gehen", sagte sie wehmütig. „Von hier sieht er wunderschön aus."

„Morgen nehme ich dich mit nach draußen und zeige dir etwas Besonderes."

„Was?"

„Einen geheimnisvollen Weinstock."

Lucy musterte ihn verwirrt lächelnd. „Was macht diesen Weinstock so geheimnisvoll?"

„Ich habe ihn vor ein paar Jahren auf meinem Grundstück entdeckt. Er wuchs an einer Stelle, an der eine Straße gebaut werden sollte. Einen so großen und alten Weinstock umzupflanzen ist eine schwierige Angelegenheit. Also habe ich Kevin gebeten, mir dabei zu helfen. Wir haben eine Ballenstechmaschine benutzt, um so viel wie möglich vom Wurzelstock zu erhalten, und ihn in den Weinberg umgesetzt. Er hat überlebt, aber ich arbeite noch daran, ihn zum Gedeihen zu bringen."

„Was für Trauben produziert er?"

„Das ist die Frage. Ich habe jemanden von der Washington State University darauf angesetzt, die Sorte zu identifizieren, aber bisher ist das noch nicht gelungen. Wir haben Proben und Fotos an eine Reihe von Rebenkundlern in Washington und Kalifornien geschickt. Die Sorte ist nirgends verzeichnet. Sehr wahrscheinlich handelt es sich um eine wilde Hybride, die durch natürliche Fremdbestäubung entstanden ist."

„Ist das was Seltenes?"

„Etwas sehr Seltenes."

„Glaubst du, dass er gute Trauben produziert?"

„Vermutlich nicht", sagte er und lachte.

„Warum gibst du dir dann so viel Mühe damit?"

„Weil man nie wissen kann. Die Trauben weisen vielleicht Eigenschaften auf, die man nie vermutet hätte. Etwas, das diese Lage vollkommener repräsentiert als alles, was man hätte planen können. Man muss ..."

Er zögerte, suchte nach den richtigen Worten, und Lucy vollendete den Satz leise für ihn: „Man muss einfach Vertrauen wagen."

Sam warf ihr einen zurückhaltenden Blick zu. „Ja."

Lucy verstand nur zu gut. Manchmal musste man ein Risiko eingehen, das in einem Fehlschlag enden konnte. Denn sonst würde man ewig bereuen, es nicht getan, diesen Weg nicht eingeschlagen, diese Erfahrung nicht gemacht zu haben.

Nachdem Sam Renfield versorgt hatte, arbeitete er etwa eine Stunde im Weinberg und schaute dann nach Lucy. Sie war auf dem Sofa eingeschlafen. Er stand in der Tür und ließ seinen

Blick langsam über ihren Körper gleiten. Sie hatte etwas Außergewöhnliches an sich, wirkte zart, beinah mythisch. Wie eine Figur aus einem Gemälde … eine träumende Antiope oder Ophelia. Ihre dunklen Haare fielen wie Schmuckbänder über den blassgrünen Samt, ihre Haut war so hell wie eine nachtblühende Lilie. In den zum Fenster hereinfallenden Sonnenstrahlen schwebten Staubteilchen wie ein Sternbild über ihr.

Sam war fasziniert, wie sich Verletzlichkeit und Stärke in Lucy vereinten. Er wollte ihre Geheimnisse kennenlernen, die Dinge, die eine Frau nur ihrem Liebhaber erzählt. Und das war für ihn aufs Äußerste beunruhigend. Nie zuvor waren ihm solche Gedanken gekommen. Trotzdem wollte er die Finger von ihr lassen, selbst wenn es ihn jeden Funken Anstand kostete, den er besaß.

Lucy bewegte sich und gähnte. Sie schlug die Augen auf und musterte ihn einen Moment verwirrt. Ihre Wimpern lagen schwer über der schläfrigen Tiefe ihrer grünen Augen. „Ich habe geträumt“, sagte sie verschlafen.

Sam ging zu ihr und ließ eine ihrer Locken durch seine Finger gleiten. Er konnte einfach nicht widerstehen. „Wovon?“

„Ich war hier. Irgendwer hat mich herumgeführt, mir das Haus gezeigt … das Haus, wie es einmal war.“

„War ich derjenige?“

„Nein, es war ein Mann, dem ich nie begegnet bin.“

Sam lächelte leicht und ließ ihre Haarsträhne los. „Ich weiß nicht, ob ich es gut finden soll, dass du dich in meinem Haus mit einem anderen Mann abgibst.“

„Er hat vor langer Zeit hier gelebt. Seine Kleidung war … altmodisch.“

„Hat er etwas gesagt?“

„Nein. Aber er hat mir alles gezeigt. Das Haus war anders. Dunkler. Antike Möbel und überall gemusterte Tapeten. In diesem Zimmer waren sie grün gestreift. Auch die Decke war tapeziert, und in jeder Ecke war ein kleines Quadrat mit dem Bild eines Vogels.“

Sam musterte sie wachsam. Unmöglich konnte sie wissen, was er und Alex gefunden hatten, als sie die hässliche abgehängte Decke in diesem Zimmer entfernten. Darunter verbarg sich die ursprüngliche Decke – genau so tapeziert, wie Lucy das gerade beschrieben hatte. „Was hat er dir sonst noch gezeigt?"

„Wir sind auf den Dachboden im dritten Stock gestiegen. Den mit den Dachschrägen und den Mansardenfenstern. Da oben spielten normalerweise Kinder. Und das Buntglasfenster auf dem Treppenabsatz im zweiten Stock ... Ich habe es dir gestern erzählt, weißt du noch ...?

„Der Baum und der Mond."

„Ja." Lucy schaute ihn ernsthaft an. „Es war da. Dasselbe Fenster, das ich schon mal gesehen habe. Ein Baum mit kahlen Ästen und dahinter der Mond. Es war schön, aber nichts, was man in einem Haus wie diesem erwarten würde. Und trotzdem war es irgendwie richtig. Sam ..." Schmerzhaft verzog sie das Gesicht, als sie sich in sitzende Position kämpfte. „Könnte ich einen Stift und Papier haben?"

„Natürlich", sagte er und versuchte, ihr zu helfen. „Beweg dich nicht zu schnell."

„Ich muss das aufzeichnen, bevor ich es vergesse."

„Ich bring dir alles." Sam ging zu einem Schrank, in dem sie Hollys Malzeug aufbewahrten, und nahm ein paar Stifte sowie einen Spiralblock Zeichenpapier heraus. „Kannst du damit was anfangen?"

Lucy nickte und streckte ungeduldig die Hand nach den Sachen aus.

Etwa eine halbe Stunde arbeitete sie an der Skizze. Als Sam ihr auf einem Tablett das Mittagessen brachte, zeigte sie ihm, was sie gezeichnet hatte. „Es ist noch nicht fertig", sagte sie, „aber im Prinzip ist es das Muster, das ich gesehen habe." Die Zeichnung war beeindruckend. Stamm und Äste des Baumes breiteten sich über das Papier aus wie schwarze Spitze. Der Mond wirkte, als hätte er sich in den oberen Ästen des Baumes verfangen.

„Der Baum wurde in Blei ausgeführt?“, fragte Sam, während er das Bild betrachtete, und Lucy nickte.

Als er sich das Bild als Buntglasfenster für die Vorderseite des Hauses vorstellte, überlief es ihn kalt. Ja, das fühlte sich richtig an, so richtig, dass man es nicht bezweifeln konnte. Das Haus würde erst dann wieder vollständig sein, wenn dieses Fenster ersetzt war.

„Was würde es kosten“, fragte er langsam, „wenn du dieses Fenster anfertigst? Genau so, wie du es im Traum gesehen hast.“

„Ich würde es umsonst tun“, gab Lucy aus tiefster Überzeugung zurück. „So wie du dich um mich kümmerst ...“

Sam schüttelte entschieden den Kopf. „Ein solches Fenster macht sehr viel Arbeit. Das Muster ist fein und kompliziert. Was berechnest du normalerweise für so etwas?“

„Das hängt vom Glas ab. Und von den Details ... Vergoldung, Facettenschliff, all solche Sachen. Und dann käme noch der Einbau hinzu, zumal es wind- und wasserdicht gemacht werden müsste ...“

„Gib mir eine grobe Schätzung.“

Lucy verzog leicht das Gesicht. „Dreitausend Dollar für alles. Aber ich könnte an manchen Stellen sparen, um die Kosten zu senken ...“

„Nein, auf keinen Fall. Das ist es wert, richtig gemacht zu werden.“ Sam beugte sich vor und steckte ihr eine Papierserviette in den Halsausschnitt ihres Shirts. „Was hältst du davon, dieses Fenster in aller Ruhe anzufertigen, und im Gegenzug senken wir die monatliche Miete für die Wohnung in Friday Harbor? Das wäre ein fairer Handel für beide Seiten.“

Lucy zögerte, und Sam lächelte. „Dir ist klar, dass du Ja sagen wirst“, behauptete er. „Denn du weißt, dass dieses Fenster angefertigt werden muss. Und zwar von dir.“

# 16. KAPITEL

In den nächsten beiden Tagen behandelte Sam Lucy mit unbeirrbarer Freundlichkeit. Wenn sie sich unterhielten, wechselte er sofort das Thema, sowie sie auf Persönliches zu sprechen kamen, und wenn körperliche Berührungen unumgänglich waren, gab er sich sorgfältig distanziert. Lucy verstand, warum er sich entschieden hatte, sicheren Abstand zwischen ihnen zu wahren, und gab sich größte Mühe, ihm denselben Gefallen zu tun.

Sam hatte offensichtlich Freude an seiner Arbeit im Weinberg. Er liebte das mühsame Umgraben, die Pflege der Weinstöcke, die zum einen Schwerstarbeit und zum anderen Geduld erforderte. Er erklärte Lucy, wie Wein angebaut wurde, und sie begann zu begreifen, wie man die Lage perfekt nutzte, indem man die passende Traubensorte für ein bestimmtes Stück Land mit seinem einzigartigen Charakter suchte. Es gebe einen Unterschied, erklärte Sam, zwischen der Betrachtung des Weinbaus als rein technischen Prozess und einer echten Kommunikation mit dem Boden, einem wahren Geben und Nehmen.

Während sie mit den Nolans zusammenlebte, erkannte Lucy, dass sie eine enge familiäre Bindung zueinander hatten. Es gab feste Gewohnheiten, regelmäßige Essens- und Schlafenszeiten, und für beide Brüder hatte Hollys Wohl oberste Priorität.

Zwar hatte Mark die Vaterrolle übernommen, aber Sam hatte seinen eigenen Platz in Hollys Herzen. Jeden Tag nach der Schule erzählte ihm die Kleine alles über ihren Unterricht, ihre Freunde und das Geschehen auf dem Pausenhof. Außerdem listete sie haarklein auf, was ihre Freunde so als Verpflegung mitbrachten, um ihn davon zu überzeugen, ihr auch ein wenig Junkfood einzupacken. Es amüsierte und rührte Lucy zugleich, wie geduldig Sam den Sorgen seiner Nichte lauschte.

Dem, was Holly über Sam erzählte, entnahm Lucy, dass er einen Hauch von Abenteuer in die zusammengewürfelte kleine Familie brachte: Er hatte mit ihr die kleinen Tümpel erkundet, die bei Ebbe in der False Bay zurückblieben, und sie hatten gemeinsam eine Kajaktour auf die Westseite der Insel gemacht, um Schwertwale zu beobachten. Es war auch Sams Idee gewesen, mit Holly und Mark ein Treibholzfort auf Jackson's Beach zu bauen, einander Piratennamen zu geben – Captain Scurvy, Toothless McFilthy und Gunpowder Gertie – und über einem Lagerfeuer Würstchen zu grillen.

Als Holly von der Schule nach Hause kam, sah sie mit Lucy im Wohnzimmer fern. Sam war nach oben gegangen, um Schutt zu beseitigen, der bei der Renovierung des Dachbodens angefallen war. Während Lucy mit hochgelegtem Bein auf dem grünen Sofa ruhte, knabberten sie und Holly Haferkekse und tranken Apfelsaft.

„Das sind ganz besondere Gläser", sagte Lucy und hielt eins der kleinen antiken Saftgläser aus Rubinglas in die Höhe. „Diese Farbe lässt sich nur erzielen, indem man Goldchlorid zum Färben verwendet."

„Warum ist das Glas außen so hubbelig?", fragte Holly und betrachtete eingehend ihr eigenes Glas.

„Das ist ein Noppenmuster, das in den Dreißigerjahren des zwanzigsten Jahrhunderts sehr beliebt war", antwortete Lucy lächelnd. Sie freute sich über das Interesse des Mädchens. „Weißt du, woran man erkennen kann, ob ein Glas von Hand hergestellt wurde? Man schaut auf der Unterseite, ob es einen Abriss gibt. Das ist eine kleine Narbe an der Stelle, an der das Rohr des Glasbläsers festsaß. Wenn man keinen Abriss findet, wurde das Glas maschinell hergestellt."

„Weißt du alles über Glas?", fragte Holly, und Lucy musste lachen.

„Ich weiß eine Menge, lerne aber ständig Neues hinzu."

„Darf ich mal zugucken, wenn du was aus Glas machst?"

„Natürlich. Wenn ich wieder gesund bin, kannst du mich in meinem Atelier besuchen. Dann stellen wir gemeinsam etwas her. Vielleicht einen kleinen Suncatcher, weißt du, so ein Fensterbild, das im Sonnenlicht funkelt."

„Ja, oh ja, das möchte ich“, rief Holly.

„Wir können gleich damit anfangen. Der erste Schritt einer Glasarbeit besteht im Entwurf. Hast du Buntstifte und Papier?“

Holly flitzte zu ihrem Malkasten, holte ein paar Utensilien heraus und eilte zurück zu Lucy. „Kann ich zeichnen, was ich will?“

„Kannst du. Vielleicht müssen wir das Ganze später vereinfachen, damit die Stücke die richtige Form und Größe haben, um zurechtgeschnitten zu werden … aber erst mal kannst du deiner Fantasie freien Lauf lassen.“

Holly kniete sich vor den Couchtisch und breitete ihren Zeichenblock darauf aus. Sorgfältig schob sie ein Apothekerglas beiseite, das als Miniterrarium diente und mit Moos, winzigen Schwertfarnen und weißen Zwergorchideen gefüllt war. „Wolltest du schon immer Glaskünstlerin werden?“, fragte sie und sortierte ihre Stifte.

„Seitdem ich so alt war wie du.“ Sanft nahm Lucy dem Mädchen die rosa Baseballkappe ab, drehte den Schirm nach hinten und setzte sie ihr wieder auf, damit sie besser sehen konnte, was sie tat. „Was willst du denn mal werden, wenn du groß bist?“

„Balletttänzerin oder Tierpflegerin.“

Während Lucy zusah, wie Holly sich auf ihre Zeichnung konzentrierte, die Buntstifte in den kleinen Händen, erfüllte sie eine tiefe Befriedigung. Wie natürlich es für Kinder doch war, sich in künstlerischem Schaffen auszudrücken. Ihr kam der Gedanke, dass sie in ihrer Werkstatt Kunstunterricht für Kinder anbieten könnte. Gab es eine bessere Möglichkeit, ihre Kunst zu ehren, als sie einem Kind zu vermitteln? Sie konnte mit ein paar Schülern anfangen, erst mal sehen, wie es lief.

Sie ließ sich die Idee durch den Kopf gehen, träumte vor sich hin und spielte dabei mit dem leeren Saftglas. Mit dem Daumen fuhr sie über das Noppenmuster. Ohne Vorwarnung wurden ihre Finger heiß, und das Glas verwandelte sich in ihrer Hand. Erschrocken beugte Lucy sich vor, um es abzusetzen, aber im nächsten Moment war es schon verschwunden, und ein kleines lebendiges Etwas schoss von ihrer Handfläche fort. Mit lautem Brummen schwirrte es durchs Zimmer.

Holly schrie auf und sprang aufs Sofa, sodass Lucy vor Schmerz zusammenzuckte. „Was ist das?"

Verdutzt schlang Lucy ihre Arme um das Mädchen. „Alles in Ordnung, Schatz. Es ist nur … es ist ein Kolibri."

Noch nie war ihr so etwas in Gegenwart anderer passiert. Wie sollte sie das Holly erklären? Der winzige rote Vogel prallte beim Versuch, nach draußen zu kommen, gegen das geschlossene Fenster. Der Aufprall des zarten Körpers und des Schnabels war deutlich zu hören.

Lucy beugte sich mühsam vor, fasste den Fenstergriff und versuchte, das Schiebefenster zu öffnen. „Holly, hilfst du mir bitte mal?" Gemeinsam kämpften sie mit dem Fenster, aber es rührte sich nicht. Es war verklemmt. Der Kolibri schwirrte hin und her und prallte erneut gegen das Glas.

Holly schrie noch einmal auf. „Ich hole Onkel Sam!"

„Warte … Holly …" Aber die Kleine war schon wie der Blitz aus der Tür.

Ein Schrei von unten, und Sam ließ den Müllsack mit dem Schutt fallen. Das war Holly. Er war so auf ihre Stimme sensibilisiert, dass er sofort den Unterschied zwischen Hollys Schreien erkannte. Immer wusste er sofort, ob es sich um einen Freuden-, einen Angst- oder einen Wutschrei handelte. „Das ist so, als könnte ich die Sprache der Delfine verstehen", hatte er Mark einmal erklärt.

Dieser Schrei klang erschrocken. War Lucy irgendetwas passiert? Sam eilte zur Treppe und lief hinunter, zwei oder drei Stufen auf einmal nehmend.

„Onkel Sam!", hörte er Holly rufen. Am Fuß der Treppe trafen sie aufeinander, sie hüpfte aufgeregt auf und ab. „Komm und hilf uns!"

„Was ist los? Geht's dir gut? Ist Lucy …" Er folgte ihr ins

Wohnzimmer, und etwas brummte an seinem Ohr vorbei, etwas, das einer Biene von der Größe eines Golfballs ähnelte. Sam konnte sich gerade noch zusammenreißen, nicht danach zu schlagen. Glücklicherweise, denn als das Etwas in eine Ecke an der Decke flog und gegen die Wand prallte, erkannte er, dass es sich um einen Kolibri handelte. Der Vogel gab winzige Piepslaute von sich, seine Flügel bewegten sich so schnell, dass man nur ein Flirren sah.

Lucy saß auf dem Sofa und kämpfte mit dem Fenster.

„Hör auf", sagte Sam barsch und war mit drei Schritten bei ihr. „Du wirst dir nur wehtun."

„Er fliegt andauernd gegen die Wände und Fenster", antwortete Lucy atemlos. „Ich krieg dieses dämliche Ding nicht auf."

„Feuchtigkeit. Der Holzrahmen verzieht sich." Sam schob das Fenster schwungvoll auf, sodass eine Öffnung entstand, durch die der Kolibri nach draußen konnte.

Aber der winzige Vogel schwebte in der Luft, schoss vorwärts und prallte gegen die Wand. Sam fragte sich, wie sie ihn zum Fenster leiten sollten, ohne ihm einen Flügel zu verletzen. Wenn das Tier so weitermachte, würde es an Stress oder Erschöpfung sterben.

„Gib mir deine Kappe, Holly", sagte er und nahm dem Mädchen die Baseballkappe ab. In einer Zimmerecke gelang es ihm, den Vogel sanft in die Enge zu treiben, bis er im Baumwollstoff der Kappe landete.

Holly gab einen tiefen Seufzer der Erleichterung von sich.

Vorsichtig nahm Sam den Vogel in die Hand und ging damit zum offenen Fenster.

„Ist er tot?", fragte Holly ängstlich und kletterte neben Lucy aufs Sofa.

Sam schüttelte den Kopf. „Er ruht sich nur aus", flüsterte er.

Gespannt warteten sie, während Sam seine geschlossenen Hände über das Fensterbrett nach draußen streckte und öffnete. Langsam erholte sich der Vogel. Sam spürte das kleine Herz viel zu schnell schlagen. Dann erhob sich der Vogel aus

Sams Händen und schwirrte davon, verschwand im Weinberg.

„Wie ist er ins Haus gekommen?" Fragend schaute Sam von einem zum anderen. „Hat jemand die Tür offen gelassen?" Mit Interesse registrierte er, dass Lucy eine völlig ausdruckslose Miene aufgesetzt hatte.

„Nein", erklärte Holly aufgeregt. „Lucy hat das gemacht!"

„Lucy hat was gemacht?", fragte Sam. Ihm entging nicht, wie blass Lucy plötzlich wurde.

„Sie hat den Vogel gemacht. Aus einem Saftglas", rief Holly. „Sie hatte es in der Hand, und es hat sich in einen Vogel verwandelt. Stimmt doch, Lucy?"

„Ich …" Erkennbar aufgewühlt suchte Lucy nach Worten, ihr Mund öffnete sich und schloss sich wieder. „Ich bin mir nicht ganz sicher, was passiert ist", brachte sie schließlich hervor.

„Ein Vogel ist aus deiner Hand geflogen", kam Holly ihr zu Hilfe. „Und jetzt ist dein Saftglas weg." Sie nahm ihr eigenes Glas und hielt es Lucy hin. „Vielleicht kannst du das noch mal machen?"

Lucy zuckte zurück. „Danke, nein, ich … du solltest das behalten, Holly."

Sie sah so durch und durch schuldbewusst aus, schamrot und voller Sorge, dass Sam der verrückte Gedanke, der ihm gekommen war, plötzlich gar nicht mehr abwegig schien.

*„Ich glaube an Magie"*, hatte sie ihm gesagt.

Und jetzt wusste er auch, warum.

Es spielte keine Rolle, dass es aller Logik widersprach. Sams eigene Erfahrungen hatten ihn gelehrt, dass die Wahrheit nicht immer logisch schien.

Während er sie noch anstarrte, stellte er fest, dass er versuchte, das Tohuwabohu seiner Gedanken und Gefühle zu entwirren. Sein ganzes erwachsenes Leben hatte er seine Gefühle immer so organisiert, wie andere Leute ihre Messer in einem Messerblock aufbewahrten: die scharfen Schneiden gut versteckt. Aber Lucy machte ihm das unmöglich.

Noch nie hatte er jemandem von seinen eigenen Fähigkeiten erzählt. Es hatte keinen Anlass dafür gegeben. Aber plötzlich waren sie zu einer möglichen Grundlage für eine Verbindung mit einem anderen Menschen geworden. Mit Lucy.

„Schöner Zaubertrick", sagte er leise. Lucy erbleichte und wandte den Blick ab.

„Aber das war kein Zaubertrick", protestierte Holly. „Das war echt."

„Manchmal", wandte Sam sich an seine Nichte, „sieht etwas Echtes aus wie Magie und Magie wie etwas Echtes."

„Ja, aber ..."

„Tust du mir einen Gefallen, Holly? Hol bitte Lucys Tabletten vom Küchentisch. Und ein Glas Wasser."

„In Ordnung." Holly hüpfte vom Sofa, und Lucy zuckte zusammen.

Tiefe Linien, die von Schmerz und Seelenqual zeugten, hatten sich in ihr Gesicht gegraben. Die Strapazen der letzten Minuten waren zu viel für sie gewesen.

„Ich tausche in ein paar Minuten die kalten Kompressen aus", sagte Sam.

Lucy nickte. Ihr war anzusehen, wie elend sie sich fühlte und welche Sorgen sie sich machte. „Danke."

Sam kauerte sich neben das Sofa. Er bat sie nicht um Erklärungen, sondern wartete einfach still ab. Eine Minute dehnte sich zur Ewigkeit. Dann nahm er schweigend Lucys Hand, drehte die Handfläche nach oben und streichelte die bleichen Finger, bis sie sich wie Blütenblätter halb aufrollten.

Alle Farbe war aus Lucys Gesicht gewichen, bis auf ein leuchtend rotes Band über ihren Wangen und ihrem Nasensattel. „Was Holly gesagt hat", stieß sie mühsam hervor, „es ist nicht so ..."

„Ich verstehe", antwortete Sam.

„Ja, aber ich möchte nicht, dass du denkst ..."

„Lucy. Schau mich an." Er wartete, bis sie ihm in die Augen sah. „Ich *verstehe*."

Sie schüttelte verwirrt den Kopf.

Er wollte, dass sie verstand, konnte aber kaum glauben, dass er wirklich tat, was jetzt folgte: Sam streckte seine freie Hand dem Miniterrarium auf dem Couchtisch entgegen. Die Zwergorchideen, empfindlich, wie Orchideen nun mal sind, ließen die Köpfe hängen und wurden bereits braun. Als Sam seine Handfläche über das Gefäß hielt, reckten sich die Orchideenblüten und Farnwedel ihr entgegen, die Blütenblätter erholten sich, wurden wieder cremeweiß, die Blätter erstrahlten in frischem Grün.

Schweigend und überrascht wandte Lucy ihren Blick vom Terrarium ab und sah Sam ins Gesicht. Er sah das Staunen in ihren Augen, den leichten Glanz unterdrückter Tränen, die Röte, die ihr ins Gesicht stieg. Ihre Finger schlossen sich fest um seine.

„Seit ich zehn Jahre alt war“, beantwortete Sam ihre unausgesprochene Frage. Er fühlte sich ausgeliefert, spürte das Unbehagen in seinem Herzschlag. Gerade hatte er etwas viel zu Persönliches, zu Intimes von sich preisgegeben, und es beunruhigte ihn, dass er es nicht bereute. Er war sich nicht sicher, ob er sich zurückhalten konnte, noch mehr zu sagen und zu tun – so unwiderstehlich war der Wunsch, ihr näherzukommen.

„Ich war sieben“, flüsterte Lucy. Ein zögerndes Lächeln huschte um ihre Lippen. „Ein paar Glasscherben verwandelten sich in Glühwürmchen.“

Er starrte sie fasziniert an. „Du hast keine Kontrolle darüber?“

Sie schüttelte den Kopf.

„Hier sind die Tabletten“, krähte Holly fröhlich und stürmte ins Wohnzimmer. Sie brachte das Fläschchen mit den Medikamenten und einen großen Becher mit Wasser.

„Danke“, murmelte Lucy. Nachdem sie das Schmerzmittel genommen hatte, räusperte sie sich. „Holly, ich frage mich, ob wir es nicht für uns behalten können, wie der Kolibri ins Wohnzimmer gekommen ist …“, begann sie vorsichtig.

„Oh, ich wusste schon, dass ich das niemandem erzählen kann“, versicherte Holly. „Die meisten Menschen glauben nicht an Magie.“ Sie schüttelte bedauernd den Kopf, als täten ihr die Leute leid.

„Warum ein Kolibri?“, fragte Sam.

Lucy fiel es schwer, die Frage zu beantworten. Sie kämpfte mit dem Ungewohnten, über etwas zu reden, das sie nie in Worte zu fassen gewagt hatte. „Ich bin mir nicht sicher. Ich muss herausfinden, was es bedeutet.“ Sie schwieg einen Moment. „Bleib nicht an einem Ort, vielleicht. Bleib in Bewegung.“

„Die Küsten-Salish sagen, der Kolibri erscheine in Zeiten von Schmerz oder Kummer.“

„Warum?“

Sam nahm ihr das Tablettenfläschchen ab und schraubte es zu, während er in neutralem Tonfall antwortete: „Sie sagen, das bedeutet, alles wird sich zum Guten wenden.“

„Holly, du bist ein Blutsauger“, meinte Sam am Abend, als er seiner kichernden Nichte eine Handvoll Monopoly-Spielgeld übergab. „Ich bin pleite, Freunde.“

Nach dem Abendessen, es gab Lasagne und Salat, hatten alle vier – Sam, Lucy, Mark und Holly – im Wohnzimmer Brettspiele gespielt. Die Stimmung war fröhlich und entspannt, und niemand benahm sich, als sei etwas Ungewöhnliches geschehen.

„Du solltest immer einen Bahnhof kaufen, wenn du die Chance dazu hast“, meinte Holly.

„Und das sagst du mir jetzt.“ Sam warf Lucy, die sich auf dem Sofa zusammengerollt hatte, einen vernichtenden Blick zu. „Ich dachte, wenn ich dir die Bank übergebe, hätte ich es ein bisschen leichter.“

„Tut mir leid“, gab Lucy grinsend zurück. „Ich muss mich an die Regeln halten. Wenn es um Geld geht, lügen Zahlen nicht.“

„Womit bewiesen wäre, dass du absolut keine Ahnung vom

Bankwesen hast“, stellte Sam fest.

„Das Spiel ist aber noch nicht zu Ende“, protestierte Holly, als sie sah, dass Mark Spielsteine und Brett zusammenräumte. „Ich habe noch nicht alle geschlagen.“

„Zeit, ins Bett zu gehen.“

Holly stieß einen tiefen Seufzer aus. „Wenn ich erwachsen bin, gehe ich *nie mehr* zu Bett.“

„Ironischerweise“, eröffnete ihr Sam, „gehen Erwachsene unheimlich gern zu Bett.“

„Wir räumen das Spiel beiseite“, bot Lucy an und lächelte Mark zu. „Du kannst Holly nach oben bringen, wenn du möchtest.“

Das Mädchen beugte sich vor und gab Sam Schmetterlingsküsse: Sie ließ ihre Wimpern an seiner Wange flattern. Dann rieben sie ihre Nasen aneinander.

Als Mark mit Holly nach oben ging, sortierten Lucy und Sam die Spielfiguren, die Häuser und Hotels sowie das Spielgeld und räumten es in den Karton.

„Sie ist ein Schatz“, sagte Lucy.

„Wir haben großes Glück gehabt“, meinte Sam. „Vicky hat sie gut erzogen.“

„Du und Mark aber auch. Holly ist ganz offensichtlich glücklich und gut umsorgt.“ Lucy wickelte ein Gummiband um die Spielgeldscheine und reichte ihm das Päckchen.

Sam schloss den Spielekarton und schenkte Lucy ein freundliches und gut überlegtes Lächeln. „Wie wäre es mit einem Glas Wein?“

„Klingt gut.“

„Ich schlage vor, wir trinken ihn draußen. Am Himmel hängt ein Erdbeermond.“

„Ein Erdbeermond? Warum heißt das so?“

„Vollmond im Juni. Erntezeit für Erdbeeren. Ich hätte angenommen, dass du den Begriff von deinem Vater kennst.“

„Ich habe in meiner Kindheit viele wissenschaftliche Fachbegriffe gehört, aber nicht die eher lustig gemeinten Bezeichnungen." Lucy grinste, als sie hinzufügte: „Ich war so enttäuscht, als mein Vater mir erklärte, Sternenstaub sei einfach nur kosmischer Dreck – ich dachte immer, Sternenstaub müsse funkeln wie Feenstaub."

Wenige Minuten später hatte Sam sie auf die Vorderveranda getragen, in einen Korblehnstuhl gesetzt und ihr Bein auf einem Hocker hochgelegt. Nachdem er ihr ein Glas Wein gereicht hatte, das nach Beeren schmeckte und eine leichte Rauchnote hatte, setzte er sich in einen Stuhl neben sie. Die Nacht war klar. Man konnte in die unendliche Schwärze blicken und den leeren Raum zwischen den Sternen sehen.

„Das gefällt mir", sagte Lucy. Sam hatte den Wein in altmodischen Marmeladengläsern serviert. „Ich kann mich entsinnen, dass wir aus solchen Gläsern getrunken haben, wenn wir bei meinen Großeltern zu Besuch waren."

„Im Hinblick auf kürzliche Ereignisse", meinte Sam, „hielt ich es nicht für angebracht, dir unsere Sonntagsgläser anzuvertrauen." Er lächelte, als er ihren Gesichtsausdruck bemerkte.

Als Lucy den Blick abwandte, sah sie, dass einer der Klettverschlüsse an ihrer Schiene nicht ganz gerade geschlossen war. Unbeholfen griff sie danach, um ihn zu richten.

Wortlos kam Sam ihr zu Hilfe.

„Danke", sagte Lucy. „Manchmal bin ich ein bisschen pingelig. Ich mag es nicht, wenn nicht alles in Reih und Glied ist."

„Ich weiß. Du achtest auch darauf, dass die Zehennaht deiner Socken gerade über deine Zehen läuft. Und du magst es nicht, wenn verschiedene Lebensmittel auf deinem Teller sich berühren."

Lucy warf ihm einen verlegenen Blick zu. „Ist es so offensichtlich, dass ich Zwangsneurosen habe?"

„Nicht wirklich."

„Doch, das ist es. Ich habe Kevin damit beinah wahnsinnig gemacht."

„Mich stört ritualisiertes Verhalten ganz und gar nicht", erklärte Sam. „Meistens hat es einen Sinn. Zum Beispiel die Angewohnheit von Hunden, sich auf ihren Kissen im Kreis zu drehen, bevor sie sich hinlegen. Das ist darauf zurückzuführen, dass ihre Vorfahren ihren Liegeplatz erst nach Schlangen und anderen gefährlichen Tieren absuchen mussten."

Lucy lachte. „Mir fallen keine Vorteile meines ritualisierten Verhaltens ein. Es dient nur dazu, andere Leute zu nerven."

„Wenn es dazu beigetragen hat, dass du Kevin losgeworden bist, dann ist das in meinen Augen ein ganz klarer Vorteil." Sam lehnte sich in seinem Stuhl zurück und betrachtete sie. „Weiß er Bescheid?", fragte er schließlich.

Lucy verstand sofort, was er meinte. Sie schüttelte den Kopf. „Niemand weiß davon."

„Außer mir und Holly."

„Es war nicht meine Absicht, dass so etwas vor ihren Augen geschieht", sagte Lucy. „Es tut mir leid."

„Ist doch alles in Ordnung."

„Manchmal, wenn ich sehr starke Empfindungen habe und Glas in der Nähe ist …" Ihre Stimme verklang, und sie zuckte unbeholfen die Achseln.

„Gefühle lösen es aus." Das war weniger eine Frage als eine Feststellung.

„Ja. Ich habe Holly dabei zugesehen, wie sie ein Bild bunt angemalt hat, und ich habe darüber nachgedacht, Kunstunterricht für Kinder anzubieten. Ihnen zu zeigen, wie man etwas aus Glas herstellt. Und die Idee machte mich unglaublich … hoffnungsvoll. Glücklich."

„Natürlich. Wenn man eine Leidenschaft für etwas hegt, tut nichts so gut, wie sie anderen zu vermitteln."

Seit diesem Nachmittag hatte sich etwas zwischen ihnen verändert. Es war ein gutes Gefühl, ein Gefühl von Sicherheit, das Lucy genießen wollte. Sie ließ zu, dass es von ihr Besitz ergriff, und schaute ihn an. „Spielen Gefühle bei dem, was du tust, eine Rolle? Bei deiner Befähigung, meine ich?"

„Es fühlt sich mehr an wie ein Energiestrom. Ein sehr schwacher. Und er ist nicht da, wenn ich fern der Insel bin. Als ich in

Kalifornien war, hatte ich mir schon fast eingeredet, dass ich mir das nur einbilde. Aber dann kam ich wieder zurück auf die Insel, und er war stärker als je zuvor."

„Wie lange hast du in Kalifornien gelebt?"

„Ein paar Jahre. Ich hatte dort Arbeit als Assistent eines Weinproduzenten."

„Warst du allein? Ich meine … hattest du eine Freundin?"

„Eine Weile ging ich mit der Tochter des Mannes, dem das Weingut gehörte. Sie war schön, klug, und sie liebte den Weinbau so sehr wie ich." In Erinnerungen versunken, klang er nachdenklich. „Sie wollte sich mit mir verloben. Die Vorstellung, sie zu heiraten, war beinah verlockend. Ich mochte ihre Familie, ich liebte das Weingut … es wäre einfach gewesen."

„Warum hast du es nicht getan?"

„Ich wollte sie nicht auf diese Weise benutzen. Und ich wusste, dass wir auf Dauer keine Chance hatten."

„Wie konntest du dir da so sicher sein? Wie konntest du das wissen, ohne es zu versuchen?"

„Ich wusste es von dem Moment an, in dem wir beide darüber sprachen, uns dauerhaft zu binden. Sie war sicher: Wenn wir beide es einfach durchziehen, nach Las Vegas fliegen und heiraten würden, würde alles gut gehen. Aber für mich klang das eher, als würde man eine Rolle Küchentücher und eine Dose Kuvertüre in den Backofen stellen und sagen: Ich glaube, die Chancen stehen gut, dass ein Schokoladenkuchen dabei herauskommt."

Unwillkürlich musste Lucy lachen. „Aber das heißt doch nur, dass sie nicht die richtige Frau war. Es heißt nicht, dass du nie eine gute Ehe führen könntest."

„Die Abwägung zwischen Risiko und Nutzen schien mir die Sache nie wert."

„Weil du die schlimmste Seite der Liebe in deiner Kindheit erlebt hast."

„Ja."

„Aber nach dem Prinzip des Gleichgewichts im Universum

muss jemand da draußen die beste Seite der Liebe haben."

Sam dachte kurz darüber nach und hob sein Marmeladenglas zu einem gleichgültigen Toast: „Auf die beste Seite – was immer das sein mag."

Sie stießen miteinander an und tranken, und Lucy dachte daran, dass vermutlich viele Frauen Sams Ansichten über die Ehe als Herausforderung betrachten und die Hoffnung hegen würden, ihn umstimmen zu können. So dumm würde sie nie sein. Selbst wenn sie nicht seiner Meinung war, räumte sie ihm das Recht ein, diese Meinung zu haben.

Die Erfahrung hatte sie gelehrt, dass einen Mann zu lieben bedeutete, ihn zu nehmen, wie er war. Sie wusste, selbst wenn sie ein paar seiner Gewohnheiten oder seinen Geschmack in Bezug auf Krawatten beeinflussen konnte, würde sie niemals etwas daran ändern können, was er tief in seinem Innersten war. Und wenn sie großes Glück hatte, fand sie vielleicht einen Mann, der genauso für sie empfand.

Das, dachte sie, ist die beste Seite der Liebe.

## *17. KAPITEL*

Heute Vormittag", drang Sams Stimme durch die Badezimmertür, „hast du einen Arzttermin. Wenn er mit deinen Fortschritten zufrieden ist, passt man dir die Orthese an, und du bekommst ein Paar Krücken."

„Es wäre so schön, wieder mobil zu sein", gab Lucy voller Inbrunst ihrer Hoffnung Ausdruck, während sie sich mit der Handbrause abduschte. „Und ich bin sicher, du wärst auch glücklich, mich nicht mehr überallhin tragen zu müssen."

„Stimmt. Ich begreife nicht, warum ich geglaubt habe, es müsse Spaß machen, eine halbnackte Frau in Folie einzuwickeln und sie durch die Gegend zu tragen."

Lächelnd drehte Lucy das Wasser ab. Sie nahm die Hello-Kitty-Duschhaube ab, die Holly ihr geliehen hatte, und wickelte sich in ein Duschtuch. „Du kannst jetzt reinkommen."

Sam betrat das dampfende Bad, um ihr zu helfen. Er gab sich lässig und sachlich, aber er war schon den ganzen Morgen ihrem Blick ausgewichen.

Am Abend zuvor waren sie lange auf der Veranda sitzen geblieben und hatten dabei die ganze Flasche Wein geleert. Heute hingegen war Sam still und zurückhaltend. Wahrscheinlich wurde er es langsam leid, sie ständig von vorn und hinten zu bedienen. Lucy entschied: Egal was der Arzt nachher sagte, sie würde darauf bestehen, dass man ihr Krücken gab. Sie fiel Sam seit drei Tagen zur Last, und jetzt reichte es.

Lucy stand auf, hielt ihr Duschtuch fest und balancierte kurz auf einem Bein. Vorsichtig nahm Sam sie hoch und trug sie in ihr Schlafzimmer, wo er sie auf der Bettkante absetzte. Dann entfernte er mit der Schere die Plastikfolie um ihr verletztes Bein.

„Du hast so viel für mich getan", sagte Lucy leise. „Ich hoffe, ich kann dir das eines Tages …"

„Ist schon gut."

„Ich wollte dir nur sagen, wie sehr …"

„Ich weiß. Du bist dankbar. Wir müssen das nicht jedes Mal durchkauen, wenn ich dir aus der verdammten Dusche helfe.“

Er antwortete so kurz angebunden und schroff, dass Lucy überrascht blinzelte. „Entschuldige. Mir war nicht klar, dass normale Höflichkeit dich ärgern würde.“

„Das ist keine normale Höflichkeit“, gab Sam zurück und schnippelte weiter an der Folie herum, „wenn du hier sitzt, nass und fast nackt, und mich mit Babypuppenaugen anschaust. Behalte deinen Dank bitte für dich.“

„Warum bist du so gereizt? Hast du einen Kater?“

Er warf ihr einen spöttischen Blick zu. „Von zwei Glas Wein bekomme ich keinen Kater.“

„Es liegt daran, dass du so viel für mich tun musst, nicht wahr? Das würde wohl jeden frustrieren. Es tut mir leid. Bald bist du mich los und …“

„Lucy“, unterbrach er sie mit mühsam aufrechterhaltener Geduld, „entschuldige dich nicht andauernd. Versuch nicht ständig, irgendwas zu ergründen. Halt bitte einfach mal für ein paar Minuten den Mund.“

„Aber ich …“ Sie unterbrach sich, als sie seinen Gesichtsausdruck sah. „In Ordnung. Ich halte den Mund.“

Als Sam die Folie entfernt hatte, zögerte er kurz beim Anblick eines Blutergusses neben ihrem Knie. Mit einem Finger zeichnete er so sachte den Rand des dunklen Flecks nach, dass die Berührung kaum wahrnehmbar war. Er hielt den Kopf gesenkt, und Lucy konnte seinen Gesichtsausdruck nicht sehen. Aber er stützte beide Hände neben ihren Hüften auf die Matratze, und ein Zittern durchlief seinen Körper; das Verlangen schien seine Selbstbeherrschung zu durchbrechen.

Lucy wagte es nicht, auch nur ein Wort zu sagen. Regungslos starrte sie auf seinen Kopf und seine Schultern. In ihren Ohren dröhnte ihr eigener Herzschlag. Er senkte noch weiter den Kopf, und das Licht wanderte über seine dunklen Haare. Ganz sanft, weich und brennend heiß berührten seine Lippen den blauen Fleck, und Lucy zuckte überrascht zusammen. Sein

Mund verweilte auf ihrer Haut, glitt höher und auf die Innenseite ihres Oberschenkels. Seine Finger verkrampften sich um die Bettdecke, und Lucy stockte der Atem, als er sich weiter zwischen ihre Beine vorarbeitete und sie das Gewicht seines Körpers spürte.

Noch ein Kuss, weiter oben, wo die Haut dünn und berührungsempfindlich war. Es überlief sie heiß und kalt unter ihrem feuchten Duschtuch. Ein nie gekanntes Verlangen überwältigte sie. Langsam ließ er seine Hände unter das weiße Frotteetuch gleiten, das sich daraufhin löste und auseinanderfiel. Er bewegte sich weiter nach oben, ließ die Handflächen über ihre Hüften und ihren Bauch gleiten, folgte ihnen mit den Lippen, und die Empfindungen, die seine Liebkosungen auslösten, brachten Lucy fast um. Sie rang nach Luft, sank haltlos zurück auf das Bett, und ihre Glieder wurden weich und willenlos.

Sam schob das Duschtuch ganz beiseite und atmete tief den Duft ein, der von ihrer frisch gewaschenen, erhitzten Haut aufstieg.

Benebelt vor Erregung und Verwirrung wandte Lucy ihr brennendes Gesicht ab und schloss die Augen, um die Welt draußen zu lassen und nur das intensive Vergnügen seiner Berührung zu genießen. Nichts anderes zählte mehr. Mit Händen und Lippen verwöhnte er sie, zog sie in einen dunklen süßen Strudel des Begehrens. Nie zuvor hatte sie so intensives Verlangen empfunden, solche Erfüllung erlebt, die ihren Körper in flüssige Glut zu verwandeln schien. Mit den Daumen streichelte Sam sie an ihrer intimsten Stelle und bahnte sich den Weg in ihr Innerstes. Sie schluchzte auf, als sie seinen heißen Atem spürte und den Druck, den sein Mund ausübte. Ein Streicheln mit der Zunge, ein sanftes Ziehen. Er begann, sie in einem neckenden sinnlichen Rhythmus zu liebkosen, bis ihr Körper zu pulsieren anfing und die ersten Wellen der Lust sie überrollten. Hilflos hob sie sich ihm entgegen, drängte sich dem seidigen Streicheln entgegen, während sie sich dem Höhepunkt näherte.

Das metallische Schrillen der Türglocke löschte die überkochende Glut abrupt. Lucy erstarrte, sämtliche Nervenfasern protestierten gegen diesen Klang. Sam fuhr fort, sie zu küssen und zu streicheln, so vertieft in die blinde Lust des Augenblicks, dass er das Geräusch gar nicht wahrnahm. Aber die Glocke schrillte erneut; Lucy holte keuchend Luft und schob Sam von sich.

Mit einem unterdrückten Fluch löste er sich von ihr. Er tastete nach dem Duschtuch und bedeckte Lucy damit. Halb sitzend, halb gegen die Bettkante gelehnt, rang er nach Atem, er zitterte am ganzen Körper.

„Wahrscheinlich einer meiner Leute", hörte sie ihn murmeln. „Kannst du ..."

„Nein."

Er stieß sich vom Bett ab und ging ins Bad. Sie hörte Wasser laufen. Bis er zurückkam, hatte sie es geschafft, sich die Bettdecke über den Körper zu ziehen. Sein Gesicht wirkte hart, seine Kiefermuskeln angespannt. „Ich bin in einer Minute zurück."

Lucy biss sich auf die Unterlippe, bevor sie fragte: „Bist du wütend, weil du das angefangen hast oder weil du es nicht zu Ende gebracht hast?"

Nachdenklich musterte er sie. „Beides", sagte er dann und verließ das Zimmer.

Als Sam nach unten ging, empfand er den grausamen Schmerz seiner Erregung als harmlos, verglichen mit dem Aufruhr seiner Gefühle. Wut, Frust, heftiges Unbehagen. So nah war er daran gewesen, viel zu nah, mit Lucy zu schlafen. Er hatte gewusst, dass es falsch war, und es war ihm gleichgültig gewesen. Warum hatte Lucy nichts unternommen, um ihn aufzuhalten? Wenn er nicht sofort die Kontrolle über die Situation zurückerlangte, dann würde er einen ernsten Fehler begehen.

An der Vordertür angelangt, öffnete er und sah sich Lucys Schwester gegenüber. Ungläubig runzelte er die Stirn, bedachte sie mit einem prüfenden Blick und überließ sich einen Moment der Wunschvorstellung, sie mit einem Tritt in den Hintern von seiner Haustür zu verjagen.

Alice stand unsicher auf ihren unpraktischen hochhackigen Schuhen und starrte ihn kalt an. Ihre nussbraunen Augen, mit einem dicken Strich violetten Glitzer-Eyeliners umrahmt, wirkten so riesig, dass sie nicht in ihr schmales Gesicht zu passen schienen. Ihre Lippen waren ebenfalls stark geschminkt, mit knallrosa Konturenstift und Lippenstift. Selbst unter den besten Umständen wäre sie Sam auf die Nerven gegangen. Jetzt, wo sie ihn praktisch aus Lucys Armen und aus dem Bett gerissen hatte und sein Körper noch förmlich danach schrie, zurückzugehen und die Sache zu Ende zu bringen, fand Sam es unmöglich, auch nur ein Minimum an Höflichkeit aufzubringen.

„Besucher ohne Voranmeldung sind hier unerwünscht", sagte er.

„Ich bin gekommen, um meine Schwester zu besuchen."

„Es geht ihr gut."

„Davon möchte ich mich selbst überzeugen."

„Sie ruht." Sam lehnte sich mit einer Hand gegen den Türrahmen und versperrte ihr den Weg.

„Ich gehe nicht, bevor Sie ihr gesagt haben, dass ich da bin."

„Lucy hat eine Gehirnerschütterung." Voller Selbstironie fügte er hinzu: „Sie kann keinerlei Stress gebrauchen."

Alice presste ihre Lippen zu einem schmalen Strich zusammen. „Glauben Sie etwa, ich würde ihr schaden?"

„Das haben Sie schon", gab Sam schroff zurück. „Es sollte Ihnen nicht schwerfallen zu begreifen, dass Ihnen nicht gerade Sympathie einträgt, Lucy den Freund ausgespannt zu haben und zu ihm gezogen zu sein."

„Es steht Ihnen nicht an, über mich oder meine persönlichen Entscheidungen zu urteilen."

Wohl wahr. Aber wenn man bedachte, dass Alices Affäre mit Kevin zu der Kettenreaktion geführt hatte, die mit Lucys Aufenthalt in Sams Haus endete, hatte er seiner Meinung nach sehr wohl ein Mitspracherecht.

„Solange Lucy unter meinem Dach weilt", erklärte er, „ist es meine Aufgabe, mich um sie zu kümmern. Und Ihre persönlichen Entscheidungen machen auf mich nicht den Eindruck, als wären sie besonders gut für Lucy."

„Ich gehe nicht, bevor ich nicht mit ihr sprechen konnte." Alice hob die Stimme und rief in den Flur hinein: „Lucy? Kannst du mich hören? Lucy!"

„Es ist mir egal, ob Sie den ganzen Tag auf meiner Veranda stehen und rumgrölen ..." Sam stockte, als er Lucy von oben rufen hörte. Er warf Alice einen unheilvollen Blick zu. „Ich sehe nach ihr. Sie bleiben hier."

„Kann ich drinnen warten?", wagte sie zu fragen.

„Nein." Damit knallte er ihr die Tür vor der Nase zu.

Bis Sam wieder im Schlafzimmer angelangt war, hatte Lucy sich bereits ein Paar Kakishorts und ein T-Shirt angezogen. Sie hatte genug von dem Aufruhr unten mitbekommen, um zu wissen, dass Alice ohne Vorwarnung aufgekreuzt war und Sam verärgert darauf reagierte.

Ihre Nerven hatten sich noch nicht beruhigt, ihr war leicht schummerig, und sie wusste nicht recht, was sie von dem halten sollte, was gerade zwischen ihnen geschehen war. In erster Linie war sie perplex, mit welch einem glutheißen Vergnügen sie auf ihn reagiert hatte. Sein Liebesspiel hatte jeden klaren Gedanken ausgeschaltet.

Als Sam näher trat, spürte sie, wie sie heftig rot anlief. Fragend ließ er den Blick über sie gleiten und zog die Stirn kraus. „Wie bist du an diese Sachen herangekommen?", fragte er. „Ich hatte sie auf die Kommode gelegt."

„Ich habe mein Bein nicht belastet", verteidigte sich Lucy. „Sie ist nur einen Schritt und einen Hopser vom Bett entfernt, und dann habe ich einfach ..."

„Verdammt noch mal, Lucy. Wenn dieser Fuß noch einmal den Fußboden berührt, dann werde ich ..." Er zögerte, während ihm verschiedene Drohungen durch den Kopf gingen.

„Mich ohne Abendessen ins Bett schicken?", fragte Lucy betont ernsthaft. „Mir mein Handy wegnehmen?"

„Wie wäre es mit ganz altmodisch den Hintern versohlen?"

Aber sie hatte die Sorge in seinen Augen gesehen, und sie wusste, was hinter seinem Ärger steckte. Deshalb wagte sie ein feines Lächeln. „Holly hat mir erzählt, dass du nichts von Hintern versohlen hältst."

Sam starrte sie an, und die Anspannung in seinen Schultern ließ nach, die harten Linien um seine Lippen verschwanden. „Für dich würde ich vielleicht eine Ausnahme machen."

Ihr Lächeln vertiefte sich. „Du flirtest schon wieder mit mir."

„Nein, ich …" Die Türglocke läutete schon wieder. „Himmel-Herrgott-nochmal!", fluchte Sam.

„Ich sollte sie wohl empfangen", meinte Lucy entschuldigend. „Bringst du mich nach unten?"

„Warum willst du dir das antun?"

„Ich kann Alice nicht ewig aus dem Weg gehen. Und übermorgen kommt Mom. Sie würde sich freuen, wenn ihre Töchter wenigstens wieder miteinander reden."

„Es ist noch zu früh dafür."

„Ja, so sehe ich das auch", gab Lucy zu. „Aber jetzt ist sie hier, und da kann ich es ebenso gut auch hinter mich bringen."

Sam zögerte. Dann bückte er sich, um sie auf die Arme zu nehmen.

Der körperliche Kontakt durchfuhr Lucy wie ein elektrischer Schlag. Sie versuchte, ihre Reaktion vor ihm zu verbergen, konzentrierte sich darauf, ruhig zu atmen, aber während sie sich an seinen Schultern festhielt, sah sie, wie ihm die Röte in den Nacken stieg, und sie wusste, dass sie nicht allein so empfand.

„Danke", sagte sie, als er sich seitlich drehte, um sie aus der Tür tragen zu können. „Ich weiß, dass du sie viel lieber rauswerfen würdest."

„Kann sein, dass ich sie trotzdem rauswerfe." Sam ging auf die Treppe zu. „Ich behalte euch im Auge. Sowie ich sehe, dass es Ärger gibt, steht sie vor der Tür."

Lucy runzelte die Stirn. „Ich möchte aber nicht, dass du uns

überwachst, während wir uns unterhalten."
„Ich werde euch nicht überwachen. Aber ich bleibe in der Nähe für den Fall, dass du Unterstützung brauchst."
„Ich werde keine Unterstützung brauchen."
„Lucy, weißt du, was eine Gehirnerschütterung ist?"
„Ja."
Sam redete einfach weiter, als hätte er sie nicht gehört. „Dazu kommt es, wenn du mit dem Kopf so hart aufschlägst, dass das Gehirn gegen die Schädelknochen prallt. Dabei gehen eine Menge Gehirnzellen kaputt. Das kann zu Schlafstörungen führen, zu Depressionen, zu Gedächtnislücken, und all diese Folgeerscheinungen fallen schlimmer aus, wenn du dich in irgendeiner Form belastest." Er stockte und fügte dann gereizt hinzu: „Das gilt auch für Sex."
„Hat das der Arzt gesagt?"
„Das brauchte er nicht zu sagen."
„Ich glaube nicht, dass Sex meine Gehirnerschütterung verschlimmert", meinte Lucy. „Es sei denn, wir stehen dabei auf dem Kopf oder treiben es auf einem Trampolin."
Sie hatte das scherzhaft gemeint, aber Sam hatte im Moment anscheinend keinen Sinn für Humor.
„Wir treiben es gar nicht", erklärte er fest.
Als er sie auf das Sofa setzte und ihr Bein hochlegte, stand Renfield von seiner Schlafmatte in der Ecke auf und tappte zu ihnen. Er schien kampflustig zu grinsen. Lucy streckte die Hand nach ihm aus und tätschelte ihn, während Sam an die Tür ging, um Alice hereinzulassen. Ohne sie weiter zu beachten, führte er sie ins Wohnzimmer.
Seltsamerweise kam es Lucy so vor, als sei ihre Schwester viel verletzlicher als sie selbst, obwohl sie doch diejenige war, die mit Verband und Beinschiene dasaß. Das dick aufgetragene Make-up, der angespannte Gesichtsausdruck, die hochhackigen Schuhe, die ihre Bewegungsfreiheit einschränkten – all das ließ Alice angeschlagen und unsicher erscheinen.
„Hi", begann ihre Schwester.

„Hi.“ Lucy zwang sich zu einem oberflächlichen Lächeln. „Mach's dir bequem.“

Sie sah zu, wie Alice sich vorsichtig auf die Kante eines in der Nähe stehenden Stuhles setzte, und ihr schien es, als seien sie gemeinsam in ihrer persönlichen Geschichte gefangen. Ihr Verhältnis zu Alice war die frustrierendste Beziehung ihres ganzen Lebens. Da gab es jede Menge Konkurrenzkampf, Eifersucht, Neid, Schuldgefühle und Verbitterung. Ihre Kindheit war von einem ständigen Gerangel um die begrenzte Aufmerksamkeit ihrer Eltern geprägt. Obwohl Lucy immer gehofft hatte, der Konflikt werde sich geben, wenn sie älter wären, schien er jetzt heftiger zu toben als je zuvor.

„Das ist Renfield“, erklärte Lucy, als sie bemerkte, dass Alice den Hund anstarrte.

„Stimmt irgendwas nicht mit ihm?“, fragte Alice angeekelt.

„Die Dinge aufzuzählen, die bei ihm in Ordnung sind, wäre einfacher“, warf Sam ein. „Ich gebe euch zehn Minuten“, fügte er an Lucy gewandt hinzu. „Danach geht deine Schwester. Du brauchst deine Ruhe.“

„Okay“, stimmte Lucy mit einem aufgesetzten Lächeln zu.

Alice gab sich gekränkt, als Sam das Zimmer verließ. „Warum ist er so unhöflich?“

„Er versucht, auf mich aufzupassen“, antwortete Lucy leise.

„Was hast du ihm über mich erzählt?“

„Sehr wenig.“

„Ich bin sicher, du hast mit ihm darüber gesprochen, wie Kevin dich sitzen lassen hat und was du glaubst, dass ich dir …“

„Stell dir vor, unsere Unterhaltungen drehen sich hier nicht um dich“, unterbrach Lucy sie schärfer als beabsichtigt.

Alice schloss den Mund und wirkte beleidigt.

„Hat Mom dich gebeten, nach mir zu schauen?“, fragte Lucy nach einem kurzen ungemütlichen Schweigen.

„Nein, das war meine Idee. Ich mag dich immer noch gern, Lucy. Ich verhalte mich zwar nicht immer so, wie du es am liebsten hättest, aber ich bin deine Schwester.“

Lucy verkniff sich einen spitzen Kommentar. Als ihr bewusst wurde, dass sie sich völlig verkrampfte, versuchte sie, sich zu entspannen. Ihr Rücken protestierte mit stechenden Schmerzen.

Warum um alles in der Welt war Alice gekommen? Lucy hätte gern geglaubt, dass sie sich Sorgen machte oder dass doch wenigstens ein Rest ehrlicher schwesterlicher Gefühle zwischen ihnen bestand. Aber offensichtlich reichten Blutsbande nicht aus, um ihr Verhältnis zueinander zu kitten. Denn die unerfreuliche Wahrheit war: Wäre Alice nicht ihre Schwester, hätte Lucy nichts mit ihr zu tun haben wollen.

„Wie läuft es zwischen dir und Kevin?“, erkundigte sie sich. „Sitzt ihr immer noch an der Hochzeitsplanung?“

„Ja. Mom und Dad kommen morgen, um unsere Hochzeitspläne mit uns zu besprechen.“

„Sie werden die Hochzeit also bezahlen?“

„Ich glaube schon.“

„Dachte ich’s mir doch“, rutschte es Lucy unwillkürlich heraus. Ganz egal, wie oft ihre Eltern auch das Gegenteil behaupteten, sie würden niemals Alice für irgendetwas verantwortlich machen.

„Du bist also nicht der Meinung, dass sie das tun sollten?“, fragte Alice.

„Und du bist dieser Meinung?“, schoss Lucy zurück.

„Natürlich. Ich bin ihre Tochter.“ Alices Augen nahmen einen harten Ausdruck an. „Es gibt da etwas, das du begreifen solltest, Lucy. Ich hatte nie vor, dir wehzutun. Genauso wenig hatte Kevin das vor. Es ging nie um dich. Du warst einfach nur …“

„Ein Kollateralschaden?“

„Ich schätze, so könnte man es nennen.“

„Keiner von euch beiden hat auch nur eine Sekunde über das hinausgedacht, was ihr gerade wolltet.“

„Liebe ist nun mal so“, gab Alice ohne eine Spur von Schuldgefühl zurück.

„Tatsächlich?“ Lucy ließ sich tiefer in die Sofaecke sinken und verschränkte die Arme vor der Brust. „Ist dir je der Gedanke gekommen, du könntest Kevin einfach nur als der leichteste Ausweg erschienen sein, als ihm klar wurde, dass er mit mir Schluss machen wollte?“

„Nein“, fauchte Alice. „Ich bin so unglaublich von mir selbst überzeugt, dass ich glaube, er hat sich tatsächlich in mich verliebt. Und – so schwer zu glauben das auch zu sein scheint – jemand hat mich tatsächlich dir vorgezogen.“

Lucy hob abwehrend die Hand und versuchte, ihre Gedanken trotz ihrer Wut zu ordnen. Es drohte zwischen ihnen zum Streit zu kommen, und sie wusste, dass sie damit jetzt nicht fertigwürde. Allein schon die Konfrontation mit Alice reichte, um ihr Kopfschmerzen zu bescheren. „Lassen wir die Vergangenheit ruhen. Versuchen wir lieber, uns darüber klar zu werden, wie es weitergehen soll.“

„Was gibt es da zu überlegen? Ich werde heiraten. Unser Leben geht weiter. Das sollte deines auch.“

„Das Ganze ist ein bisschen komplizierter“, erwiderte Lucy. „Wir leben nicht in einer Vorabendfernsehserie, in der die Leute einfach die Vergangenheit vergessen und sich auf wundersame Weise alles zum Guten wendet.“ Als sie sah, wie Alice sich versteifte, fiel Lucy zu spät ein, dass sie ihren Job als Drehbuchschreiberin für *Nur das Herz kennt die Wahrheit* verloren hatte. „Entschuldige“, murmelte sie. „Ich wollte dich nicht daran erinnern.“

„Wolltest du doch“, gab Alice beleidigt zurück.

Einen Moment schwiegen sie beide. „Suchst du nach einer neuen Arbeit?“, wagte Lucy dann zu fragen.

„Das ist meine Sache. Mach dir darüber keine Sorgen.“

„Ich mache mir keine Sorgen, ich …“ Lucy seufzte frustriert auf. „Eine Unterhaltung mit dir ist wie ein Gang über ein Minenfeld.“

„Ich habe nicht an allem Schuld. Ich kann nichts dafür, dass Kevin mich lieber mag als dich. Er wollte dich sowieso verlassen. Was hätte ich also tun sollen? Ich wollte nur glücklich sein."

Begriff Alice eigentlich wirklich nicht, welche Stolperfallen es mit sich brachte, wenn man versuchte, auf Kosten anderer glücklich zu werden? Hatte sie irgendwelche Ziele darüber hinaus? Ironischerweise hatte Alice nie weniger zufrieden ausgesehen als jetzt. Dem Glück nachzujagen war nun mal problematisch, denn das Glück war kein erreichbares Ziel, sondern etwas, das einfach geschah. Und was Alice zurzeit tat – nach jedem erreichbaren Vergnügen greifen, alle Skrupel in den Wind schlagen und tun, was immer ihr gerade in den Sinn kam –, war geradezu der Garant dafür, dass sie am Schluss sehr unglücklich sein würde.

Aber Lucy sagte nur: „Ich will auch, dass du glücklich bist."

Alice schnaubte ungläubig, und Lucy verübelte es ihr nicht, denn sie wusste, dass Alice nicht verstand, was sie meinte.

Einen Moment lang war es so still, dass sie das Ticken der Kaminuhr hören konnten. Gut eine halbe Minute verging, bevor Alice etwas sagte. „Ich werde dich zur Hochzeit einladen. Es liegt an dir, ob du kommst oder nicht. Es liegt auch an dir, ob du eine Beziehung zu mir aufrechterhalten willst. Ich hätte es gern, dass alles wieder seinen normalen Gang geht. Was dir geschehen ist, tut mir leid, aber ich bin nicht schuld daran – an nichts davon. Und ich bin nicht bereit, für den Rest meines Lebens dafür zu bezahlen."

Deshalb, fuhr es Lucy durch den Kopf, war ihre Schwester also gekommen. Um ihr das zu sagen.

Alice stand auf. „Ich muss jetzt gehen. Übrigens möchten Mom und Dad Sam kennenlernen. Sie wollen morgen Abend mit euch essen gehen. Oder etwas kommen lassen."

„Oh, fein", erwiderte Lucy erschöpft. „Sam wird das gefallen." Sie ließ den Kopf gegen die Rückenlehne des Sofas sinken. „Möchtest du, dass er dich an die Tür bringt? Ich rufe ihn", fragte sie schließlich.

„Spar dir die Mühe", gab Alice zurück und ging. Ihre Absätze klackten laut über den Holzboden.

Ein paar Minuten blieb Lucy still und schweigend sitzen. Erst allmählich wurde ihr bewusst, dass Sam mit ausdrucksloser Miene neben ihr stand.

„Wie viel hast du gehört?“, fragte sie stumpf.

„Genug, um zu wissen, dass sie ein selbstverliebtes Aas ist.“

„In erster Linie ist sie unglücklich“, murmelte Lucy.

„Sie hat bekommen, was sie wollte.“

„Wie immer. Aber es macht sie nie glücklich.“ Seufzend rieb Lucy sich den schmerzenden Nacken. „Meine Eltern kommen morgen.“

„Habe ich gehört.“

„Du musst nicht mit uns essen gehen. Sie können mich abholen, mit mir irgendwohin fahren, und du hast endlich mal ein bisschen Ruhe.“

„Ich komme mit. Ich möchte es.“

„Das ist mehr, als ich behaupten könnte. Ich bin mir ziemlich sicher, dass sie Druck ausüben werden, damit ich mich mit Alice aussöhne. Und sie wollen, dass ich zur Hochzeit komme. Wenn ich das tue, wird es furchtbar. Wenn ich mich weigere, sehe ich aus wie die eifersüchtige, verbitterte ältere Schwester. Niemand in meiner Familie kann gewinnen. Außer Alice. Sie gewinnt immer.“

„Nicht bis in alle Ewigkeit“, widersprach Sam. „Und schon gar nicht, wenn gewinnen heißt, Kevin Pearson zu heiraten. Das wird eine Ehe, die in der Hölle geschlossen wird.“

„Sehe ich genauso.“ Lucy ließ sich in das Sofa zurücksinken und musterte Sam. Ein bittersüßes Lächeln umspielte ihre Lippen. „Irgendwie muss ich wieder an meine Glasarbeiten gehen. Das ist das Einzige, was mir hilft, nicht andauernd über Alice, Kevin und meine Eltern nachzugrübeln.“

„Was kann ich für dich tun?“, fragte Sam leise.

Lucy ertappte sich dabei, dass sie in seine blaugrünen Augen schaute und daran dachte, dass Sam Nolan ganz und gar nicht in die säuberlich geordnete Bestandsaufnahme ihrer Pläne und

Hoffnungen passte. Er war eine Komplikation, mit der sie nicht gerechnet hatte.

Aber trotz seiner Fehler, zu denen er stand, war Sam ein aufrichtiger fürsorglicher Mann. Sie hatte weiß Gott zu wenige Männer dieser Sorte kennengelernt. Das Problem war: *Bis in alle Ewigkeit* war in einer Beziehung mit einem Mann wie Sam ausgeschlossen. Er hatte sich dazu sehr deutlich geäußert.

Statt sich auf das zu konzentrieren, was sie mit ihm nicht haben konnte, sollte sie vielleicht lieber versuchen zu entdecken, was möglich war. Sie hatte noch nie eine Beziehung gehabt, die auf Freundschaft und Lust beruhte, ohne Verstrickung in Gefühle. War sie dazu fähig? Was konnte sie dabei gewinnen?

Es bot eine Chance, sich lebendig zu fühlen und loszulassen. Die Chance auf ein bisschen reines unverfälschtes Vergnügen, bevor sie sich neuen Zielen zuwandte.

Die Entscheidung war gefallen. Lucy schaute ihn entschlossen an. Er hatte gefragt, was er für sie tun konnte, und sie hatte die Antwort.

„Schlaf mit mir“, sagte sie.

## *18. KAPITEL*

Sam starrte sie so lange und so entgeistert an, dass Lucy begann, sich darüber zu ärgern.

„Du siehst aus, als hättest du gerade eine von Renfields Wurmtabletten geschluckt", sagte sie.

Daraufhin riss Sam seinen Blick von ihr los und fuhr sich mit der Hand so wild durchs Haar, dass einige der dunkelbraunen Locken hochstanden. Er fing an, unruhig im Zimmer auf und ab zu gehen. „Heute ist kein guter Tag, um über so etwas Witze zu reißen."

„Über Medikamente für Hunde?"

„Sex." Er sprach das Wort aus, als sei es etwas Obszönes.

„Das war kein Witz."

„Wir können nicht miteinander schlafen."

„Warum nicht?"

„Du kennst die Gründe."

„Diese Gründe sind im Moment unwichtig", erklärte Lucy in vollem Ernst. „Ich habe nämlich darüber nachgedacht, und … hör doch bitte mal auf, ständig auf und ab zu tigern. Magst du dich zu mir setzen?"

Argwöhnisch kam Sam näher und setzte sich auf den Couchtisch, sodass er ihr gegenübersaß. Die Unterarme auf den Knien abgestützt, sah er sie an.

„Ich kenne deine Regeln", fuhr Lucy fort. „Keine Bindung. Keine Eifersucht. Keine Zukunft. Wir teilen nur Körperflüssigkeiten miteinander, keine Gefühle."

„Ja", erklärte Sam, „das sind die Regeln. Und ich werde nichts davon mit dir tun."

Lucy runzelte die Stirn. „Du hast mir vor nicht allzu langer Zeit gesagt, wenn ich auf Rachesex aus wäre, stündest du zur Verfügung."

„Ich hatte nicht die Absicht, das wahr zu machen. Du bist nicht die Frau für eine Freundschaft mit gewissen Vorzügen."

„Doch, das bin ich."

„Nein, Lucy, bist du ganz und gar nicht." Sam stand auf und begann wieder, auf und ab zu laufen. „Zunächst wirst du sagen, unverbindlicher Sex sei in Ordnung für dich. Aber das wird nicht lange vorhalten."

„Und wenn ich dir verspreche, dass es nichts Ernstes wird?"

„Wird es trotzdem."

„Warum bist du dir da so sicher?"

„Weil meine Art der Beziehung nur funktioniert, wenn beide Partner gleichermaßen oberflächlich sind. Ich bin großartig, wenn es um Oberflächlichkeit geht. Aber du würdest das ganze System aus dem Gleichgewicht bringen."

„Sam. Ich hatte viel Pech mit Beziehungen. Glaub mir, es gibt nicht einen Mann auf der Welt, auf den ich nicht verzichten könnte, dich eingeschlossen. Aber als wir heute Morgen da oben ... das war das schönste Gefühl, das ich seit Langem hatte. Und wenn ich bereit bin, etwas auf deine Weise auszuprobieren, sehe ich nicht, warum du damit ein Problem haben solltest."

Sam blieb mitten im Zimmer stehen, sah sie in ratloser Verärgerung an. Ganz offensichtlich waren ihm die Argumente ausgegangen.

„Nein", sagte er schließlich.

Sie zog die Brauen hoch. „Ist das ein endgültiges Nein oder ein Ich-muss-erst-darüber-nachdenken-Nein?"

„Es ist ein Kommt-unter-keinen-Umständen-infrage-Nein."

„Aber trotzdem gehst du morgen mit meinen Eltern und mir essen?"

„Ja, das kann ich tun."

Perplex schüttelte Lucy den Kopf. „Du gehst mit mir und meinen Eltern essen, aber du schläfst nicht mit mir?"

„Essen muss ich schließlich."

„Es gibt eine einfache Regel, um Treppen auf Krücken zu bewältigen", erklärte Sam später am Tag. Er blieb dicht hinter Lucy, als sie sich den Stufen näherten, die zur Haustür hinaufführten. „Hoch mit dem guten, runter mit dem schlechten. Wenn du nach oben gehst, geht immer das gesunde Bein voran. Wenn du nach unten gehst, machen das verletzte Bein und die Krücken den ersten Schritt."

Sie waren gerade vom Arzt zurück, wo man Lucy eine Orthese angemessen hatte. Da sie noch nie Krücken benutzen musste, erlebte sie eine Überraschung: Der Umgang damit war viel schwieriger als erwartet.

„Versuch, dein rechtes Bein nicht zu belasten", sagte Sam, während er Lucys unsichere Vorwärtsbewegung den Weg entlang beobachtete. „Einfach durchschwingen und mit dem linken Bein hinterherhüpfen."

„Woher weißt du so gut darüber Bescheid?", fragte Lucy keuchend vor Anstrengung.

„Mit sechzehn habe ich mir den Knöchel gebrochen. Ein Sportunfall."

„Fußball?"

„Vogelbeobachtung."

Lucy lachte in sich hinein. „Vögel zu beobachten ist kein Sport."

„Ich war sechs Meter hoch in einer Douglaskiefer und versuchte, einen Marmelalk zu beobachten. Weißt du, diese kleinen braunweißen Vögel. Eine gefährdete Art, die in naturbelassenen Wäldern nistet. Natürlich kletterte ich ohne Seil. Ich hatte das Küken des Marmelalks entdeckt und war darüber so aufgeregt, dass ich abgerutscht und abgestürzt bin. Auf dem Weg nach unten bin ich auf so ziemlich jeden Ast geprallt, den der Baum hatte."

„Du Ärmster", bedauerte ihn Lucy. „Aber ich wette, du warst der Meinung, dass es das wert sei."

„Natürlich war es das." Er beobachtete, wie sie mit den Krücken vorwärtshopste. „Den Rest des Weges trage ich dich. Üben kannst du später immer noch."

„Nein, ich schaffe die Treppe. Es ist so eine Erleichterung, sich wieder bewegen zu können. Das bedeutet, ich kann morgen in meine Werkstatt zurück."

„Morgen oder übermorgen", meinte Sam. „Übertreib nicht gleich, sonst schadest du deinem Bein."

Lucy lächelte unsicher. Seine Laune war schwer zu durchschauen. Seit ihrem Vorschlag begegnete er ihr wieder mit der unpersönlichen Freundlichkeit ihrer ersten beiden Tage in seinem Haus. Trotzdem hatte sich etwas geändert. In bestimmten Augenblicken erwischte sie ihn dabei, dass er sie gedankenverloren und vertraulich zugleich beobachtete, und ihr war irgendwie klar, dass er daran dachte, was am Morgen zwischen ihnen geschehen war. Beinah geschehen war. Außerdem war sie sicher, dass er über ihre Behauptung nachdachte, eine Beziehung ohne Verpflichtungen sei für sie in Ordnung. Sie wusste, dass er ihr zwar nicht glaubte, aber doch zu gern geglaubt hätte.

Als Lucy endlich den Weg ins Haus zurückgelegt hatte, war sie verschwitzt und müde, aber glücklich. Sie begleitete Sam in die Küche, wo Holly eine Zwischenmahlzeit nach der Schule zu sich nahm und Mark neben Renfield auf dem Fußboden hockte.

Mark blickte auf und lächelte erfreut. „Ah, wieder auf den Beinen. Herzlichen Glückwunsch."

„Danke", gab sie lachend zurück. „Es tut so gut, sich wieder selbstständig bewegen zu können."

„Lucy!" Holly schoss auf sie zu, um die Krücken zu bewundern. „Cool! Darf ich auch mal?"

„Das ist kein Spielzeug, Schatz", wehrte Sam ab und gab seiner Nichte einen Kuss. Er half Lucy auf einen Stuhl am hölzernen Küchentisch und lehnte die Krücken in ihrer Reichweite dagegen. Dann warf er einen Blick zu Mark hinüber, der Renfield festhielt und versuchte, ihm das Maul zu öffnen, dicke Gartenarbeitshandschuhe an den Händen. „Was machst du mit dem Hund?"

„Ich versuche, ihm die dritte Tablette gegen seine Krampfanfälle zu geben."

„Er soll aber nur eine haben."

„Ich wollte damit sagen: Das ist mein dritter Versuch." Mark musterte den eigensinnigen Hund böse. „Die erste hat er zerkaut und mir das Pulver ins Gesicht geniest. Beim zweiten Mal habe ich ihm das Maul mit einem Teelöffel geöffnet und die Pille reingeschoben. Er hat es geschafft, die Pille auszuspucken und den Löffel zu fressen."

„Er hat den Löffel aber nicht ganz gefressen", fiel Holly ein. „Er hat ihn wieder ausgehustet, bevor er ihn verschluckt hat."

Kopfschüttelnd ging Sam zum Kühlschrank, nahm ein Stück Käse heraus und gab ihn Mark. „Versteck die Tablette da drin."

„Er verträgt keine Laktose", widersprach Mark. „Davon kriegt er Blähungen."

„Glaub mir", meinte Sam, „das wird niemandem auffallen."

Mit skeptischem Blick steckte Mark die Tablette in den Käsewürfel und hielt ihn Renfield hin.

Der Hund schnappte sich gierig den Käse, verschluckte ihn und tapste aus der Küche.

„Weißt du was?", fragte Holly und kniete neben Lucy nieder, um die Orthese unter die Lupe zu nehmen. „Dad und Maggie heiraten in zwei Monaten. Und ich reise mit ihnen in die Flitterwochen!"

„Ihr habt also einen Termin festgelegt?", fragte Sam.

„Mitte August." Mark ging zur Spüle, um sich die Hände zu waschen. „Maggie möchte auf einer Fähre heiraten."

„Du machst Witze."

„Nö." Mark trocknete sich die Hände ab. Dann drehte er sich um und wandte sich erklärend an Lucy. „Ein wichtiger Teil unseres Kennenlernens spielte sich auf einer Washington-State-Fähre ab. So war Maggie gezwungen, mit mir zusammenzusitzen, bis sie schließlich begriff, wie unwiderstehlich ich bin."

„Das muss eine lange Überfahrt gewesen sein", meinte Sam und wich einem spielerischen Boxhieb aus, den Mark ihm versetzen wollte. „Kaum zu glauben, dass sie eine Trauung auf einer ihrer Fähren erlauben", fügte er lachend hinzu.

„Ob du es glaubst oder nicht, wir wären nicht die Ersten. Aber die Hochzeit findet nicht auf einer aktiven Fähre statt. Es gibt auf Lake Union ein altes Schiff, das nicht mehr im Linienverkehr fährt – mit einem grandiosen Ausblick auf die Stadt und die Space Needle.“

„Das ist romantisch“, begeisterte sich Lucy.

„Ich werde Brautjungfer sein“, verkündete Holly, „und Onkel Sam wird Trauzeuge.“

„Tatsächlich?“, fragte Sam.

„Wer sonst könnte mit so vielen netten Geschichten für die Empfangsansprache dienen?“, grinste Mark. „Willst du mein Trauzeuge sein, Sam? Nach allem, was wir gemeinsam durchgemacht haben, kann ich mir keinen auch nur annähernd so geeigneten Menschen vorstellen. Mittlerweile mag ich dich sogar ein bisschen.“

„Schon gut, ich mach's. Aber nur, wenn du versprichst, den Hund mitzunehmen, wenn du ausziehst.“

„Abgemacht.“ Sie umarmten einander kurz und klopften sich gegenseitig auf den Rücken.

Gegen Abend fuhren Mark und Holly los, um Maggie von der Arbeit abzuholen und mit ihr essen zu gehen. „Viel Spaß“, sagte Mark, als er und Holly Hand in Hand das Haus verließen. „Ihr braucht nicht auf uns zu warten. Es wird spät werden.“

„Party!“, rief Holly, bevor die Tür hinter ihnen ins Schloss fiel.

Jetzt waren Lucy und Sam allein. Sam starrte noch eine ganze Weile tief in Gedanken versunken auf die Tür, durch die sein Bruder verschwunden war. Dann sah er Lucy an, und in seinem Gesicht ging eine Veränderung vor. Das Schweigen war plötzlich elektrisch geladen. Wie beiläufig fragte Lucy, die immer noch am Küchentisch saß: „Was gibt es für uns zum Abendessen?“

„Steak, Kartoffeln und Salat.“

„Klingt großartig. Lass mich helfen. Soll ich das Gemüse für den Salat schneiden?“

Sam brachte ihr ein Schneidebrett, ein Küchenmesser und rohes Gemüse. Während Lucy Gurken und gelben Paprika klein schnitt, öffnete Sam eine Flasche Wein und goss jedem ein Glas ein.

„Kein Marmeladenglas diesmal?“, fragte Lucy und setzte eine theatralisch wehmütige Miene auf, als Sam ihr den Kristallkelch mit dem dunklen funkelnden Cabernet reichte.

„Nicht für diesen Wein.“ Er stieß mit ihr an. „Auf Mark und Maggie.“

„Glaubst du, es wird Alex stören, dass du Marks Trauzeuge wirst?“, wollte Lucy wissen.

„Aber nein. Sie haben eigentlich nicht viele Berührungspunkte.“

„Liegt das am Altersunterschied?“

„Vielleicht zum Teil. Aber in erster Linie liegt es am Wesen der beiden. Mark ist der typische ältere Bruder. Wenn er sich um jemanden sorgt, fängt er an, ihn herumzukommandieren und ihm Vorschriften zu machen. Damit bringt er Alex nur auf die Palme.“

„Was sagt du, wenn die beiden streiten?“

„Wenn ich nicht schnellstens in Deckung gehe, meinst du?“, fragte Sam trocken zurück. „Dann sage ich Mark, dass er Alex weder ändern noch vom Trinken abhalten kann. Die Entscheidung liegt allein bei Alex. Und Alex drohe ich, dass ich ihn in eine Entzugsklinik stecke, wenn er einen bestimmten Punkt überschreitet. Keine Klinik mit Promis und Wellnessbereich, sondern eine mit Elektrozaun, Furcht einflößenden Zimmerkollegen und Toiletten, die man selbst putzen muss.“

„Glaubst du, dass es jemals so weit kommen wird? Dass du ihn davon überzeugen kannst … sich professionelle Hilfe zu suchen?“

Nachdrücklich schüttelte Sam den Kopf. „Ich glaube, Alex wird immer gerade noch so gut funktionieren, dass er sich nicht mit seinem Problem auseinandersetzen muss.“ Er schaute in die Tiefen seines Weinglases, schwenkte die tiefrote Flüssigkeit. „Er gibt es nicht zu, aber er hat eine Wahnsinnswut auf die ganze verdammte Welt, weil wir in so einer kaputten

Familie aufgewachsen sind."

„Aber du empfindest anscheinend nicht so", entgegnete Lucy leise. „Ich meine, du hast keine Wut auf die Welt."

Sam zuckte die Achseln und wirkte plötzlich in sich gekehrt. „Ich hatte es ein bisschen leichter als er. Es gab da ein altes Ehepaar ein paar Häuser weiter. Sie waren meine Rettung, bei ihnen suchte ich Zuflucht. Sie hatten selbst keine Kinder, und ich hing viel bei ihnen herum." In Erinnerungen versunken lächelte er. „Fred ließ mich einen alten Wecker auseinandernehmen und wieder zusammenbauen. Er zeigte, mir, wie man das Abflussrohr einer Küchenspüle ersetzt. Mary war Lehrerin. Sie gab mir Bücher zu lesen und half mir manchmal bei den Hausaufgaben."

„Leben sie noch?"

„Nein, beide nicht mehr. Mary hinterließ mir ein bisschen Geld, damit ich die Anzahlung für dieses Grundstück leisten konnte. Meine Idee von einem Weingut fand sie wunderbar. Sie hat selbst Wein aus Brombeeren gekeltert – ein grässliches süßes Zeug." Sam verfiel in Schweigen, kramte in Erinnerungen.

Lucy begriff, dass er versuchte, für sie Verbindungen herzustellen und sein Wesen auf eine Art zu erklären, die ihm nicht leichtfiel. Er war nicht der Mann, der nach Entschuldigungen für sein Auftreten und seinen Charakter suchte. Aber anscheinend war es ihm wichtig, dass sie den Menschen verstand, der aus der bitteren zerrütteten Ehe seiner Eltern hervorgegangen war.

„An meinem zwölften Geburtstag", fuhr Sam nach einer Weile fort, „kam ich nach der Schule nach Hause. Vicky hatte Alex irgendwohin mitgenommen, und Mark war verschwunden. Meine Mutter lag völlig weggetreten auf dem Sofa. Dad trank Fusel direkt aus der Flasche. Irgendwann wurde ich hungrig, aber es war nichts zu essen da. Ich suchte nach Dad und fand ihn schließlich in seinem Auto in der Einfahrt. Er grölte irgendwas von Selbstmord. Also ging ich zu Fred und Mary und blieb etwa drei Tage dort."

„Sie müssen dir eine Menge bedeutet haben."

„Die beiden haben mir das Leben gerettet."

„Hast du ihnen das jemals gesagt?"

„Nein. Sie wussten es auch so." Mit einem Ruck kehrte Sam in die Gegenwart zurück und warf Lucy einen unsicheren Blick zu. Sie wusste, dass er ihr mehr erzählt hatte, als er wollte. Möglicherweise bereute er es schon.

„Bin gleich wieder da", sagte er und ging nach draußen, um die Steaks auf den Grill hinterm Haus zu legen.

Während das Fleisch auf dem Grill brutzelte und die roten Kartoffeln im Ofen garten, erzählte Lucy von ihren Eltern und von ihrer kürzlichen Entdeckung, dass ihr Vater vor der Ehe mit ihrer Mutter schon einmal verheiratet gewesen war.

„Wirst du ihn danach fragen?"

„Ich bin zwar neugierig", gab Lucy zu, „aber ich weiß nicht sicher, ob ich scharf auf die Antworten bin. Er liebt Mom. Doch ich will nicht von ihm hören, dass er eine andere mehr geliebt hat als sie." Mit den Fingern zog sie die Schrammen auf dem alten Küchentisch nach. „Dad war uns gegenüber immer ziemlich distanziert. Zurückhaltend. Ich glaube, seine erste Frau hat ein Stück von seinem Herzen mitgenommen, und er konnte es nach ihrem Tod niemandem mehr geben. Wahrscheinlich hat er dauerhaft Schaden an seiner Seele genommen, aber Mom wollte ihn trotzdem."

„Es ist vermutlich schwer, mit einer Erinnerung konkurrieren zu müssen", meinte Sam.

„Ja. Arme Mom." Lucy verzog das Gesicht. „Es tut mir leid, dass sie hierher zu dir kommen. Es ist dir gegenüber nicht fair. Erst musst du mich von vorn und hinten bedienen und dann auch noch einen Besuch meiner Eltern über dich ergehen lassen."

„Macht nichts."

„Dad wird dir vermutlich gefallen. Er erzählt Physikerwitze, deren Pointe nie einer versteht."

„Zum Beispiel?“

„Warum hat das Huhn die Straße überquert? Weil ein Huhn in Ruhe dazu neigt, auf seinem Platz zu verharren. Hühner in Bewegung neigen dazu, die Straße zu überqueren.“ Lucy verdrehte die Augen, als er lachte. „Ich wusste, dass du das witzig finden würdest. Wohin sollten wir deiner Meinung nach zum Essen gehen?“

„*Duck Soup*“, antwortete Sam. Das war eins der besten Restaurants der Insel, ein von wildem Wein überwuchertes Gasthaus, dessen Küche auf regionalen Produkten, Erzeugnissen aus dem eigenen Garten sowie frisch gefangenem Fisch und Meeresfrüchten basierte. Im Eingangsbereich hing ein skurriles Porträt von Groucho Marx.

„Ich liebe dieses Lokal“, sagte Lucy, „aber Kevin und ich waren schon mal dort mit ihnen essen.“

„Inwiefern spielt das eine Rolle?“

Lucy zuckte die Achseln. Sie wusste selbst nicht so recht, warum sie das gesagt hatte.

Aufmerksam musterte Sam sie. „Ich fürchte den Vergleich mit Kevin nicht.“

Lucy spürte, wie sie rot wurde. „Daran habe ich gar nicht gedacht“, gab sie gereizt zurück.

Sam schenkte ein wenig Wein nach und hob sein Glas. „Mit der Zeit laufen sich alle Absätze ab.“

Das entlockte ihr ein Lächeln, denn natürlich kannte sie den Spruch von Groucho Marx. „Darauf trinke ich“, sagte sie und hob ebenfalls ihr Glas.

Beim Essen sprachen sie über Filme und stellten dabei fest, dass sie beide eine Vorliebe für alte Schwarz-Weiß-Filme hatten. Als Lucy bekannte, niemals *Die Nacht vor der Hochzeit* mit Cary Grant und Katharine Hepburn gesehen zu haben, bestand Sam darauf, sie müsse sich diesen Film unbedingt ansehen. „Das ist eine klassische Screwball-Komödie. Du kannst nicht behaupten, dass du alte Filme magst, wenn du diesen nicht gesehen hast.“

„Zu schade, dass wir ihn uns nicht heute Abend anschauen können“, bedauerte Lucy.

„Warum können wir nicht?“

„Du hast den Film auf DVD?“

„Nein, aber ich kann ihn aus dem Internet herunterladen.“

„Aber das dauert doch ewig!“

Ein selbstzufriedenes Lächeln huschte über Sams Gesicht. „Ich habe einen Download-Beschleuniger, der gleichzeitig mehrere Verbindungen mit verschiedenen Servern aufbaut. Fünf Minuten. Höchstens.“

„Manchmal versteckst du deinen inneren Streber so gut“, staunte Lucy, „und dann wieder lässt er sich unvermutet blicken.“

Nach dem Essen gingen sie ins Wohnzimmer, um sich den Film anzuschauen. Lucy war sofort gefesselt von der Geschichte um die kalte unnahbare Erbin, ihren charmanten Exmann und den zynischen Reporter, der von James Stewart gespielt wurde. Die Dialoge waren geprägt von eleganter Schlagfertigkeit und feinem Humor, das Timing der Pausen und Reaktionen einfach perfekt.

Während die Schwarz-Weiß-Bilder über den Bildschirm flackerten, lehnte Lucy sich gegen Sam. Sie rechnete mit Protest, denn der entspannte Abend zu zweit und der zaghafte Austausch von Vertraulichem hatte zu einem Gefühl der Intimität geführt, das er womöglich nicht auch noch fördern wollte. Aber er legte den Arm um sie und ließ ihren Kopf an seiner Schulter ruhen. Sie seufzte, genoss seine zuverlässige Wärme neben sich, den Halt, den das Gewicht seines Armes ihr gab. Je mehr sie sich seiner Nähe bewusst wurde, desto schwerer fiel es ihr, ihn nicht zu berühren, nicht nach ihm zu greifen.

„Du schaust dir den Film gar nicht an“, stellte Sam fest.

„Du auch nicht.“

„Woran denkst du?“

Über dem Schweigen perlte der Filmdialog wie Champagnerschaum.

*„Es kann doch nicht so etwas wie Liebe sein, oder?“*
*„Nein, auf keinen Fall.“*
*„Das wäre auch äußerst lästig.“*
*„Geradezu schrecklich.“*

„Ich habe daran gedacht“, sagte Lucy, „dass ich noch nie eine Beziehung gewagt habe, in der niemand irgendwelche Versprechen gibt. Ich mag diese Regel. Denn wenn man kein Versprechen gibt, kann man auch keines brechen.“

„Es gibt noch eine Regel, von der ich dir nichts erzählt habe“, meinte Sam vorsichtig. Sie spürte seinen Atem in ihren Haaren.

„Wie lautet sie?“

„Du musst wissen, wann es Zeit ist, aufzuhören. Wenn einer von uns sagt, es sei zu Ende, ist der andere einverstanden. Ohne Widerspruch, ohne Diskussion.“

Lucy schwieg. Ihr Magen verkrampfte sich, als er seine Sitzposition auf dem Sofa änderte.

Er wandte sich ihr zu, um sie anzusehen, vor dem Hintergrund flackernder Bilder sah sie nur die Silhouette seines Kopfes. Sam sprach leise, übertönte kaum die gedämpfte Flut aus Wörtern und Bildern vom Bildschirm hinter ihm. „In der Liste all der Menschen, denen ich niemals wehtun möchte, Lucy … stehst du an erster Stelle.“

„Ich glaube, du bist der erste Mann, der sich darüber jemals Gedanken gemacht hat.“ Lucy wagte es, die Hand nach ihm auszustrecken und sein Gesicht zu berühren, die Finger leicht auf seine Wange zu legen. „Wir sollten es riskieren“, flüsterte sie. „Du wirst mir nicht wehtun, Sam. Ich werde das nicht zulassen.“

Er ließ sich Zeit, griff nach der Fernbedienung, suchte blind nach der Taste für die Stummschaltung und drückte sie. Der Film lief weiter – Licht und Schatten ohne Ton. Sams Lippen fanden die ihren, trafen sie in einem langen weichen Kuss. Hitze traf auf Hitze, und sie schmeckten einander. Er schob eine Hand in ihren Nacken und massierte ihn sanft. Ihre Erregung vertiefte sich, wurde dunkler, zu einem namenlosen Gefühl, das in einer langsamen Flut von ihren Zehen bis zu ihrem Scheitel stieg. Das war mehr als nur Verlangen … Das war eine so absolute Gier, dass sie alles getan hätte, um sie zu befriedigen.

Sam griff nach dem Saum ihres Shirts und zog den Stoff fort von ihrem Körper. Mit den Fingern strich er an den elastischen Trägern ihres BHs entlang, streifte sie von ihren Schultern und wandte sich dann dem Rückenverschluss zu. Ein Schauer durchlief sie, als sie spürte, wie er sich an den kleinen Haken und Ösen zu schaffen machte. Er ließ den BH fallen, strich mit den Händen über ihren Brustkorb und umfasste mit einem wohligen Aufstöhnen ihre nackten Brüste. Dann beugte er sich über sie, nahm mit teuflischer Langsamkeit eine Brustwarze in den Mund, umspielte sie mit den Zähnen und streichelte sie mit der Zunge. Lucy musste sich auf die Lippen beißen, um ihn nicht anzuflehen, sie sofort und auf der Stelle zu nehmen. Er begann, sanft an der Brustknospe zu ziehen, immer wieder, und sie zwischendurch mit der Zunge zu liebkosen.

Stöhnend packte Lucy sein T-Shirt und versuchte, es ihm auszuziehen. Sie wollte seine Haut auf ihrer spüren. Er hielt inne, um sich von dem Kleidungsstück zu befreien, und bettete Lucy sanft auf das Sofa, bis sie lang ausgestreckt dalag, das verletzte Bein hochgelegt, das andere über die Sitzkante baumelnd.

Er beugte sich wieder über sie, presste den Mund auf ihren, und seine Küsse wurden stürmisch, stimulierend und süß. In dem plötzlichen Auflodern der Gefühle verlor sie komplett die Kontrolle über sich und die Situation. Sie reagierte nur noch, ließ sich von ihm fangen wie eine Sternschnuppe. In ihr loderte ein Feuer, das sie verzehrte.

Schwach hörte sie ihn murmeln, dass sie einen Moment aufhören sollten. Er wolle sie nach oben bringen, weil ihr erstes Mal nicht auf dem Sofa stattfinden solle. Trotzdem küssten sie sich weiter, heißhungrig, wie unter einem Zwang, und Sam begann, ihre Shorts zu öffnen. Er zerrte sie ihr über die Hüften, die Unterwäsche gleich mit, und Luft streifte kühl ihre glutheiße Haut.

Lucy war vollkommen schwach vor Verlangen. Sie wollte, dass er sie berührte, sie küsste, irgendetwas tat, aber ihr Höschen und die Shorts waren an der Orthese hängen geblieben, und er unterbrach sich, um sie weiter nach unten zu schieben. „Ist doch egal", stieß sie atemlos hervor. „Hör jetzt nicht auf." Flehend sah sie ihn an, als er weiter versuchte, ihr Höschen zu befreien. „Sam …"

Ihre Ungeduld ließ ihn unterdrückt auflachen. Er griff nach ihr, schob einen Arm unter ihren Nacken, und seine Lippen suchten erneut nach ihren, seine Zunge schob sich tief dazwischen, und er knabberte vorsichtig erst an ihrer Oberlippe, dann an der Unterlippe. „Ist es das, was du willst?", fragte er und schob seine Hand zwischen ihre zitternden Oberschenkel, streichelte und rieb sie sacht, sodass sie sich ihm weit öffnete und ihm zeigte, wie bereit sie für ihn war. Sie ließ den Kopf über seinen Arm sinken, und er küsste ihren Hals, sein Atem streifte heiß ihre Haut, als seine Finger in sie eindrangen.

Sie wand sich, wollte ihn tiefer in sich spüren. Die Schiene an ihrem Bein erwies sich als hinderlich. Er murmelte ihr sanft ins Ohr … „Bleib ruhig, lass mich machen, streng dich nicht an …" Aber sie konnte nicht anders, drängte ihm voller Verlangen entgegen.

Keuchend zog sie ihn fester an sich – in einer verzweifelten wortlosen Bitte nach mehr –, knetete seine straffen Rückenmuskeln. Seine Haut war glatt, fest und seidenweich, seine Schultern so verführerisch, dass sie leicht die Zähne in die festen Muskeln bohrte. Ein Liebesbiss, der ihn erschauern ließ.

Er begann, mit einer Hand seine Jeans aufzuknöpfen, während er sie mit der anderen weiter liebkoste. Sie konnte sich nicht bewegen, sondern nur hilflos warten. Unwillkürlich spannte sie sich an, entspannte wieder, zog sich erneut fester um seine Finger, die tiefer eindrangen. Undeutliche Laute entrangen sich ihrer Kehle. Es gab keine Worte für das, was sie brauchte, für das, was mit ihr geschah. Langsam zog Sam die Hand zurück, ließ sie zu ihrer Brust wandern und umfasste mit feuchten Fingerspitzen die straff aufgerichtete Brustwarze.

Durch den Donner ihres Herzschlags hörte sie ihn flüstern: „Nimm mich in dich auf, lass mich ein." Sie spannte sich an, klammerte sich an ihn, und dann spürte sie, wie seine Hand unter ihren Po glitt, um sie anzuheben. Er stieß zu, und seine Härte ließ sie aufschreien wie unter Schmerzen.

Sam erstarrte, schaute sie an, die Augen unirdisch blau im Dämmerlicht des Zimmers. „Habe ich dir wehgetan?", fragte er flüsternd.

„Nein. Nein ..." In unbändigem Verlangen packte Lucy seine Hüften und drückte ihn fester an sich. „Bitte, hör nicht auf."

Wieder stieß Sam zu, in einem bedächtigen Rhythmus, der sie dazu brachte, sich zu winden, als läge sie auf einer Folterbank.

Wortlos fordernd bog sie sich ihm entgegen, aber er behielt seinen langsamen unnachgiebigen Rhythmus bei. Die Spannung baute sich immer stärker auf, und ihre inneren Muskeln krampften sich um die köstliche Härte des Eindringlings. Er trieb sich tiefer in sie hinein, und sie stöhnte bei jedem Stoß auf. Das war alles zu viel, der große, sie vorantreibende Körper über ihr, das aufreizende Kitzeln seiner Brustbehaarung an ihren Brustwarzen, seine starke Hand, die ihre Hüften jedem bedächtigen Stoß entgegenhob. Sie spürte, wie sich ihre Lust in ekstatischem Pulsieren Bahn brach. Sam erstickte ihr Schluchzen mit seinen Lippen und drang tief in sie ein, ließ ihren bebenden Körper auf sich einwirken und ihn erlösen.

Eine Weile rührten sie sich beide nicht, sagten kein Wort, atmeten nur schwer.

Dann schlang sie ihm die Arme um den Hals, küsste ihn auf die Wange, das Kinn, die Mundwinkel. „Sam", murmelte sie schläfrig und zutiefst befriedigt. „Danke."

„Ja." Er klang benommen.

„Das war großartig."

„Ja."

Ganz dicht an seinem Ohr fügte sie hinzu: „Und nur, damit du dich sicher fühlst … Ich liebe dich nicht."

Offenbar hatte sie damit den richtigen Ton getroffen. Sie spürte das Lachen in seiner Brust mehr, als dass sie es hörte.

Er beugte sich über sie und streifte mit den Lippen ihren lächelnden Mund. „Ich liebe dich auch nicht."

Als Sam wieder in der Lage war, sich zu bewegen, sammelte er ihre Kleider ein und trug Lucy nach oben. Zusammen lagen sie auf dem breiten Bett, das Gespräch für den Augenblick wie glühende Kohlen unter einer Schicht kühler Asche begraben.

Sam verspürte ein bohrendes Unbehagen, als wüsste sein Körper, dass er einen Fehler gemacht hatte, obwohl sein Gehirn alle möglichen Gründe aufzählte, warum das nicht der Fall war. Lucy war eine erwachsene Frau, die ihre eigenen Entscheidungen fällen konnte. Er hatte ihr nichts vorgemacht, hatte sich nicht verstellt. Sie schien glücklich mit der Situation, und er war weiß Gott zufrieden und erfüllt auf eine Weise wie niemals zuvor.

Vielleicht lag genau da das Problem: Es war zu gut gewesen, nicht wie sonst. Und er würde darüber nachdenken müssen, warum es mit Lucy so anders war. Später.

Die Konturen ihres Körpers wirkten im Halbdunkel leicht verschwommen, so wie im Halbschatten eines Gemäldes. Das Mondlicht, das durchs Fenster hereinfiel, ließ ihre Haut schwach leuchten, als sei sie ein Zauberwesen aus einem Märchen. Sam betrachtete sie fasziniert und ließ seine Hand über ihre Hüfte und ihre Oberschenkel gleiten.

„Was passiert zum Schluss?", flüsterte Lucy.

„Zum Schluss wovon?"

„Vom Film. Wer von den dreien heiratet Katharine Hepburn?"

„Ich werde dir doch die Spannung nicht verderben."

„Ich mag Spielverderber."

Sam spielte mit ihren Haaren, ließ die dunklen seidigen Locken durch seine Finger gleiten. „Sag mir, was du glaubst, wie es ausgeht."

„Ich glaube, sie landet am Ende bei James Stewart."

„Warum?"

„Na ja, sie und Cary Grant waren schon einmal verheiratet und haben sich scheiden lassen. Das ist zum Scheitern verurteilt."

Sam lächelte über ihren sachlichen Ton. „Was für eine kleine Zynikerin du doch bist."

„Jemanden zum zweiten Mal zu heiraten funktioniert nie. Schau dir Liz Taylor und Richard Burton an. Oder Melanie Griffith und Don Johnson. Übrigens kannst gerade du mich kaum als Zynikerin bezeichnen – du glaubst ja nicht einmal daran, dass eine erste Ehe funktionieren kann."

„Doch, für manche Leute funktioniert das. Daran glaube ich." Er fuhr fort, ihre Haare durch seine Finger gleiten zu lassen. „Aber ich finde es romantischer, nicht zu heiraten."

Lucy richtete sich halb auf, stützte sich auf ihren Ellenbogen und schaute auf ihn herab. „Warum?"

„Wenn man nicht heiratet, ist man nur in den guten Zeiten zusammen. Im besten Teil der Beziehung. Und wenn die dann den Bach runtergeht, kann man sich trennen und neue Wege gehen. Keine hässlichen Erinnerungen, keine die Seele mordende Scheidung."

Lucy schwieg und überlegte. „Deine Argumentation hat einen Haken."

„Welchen?"

„Weiß ich nicht. Habe ich noch nicht herausgefunden."

Sam lächelte und zog sie wieder zu sich hinunter. Er beugte sich über ihre Brust, strich mit der Zunge über ihre Brustwarze, die sofort hart wurde, und verrieb den Speichel mit dem Daumen. Ihre Haut wirkte wie blasse Seide und fühlte sich unglaublich glatt unter seinen Fingerspitzen an. Ihr Körper faszinierte ihn, alles war weich, nachgiebig und geschmeidig. Und ihr Duft – nach Blüten, Baumwolle, einem erotischen Hauch von Salz und Moschus – ließ sein Blut aufwallen. Er legte sich über sie, zog mit den Lippen bedächtig einen Pfad über ihren Körper, genoss ihren Geschmack. Als er tiefer glitt, begannen ihre Glieder unter seinen Händen zu zittern. Er spürte, wie sie seine Haare streichelte, seinen Nacken, und die Berührung ihrer kühlen Finger erregte ihn augenblicklich. Zielstrebig folgte er ihrem weiblichen Duft dorthin, wo er stärker wurde, verlockender, und Lucy gab einen erregten Laut von sich, ihre Beine öffneten sich wie von selbst.

Sie wimmerte, als er sich lustvoll in die weiche Zartheit zwischen ihren Oberschenkeln begab, in die seidige Hitze vordrang, ihr erotisches und berauschendes Aroma aufnahm. Er spielte mit ihr, streichelte, saugte sanft, bis sie schluchzend gegen ihn stieß. Jeden Stoß und jeden Pulsschlag fing er auf, half ihr, sich zu entspannen, weich zu werden, bis sie still unter ihm lag.

Dann bedeckte er sie mit seinem Körper, ließ sich in die köstlich-feuchte Tiefe sinken und bewegte sich mit langsamen Stößen in ihr, um das Gefühl bis zum Letzten auszukosten. Ihre Fingernägel glitten über seinen Rücken, ein sanftes elektrisierendes Kratzen, das ihn anfeuerte, heftiger und tiefer in sie hinein zu stoßen. Der Höhepunkt kam ohne Vorwarnung, erfasste seinen ganzen Körper mit Macht, breitete sich über jeden Quadratzentimeter seiner Haut aus.

Außer Atem und fassungslos ließ Sam sich auf die Seite fallen, als es vorüber war. Lucy kuschelte sich an ihn. Er schloss die Augen und kämpfte darum, seinen Atem zu beruhigen. Seine Glieder fühlten sich unglaublich schwer an. Er kannte sexuelles Vergnügen, aber noch nie hatte er das so intensiv, so verschwenderisch empfunden. Erschöpfung machte sich in ihm breit, und er wollte nur noch schlafen. So wie jetzt … in seinem Bett … mit Lucy an seiner Seite.

Der letzte Gedanke ließ ihn die Augen aufreißen.

Er schlief nie gemeinsam mit einer Frau ein. Das war einer der Gründe, warum er lieber in der Wohnung der Frau Sex hatte als bei sich zu Hause. Es war einfach viel leichter, wenn er anschließend gehen konnte. Bei einigen Gelegenheiten war Sam sogar so weit gegangen, dass er eine protestierende Frau ins Auto gepackt und zu ihr nach Hause gefahren hatte. Der Gedanke, eine ganze Nacht mit einer Frau zu verbringen, hatte ihn bisher immer mit einem Abscheu erfüllt, der an Panik grenzte.

Er zwang sich, das Bett zu verlassen, und ging unter die Dusche. Nachdem er einen Bademantel übergezogen hatte, brachte er einen heißen Waschlappen ans Bett, kümmerte sich um Lucy und deckte sie ordentlich zu. „Bis morgen früh", murmelte er und küsste sie kurz auf die Lippen.

„Wohin gehst du?"

„Das Gästebett wartet."

„Bleib bei mir." Einladend schlug sie die Decke zurück.

Sam schüttelte den Kopf. „Ich könnte dir wehtun ... mich auf dein verletztes Bein wälzen oder so was ..."

„Spinnst du?" Ein schläfriges Lächeln zuckte um ihre Lippen. „Diese Orthese ist unzerstörbar. Man könnte mit einem Lkw drüberfahren."

Sam ließ sich sehr viel Zeit mit der Antwort. Der Umstand, dass er tatsächlich am liebsten wieder zu ihr unter die Decke gekrochen wäre, ließ alle seine Alarmglocken läuten. „Ich schlafe gern allein."

„Oh." Lucy gab sich bewusst gelassen. „Du verbringst nie die ganze Nacht mit einer Frau."

„Nein."

„Schön. Geht in Ordnung."

„Gut." Sam räusperte sich. Er kam sich unbeholfen und einfältig vor. „Du nimmst das nicht persönlich, oder?"

Ihr sanftes Lachen perlte durch die Luft. „Gute Nacht, Sam. Es war wunderbar mit dir. Danke."

Sam dachte, dass sich vermutlich zum ersten Mal eine Frau

bei ihm dafür bedankt hatte, mit ihr geschlafen zu haben. „Das Vergnügen war ganz meinerseits.“ Damit begab er sich ins Gästezimmer, noch genauso beunruhigt wie zuvor.

Irgendetwas hatte sich in ihm verändert, und er wollte einfach nicht wissen, was es war.

## 19. KAPITEL

Lucys Mutter war Sam auf Anhieb verfallen. Ihr Mann reagierte zurückhaltender, jedenfalls zuerst. Dann aber fanden sie während des Essens im *Duck Soup* ein gemeinsames Thema, als Sam nach der Raumsonde fragte, die Lucys Vater mit entwickelt hatte. Als ihm klar wurde, dass Sam anders war, als sein Äußeres erwarten ließ – vielseitig interessiert, wissbegierig und gebildet –, fing Lucys Vater an zu plaudern.

„Wir haben also erwartet", erzählte Philipp, „dass die Kometen eine Mischung von Partikeln sind – aus der Zeit vor der Entstehung unserer Sonne und dem Eis, das sich am Rand des Sonnensystems beim absoluten Nullpunkt gebildet hatte." Er zögerte kurz. „Wenn du den Begriff nicht kennst: Der absolute Nullpunkt ist …"

„Der Nullpunkt jeder thermodynamischen Temperaturskala", ergänzte Sam.

„Richtig." Lucys Vater strahlte Sam förmlich an. „Im Gegensatz zu unseren Annahmen besteht der Komet überwiegend aus Gestein, das sich bei extrem hohen Temperaturen in unserem Sonnensystem gebildet hat. Kometen entstehen also unter Bedingungen, die von gewaltiger Hitze *und* Kälte geprägt sind."

„Faszinierend", meinte Sam, und es war offensichtlich, dass er das nicht nur so sagte, sondern ehrlich meinte.

Während die Männer sich weiter unterhielten, beugte sich Cherise zu ihrer Tochter hinüber und flüsterte ihr zu: „Er ist einfach wunderbar. So gut aussehend und charmant, und dein Vater mag ihn sehr. Den musst du festhalten, mein Schatz."

„An dem gibt es nichts festzuhalten", gab Lucy leise zurück. „Das habe ich dir bereits gesagt. Er ist Junggeselle aus Überzeugung und will es bleiben."

Ganz offensichtlich reizte ihre Mutter die Herausforderung. „Du kannst ihn umstimmen. Ein Mann wie er sollte nicht Single bleiben. Das wäre geradezu ein Verbrechen."

„Ich denke gar nicht daran, einen überaus netten Mann damit zu quälen, dass ich versuche, ihn umzumodeln."

„Lucy", gab ihre Mutter ungeduldig zurück, „was glaubst du eigentlich, wozu die Ehe da ist?"

Nach dem Essen fuhren sie zu Sams Haus in der Rainshadow Road, um dort Kaffee zu trinken. Ursprünglich hatten sie das nicht so geplant, aber nachdem Sam sein Weingut und das renovierte viktorianische Haus beschrieben hatte, bestand Lucys Mutter förmlich darauf, beides zu sehen. Mark und Holly waren übers Wochenende verreist. Sie besuchten gemeinsam mit Maggie deren Eltern in Bellingham. Bereitwillig bot Sam an, Cherise durchs Haus zu führen und ihr alles zu zeigen.

„Ich verzieh mich in die Küche und koche Kaffee", erklärte Lucy. „Mom, fang nicht an, Sam zu verhören, während er dir das Haus zeigt."

Ihre Mutter sah sie mit großen erstaunten Augen an. „Ich habe noch nie jemanden verhört."

„Du solltest vielleicht wissen, dass ich nur auf vorher genehmigte Fragen antworte", sagte Sam. „Aber für dich, Cherise, mache ich eine großzügige Ausnahme."

Ihre Mutter kicherte.

„Ich helfe Lucy beim Kaffeekochen", erklärte Philipp. „Bei Diskussionen über Hausrenovierungen kann ich nicht mitreden. Ich kann einen Terrazzo nicht von einer Terrasse unterscheiden."

Lucy füllte Kaffeebohnen in die elektrische Kaffeemühle und gab anschließend das Pulver in den Filter, während ihr Vater die Glaskanne mit Wasser füllte. „Und? Was hältst du von Sam?", fragte Lucy.

„Ich mag ihn. Ein kluger Bursche. Er scheint solide und unabhängig zu sein, und er hat über meinen Heisenberg-Witz gelacht. Ich frage mich nur, warum ein Mann mit so viel Verstand seine Zeit mit einem Weinberg verschwendet."

„Das ist keine Verschwendung."

„Tausende von Menschen in aller Welt produzieren Wein. Es

bringt doch nichts, noch einen herauszubringen, wenn es schon so viele Weine gibt."

„Ebenso gut könnte man behaupten, niemand solle noch Kunstwerke schaffen, weil es schon so viele gibt."

„Kunst – oder Wein – bringt den Menschen nicht solchen Nutzen wie die Wissenschaft."

„Sam würde das Gegenteil behaupten." Sie sah zu, wie ihr Vater das Wasser in die Kaffeemaschine goss und sie einschaltete.

Das Gerät begann zu klicken und zu dampfen, während es den Kaffee brühte.

„Viel wichtiger ist doch die Frage, was du von ihm hältst", bemerkte ihr Vater.

„Ich mag ihn auch. Aber es besteht keine Chance auf eine ernsthafte Beziehung. Wir haben beide Pläne für die Zukunft, die den jeweils anderen nicht einschließen."

Ihr Vater zuckte die Achseln. „Wenn du seine Gesellschaft genießt, schadet es nichts, Zeit mit ihm zu verbringen."

Einen Moment schwiegen sie beide und lauschten dem friedlichen Gurgeln und Gluckern der Kaffeemaschine.

„Morgen besucht ihr Alice und Kevin?", fragte Lucy.

Ihr Vater nickte, und sein Gesicht verfinsterte sich. „Du weißt, dass diese Ehe – wenn es denn überhaupt zur Hochzeit kommt – zum Scheitern verurteilt ist."

„Das kannst du nicht mit Sicherheit sagen", widersprach Lucy, obwohl sie ihm insgeheim recht gab. „Menschen sind immer für eine Überraschung gut."

„Ja, das stimmt", gab er zu. „In meinem Alter allerdings nicht mehr oft. Wo stehen die Kaffeebecher?"

Zusammen suchten sie in den Küchenschränken, bis sie die Becher fanden.

„Deine Mutter und ich, wir haben uns kürzlich unterhalten", begann Philipp. „Ich schätze, sie hat dir erzählt, dass ich schon einmal verheiratet war?", fügte er zu Lucys Überraschung hinzu.

„Ja", brachte Lucy mühsam hervor. „Das war ein kleiner

Schock für mich.“

„Diese unsägliche Geschichte mit dir und Alice und Kevin hat einige Dinge aufgewühlt, mit denen deine Mutter und ich uns eine ganze Weile nicht mehr befasst hatten.“

„Ist das schlimm?“, fragte Lucy vorsichtig nach.

„Keine Ahnung. Ich war nie der Meinung, dass man in einer Beziehung über alles reden muss. Manches lässt sich nicht durch ein Gespräch bereinigen.“

„Ich vermute, dass diese Dinge mit … ihr zu tun haben?“ Aus irgendeinem Grund brachte Lucy es nicht fertig, von *deiner ersten Frau* zu sprechen.

„Ja. Ich liebe deine Mutter. Ich würde nie Vergleiche anstellen. Die andere Beziehung war …“ Er stockte – nachdenklich und angespannt, wie sie ihn noch nie erlebt hatte. „Das war eine Klasse für sich.“

„Wie hieß sie?“, fragte Lucy sanft.

Seine Lippen öffneten sich, als wollte er antworten, aber dann schüttelte er den Kopf und schwieg.

Was musste sie für eine Frau gewesen sein, fragte sich Lucy, wenn er selbst jetzt noch, Jahrzehnte nach ihrem Tod, nicht einmal ihren Namen aussprechen konnte?

„Die Gefühlsstärke …“, sagte er nach einer Weile, als spräche er mit sich selbst. „Der Eindruck, dass zwei Menschen so absolut füreinander bestimmt sind, dass sie zwei Hälften eines Ganzes sind. Das war … außergewöhnlich.“

„Du bereust es also nicht“, meinte Lucy.

„Und ob ich es bereue.“ Ihr Vater sah sie an, seine Augen glitzerten, und seine Stimme klang belegt, als er hinzufügte: „Es ist besser, so etwas nicht kennenzulernen.“

Sprachlos angesichts dieses seltenen Gefühlsausbruchs humpelte Lucy zur Besteckschublade, um Kaffeelöffel zu holen. Wenn er Berührungen schätzen würde, hätte sie ihn jetzt in die Arme genommen. Aber seine zugeknöpfte Höflichkeit hatte ihn immer wie ein Panzer umgeben, der Gesten der Zuneigung abwehrte.

Jetzt begriff sie etwas, was sie noch nie verstanden hatte: Die Ruhe ihres Vaters, seine unendliche Selbstbeherrschung hatten nichts mit innerem Frieden zu tun.

Nachdem die Marinns zurück in Kalifornien waren, rief Lucys Mutter an und erzählte Lucy, der Besuch bei Alice und Kevin sei ziemlich genauso verlaufen wie erwartet. Beide seien ziemlich kleinlaut gewesen, sagte sie. Besonders Kevin habe kaum etwas gesagt. „Aber ich habe das Gefühl", erklärte Lucys Mutter, „dass sie entschlossen sind, die Sache durchzuziehen, komme, was wolle. Ich glaube, Kevin bekommt Druck von seinen Eltern. Ihnen liegt anscheinend ziemlich viel daran, dass er heiratet."

Lucy lächelte kläglich. Kevins Eltern waren ein etwas älteres Paar. Sie hatten ihren einzigen Sohn hoffnungslos verwöhnt und später bestürzt zur Kenntnis nehmen müssen, wie unreif und ichbezogen er war. Aber es war zu spät für sie, darüber nachzudenken, was sie hätten anders machen können. Vielleicht glaubten sie, die Ehe werde ihm guttun und ihn endlich ein wenig erwachsener werden lassen.

„Wir sind essen gegangen", erzählte Cherise, „und alle haben sich von ihrer besten Seite gezeigt."

„Sogar Dad?", fragte Lucy ironisch.

„Sogar Dad. Der einzige kritische Moment kam, als Kevin mich nach dir fragte."

„Er hat nach mir gefragt?" Lucy war überrascht. „Vor allen anderen?"

„Ja. Er wollte wissen, was mit deinem Bein ist und wie es dir geht. Und dann fragte er, wie ernst es dir mit Sam ist."

„Mein Gott. Ich möchte wetten, dass Alice ihn am liebsten umgebracht hätte."

„Er hat nicht gerade den günstigsten Moment für seine Fragen gewählt", räumte ihre Mutter ein.

„Was hast du ihm gesagt?"

„Die Wahrheit – dass du gut aussiehst. Und glücklich. Und

dass ihr beide, du und Sam, einander sehr nahegekommen seid. Darüber freue ich mich wirklich sehr."

„Mom. Ich habe dir doch gesagt, warum es ausgeschlossen ist, dass ich eine ernsthafte Beziehung zu Sam eingehe. Also bitte fang nicht an, auf etwas Unmögliches zu hoffen."

„Was heißt hier unmöglich?", widersprach ihre Mutter mit ärgerlicher Ruhe. „Du tust doch schon, was du für ausgeschlossen erklärst."

Zwei Tage nach dem Besuch ihrer Eltern zog Lucy in die Wohnung in Friday Harbor. Zu ihrer Verwunderung war Sam alles andere als begeistert, dass sie das Haus an der Rainshadow Road so früh verließ. Er beharrte darauf, sie brauche mehr Zeit, sich auszuruhen und ihre Verletzungen heilen zu lassen. „Außerdem", sagte er, „glaube ich nicht, dass du schon richtig mit den Krücken umgehen kannst."

„Ich kann sehr gut mit ihnen umgehen", widersprach Lucy. „Ich kann sogar schon Kunststücke damit. Die solltest du mal sehen."

„Aber die Treppen. Und die weiten Wege. Und du kannst noch nicht wieder Auto fahren. Wie willst du deine Einkäufe bewältigen?"

„Ich habe eine lange Liste mit Telefonnummern von Mitgliedern der Hog-Heaven-Gemeinde."

„Ich will nicht, dass du mit diesen Motorrad-Rockern rumhängst."

„Ich werde nicht mit ihnen rumhängen", gab Lucy belustigt zurück. „Sie werden mir nur ab und zu ein wenig behilflich sein."

Obwohl Sam offensichtlich gern noch ein wenig länger mit ihr gestritten hätte, gab er klein bei. „Es ist dein Leben."

Spitzbübisch grinste Lucy ihn an. „Keine Sorge", meinte sie. „Ich lade dich gelegentlich auf eine schnelle Nummer ein."

Er musterte sie böse. „Großartig. Es geht mir ja auch in erster Linie um die sexuellen Annehmlichkeiten."

Obwohl es Lucy leidtat, das Haus an der Rainshadow Road zu verlassen, hatte sie das Gefühl, es sei besser so für sie beide. Noch ein paar Tage erzwungener Nähe, und – dessen war sie sich ziemlich sicher – Sam würde sich eingeengt fühlen. Das Entscheidende aber war: Lucy war überglücklich, wieder in ihr Atelier zu kommen.

Sie vermisste ihr Glas entsetzlich, konnte es fast nach ihr rufen hören.

Am ersten Morgen, den sie in der *Sternenschaukel* verbrachte, war Lucy von einem kreativen Feuer erfüllt. Sie machte sich daran, einen Entwurf in Originalgröße für das Buntglasfenster zu zeichnen, das sie für das Haus an der Rainshadow Road fertigen wollte. In einer Kombination von Handzeichnung und Computergrafik legte sie die Schnittlinien fest und versah die Stücke mit einem Zahlencode für die Farbschattierungen. Als sie mit dem Ergebnis zufrieden war, machte sie drei Kopien des Musters. Eine als Vorlage, eine zum Zerschneiden und eine, auf der sie das Fenster wie ein Puzzle zusammenstellen würde. Danach erst konnte sie an die Millimeterarbeit des Glasritzens und -brechens sowie an den Feinschliff für die Kanten der einzelnen Stücke gehen.

Lucy arbeitete noch an der Zeichnung, als Sam zur Mittagszeit im Atelier aufkreuzte. Er hatte zwei Papiertüten von *Market Chef* mit, die beide gut gefüllt aussahen. „Sandwiches“, kündigte er an.

„Ich habe nicht mit dir gerechnet“, rief Lucy. Dann huschte ein neckisches Lächeln über ihr Gesicht. „Du kannst dich einfach nicht von mir fernhalten.“

Sam warf einen Blick auf den Stapel Skizzen auf dem Tisch. „Ziehst du das hier wirklich dem Faulenzen in netter Gesellschaft vor?“

Lucy lachte. „Nun ja, es war natürlich sehr schön, von vorn und hinten bedient zu werden … aber es tut gut, wieder arbeiten zu können.“

Sam stellte die Tüten auf den Werktisch und trat neben sie,

um sich den Entwurf genauer anzusehen. Eingehend betrachtete er die Zeichnung. „Das ist schön."

„Das wird umwerfend", erklärte Lucy. „Du hast keine Vorstellung, wie viel die Wirkung des Glases ausmacht."

Um seine Mundwinkel zuckte es leicht. „So wie ich dich kenne, bin ich auf alles gefasst." Nachdem er die Zeichnung mehrere Minuten auf sich hatte wirken lassen, sagte er: „Zum Einzug habe ich dir ein Geschenk mitgebracht. Ich dachte mir, du möchtest es vermutlich lieber hierbehalten."

„Du hättest mir nichts schenken müssen."

„Du wirst es eh noch eine ganze Weile nicht benutzen können."

„Wo ist es?"

„Bleib sitzen. Ich bringe es rein."

Lucy wartete gespannt, während Sam wieder nach draußen ging. Ihre Augen weiteten sich, als er ein Fahrrad hereinschob. Eine riesige Schleife schmückte den Lenker. „Das glaube ich nicht. Oh, Sam! Du bist der süßeste, süßeste …" Sie brach mit einem Jauchzer ab, als sie sich den fantastisch restaurierten, dunkelgrün lackierten und mit weißen Schutzblechen versehenen Oldtimer ansah.

„Das ist eine *Ladies Schwinn Hornet* von 1954", erläuterte Sam und schob das Fahrrad zu ihr.

Lucy ließ die Finger über die kleinen rostigen Stellen, die dicken schwarzen Reifen und den weißen Ledersattel gleiten. „Es ist vollkommen", sagte sie. Zu ihrer Überraschung klang ihre Stimme kratzig, und Tränen verschleierten ihr die Sicht. Denn ein Geschenk wie dieses konnte ihr nur jemand machen, der sie verstand. Jemand, der sie durchschaut hatte. Und das zeigte ihr, dass Sam wirklich etwas für sie empfand, ob er wollte oder nicht. Sie war überrascht, wie viel ihr das bedeutete und wie sehr sie sich danach gesehnt hatte, dass er sie mochte.

„Danke. Ich …" Sie stand auf, schlang ihre Arme um ihn und drückte ihr Gesicht an seine Schulter.

„Nicht der Rede wert." Unbehaglich tätschelte Sam ihr den

Rücken. „Kein Grund, sentimental zu werden.“

Sie spürte, wie sehr er sich verspannte, und begriff, woran es lag. „Das ist so unglaublich lieb von dir. Vermutlich das schönste Geschenk, das mir jemals jemand gemacht hat“, sagte sie betont leichthin. Dann zwang sie sich zu einem Lächeln, reckte sich zu ihm hoch und küsste ihn auf die Wange. „Entspann dich. Ich liebe dich immer noch nicht.“

„Gott sei Dank.“ Er grinste sie an und wurde sichtlich lockerer.

In den nächsten zwei Monaten beschäftigte Lucy sich mit ihrer Arbeit. Sam schaute immer wieder mal vorbei, angeblich, um sich zu vergewissern, dass alles in Ordnung war, aber seine Besuche endeten fast immer damit, dass sie gemeinsam essen gingen. Obwohl es hinterher unzählige Male zu romantischen Zwischenspielen in Lucys Wohnung kam, war Sex nichts, was Sam forderte oder automatisch erwartete. Er schien Spaß daran zu haben, sich mit ihr zu unterhalten und einfach mit ihr zusammen zu sein, ob sie nun am Ende miteinander schliefen oder nicht.

Eines Nachmittags brachte er Holly mit in Lucys Atelier, und Lucy half dem Mädchen, aus Glas und Kupferfolie einen einfachen Suncatcher zu basteln. An einem anderen Tag gingen sie gemeinsam mit Holly zum Skulpturenpark. Sam war im Nu von mindestens einem halben Dutzend wild kichernder Kinder umgeben, mit denen er versuchte, die Posen der Statuen nachzustellen.

Lucy fand Sams Verhalten ausgesprochen verblüffend. Obwohl er doch wild entschlossen war, emotionalen Bindungen aus dem Weg zu gehen, handelte er wie jemand, der sich nach Nähe sehnte. Ihre Unterhaltungen landeten oft bei sehr persönlichen Themen, und sie erzählten einander, was und wie sie dachten, und teilten ihre Kindheitserinnerungen. Je mehr Lucy vom Familienleben der Nolans erfuhr, desto mehr Mitgefühl empfand sie für Sam. Kinder von Alkoholikern wuchsen oft mit einer gehörigen Portion Misstrauen gegenüber intensiven Gefühlen auf. Meistens versuchten sie, sich abzuschotten, sich dagegen zu wehren, verletzt, manipuliert oder schlimmstenfalls verlassen zu werden. Im Ergebnis empfanden sie Nähe als etwas Brandgefährliches, etwas, das unter allen Umständen zu meiden war. Und trotzdem kam Sam ihr näher und lernte allmählich, ihr zu vertrauen, anscheinend ohne sich dessen bewusst zu sein.

*Du bist mehr wert, als du glaubst.* Zu gern hätte Lucy ihm das gesagt. Es war nicht unmöglich, zu glauben, dass Sam eines Tages einen Punkt erreichen könnte, an dem er jemanden lieben und zulassen konnte, selbst geliebt zu werden. Andererseits konnte ein solch wichtiger Wandel in der Selbsterkenntnis sehr viel Zeit in Anspruch nehmen. Vielleicht brauchte er sein ganzes Leben dafür oder würde diesen Punkt sogar nie erreichen. Der Frau, die all ihre Hoffnung auf Sam setzte, würde er jedenfalls mit an Sicherheit grenzender Wahrscheinlichkeit das Herz brechen.

Und nur sich selbst gegenüber gestand Lucy ein, dass sie gefährlich nah daran war, diese Frau zu werden. Es wäre so einfach, sich zu gestatten, Sam zu lieben. Sie fühlte sich unwiderstehlich zu ihm hingezogen, war so glücklich, wenn sie zusammen waren, dass sie begriff: Ihre Beziehung näherte sich rasch ihrem Ende. Wenn sie nämlich zu lange mit dem Bruch wartete, dann würde sie ernstlich verletzt werden. Viel stärker verletzt als durch Kevins Verrat.

In der Zwischenzeit war sie entschlossen, jeden Augenblick mit Sam zu genießen. Gestohlene Augenblicke, erfüllt von der bittersüßen Gewissheit, dass Glück so vergänglich war wie das Mondlicht.

Obwohl Lucy keinen unmittelbaren Kontakt zu Alice pflegte, hielt ihre Mutter sie über die Fortschritte der Hochzeitsplanung auf dem Laufenden. Die Trauung würde in der Our-Lady-of-Good-Voyage-Kapelle in Roche Harbor im Westen der Insel stattfinden. Die kleine weiße Kapelle, mehr als hundert Jahre alt, stand auf den Klippen oberhalb des Hafens. Hinterher war ein Empfang im Hof des *McMillin*, einem historischen Restaurant am Wasser, geplant.

Es ärgerte Lucy, dass ihre Mutter sich trotz ihrer Vorbehalte gegen Kevin mehr und mehr für die Hochzeit an sich begeisterte. Wieder einmal sah es ganz danach aus, als könnte Alice tun, was sie wollte, und käme damit durch.

An dem Tag, an dem ihr die Einladung ins Haus flatterte, legte Lucy sie auf die Arbeitsplatte in der Küche und empfand jedes Mal, wenn sie sie ansah, einen Stich von Verbitterung und Ärger.

Als Sam zum Essen kam, entdeckte er den verschlossenen Umschlag sofort.

„Was ist das?"

Lucy zog eine Grimasse. „Die Einladung zur Hochzeit."

„Willst du sie nicht öffnen?"

„Ich hoffe, dass das Ding einfach irgendwie verschwindet, wenn ich es nur lange genug vor mir herschiebe und ignoriere." Sie machte sich an der Spüle zu schaffen und wusch Salatblätter in einem Durchschlag.

Sam trat von hinten an sie heran, legte seine Hände auf ihre Hüften und zog sie rücklings an sich. Er wartete geduldig, war einfach da. Schließlich beugte er sich über sie und streifte mit den Lippen ihr Ohr.

Lucy drehte das Wasser ab und trocknete sich die Hände an einem Geschirrtuch. „Ich weiß nicht, ob ich hingehen kann", sagte sie mürrisch. „Ich will nicht. Aber ich muss. Ich sehe keine Alternative."

Sam drehte sie zu sich um und legte die Hände links und rechts von ihr auf die Arbeitsplatte. „Fürchtest du, dass es wehtun wird, Kevin und Alice zum Altar schreiten zu sehen?"

„Ein bisschen. Aber nicht wegen Kevin. Es geht nur um meine Schwester. Ich bin immer noch wütend darüber, wie sie mich hintergangen hat, wie sie mich beide belogen haben. Und jetzt fallen meine Eltern wieder in das alte Muster zurück und zahlen für alles, was wiederum bedeutet, dass Alice sich nie ändern wird, nie dazulernen wird …"

„Du solltest mal Luft holen", bremste Sam sie.

Lucy atmete tief ein und stieß einen heftigen Seufzer aus. „Sosehr ich die Vorstellung auch hasse, zu dieser Hochzeit zu gehen, ich kann auch nicht zu Hause sitzen während der Feier. Das sähe so aus, als hegte ich immer noch Gefühle für Kevin oder wäre eifersüchtig oder so was."

„Soll ich dich irgendwohin entführen?", fragte Sam.

Verwirrt runzelte sie die Stirn. „Du meinst … während der Hochzeitsfeier?"

„Ich nehme dich mit in eine nette kleine Ferienanlage in Mexiko. Du kannst dich nicht zu sehr über ihre Hochzeit aufregen, wenn du an einem weißen Sandstrand liegst und Mojitos trinkst."

Mit großen Augen schaute sie zu ihm hoch. „Das würdest du für mich tun?"

Sam lächelte. „Ich hätte ja auch was davon. Zum Beispiel deinen Anblick in einem Bikini. Sag mir, wohin du willst. Los Cabos? Baja? Oder vielleicht Belize oder Costa Rica?"

„Sam." Sie klopfte ihm leicht auf die Brust. „Danke. Ich weiß dein Angebot mehr zu schätzen, als ich dir sagen kann. Aber es gibt auf der ganzen Welt nicht genug Mojitos, um mich vergessen zu lassen, dass es ihr Hochzeitstag ist. Ich werde hingehen müssen. Ich nehme nicht an, dass du …" Sie brachte den Satz nicht zu Ende, schaffte es einfach nicht, ihn zu fragen.

„Du hast dich bereit erklärt, mit mir zu Marks und Maggies Hochzeit zu gehen", erwiderte Sam. „Da ist es nur fair, wenn ich mit dir zur Hochzeit deiner Schwester gehe."

„Danke."

„Keine Ursache."

„Nein … ehrlich", sagte sie ernsthaft. „Ich fühle mich schon besser, nur weil ich weiß, dass du bei mir sein wirst." Kaum hatte sie das gesagt, hätte sie die Worte am liebsten zurückgenommen. Sie fürchtete, zu viel verraten zu haben. Jeder Hinweis, dass sie Sam brauchte und gefühlsmäßig von ihm abhängig war, würde ihn verjagen.

Aber er nahm ihren Kopf in die Hände und küsste sie, ließ seine Hand über ihr Rückgrat gleiten, bis sie tief auf Lucys Hüften liegen blieb, und presste sie an sich. Ihre Augen weiteten sich, als sie den Druck seiner wachsenden Erregung spürte. Inzwischen wusste Sam schon viel zu viel über sie; er kannte ihre empfindsamsten Stellen, war sich sicher, was sie erregte. Er küsste sie, bis sie die Augen schloss und sich schwer an ihn lehnte, während ihr Herz raste. Langsame sengende Küsse, die ihr die Kraft raubten und sie mit Empfindungen überschwemmten.

Lucy wandte den Kopf gerade weit genug ab, um hauchen zu können: „Nach oben." Und er hob sie auf seine Arme.

Am darauffolgenden Wochenende heirateten Mark und Maggie auf der ausgedienten Fähre in Seattle. Es war ein warmer schöner Tag, und das Wasser des Lake Union glitzerte saphirblau in der Sonne. Die Trauung fand in einer sehr gelösten ruhigen Atmosphäre statt. Es war keine Nervosität zu spüren, keine Unsicherheit, keine Spannungen, und niemand machte zu viel Aufhebens um die Feier. Braut und Bräutigam waren von ganzem Herzen glücklich, und das färbte auf alle Anwesenden ab.

Maggie bot einen wunderschönen Anblick. Sie trug ein knielanges elfenbeinfarbenes Kleid aus strukturierter Seide, dessen Ausschnitt und Träger mit zart durchscheinender Chiffonspitze besetzt waren. Ihre schlichte Hochsteckfrisur war mit einem Sträußchen weißer Rosen geschmückt. Holly trug ein ähnliches cremefarbenes Kleid mit gebauschtem Rock. Es rührte Lucy tief, dass Mark und Maggie Holly zu sich winkten, als sie für das Ehegelübde vor dem Friedensrichter standen. Nachdem Mark die Braut geküsst hatte, gab er auch Holly einen Kuss.

Anschließend wartete auf der Fähre ein fantastisches Büfett: Obst in allen Variationen, bunte Salate, Pasta- und Reisgerichte, frischer Fisch und Meeresfrüchte aus dem Pazifik, Brioches mit Käse, Bacon und Chutney, eine Menge Tartes und Gemüserollen. Statt der traditionellen Hochzeitstorte hatte man viele winzige Törtchen auf einer Etagere zu einer kunstvollen Pyramide gestapelt. Dazu spielte ein Jazzquartett live den Gershwin-Song *Embraceable You*.

„Ich finde es schade, dass diese Hochzeit nicht erst nach Alices Hochzeit stattfindet. In umgekehrter Reihenfolge wäre es besser gewesen", meinte Lucy zu Sam.

„Warum?"

„Weil alle so glücklich sind und Mark und Maggie einander so offensichtlich lieben. Verglichen damit wird die Hochzeit meiner Schwester nur noch schauderhafter."

Sam lachte und reichte ihr ein Glas Champagner. Er sah umwerfend aus in seinem dunklen Anzug und der gemusterten Krawatte, auch wenn er ständig ungeduldig am Kragen zerrte und damit zeigte, wie ungern er sich in formelle Kleidung zwängte. „Das Angebot einer Flucht nach Mexiko steht immer noch", sagte er.

„Führe mich nicht in Versuchung."

Nachdem die Gäste sich am Büfett die Teller gefüllt und an den Tischen Platz genommen hatten, trat Sam vor und brachte einen Toast auf das frisch verheiratete Paar aus. Mark hatte die Arme um Maggie und Holly gelegt.

„Wenn es keine Fähren gäbe", begann Sam, „hätte mein Bruder heute nicht geheiratet. Er und Maggie haben sich auf der Überfahrt von Bellingham nach Anacortes ineinander verliebt … Das erinnert mich an eine alte Redewendung: Das Leben ist eine Reise. Manche Leute haben ein natürliches Gespür für die richtige Richtung. Man könnte sie mitten in einem fremden Land aussetzen, und sie würden sich zurechtfinden. Mein Bruder gehört nicht zu diesen Leuten." Sam verstummte einen Moment, als einige der Gäste anfingen zu lachen und sein Bruder so tat, als werfe er ihm einen warnenden Blick zu. „Wenn Mark es also wundersamerweise schafft, dort anzukommen, wo er ankommen soll, ist das eine nette Überraschung für jedermann, Mark eingeschlossen.“ Das erntete weitere Lacher von den Gästen. „Aber trotz all der Straßensperren, Umleitungen und Einbahnstraßen hat Mark es jedenfalls geschafft, zu Maggie zu finden.“ Sam hob sein Glas. „Auf die gemeinsame Reise von Mark und Maggie. Und auf Holly, die mehr geliebt wird als jedes andere Mädchen auf der ganzen Welt.“

Alle klatschten und pfiffen, und die Band begann, eine langsame romantische Version von *Fly Me to the Moon* zu spielen. Mark zog Maggie in seine Arme, und die beiden drehten eine Runde auf der Tanzfläche.

„Eine perfekte Rede“, flüsterte Lucy.

„Danke.“ Sam lächelte sie an. „Geh nicht weg. Ich bin gleich wieder da.“

Dann gab er sein leeres Champagnerglas einer vorbeikommenden Serviererin, ging zu Holly und führte sie auf die Tanzfläche. Dort wirbelte er sie herum, setzte ihre Füße auf seine eigenen und tanzte so mit ihr. Zum Schluss nahm er sie auf die Arme und drehte sich langsam einmal um die eigene Achse.

Lucys Lächeln wich einer nachdenklichen, leicht abwesenden Miene, während sie die beiden beobachtete. Im Hinterkopf grübelte sie über eine E-Mail, die sie am Morgen von Alan Spellman, ihrem ehemaligen Professor, erhalten hatte. Sie hatte sie niemandem gegenüber erwähnt, denn sie machte ihr Sorgen, und sie war hin- und hergerissen, obwohl sie sich eigentlich nur darüber hätte freuen sollen.

Alan hatte ihr geschrieben, das Komitee des Mitchell Art Centers habe entschieden, ihr die Berufung in das einjährige Residenzprogramm für Künstler anzubieten. Er hatte ihr überschwänglich gratuliert. Sie musste nur ein Dokument unterzeichnen, in dem sie sich mit den Bedingungen für das Programm einverstanden erklärte, und dann würde ihre Berufung öffentlich verkündet werden. „Ich könnte nicht zufriedener sein“, hatte er geschrieben. „Du und das Mitchell Art Center seid wie füreinander geschaffen.“

Diese Aussage hatte Lucy leise amüsiert. Die Ironie des Ganzen, dass nach all ihren gescheiterten Beziehungen ausgerechnet ein Residenzprogramm für Künstler wie für sie geschaffen war, entging ihr keineswegs. Sie würde also ein Jahr in New York verbringen. Internationale Anerkennung ernten. Mit anderen Künstlern zusammenarbeiten, mit neuen Techniken experimentieren, gelegentlich *Design-Vorführungen* im öffentlichen Glaslabor des Art Centers geben. Nach Ablauf des Programms bekam sie eine eigene Ausstellung für ihre Kunstwerke. Das war die Chance, von der Lucy immer geträumt hatte, und nichts stand ihr im Weg.

Außer Sam.

Sie hatte nichts versprochen. Er auch nicht. Ihr ganzes Arrangement beruhte darauf, dass jeder von ihnen die Beziehung beenden und gehen konnte, ohne auch nur einen Blick zurückzuwerfen. Ein Angebot wie das des Mitchell Art Centers würde sie so schnell nicht wieder bekommen. Wenn überhaupt. Und sie wusste, dass Sam niemals wollte, dass sie seinetwegen ein solches Opfer brachte.

Warum war sie dann so schwermütig?

Weil sie sich mehr Zeit mit Sam wünschte. Weil ihre Beziehung ihr trotz ihrer Beschränkungen sehr viel bedeutete.

Zu viel.

Lucys Gedanken kehrten in die Gegenwart zurück, während sie beobachtete, wie Maggies Vater seine Tochter abklatschte und Mark seinerseits Holly aufforderte. Weitere Paare strebten auf die Tanzfläche und wiegten sich zu der süß sehnsüchtigen Melodie.

Sam kam zu Lucy zurück und streckte ihr wortlos die Hand entgegen.

„Ich kann nicht tanzen“, protestierte Lucy lachend und deutete auf die Orthese an ihrem Bein.

Langsam zog ein Lächeln über seine Lippen. „Wir tun so als ob.“

Sie ließ sich in seine Arme ziehen, atmete seinen Duft ein,

den Duft sonnengebräunter Männerhaut und süßen Zedernholzes mit einem Hauch von leichter Wolle und gestärkter Baumwolle. Da Lucy mit der Schiene nicht tanzen konnte, wiegten sie sich nur sacht hin und her, Wange an Wange.

Ein Sturm der Gefühle kam in ihr auf: Sehnsucht, vermischt mit einem Anflug von Panik. Wenn sie ihn verließ, wurde ihr bewusst, konnte sie nie mehr hierher zurückkommen. Es täte viel zu sehr weh, ihn mit anderen Frauen zu sehen und mitzuerleben, wie sich ihre Wege immer weiter trennten ... und sich an den Sommer zu erinnern, in dem sie ein Liebespaar gewesen waren.

Sie waren so nah daran, eine seltene und wunderbare Beziehung einzugehen, die weit über das Körperliche hinausging. Aber letztlich waren all ihre inneren Schutzwälle unüberwindbar geblieben. Noch immer waren sie getrennt, hatten nie die allumfassende Intimität gefunden, nach der Lucy sich sehnte. Und doch waren sie einander womöglich so nah, wie sie einander nur kommen konnten.

*Es ist besser, so etwas nicht kennenzulernen*, hatte ihr Vater gesagt, und sie begann zu begreifen, was er damit gemeint hatte.

„Was ist los?“, flüsterte Sam.

Sie ließ ein Lächeln aufblitzen. „Nichts.“

Aber Sam ließ sich nicht täuschen. „Worüber machst du dir Sorgen?“

„Mein ... mein Bein tut mir ein bisschen weh“, log sie.

Er zog sie fester an sich. „Komm, wir setzen uns eine Weile irgendwohin“, sagte er und führte sie von der Tanzfläche.

Am nächsten Morgen wachte Lucy später auf als sonst. Strahlendes Sonnenlicht fiel ins Schlafzimmer ihrer Wohnung. Sie streckte sich genüsslich, gähnte, drehte sich auf die andere Seite und blinzelte überrascht: Sam lag schlafend neben ihr.

Als sie in ihren Erinnerungen kramte, fiel ihr ein, dass Sam sie nach Hause gebracht hatte. Sie war ziemlich angeheitert gewesen. Offenbar hatte sie ein Glas Champagner zu viel getrunken. Er hatte sie ausgezogen und ins Bett gebracht und leise in sich hineingelacht, als sie ihn zu verführen versuchte.

„Es ist schon spät, Lucy. Du musst schlafen."

„Du willst mich", gurrte sie. „Ganz sicher. Ich sehe das doch." Sie öffnete ihm die Seidenkrawatte und zog ihn daran zu sich herab. Nach einem langen Kuss gelang es ihr, die Krawatte ganz zu lösen, und sie reichte sie ihm triumphierend. „Tu was Verruchtes", sagte sie. „Fessele mich damit. Ich fordere dich heraus." Sie hob ihr gesundes Bein und schlang es um seine Hüfte. „Es sei denn, du bist zu müde."

„Bevor ich für so etwas zu müde bin, bin ich tot", erklärte Sam – und hielt sie bis tief in die Nacht wach.

Offenbar hatte ihn nach dem Kraftakt der Schlaf übermannt und Sams Regel, niemals über Nacht bei einer Frau zu bleiben, außer Kraft gesetzt.

Lucy ließ ihren Blick über seine langen kräftigen Glieder streifen, über seinen glatten Rücken und die Schultern, die verlockend zerzausten Haare. Im Schlaf wirkte sein Gesicht jünger. Seine Lippen waren entspannt, und seine Lider flatterten kaum merklich im Traum. Sie sah, wie sich eine Falte zwischen seinen Brauen bildete, und konnte nicht anders: Sanft strich sie mit einer Fingerspitze darüber, um sie zu glätten.

Sam erwachte mit einem leisen Laut, desorientiert und verschlafen. „Lucy", sagte er, die Stimme noch belegt, und griff reflexhaft nach ihr, um sie in seine Arme zu ziehen. Sie kuschelte sich an ihn, schnupperte an den krausen Haaren auf seiner Brust.

Aber im nächsten Augenblick spürte sie, wie er aufschreckte. „Was … wo …" Sein Kopf schnellte hoch, und ihm stockte der Atem, als er erkannte, wo er war. „Großer Gott", murmelte er und sprang aus dem Bett, als stünde es in Flammen.

„Was ist los?", fragte Lucy, erschrocken über seine Reaktion.

Sam starrte sie mit einem Ausdruck des Entsetzens an, den sie alles andere als schmeichelhaft fand. „Ich bin letzte Nacht nicht nach Hause gefahren. Ich habe hier geschlafen."

„Es ist alles in Ordnung. Renfield ist in der Hundepension. Holly ist bei Mark und Maggie. Du brauchst dir um nichts Sorgen zu machen."

Aber Sam war bereits dabei, seine überall verstreute Kleidung zusammenzuraffen. „Warum hast du mich einschlafen lassen?"

„Ich bin selbst eingeschlafen", verteidigte Lucy sich. „Aber ich hätte dich sowieso nicht geweckt. Du warst erschöpft, und mir macht es nichts aus, mein Bett mit dir zu teilen, also ..."

„Aber *mir* macht es etwas aus", stieß Sam mit Nachdruck hervor. „Ich tue so etwas nicht. Ich bleibe nicht bis zum Morgen."

„Was bist du? Ein Vampir? Da ist doch nichts dabei, Sam. Es hat nichts zu bedeuten."

Aber er hörte ihr gar nicht zu, nahm seine Kleidung mit ins Bad, und eine Minute später hörte sie das Wasser in der Dusche rauschen.

„Und dann ist er einfach abgehauen", erzählte Lucy später an diesem Morgen Justine und Zoë, „als habe ihn eine Tarantel gestochen. Er hat kaum noch ein Wort zu mir gesagt. Ich kann nicht mal beurteilen, ob er wütend war oder in Panik oder beides. Vermutlich beides."

Nachdem Sam gegangen war, hatte Lucy sich auf den Weg zur Frühstückspension gemacht, um ihre Freundinnen zu besuchen. Sie saßen in der Küche, Becher mit dampfendem Kaffee vor sich. Lucy war nicht die Einzige, die Probleme hatte. Zoës sonst so fröhliches Gemüt litt unter Sorgen um ihre Großmutter, deren Gesundheit angeschlagen war. Justine hatte sich gerade von Duane getrennt, und obwohl sie sich Mühe gab, das Ganze leichthin abzutun, war offensichtlich, dass die Trennung sie belastete.

Als Lucy fragte, was den Bruch ausgelöst hatte, antwortete Justine ausweichend: „Ich ... habe ihm versehentlich Angst gemacht."

„Wie? Hast du einen Schwangerschaftstest im Bad liegen lassen oder so was?“

„Großer Gott, nein.“ Justine winkte ungeduldig ab. „Ich will nicht über meine Probleme reden. Deine sind viel interessanter.“

Nachdem sie von Sams seltsamem Verhalten erzählt hatte, stützte Lucy ihr Kinn in die Hand und zog eine mürrische Miene. „Warum rastet jemand aus, nur weil er eine Nacht in einem Bett verbracht hat?“, fragte sie. „Warum hat Sam kein Problem damit, Sex mit mir zu haben, aber dreht völlig durch, wenn es darum geht, in einem Bett mit mir zu schlafen?“

„Der Ort, an dem wir schlafen, ist zugleich der Ort, wo wir am verletzlichsten sind“, erklärte Justine. „Wir sind bewusstlos. Wenn also zwei Menschen in einem Bett schlafen, in diesem äußersten Zustand der Verletzlichkeit, ist das ein gewaltiger Vertrauensbeweis. Daraus entsteht eine andere Nähe als aus Sex – aber sie ist genauso mächtig.“

„Und Sam lässt keine Nähe zu. Zu niemandem“, resümierte Lucy und schluckte, um die Enge in ihrer Kehle loszuwerden. „Das ist ihm zu gefährlich. Denn er und seine Geschwister wurden immer wieder von den Menschen verletzt, die sie eigentlich am meisten hätten lieben sollen.“

Justine nickte. „Unsere Eltern bringen uns bei, wie wir Beziehungen knüpfen und pflegen. Sie zeigen uns, wie man das macht. Es ist schwer, später noch umzulernen.“

„Vielleicht kannst du mit Sam reden“, schlug Zoë vor und legte eine Hand auf Lucys Arm. „Manchmal hilft es, wenn man etwas offen anspricht …“

„Nein. Ich habe mir selbst versprochen, dass ich nicht versuchen werde, ihn zu ändern oder zu therapieren. Sam muss sich allein um seine Probleme kümmern. Und ich mich um meine.“ Lucy war nicht bewusst, dass ihr Tränen über die Wangen rollten, bis Justine ihr eine Serviette reichte. Schniefend und seufzend putzte sie sich die Nase und erzählte ihnen dann, dass man ihr ein Stipendium am Mitchell Art Center angeboten hatte.

„Du nimmst das an, oder?“, fragte Justine.
„Ja. Ich gehe ein paar Tage nach Alices Hochzeit.“
„Wann willst du es Sam sagen?“
„Erst im allerletzten Moment. Ich möchte die Zeit, die wir noch haben, in vollen Zügen genießen. Und wenn ich es ihm erzähle, wird er mir sagen, dass ich gehen soll und dass er mich vermissen wird ... aber innerlich wird er unglaublich erleichtert sein. Denn er kann genauso fühlen wie ich, was mit unserer Beziehung passiert. Wir lassen uns immer mehr aufeinander ein, und das muss enden, bevor es zu weit führt.“
„Warum?“, fragte Zoë leise.
„Weil wir beide gleichermaßen wissen, dass er mir wehtun wird. Er wird nie sagen können *Ich liebe dich* und sein Herz an jemanden verschenken.“ Sie putzte sich erneut die Nase. „Dieser letzte Schritt ist für ihn der Hammer. Er führt ihn an einen Ort, den er auf keinen Fall besuchen will.“
„Es tut mir leid, Lucy“, murmelte Justine. „Ich hätte dich nie ermutigt, etwas mit Sam anzufangen, wenn ich gewusst hätte, dass es dich unglücklich machen würde. Ich dachte, du brauchst ein bisschen Spaß und Ablenkung.“
„Ich hatte Spaß und Ablenkung“, sagte Lucy ernsthaft und wischte sich die Augen.
„Das sehe ich“, gab Justine zurück, und Lucy musste unwillkürlich unter Tränen kichern.
Als sie später an diesem Nachmittag in ihrem Atelier arbeitete, wurde sie von einem Klopfen an der Tür unterbrochen. Sie legte ihr Glasschneidewerkzeug beiseite und richtete ihren Pferdeschwanz, während sie an die Tür ging, um den Besucher einzulassen.
Draußen stand Sam, einen Strauß bunter Blumen in der Hand, darunter orange Rosen, gelbe Lilien, rosa Astern und Gerbera.
Lucy ließ ihren Blick von seinem ausdruckslosen Gesicht zu dem leuchtenden Strauß wandern. „Entschuldigungs-Blumen?“, fragte sie und verkniff sich mühsam ein Lächeln.

„Und Entschuldigungs-Pralinen." Sam überreichte ihr eine rechteckige Hochglanzschachtel, die mindestens zwei Pfund hochwertigste Schokolade enthielt. „Sowie eine aufrichtige Bitte um Verzeihung." Von ihrem Gesichtsausdruck ermuntert, fuhr er fort: „Es ist nicht deine Schuld, dass ich bei dir geschlafen habe. Und nachdem ich darüber nachgedacht habe, ist mir klar geworden, dass die Erfahrung mir nicht ernstlich geschadet hat. Ich bin sogar froh, dass das passiert ist, denn nur so konnte ich herausfinden, wie schön du am Morgen aussiehst."

Lucy lachte und lief rot an. „Deine Bitten um Verzeihung sind fantastisch, Sam."

„Darf ich dich zum Essen einladen?"

„Ich würde schon gern, aber ..."

„Aber was?"

„Ich habe nachgedacht. Und ich frage mich, ob wir es nicht eine Weile bei Freundschaft ohne Sex belassen könnten. Wenigstens ein paar Tage."

„Natürlich", sagte Sam und schaute sie forschend an. „Darf ich fragen, warum?", fügte er dann leise hinzu.

Lucy stellte die Blumen und die Pralinen auf einem Tisch ab. „Es gibt da ein paar Dinge, für die ich eine Lösung finden muss. Dafür brauche ich ein bisschen Raum für mich. Wenn du deshalb deine Meinung bezüglich der Einladung zum Essen änderst, verstehe ich das."

Aus irgendeinem Grund schien ihn das zu ärgern. „Nein, deshalb ziehe ich meine Einladung nicht zurück. Ich ...", er zögerte, suchte nach den richtigen Worten, „brauche dich für mehr als nur Sex."

Lächelnd wandte Lucy sich zu ihm um. Dieses warme und unverkrampfte Lächeln schien ihn zu irritieren. „Danke."

Sie standen einander gegenüber, sahen sich an, ohne sich zu berühren. Lucy vermutete, sie hatten beide mit dem verwirrenden Widerspruch zu kämpfen, dass irgendetwas zwischen ihnen nicht stimmte und irgendetwas anderes dafür umso mehr stimmte.

Gedankenverloren sah Sam sie an. Sein Blick war so intensiv, dass sich ihre Nackenhärchen aufstellten. Er wirkte sehr ernst und still, nur in seiner Wange zuckte ein Muskel. Das Schweigen wurde immer gewichtiger, und Lucy suchte nervös nach einer Möglichkeit, es zu beenden.

„Ich möchte dich in den Arm nehmen", sagte Sam leise.

Verlegen, sich der Tatsache bewusst, dass die leichte Röte auf ihren Wangen blutrot wurde, lachte Lucy nervös auf. Aber Sam lächelte nicht.

Sie hatten intimste Liebesspiele miteinander geteilt, hatten einander in jeder möglichen Phase des An- und Auskleidens gesehen ... aber in diesem Augenblick machte eine so simple Sache wie eine beiläufige Umarmung sie nervös. Lucy trat einen Schritt vor. Langsam schlang er seine Arme um sie, als habe er Angst, eine schnelle Bewegung könne sie erschrecken. Vorsichtig, Zentimeter um Zentimeter, schlossen sie einander in die Arme. Ihre Kurven schmiegten sich an seinen harten Körper, ihre Glieder ebenso, ihr Kopf fand seinen natürlichen Ruheplatz an seiner Schulter.

Lucy entspannte sich total, fühlte, wie jeder Atemzug, jeder Gedanke, jeder Herzschlag sich an ihn anpasste und zwischen ihnen ein Strom zu fließen begann. Wenn Liebe ihren Ausdruck allein zwischen Körpern finden konnte, nicht in der sexuellen Vereinigung, sondern in etwas, das genauso echt und vollständig war, dann geschah das jetzt. Hier. In diesem Augenblick.

Sie verlor jegliches Zeitgefühl, als sie so mit ihm dastand. Tatsächlich schien es ihr, als seien sie beide aus der Zeit herausgetreten, hätten sich ineinander verloren, in diesem rätselhaften Kern, zu dem sie gemeinsam geworden waren. Aber schließlich löste Sam sich von ihr und sagte etwas von Abholen zum Abendessen. Lucy nickte blind und klammerte sich an den Türrahmen, um nicht umzukippen. Sam ging, ohne einen Blick zurückzuwerfen. Er bewegte sich mit der leicht übertriebenen Vorsicht, die jemand an den Tag legte, der nicht ganz sicher auf den Beinen war.

Als Lucy ihren ehemaligen Professor Alan Spellman anrief und ihm sagte, sie nehme das Stipendium an, bat sie ihn, die öffentliche Verkündigung bis Ende August zu verschieben. Bis dahin wären Alice und Kevin verheiratet, und Lucy hätte alle ihre laufenden Projekte abgeschlossen.

Jeden Tag widmete sie eine bestimmte Zeit der Arbeit an dem Buntglasfenster für das Haus an der Rainshadow Road. Es war ein kompliziertes und ehrgeiziges Projekt, das all ihre technischen Fertigkeiten verlangte. Lucy war wie besessen von der Vorstellung, jedes Detail richtig machen zu müssen. All ihre Gefühle für Sam schienen in das Glas zu fließen, als sie die Stücke zurechtschnitt und zu einem Bild gewordenen Gedicht zusammenfügte. Die Farben waren natürliche Erd-, Baum-, Himmels- und Mondfarben, und Lucy verschmolz das Glas in mehreren Schichten, um dem Bild Dreidimensionalität zu verleihen.

Nachdem das Glas seine endgültige Form hatte, zog Lucy die Bleiruten mit Hilfe von Schraubstock und Zange heraus. Sie setzte das Fenster sorgfältig zusammen, fügte die Glasstücke in den Bleirahmen ein, schnitt ihn anschließend zurecht und passte ihn an. Wenn der innere Bleirahmen fertig war, ging es an den u-förmigen Außenrahmen für die Randbezirke des Bildes. Danach waren die Lötarbeiten dran, und anschließend wurde alles mit Kitt wasserdicht gemacht.

Während das Fenster auf ihrem Arbeitstisch langsam Form annahm, spürte Lucy eine seltsame Wärme im Glas. Ein Glühen, das nichts mit der Hitze zu tun hatte, die von den Lötstellen im Metall ausging. Eines Abends, als sie ihr Atelier schließen wollte, warf sie zufällig einen Blick auf das unfertige Fenster, das flach auf dem Arbeitstisch lag. Das Glas schien zu glühen, als besäße es eine eigene Lichtquelle.

Seit der Nacht, in der Sam in ihrer Wohnung geschlafen hatte, war ihre Beziehung eine platonische. Platonisch, aber nicht asexuell. Sam hatte sich allergrößte Mühe gegeben, sie zu verführen – mit schmachtenden Küssen und leidenschaftlichen

Spielen, die sie beide vor unerfülltem Verlangen fiebern ließen. Aber Lucy hatte Angst vor der durchaus realistischen Möglichkeit, sie könnte, wenn sie jetzt mit ihm schlief, herausposaunen, wie sehr sie ihn liebte. Die Worte waren da, in ihrem Kopf, auf ihren Lippen. Sie waren fast die ganze Zeit da und drängten danach, ausgesprochen zu werden. Nur ihr Selbsterhaltungstrieb gab ihr die Kraft, Sam zurückzuweisen. Und obwohl er ihre Ablehnung zunächst mit Würde akzeptiert hatte, fiel es ihm offensichtlich immer schwerer, sie in Ruhe zu lassen.

„Wann?“, hatte er nach ihren letzten Zärtlichkeiten gefragt. Sein Atem streifte ihre Lippen, und in den Augen loderten gefährliche Flammen.

„Ich weiß nicht“, gab Lucy schwach zurück und erschauerte, als er ihren Rücken und ihre Hüften streichelte. „Erst muss ich mir meiner selbst sicher sein.“

„Lass mich dich haben“, flüsterte er und lehnte seine Stirn an ihre. „Lass mich dich die ganze Nacht lieben. Ich möchte wieder neben dir aufwachen. Sag mir einfach, was du brauchst, Lucy, und ich tue es.“

Lieben. Nie zuvor hatte er das so genannt. Dieses eine Wort spannte ihr Herz wie in einen Schraubstock. Das war die Qual, die darin lag, Sam zu lieben: dass er bereit war, so viel Nähe zuzulassen – und doch nicht genug.

Und weil sie das, was sie am meisten brauchte – nämlich dass er sie liebte –, unmöglich haben konnte, wies sie ihn erneut ab.

Lucy vollendete das Fenster zwei Tage vor Alices Hochzeit. Die Gäste kamen bereits von überall her angereist. Die meisten quartierten sich in Ferienhäuschen im *Roche Harbor Resort* ein oder nahmen sich Zimmer im *Hotel de Haro*. Lucys Eltern waren am Morgen angekommen und hatten den Tag mit Alice und der Hochzeitskoordinatorin verbracht. Morgen würde Lucy mit ihnen zu Mittag essen, aber an diesem Abend ging sie mit Sam aus. Heute wollte sie ihm sagen, dass sie aus Friday Harbor fortging.

Ihre Gedanken wurden unterbrochen, als jemand an die Tür des Ateliers klopfte. „Immer herein“, rief sie, „die Tür ist offen.“

Zu ihrer Überraschung war es Kevin.

Ihr Exfreund grinste sie kleinlaut an. „Lucy. Hast du etwas Zeit für mich?“

Unsicher nickte sie. Sie hoffte, dies sei kein Versuch, Frieden zu schließen, über die gemeinsame Vergangenheit zu reden und Schönwetter zu machen, damit sein Hochzeitstag mit Alice makellos verlief. Das war absolut unnötig. Lucy hatte ihn längst überwunden – Gott sei Dank –, und sie wollte die Vergangenheit ruhen lassen. Das Letzte, wonach ihr jetzt der Sinn stand, war eine Autopsie ihrer Vergangenheit.

„Du kannst ein paar Minuten reinkommen“, antwortete sie vorsichtig, „aber ich habe sehr viel zu tun. Und ich bin sicher, du bist mit den ganzen Hochzeitsvorbereitungen bestimmt auch ausgelastet.“

„Na ja, genau genommen bleibt für den Bräutigam nicht viel zu tun. Ich bin einfach da, wann und wo man mich braucht.“ Kevin sah so gut aus wie eh und je, aber er machte einen seltsamen Eindruck auf sie. Sein Gesichtsausdruck war leer und verwirrt, wie bei einem Mann, der auf dem Bürgersteig über seine eigenen Füße stolpert und sich nach dem unsichtbaren Hindernis umdreht, das sich ihm in den Weg gestellt hat.

Als er näher kam, zog Lucy unwillkürlich Papierbögen über ihr Buntglasfenster, weil sie das Gefühl hatte, das Bild vor seinem Blick schützen zu müssen. Sie trat neben den Arbeitstisch und lehnte sich dagegen.

„Du trägst keine Orthese mehr“, bemerkte Kevin. „Wie geht's deinem Bein?“

„Bestens“, gab sie leichthin zurück. „Ich muss nur ein bisschen vorsichtig damit sein. Noch eine Weile größere Belastungen meiden.“

Er kam ihr näher, als ihr recht war, aber sie wollte nicht vor ihm zurückweichen.

Während sie ihn betrachtete, fragte sich Lucy, wie es möglich war, dass ein Mann, der ihr einmal so nahegestanden hatte, plötzlich wie ein Fremder wirkte. Sie war sich so sicher gewesen, ihn zu lieben … und es war eine täuschend echte Illusion gewesen. So wie Seidenblumen sehr lebendig aussehen konnten. Oder ein Zirkonia, der funkelte wie ein Diamant. Aber ihre Version der Liebe war nur Schein gewesen. All ihre Liebesbeteuerungen und kuschligen Rituale hatten nur dazu gedient, die Leere darunter zu verstecken. Sie hoffte, dass er mit Alice eine tiefere echtere Beziehung gefunden hatte. Aber sie bezweifelte das. Und deshalb tat er ihr tatsächlich leid.

„Wie geht es dir?“, fragte sie.

Irgendetwas in ihrem Ton brachte ihn dazu, die Schultern hängen zu lassen. Er seufzte tief. „Es ist, als sei man in einen Tornado geraten. Die Farben der Blumen, die kleinen Gaben mit Namensbändchen für die Gäste, der Fotograf, der Videograf und all der übrige Kram … Diese Sache ist viel komplizierter und verrückter, als sie sein sollte. Himmel noch mal, es ist einfach nur eine Hochzeit.“

Lucy zwang sich zu einem Lächeln. „Bald ist es überstanden. Dann kannst du dich entspannen.“

Kevin begann, im Atelier umherzugehen. Unzählige Male war er hier gewesen, als sie noch zusammenlebten, und kannte sich gut aus. Er hatte ihr sogar geholfen, die Regale für das Glas einzubauen. Aber Lucy fühlte sich nicht wohl dabei, als er immer tiefer in ihr Atelier eindrang. Kevin gehörte nicht mehr hierher. Er hatte nicht länger das Recht, so ungeniert durch ihre Werkstatt zu schlendern.

„Das Verrückteste an der ganzen Sache ist“, sagte er und nahm dabei ein Regal mit fertigen Lampenschirmen unter die Lupe, „je näher die Hochzeit rückt, desto mehr versuche ich, mir darüber klar zu werden, was eigentlich mit uns geschehen ist.“

Lucy blinzelte überrascht. „Du meinst … mit dir und mir?“

„Ja.“

„Ganz einfach: Du hast mich betrogen."

„Ich weiß. Aber ich versuche, mir darüber klar zu werden, warum."

„Es spielt keine Rolle. Es ist vorbei. Du heiratest übermorgen."

„Ich glaube, wenn du mir einfach ein bisschen mehr Freiraum gegeben hättest", fuhr Kevin fort, „dann wäre ich nie zu Alice gegangen. Vermutlich war die Beziehung zu ihr meine Art, dir zu zeigen, dass ich mehr Freiraum brauche."

Ihre Augen weiteten sich. „Kevin, ich lege wirklich keinen Wert auf diese Diskussion."

Er kam zu ihr zurück und trat noch näher an sie heran als zuvor. „Ich hatte das Gefühl, zwischen uns beiden fehle etwas", erklärte er. „Und ich dachte, das könnte ich bei Alice finden. Aber vor Kurzem ist mir klar geworden … ich hatte es schon die ganze Zeit bei dir. Ich habe es nur nicht gesehen."

„Hör auf", warnte Lucy. „Ich meine das ernst, Kevin. Das hat keinen Sinn."

„Ich dachte, du und ich, wir seien schon zu eingespielt, und das Leben würde langweilig. Ich glaubte, Aufregung zu brauchen, Abwechslung. Dabei war ich so ein Idiot, Lucy. Ich war glücklich mit dir und habe das einfach weggeworfen. Mir fehlt, was wir hatten. Ich …"

„Bist du jetzt vollkommen übergeschnappt?", fragte sie. „Du hast es dir anders überlegt mit der Hochzeit? Jetzt? Wo alle Pläne gemacht sind und die Gäste aus dem ganzen Land bereits anreisen?"

„Ich liebe Alice nicht genug, um sie zu heiraten. Es ist ein Fehler."

„Du hast ihr ein Versprechen gegeben. Jetzt kannst du keinen Rückzieher machen. Bereitet es dir etwa sadistische Freude, Frauen dazu zu bringen, sich in dich zu verlieben und sie dann fallen zu lassen?"

„Ich bin dazu gedrängt worden. Niemand hat mich gefragt, was ich wollte. Habe ich nicht das Recht, selbst zu entscheiden, was mich glücklich macht?“

„Mein Gott, Kevin. Du klingst fast genauso wie Alice. *Ich will doch nur glücklich sein.* Ihr glaubt offenbar beide, Glück sei ein Ding, dem man nachjagt. Wie Kinder um ein neues Spielzeug betteln. Aber es wird kein Glück geben, wenn du nicht anfängst, dich um andere Menschen zu kümmern, statt nur an dich und dein eigenes Vergnügen zu denken. Du musst jetzt gehen, Kevin. Steh zu dem, was du Alice versprochen hast. Übernimm endlich mal Verantwortung. Dann hast du vielleicht auch eine Chance, glücklich zu werden.“

Wenn sie aus Kevins verärgerter Miene irgendwelche Schlüsse ziehen konnte, dann fand er ihren Rat herablassend. Ein fieser grober Ton schlich sich in seine Stimme. „Wieso hältst ausgerechnet du dich für eine Expertin? Du gibst dich mit diesem miesen Angeber Sam Nolan ab. Mr Weinexperte, dessen Eltern versoffener Abschaum waren und der genauso enden wird wie sie …“

„Geh jetzt“, wiederholte Lucy, ging zu ihrem Arbeitstisch und verschanzte sich dahinter. Eben noch voller Selbstmitleid, kochte Kevin nun vor Wut.

„Ich habe ihn dazu gebracht, mit dir auszugehen. Es war ein Komplott, Lucy, und ich habe dafür gesorgt. Er schuldete mir einen Gefallen. Ich habe ihm dein Bild auf meinem Handy gezeigt und ihn gebeten, dich auszuführen. Die Idee stammte von Alice.“ Jetzt lächelte Kevin wie über einen makabren Witz. „Damit du aufhörst, dich als leidendes Opfer darzustellen. Wenn du erst mal mit jemandem ausgingst, wieder anfingst, zu leben, hätten wir deine Eltern nicht mehr am Hals.“

„Bist du gekommen, um mir das zu sagen?“ Lucy schüttelte den Kopf. „Das weiß ich längst, Kevin. Sam hat es mir gleich zu Anfang gesagt.“ Sie streckte die Hand nach dem Werktisch aus, bis ihre Finger auf die beruhigende glatte Kühle von Glas trafen.

„Aber warum hast du …“

„Es spielt keine Rolle. Jeder Versuch, einen Keil zwischen

mich und Sam zu treiben, ist sinnlos. Ich verlasse die Insel nach der Hochzeit. Ich gehe nach New York."

Kevin riss die Augen auf. „Warum?"

„Ich habe ein Kunst-Stipendium bekommen. Und ich fange noch mal ganz neu an."

Als Kevin diese Neuigkeit verarbeitete, begannen seine Augen vor Aufregung zu funkeln, und das Blut stieg ihm ins Gesicht. „Ich komme mit dir."

Lucy starrte ihn ausdruckslos an.

„Hier hält mich nichts", fuhr er fort. „Mit meinem Betrieb kann ich umziehen. Landschaftsgärtner werden überall gebraucht. Gott, Lucy, das ist die Lösung. Ich weiß, dass ich dich verletzt habe. Ich weiß, dass ich Scheiße gebaut habe, aber ich mache es wieder gut. Das schwöre ich. Wir fangen gemeinsam ein neues Leben an und lassen all diesen Mist hinter uns."

„Du bist verrückt", sagte Lucy. Sie war so verdattert von dem, was er sagte, dass ihr die Worte fehlten. „Du bist … Kevin, du wirst meine Schwester heiraten …"

„Ich liebe sie nicht. Ich liebe dich. Ich habe nie aufgehört, dich zu lieben. Und ich weiß, dass du genauso für mich empfindest. Es ist doch noch nicht so lange her. Es war so schön mit uns. Ich werde dir helfen, dich zu erinnern. Du musst einfach …" Er kam zu ihr und packte ihre Arme.

„Kevin, hör auf!"

„Ich habe mit Alice geschlafen, und du hast mit Sam geschlafen. Wir sind also quitt. Vorbei und vergessen. Lucy, hör mich bitte an …"

„Lass mich los!" In ihrer Wut war ihr intensiv bewusst, wie viel Glas sie umgab. Glasscheiben, Glasscherben, Glasperlen, Glaskacheln, Glasmehl. Und sie brauchte nur den Bruchteil einer Sekunde, um zu begreifen, dass sie es mit ihrer Willenskraft zu allem formen konnte, was sie wollte. Ein Bild tauchte in ihrem Kopf auf, und sie konzentrierte sich darauf.

Kevin packte sie noch fester. Er atmete schwer. „Ich bin es, Lucy. Ich bin es. Ich will dich wiederhaben. Ich will dich …"

Er brach mitten im Satz mit einem erstickten Fluch ab, und Lucy spürte, wie sie ganz plötzlich losgelassen wurde.

Ein Quieken, das durch Mark und Bein ging, zerriss die Luft, als ein kleines dunkles Etwas um Kevins Kopf herumschwirrte und flatterte. Eine Fledermaus. „Was zum Teufel ...“ Kevin hob die Arme und schlug nach der aggressiven geflügelten Kreatur. „Wo kommt die auf einmal her?“

Lucy schaute auf ihren Lettisch. Zwei der Eckstücke, die sie noch nicht in das Fenster integriert hatte, zwei Teile aus schwarzem Obsidianglas, rollten sich zusammen und wanden sich. „Weiter“, sagte sie, und sofort flogen sie auf, und zwei weitere Fledermäuse stürzten sich auf Kevin.

Das Fledermaustrio schoss mit gezackten Flügeln durch die Luft und stieß immer wieder auf Kevin hinab, bis sie ihn zur Tür gejagt hatten. Stolpernd und fluchend flüchtete er nach draußen. Zwei der Fledermäuse folgten ihm. Die dritte flog in eine Ecke des Ateliers, fiel zu Boden und kroch über den Estrich.

Lucy atmete tief durch, ging zum Fenster und öffnete es. Die Sonne stand tief, die Dämmerung brach herein, und in der Luft lag noch die Hitze des Tages.

„Danke“, sagte Lucy und trat vom Fenster zurück. „Hier kannst du raus.“ Einen Augenblick später erhob sich die Fledermaus wieder in die Luft, huschte durchs offene Fenster hinaus und flog davon.

## 20. KAPITEL

Du musst hier bald verschwinden", sagte Sam, ging in die Hocke und sah zu, wie Alex unter einer winzigen Treppe arbeitete, die vom zweiten Stock zur Mittelkuppel des Hauses führte. Sein Bruder hatte jeden Hohlraum unter der wackligen Treppe ausgeräumt und gesäubert und war jetzt dabei, jede einzelne Stufe mit Klemmstücken zu stabilisieren. Wenn er damit fertig war, würde die Treppe stabil genug sein, um einen Elefanten zu tragen.

„Warum das?", fragte Alex und ließ den Hammer einen Moment ruhen.

„Lucy kommt zum Essen."

„Gib mir noch zehn Minuten, dann bin ich fertig."

„Danke." Sam musterte seinen Bruder mit gerunzelter Stirn. Er überlegte, was er sagen sollte, wie er ihm helfen konnte.

Zurzeit benahm Alex sich sehr seltsam und schlich durchs Haus wie eine nervöse Katze. Sam und Mark hatten beide gehofft, dass er nach der Scheidung irgendwie erleichtert sein würde, aber stattdessen wurde es immer schlimmer mit ihm. Er war rappeldürr und sah regelrecht ausgezehrt aus. Tiefe dunkle Ringe lagen unter seinen Augen. Dank seiner genetischen Veranlagung war er trotzdem immer noch ein äußerst gut aussehender Mann. Bei Marks Hochzeit hatte er sich in eine Ecke verkrümelt und getrunken, und dennoch hatten mehrere Frauen ihr Glück bei ihm versucht.

„Al", fragte Sam, „du nimmst doch nicht irgendwelchen üblen Mist, oder?"

Der Hammer ruhte wieder für einen Moment. „Ich nehme keine Drogen, wenn es das ist, was du wissen willst."

„Du siehst furchtbar aus."

„Mir geht's gut, besser denn je."

Sam musterte ihn zweifelnd. „Gut zu hören."

Die Türglocke schlug an, und Sam ging nach unten, um nachzusehen, wer gekommen war.

Als er die Vordertür öffnete, stand Lucy vor ihm. Sie war zu früh dran, und er wusste sofort, dass irgendetwas nicht stimmte. Sie sah aus wie jemand, der gerade eine Todesnachricht erhalten hatte. „Lucy?“ Automatisch streckte er die Arme nach ihr aus, aber sie wich zurück, schreckte regelrecht zusammen.

Sam war verdutzt und musterte sie alarmiert.

Lucys Lippen sahen trocken und wund aus, als hätte sie darauf herumgekaut. Und dann lächelte sie gezwungen. „Ich muss dir etwas sagen. Bitte, unterbrich mich nicht, oder ich schaffe das nicht. Es ist im Grunde eine tolle Neuigkeit.“

Sam war so abgelenkt von Lucys aufgesetzter Fröhlichkeit und dem offensichtlichen Kummer, der sich darunter verbarg, dass er Mühe hatte, dem zu folgen, was sie ihm erzählte. Irgendwas von einem Stipendium oder Künstlerprogramm … Irgendwas über ein Kunstzentrum in New York. Das Mitchell Art Center. Sie wollte es annehmen. Es war ein sehr renommiertes Stipendium – die Chance, auf die sie ihr Leben lang hingearbeitet hatte. Ein Jahr sollte es dauern. Und hinterher würde sie vermutlich nicht auf die Insel zurückkehren.

Dann schwieg sie und sah ihn an, wartete auf seine Reaktion.

Sam suchte nach Worten. „Das sind tolle Neuigkeiten“, brachte er schließlich hervor. „Gratuliere.“

Lucy nickte. Ihr Lächeln wirkte wie festgetackert. Er trat einen Schritt vor, um sie zu umarmen, und einen Augenblick lang ließ sie es zu. Aber ihre Muskeln waren angespannt und steif. Ihm war, als hielte er eine kalte Marmorstatue in den Armen.

„Ich konnte nicht ablehnen“, sagte sie gegen seine Schulter. „So eine Chance …“

„Ja.“ Sam ließ sie los. „Du solltest es tun. Definitiv.“

Er starrte sie weiter an, versuchte zu begreifen, dass Lucy ihn verließ. Lucy ging fort. Der Satz löste in ihm eine Betäubung und Leere aus, die er für Erleichterung hielt.

Ja. Es wurde Zeit. Ihre Beziehung hatte begonnen, heikel zu werden, und es war nun mal am besten, Schluss zu machen, solange es noch schön war.

„Wenn du Hilfe brauchst, um deine Sachen einzulagern …“, begann er.

„Nein, ich habe alles unter Kontrolle.“ Lucys Augen wurden feucht, obwohl sie immer noch lächelte. Es verblüffte ihn, als sie sagte: „Es fällt mir leichter, wenn ich dich ab sofort nicht mehr sehe oder mit dir rede. Ich brauche einen glatten Bruch.“

„Alices Hochzeit …“

„Ich glaube nicht, dass es eine Hochzeit geben wird. Und das ist gut so – für Alice. Die Ehe ist schon kompliziert genug für Menschen, die sich wirklich lieben. Ich glaube nicht, dass sie und Kevin eine Chance hatten. Ich glaube nicht …“ Sie brach ab, ließ zittrig den Atem fahren.

Als Lucy so dastand, mit Tränen in den Augen, erfasste Sam ein ungewohntes Gefühl, schlimmer als alles, was er je als Erwachsener empfunden hatte. Schärfer als Angst, schmerzlicher als Trauer, leerer als Einsamkeit. Es fühlte sich an, als hätte ihm jemand einen Eispickel in die Brust geschlagen.

„Ich liebe dich nicht“, sagte Lucy unsicher lächelnd. Da er schwieg, fügte sie hinzu: „Sag mir, dass du genauso empfindest.“

Ihr vertrautes Ritual. Sam musste sich räuspern, bevor er die Worte über die Lippen brachte. „Ich liebe dich auch nicht.“

Lucy lächelte immer noch und nickte zufrieden. „Ich habe mein Versprechen gehalten. Niemand wurde verletzt. Leb wohl, Sam.“ Damit drehte sie sich um und ging die Treppenstufen hinunter. Immer noch schonte sie ihr linkes Bein.

Sam stand auf der Veranda und sah ihr nach, als sie davonfuhr. Panik und zornige Verwunderung erfüllten ihn.

Was zum Teufel war gerade geschehen?

Langsam ging er ins Haus zurück. Alex saß unten auf der Haupttreppe und tätschelte Renfield, der zu seinen Füßen hockte.

„Was ist los?“, fragte Alex.

Sam setzte sich neben ihn und erzählte ihm alles. Er nahm dabei seine eigene Stimme wahr, als käme sie von einem anderen. „Ich bin mir nicht sicher, was ich jetzt tun soll", schloss er barsch.

„Vergiss sie, lass es hinter dir", gab Alex trocken zurück. „So machst du's doch immer, oder?"

„Ja. Aber es hat sich noch nie so angefühlt." Sam strich sich mit der Hand durch die Haare, bis sie völlig zerwühlt waren. Er fühlte sich krank, ihm war übel. Als hätte er Gift in den Adern. Jede Faser seines Körpers schmerzte. „Ich glaube, ich habe mir irgendwas eingefangen. Eine Grippe vielleicht."

„Vielleicht brauchst du einen Drink."

„Wenn ich jetzt damit anfange", erklärte Sam schroff, „höre ich vielleicht nie wieder auf. Tu mir also bitte den Gefallen und sage so etwas nie wieder."

Kurzes Schweigen. „Da du ohnehin schon so mies gelaunt bist ...", warf Alex vorsichtig ein. „Ich muss dir was sagen."

„Was?", fragte Sam gereizt zurück.

„Ich muss nächste Woche bei dir einziehen."

„Wie bitte?"

„Nur für ein paar Monate. Ich bin praktisch pleite, und Darcy hat das Haus bekommen. Sie will, dass ich ausziehe, damit sie es verkaufen kann."

„Himmel", murmelte Sam. „Ich bin gerade erst Mark losgeworden."

Alex warf ihm einen beunruhigenden Blick zu. In seinen Augen lag ein Schatten, der Sam nervös machte. „Ich muss hier wohnen, Sam. Ich glaube nicht, dass es für länger ist. Und ich kann dir nicht erklären, warum." Er zögerte und brachte dann tatsächlich das Wort über die Lippen, das er in seinem ganzen Leben höchstens ein halbes Dutzend Mal benutzt hatte. „Bitte."

Sam nickte. Er erschauerte bei dem Gedanken, dass er genau diesem Blick, diesen nachtschwarzen Pupillen, dieser blind starrenden Trostlosigkeit einer verlorenen Seele schon einmal begegnet war, nämlich als er seinen Vater zum letzten Mal gesehen hatte, bevor dieser starb.

Da sie nicht schlafen konnte, arbeitete Lucy fast die ganze Nacht in ihrem Atelier und vollendete das Buntglasfenster. Ihr war gar nicht bewusst, wie die Stunden vergingen; sie bemerkte nur, dass der Himmel heller wurde und der übliche Morgentrubel in Friday Harbor begann. Das Baumfenster lag glänzend und unbeweglich da, aber jedes Mal, wenn sie es mit den Fingerspitzen berührte, spürte sie subtile Lebenskraft von dem Glas ausgehen.

Erschöpft, aber entschieden ging Lucy in ihre Wohnung und duschte ausgiebig. Morgen sollte Alices Hochzeit stattfinden, heute Abend die Generalprobe fürs Essen. Sie fragte sich, ob Kevin mit Alice gesprochen oder mit ihr gebrochen oder ihr verschwiegen hatte, dass er es sich anders überlegt hatte.

Aber Lucy war schlicht zu müde, um sich darüber Gedanken zu machen. Sie wickelte ihre nassen Haare in ein Handtuch, zog eine bequeme alte Flanellhose und ein dünnes Stretch-Tanktop an und kroch ins Bett.

Kurz bevor sie einschlief, klingelte das Telefon.

Schläfrig griff sie nach dem Hörer. „Hallo?“

„Lucy.“ Die Stimme ihrer Mutter klang spröde. „Liegst du noch im Bett? Ich hatte gehofft, Alice wäre bei dir.“

„Warum sollte sie bei mir sein?“, fragte Lucy gähnend und rieb sich die geröteten Augen.

„Niemand weiß, wo sie ist. Sie hat mich vor Kurzem angerufen. Kevin ist weg.“

„Weg?“, wiederholte Lucy ausdruckslos.

„Er hat heute Morgen den ersten Flieger genommen. Der Idiot hat die Flugtickets, die wir für die Hochzeitsreise der beiden gekauft haben, einfach umgetauscht. Er fliegt allein nach Florida. Alice war außer sich, vollkommen hysterisch. Sie ist nicht in ihrem Haus, und sie hat ihr Handy ausgeschaltet. Einige Gäste von außerhalb sind schon hier, und heute kommen noch mehr an. Es ist zu spät, die Blumen oder das Essen abzubestellen. Dieser kleine Bastard – warum musste er damit bis zur letzten Minute warten? Aber viel wichtiger ist Alice. Ich will nicht, dass sie etwas … Dramatisches tut."

Mühsam setzte Lucy sich auf und kämpfte sich aus dem Bett. „Ich suche sie."

„Soll Dad mit dir kommen? Er brennt darauf, irgendwas tun zu können."

„Nein, nein … Ich mache das lieber allein. Ich rufe euch an, wenn es was Neues gibt."

Nachdem sie aufgelegt hatte, band Lucy sich die Haare zu einem Pferdeschwanz, zog Jeans und ein T-Shirt an, füllte mit bebenden Fingern die Kaffeemaschine und wartete ungeduldig, bis sie endlich ihren Becher mit nachtschwarzer Flüssigkeit füllen konnte. Der Kaffee war viel zu stark – sie hatte nicht richtig dosiert. Selbst als sie noch einmal so viel Wasser dazugab, wurde die Farbe nicht heller. Sie zog eine Grimasse und trank den Kaffee wie Medizin.

Dann griff sie zum Telefon und wählte Alices Handynummer, bereit, eine Nachricht auf der Mobilbox zu hinterlassen. Sie erschrak beinah, als Alice sich selbst meldete.

„Hi."

Lucy öffnete den Mund und schloss ihn wieder. Am liebsten hätte sie gleich zehn verschiedene Dinge auf einmal gesagt. Schließlich entschied sie sich für ein knappes: „Wo steckst du?"

„Am McMillan Mausoleum." Alice klang verheult.

„Bleib da."

„Bring niemanden mit."

„Mach ich nicht. Bleib einfach, wo du bist."

„In Ordnung."

„Versprich's mir."

„Versprochen."

Das Mausoleum, das Afterglow Vista genannt wurde, lag an einem der schönsten Plätze der Insel mitten im Wald nördlich von Roche Harbor. Der Gründer einer enorm erfolgreichen Kalk- und Zementfabrik, John McMillin, hatte es selbst entworfen. Es handelte sich um ein massives Bauwerk mit Säulen und unzähligen symbolischen Elementen, die an Freimaurertum erinnerten. Hohe Säulen umringten einen Steintisch und sieben steinerne Stühle. Eine der Säulen war absichtlich unvollendet geblieben. Sie war neben dem freien Platz angeordnet, an dem angesichts der Symmetrie ein achter Stuhl hätte stehen müssen. Gerüchten zufolge wurden Geister von nahegelegenen Gräbern beobachtet, die sich nach Mitternacht hier um den Tisch versammelten.

Der Waldweg, der zum Afterglow Vista führte, war etwa eine halbe Meile lang und für Lucy mit ihrem verletzten Bein nur schwer zu bewältigen. Sie ging vorsichtig und hoffte, dass sie ihren gerade erst verheilten Bändern nicht schadete. Nachdem sie einen kleinen Friedhof passiert hatte, auf dem viele Grabsteine mit winzigen Zäunen eingefriedet waren, sah sie das Mausoleum vor sich.

Alice saß auf den Treppenstufen, die sich zum Bauwerk hinaufwanden. Sie trug Jeans und ein Henley-Shirt. Auf dem Schoß hielt sie ein Bündel aus luftigem weißen Tüll- oder Chiffonstoff an sich gedrückt.

Lucy wollte ihre Schwester nicht bemitleiden, aber Alice sah todunglücklich aus und wirkte wie ein kleines Mädchen.

Humpelnd – ihr Bein begann zu schmerzen – ging Lucy zu ihr und setzte sich neben sie auf die kalten Steinstufen. Im Wald war es ruhig, aber keineswegs still. Blätter raschelten im Wind, kleine Vögel zwitscherten, Flügelschlagen und das Summen von Insekten waren zu hören.

„Was ist das?“, fragte Lucy nach einer Weile und musterte den weißen Stoff in Alices Händen.

„Mein Schleier.“ Alice zeigte ihr den perlenbesetzten Haarreifen, an dem der Stoff befestigt war.

„Hübsch.“

Alice wandte sich ihr zu, schniefte und klammerte sich mit beiden Händen wie ein kleines Kind an den Ärmel von Lucys Shirt. „Kevin liebt mich nicht“, flüsterte sie.

„Er liebt niemanden“, gab Lucy zurück und legte den Arm

um ihre Schwester.

Wieder ein gequältes Flüstern. „Du glaubst, dass ich das verdient habe."

„Nein."

„Du hasst mich."

„Nein." Lucy drehte sich so weit, dass sie ihre Stirn auf die ihrer Schwester legen konnte.

„Ich fühle mich beschissen."

„Das wird wieder."

„Ich weiß nicht, warum ich das getan habe. Alles. Ich hätte ihn dir nicht wegnehmen sollen."

„Das hättest du gar nicht gekonnt. Wenn er wirklich zu mir gehört hätte, wäre das niemandem gelungen."

„Ich bin so traurig. Es tut mir so leid."

„Ist schon gut."

Alice schwieg lange, und ihre Tränen durchfeuchteten Lucys T-Shirt. „Ich konnte nichts tun. Nie. Mom und Dad … sie haben mir nie erlaubt, etwas auszuprobieren. Ich fühlte mich nutzlos. Wie eine Versagerin."

„Du meinst, als Kind?"

Alice nickte. „Und dann habe ich mich daran gewöhnt, dass andere alles für mich erledigten. Wenn irgendetwas schwer wurde, gab ich auf, und immer brachte es ein anderer für mich zu Ende."

Jedes Mal, wenn sie und ihre Eltern eingegriffen hatten, um Alice zu helfen, hatten sie ihr damit zu verstehen gegeben, dass sie es nicht allein schaffen konnte. Das wurde Lucy schlagartig bewusst.

„Ich war immer neidisch auf dich", fuhr Alice fort, „weil du alles tun konntest, was du wolltest. Du hast keine Angst, vor nichts. Du brauchst niemanden, der für dich sorgt."

„Alice", sagte Lucy, „du brauchst keine Erlaubnis von Mom und Dad, dein Leben selbst in die Hand zu nehmen. Such dir etwas, was du tun willst, und bleib dran. Gib nicht auf. Du kannst schon morgen damit anfangen."

„Und dann falle ich auf die Nase“, gab Alice stumpf zurück.

„Ja. Und wenn du gefallen bist, stehst du wieder auf und stellst dich auf deine Beine, ohne dass dir jemand dabei hilft … und dann wirst du wissen, dass du selbst auf dich aufpassen kannst.“

„Ach, leck mich doch!“, sagte Alice, und Lucy nahm sie lächelnd in den Arm.

## 21. KAPITEL

Jeder auf der Insel, Sams Arbeiter eingeschlossen, hatte gehört, dass die Hochzeit von Kevin und Alice ins Wasser gefallen war und welche Folgen das hatte. Es ging herum wie ein Lauffeuer. Sam hörte sich die Gerüchte nur aus einem Grund an: Er hoffte auf Informationskrümel über Lucy. Aber ihr Name fiel kaum. Er hatte erfahren, dass die Marinns die Sache durchgezogen hatten: Die Generalprobe für das Festessen hatte stattgefunden, und am nächsten Tag wurde der Empfang abgehalten, der für das Brautpaar geplant gewesen war. Es gab Musik, gutes Essen, Getränke. Sam hatte auch gehört, dass die Marinns darüber nachdachten, Kevin auf Zahlung wenigstens eines Teils der Kosten zu verklagen inklusive des Preises für das Flugticket, das er für seinen kurz entschlossenen *Urlaub* benutzt hatte.

Es war drei Tage her, dass Lucy ihn an der Rainshadow Road besucht hatte. Mark, Maggie und Holly waren gerade aus den Flitterwochen zurück, Sam und Alex hatten den dreien beim Umzug in ein umgebautes Farmhaus mit drei Schlafzimmern und einem Teich geholfen.

Schließlich hielt Sam es einfach nicht mehr aus. Er rief Lucy an und hinterließ eine kurze Nachricht auf ihrem Anrufbeantworter, dass er mit ihr reden wolle. Sie rief nicht zurück.

Sam war mit seinem Latein am Ende. Er hatte keinen Appetit, konnte nicht schlafen. Nicht an Lucy zu denken kostete ihn mehr Kraft, als an sie zu denken.

Mark hatte sich ausführlich mit ihm über die Situation unterhalten. „Diese Mitchell-Art-Center-Geschichte klingt nach einer großen Sache.“

„Und ob es das ist.“

„Du willst sie also nicht darum bitten, das Angebot abzulehnen.“

„Nein. Ich würde nie wollen, dass Lucy ein solches Opfer bringt. Tatsächlich bin ich froh, dass sie fortgeht. Das ist gut für uns beide."

Mark musterte ihn ironisch. „Inwiefern genau ist das gut für dich?"

„Ich gehe keine Bindungen ein."

„Warum nicht?"

„Weil ich es nicht kann", schnauzte Sam ihn an. „Ich bin nicht wie du."

„Du bist ganz genauso wie ich, du Idiot. Du versuchst, auf Teufel komm raus zu vermeiden, den gleichen Scheiß zu wiederholen, den wir als Kinder erlebt haben. Glaubst du etwa, es ist mir leichtgefallen zuzugeben, dass ich Maggie liebe? Sie zu fragen, ob sie mich heiraten will?"

„Nein."

„Doch, ist es." Mark lächelte angesichts Sams verdutzter Miene. „Wenn du den richtigen Menschen findest, Sam, wird die schwierigste Sache der Welt zur einfachsten Sache der Welt. Ich hatte die gleichen Probleme wie du. Das ließ sich, so wie wir aufgewachsen sind, gar nicht umgehen. Aber eins sage ich dir: Unter keinen Umständen konnte ich Maggie gehen lassen, ohne ihr zu sagen, dass ich sie liebe. Und als ich das erst mal hinter mich gebracht hatte ... Ich hatte gar keine andere Wahl, als das Ganze durchzuziehen."

Ungefähr fünfundachtzigeinhalb Stunden, nachdem Sam Lucy das letzte Mal gesehen hatte – nein, natürlich zählte er nicht ... –, wurde ihm eine Lieferung zugestellt. Ein paar Jungs mit einem Lkw luden vorsichtig ein großes flaches Objekt ab und schafften es die Eingangsstufen hoch. Sam kam gerade aus dem Weinberg und erreichte das Haus, als die Männer wegfuhren. Alex stand in der Eingangshalle und starrte das teilweise ausgepackte Teil an.

Es war das Buntglasfenster.

„War eine Nachricht dabei?", fragte Sam.

„Nein."

„Haben die Jungs, die es geliefert haben, etwas gesagt?"

„Nur, dass wir viel Spaß beim Einbau haben werden.“ Alex ging in die Hocke und schaute sich das Fenster an. „Sieh dir das an. Ich hatte etwas mit Blumen erwartet. Etwas Viktorianisches. Aber das? Nein.“

Das Fenster war solide, gewagt und zierlich zugleich. Es bestand aus mehreren Lagen von zusammengeschweißtem Glas in natürlichen Farben und von unterschiedlicher Struktur. Der Baumstamm und die Äste, beides aus Blei, waren auf eine Weise in das Fenster eingefügt, wie Sam es noch nie gesehen hatte. Der Mond schien zu leuchten, als hätte er eine eigene Lichtquelle.

Alex stand auf und griff nach dem Handy in seiner Gesäßtasche. „Ich rufe ein paar von meinen Leuten an, damit sie mir helfen, das Fenster einzubauen. Möglichst noch heute.“

„Ich weiß nicht recht“, sagte Sam.

„Was weißt du nicht?“

„Ich weiß nicht, ob ich es einbauen lassen möchte.“

Alex reagierte ungeduldig und verärgert. „Rede kein Blech. Dieses Fenster muss hier eingebaut werden. Das Haus braucht es. Es gab mal ganz genauso eines vor langer Zeit.“

Sam warf ihm einen fragenden Blick zu. „Woher weißt du das?“

Die Miene seines Bruders wurde ausdruckslos. „Ich meinte einfach, dass es genau zum Haus zu passen scheint.“ Er ging weg und wählte eine Nummer auf seinem Handy. „Ich kümmere mich darum.“

Da Lucy sehr genau Maß genommen hatte, konnten Alex und seine Arbeiter das Buntglasfenster in den bereits vorhandenen Rahmen setzen und mit Silikon abdichten. Am späten Nachmittag war der Einbau fast vollbracht. Jetzt musste das Silikon vierundzwanzig Stunden aushärten, und dann konnte eine abschließende Holzleiste angebracht werden.

*Fenster gerade eingebaut. Komm her, schau's dir an*, lautete die SMS, die Sam an Lucy schickte.

Er bekam keine Antwort.

Normalerweise wurde Sam sehr langsam wach, aber an diesem Morgen riss er die Augen auf und saß senkrecht im Bett. Gereizt und unruhig, als stünde ihm ein Mordsschrecken bevor, schleppte er sich ins Bad, rasierte sich und duschte. Ein Routineblick in den Spiegel zeigte ihm eine angespannte verbitterte Miene, die nicht zu ihm zu gehören schien, die ihm aber seltsam vertraut war. Dann begriff er: Diesen Gesichtsausdruck trug Alex normalerweise zur Schau.

Er zog Jeans an und ein schwarzes T-Shirt und wollte in die Küche, um sich Kaffee aufzubrühen und zu frühstücken. Auf dem Weg nach unten stand er jedoch plötzlich vor dem Buntglasfenster im zweiten Stock und erstarrte.

Das Fenster hatte sich verändert. Der Glashimmel zeigte jetzt einen rosa und apricotfarben überzogenen Morgenhimmel, die dunklen Äste waren mit frischgrünen Blättern bedeckt. Die gedeckten Farbschattierungen des Fensters waren klaren, strahlenden gewichen. Das Glas erstrahlte in leuchtenden Farben, der Anblick traf seine Augen wie sichtbar gemachte Musik und berührte den Bereich tiefster unverstellter Emotionen in ihm. Das Fenster präsentierte nicht einfach nur Schönheit. Es offenbarte ihm eine Wahrheit, die er nicht länger leugnen konnte. Eine Wahrheit, die seinen Schutzpanzer durchbrach und ihn blinzeln ließ, als wäre er gerade aus einem dunklen Raum ins Sonnenlicht getreten.

Langsam ging Sam nach draußen in seinen stillen Weinberg, um zu schauen, welchen Zauber Lucy dort für ihn bewirkt hatte. Die Luft war durchdrungen vom Duft lebender, wachsender Organismen und dem Salz des Meeres. Sams gesteigerten Sinnen schienen die Weinstöcke grüner als sonst, der Boden fruchtbarer. Vor seinen Augen wurde der Himmel so strahlend blau, dass ihm die Tränen kamen. Das Land wirkte wie ein idealisiertes Gemälde, und doch war alles echt. Ein Kunstwerk, das man durchschreiten, berühren und schmecken konnte.

Irgendetwas ging vor in seinem Weinberg … irgendeine Naturgewalt oder ein Zauber, eine wortlose Sprache, die die

Weinstöcke beschwor, das Hohelied der Photosynthese zu singen.

Wie im Traum wanderte Sam zu dem knorrigen Weinstock, den er nie hatte identifizieren können. Er fühlte dessen Energie, noch bevor er ihn berührte. Der Stamm und die Reben vibrierten und blühten vor Leben. Er spürte, wie tief die Pflanze sich verwurzelt hatte, wie fest sie im Boden verankert war, sodass sie unverrückbar dastand. Mit den Händen strich er über die Blätter und hörte, wie sie ihm zuflüsterten, spürte, wie das Geheimnis des Weinstocks von seiner Haut aufgenommen wurde. Er pflückte eine der blauschwarzen Beeren, steckte sie zwischen seine Zähne und biss zu. Sofort war sein Mund erfüllt von einem intensiven und komplexen Geschmack, der an das bittersüße seichte Leben der Vergangenheit erinnerte und dann die reichhaltigen dunklen Geheimisse der Dinge beschwor, die noch außerhalb seiner Reichweite lagen.

Ein Auto näherte sich, er drehte sich um und sah Alex in seinem BMW die Einfahrt heraufkommen. So früh erschien Alex sonst nie. Der Wagen wurde langsamer, Alex öffnete das Wagenfenster und fragte: „Willst du einsteigen?“

Wie in Trance schüttelte Sam den Kopf und winkte ihn weiter. Er konnte nicht erklären, was geschehen war, konnte nicht mal ansatzweise die richtigen Worte finden … und Alex würde es früh genug selbst entdecken.

Als Sam das Haus erreichte, war sein Bruder bereits im zweiten Stock.

Sam ging nach oben und fand ihn wie erstarrt vor dem Fenster. Auf seinem Gesicht lag kein Staunen, nur die verdutzte Anspannung eines Mannes, der seine eigene unumstößliche Weltanschauung hatte. Alex wollte auch dann noch eine Erklärung haben, wenn es eindeutig keine gab. Oder doch wenigstens keine, die er akzeptieren konnte.

„Was hast du damit gemacht?“, fragte Alex.

„Nichts.“

„Wie ist …“

„Ich weiß es nicht."

Sie standen beide da, starrten das Buntglasfenster an, das sich weiter verändert hatte, während Sam draußen gewesen war. Der aschfahle Mond war verschwunden, der Glashimmel erstrahlte in Gold- und Blautönen, erfüllt von Sonnenlicht. Das Blattwerk war noch dichter geworden, leuchtete smaragdgrün durch Nebelschwaden, die die Äste nur noch erahnen ließen.

„Was hat das zu bedeuten?", fragte Alex sich laut.

Sichtbar gemachte Gefühle – das hatte Lucy einmal über ihr Buntglas gesagt.

Dies, dachte Sam, ist sichtbar gemachte Liebe. Alles hier. Der Weinberg, das Haus, das Fenster, der Weinstock.

Die Erkenntnis war so einfach, dass viele sie wahrscheinlich als zu simpel für ihren Verstand abgetan hätten. Nur diejenigen, die sich ein Restempfinden für Wunder bewahrt hatten, konnten es verstehen. Liebe war das Geheimnis hinter allem. Liebe ließ Weinstöcke gedeihen, füllte den leeren Raum zwischen den Sternen und gab dem Boden unter seinen Füßen Festigkeit. Es spielte keine Rolle, ob man das gelten ließ oder nicht. Man konnte weder die Bewegung der Erde stoppen, noch Ebbe und Flut zurückhalten, noch die Anziehungskraft des Mondes ausschalten. Man konnte den Regen nicht abstellen und keine Jalousie vor die Sonne ziehen. Und ein Menschenherz war nicht weniger mächtig als alles andere.

Er war in der Vergangenheit eingesperrt gewesen wie in einer Gefängniszelle, und er hatte nie begriffen, dass er selbst die Macht hatte, jederzeit seine Zelle zu verlassen. Nicht nur die Folgen der Verfehlungen seiner Eltern hatte er durchlitten, nein, er hatte sie freiwillig mit sich geschleppt. Aber warum sollte er den Rest seines Lebens so verbringen – niedergedrückt von Ängsten, Verletzungen, Geheimnissen –, wenn er doch einfach nur loslassen musste, um nach dem greifen zu können, was er sich am meisten wünschte? Er konnte Lucy haben. Er konnte sie lieben, verrückt, voller Freude und grenzenlos.

Er musste nur eins dafür tun: Augen zu und durch.

Ohne ein Wort zu seinem Bruder rannte Sam die Treppe hinunter und schnappte sich die Schlüssel für seinen Lkw.

Sowohl Lucys Wohnung als auch ihr Atelier waren bedrückend still und dunkel, wie jeder Raum, der für lange Zeit unbewohnt bleiben sollte.

Eiseskälte machte sich in Sams Brust und in seinem Nacken breit. Die Dringlichkeit, die ihn in die Stadt gejagt hatte, legte sich wie eine erstickende Schlinge um sein Herz.

Lucy konnte nicht schon fort sein. Es war zu früh.

Aus einem Impuls heraus fuhr Sam zum *Artist's Point* und suchte nach Justine. Als er die Pension betrat, umwehten ihn angenehme Frühstücksdüfte nach heißen Waffeln, Gebäck, auf Holzkohle geräuchertem Schinken und gebratenen Eiern.

Justine war im Esszimmer, benutztes Geschirr und Besteck in den Händen. Sie lächelte, als sie ihn sah. „Hi, Sam."

„Können wir uns eine Minute unterhalten?"

„Natürlich." Sie trug die Teller in die Küche, kam zurück und ging mit ihm in eine Ecke des Empfangsbereichs. „Wie geht es dir?"

Sam schüttelte ungeduldig den Kopf. „Ich suche nach Lucy. Sie ist weder in ihrer Wohnung noch in ihrem Atelier. Ich dachte mir, vielleicht weißt du, wo sie steckt."

„Sie ist abgereist nach New York", sagte Justine.

„Es ist noch zu früh", gab Sam gereizt zurück. „Sie sollte doch erst morgen fliegen."

„Ich weiß, aber ihr Professor hat angerufen. Sie wollten, dass sie früher kommt. Zu einer Besprechung und einer großen Party …"

„Wann ist sie fort?"

„Ich habe sie gerade erst am Flughafen abgesetzt. Sie nimmt den Flieger um acht."

Sam riss sein Handy aus der Tasche und schaute auf die Zeitanzeige. Sieben Uhr fünfzig. „Danke."

„Sam, es ist zu spät, um noch …“

Aber er war schon draußen, bevor Justine den Satz beenden konnte.

Mit einem Satz war er im Wagen, steuerte ihn zum Flughafen und rief Lucy von seinem Handy aus an. Der Ruf wurde umgeleitet auf ihre Mobilbox. Fluchend hielt Sam am Straßenrand und schickte ihr eine SMS. *Geh nicht fort.*

Dann lenkte er den Lkw zurück auf die Straße und gab Gas. Seine Gedanken kreisten nur noch um diese drei Worte … *Geh nicht fort. Geh nicht fort.*

Der Roy Franklin Flughafen, benannt nach dem Jagdpiloten aus dem Zweiten Weltkrieg, der ihn gegründet hatte, lag im Westen von Friday Harbor. Er hatte nur eine Start- und Landebahn, und von hier gingen sowohl Linien- als auch Charterflüge ab. Passagiere, die aus irgendeinem Grund warten mussten, saßen normalerweise in Ernie's Café, einem blau gestrichenen Coffee-Shop gleich neben dem Flugplatz.

Sam parkte am Terminal und eilte mit ausgreifenden Schritten zur Tür. Aber noch bevor er das Gebäude betreten konnte, erfüllte das Fauchen einer Cessna-Turbine die Luft. Mit der Hand beschattete er seine Augen und sah dem gelb-weißen, neun Passagiere fassenden Flugzeug nach, das sich in schnellem Steigflug auf den Weg nach Seattle machte.

Lucy war fort.

Zu sehen, wie das Flugzeug sie von ihm forttrug, schmerzte mehr, als er erwartet hatte. Es tat so sehr weh, dass er sich am liebsten in einer dunklen Ecke verkrochen hätte, um nicht denken, reden oder sich bewegen zu müssen.

Am Terminal angekommen, lehnte er sich neben der Tür an die Wand. Er versuchte, seine Gedanken zu ordnen, sich darüber klar zu werden, was er als Nächstes tun sollte. Seine Augen brannten, und er schloss sie kurz in der Hoffnung, die Tränen könnten den Schmerz wegspülen.

Die Tür des Terminals öffnete sich, dann hörte er die Räder

eines Koffers über den Beton rattern. Verschwommen sah Sam die zierliche Figur einer Frau, und das Herz blieb ihm stehen. Er flüsterte ihren Namen.

Lucy drehte sich zu ihm um.

Einen Augenblick lang dachte Sam, er bilde sie sich nur ein. Eine Wahnvorstellung, weil er sich so sehr danach sehnte, sie zu sehen. Die letzten paar Minuten waren ihm endlos erschienen.

In drei Schritten war er bei ihr, riss sie in seine Arme, und sie gerieten durch den Schwung beide ins Trudeln. Bevor Lucy auch nur ein Wort sagen konnte, bedeckte er ihren Mund mit seinem, verschlang jedes Wort und jeden Atemzug, bis ihr der Koffergriff aus den Fingern glitt und das Gepäck zu Boden polterte.

Ihre Lippen gaben nach und hielten sich an seinen fest, sie schlang ihm die Arme um den Nacken. Ihr Körper passte an seinen, als wären sie füreinander geschaffen. Sie waren einander so vollkommen nah, und doch genügte es ihm nicht. Am liebsten wäre er mit ihr verschmolzen und hätte sie beide so zu einem Ganzen gemacht. Er küsste sie, heftiger, beinah wild, bis sie keuchend das Gesicht abwandte. Mit den Fingern streichelte sie seinen Nacken, als wollte sie ihn beruhigen.

Sam nahm ihr Gesicht in seine unruhig zitternden Hände. Ihre Wangen glühten wie im Fieber, in ihren Augen lag Bestürzung. „Warum sitzt du nicht im Flugzeug?“, fragte er mit rauer Stimme.

Lucy blinzelte. „Du … hast mir eine SMS geschickt.“

„Und das hat gereicht?“ Er zog sie in seine Arme. „Wegen drei Worten bist du nicht in das Flugzeug gestiegen?“, vergewisserte er sich heiser.

Sie sah ihn auf eine Weise an wie noch niemand jemals zuvor, und in ihren Augen brannte ein Licht strahlender Zärtlichkeit. „Es waren die richtigen drei Worte.“

„Ich liebe dich“, sagte Sam, drückte seine Lippen auf ihren Mund und unterbrach den Kuss, weil er es noch einmal sagen musste. „Ich liebe dich."

Mit bebenden Fingern berührte Lucy seine Lippen und liebkoste sie sanft. „Bist du sicher? Woher weißt du, dass es dir nicht nur um Sex geht?"

„Es geht mir um Sex ... Sex mit deinem Geist, Sex mit deiner Seele, Sex mit der Farbe deiner Augen, dem Duft deiner Haut. Ich möchte in deinem Bett schlafen. Ich möchte, dass du morgens das Erste und abends das Letzte bist, was ich sehe. Ich liebe dich auf eine Weise, die ich nie für möglich gehalten habe."

Ihre Augen füllten sich mit Tränen. „Ich liebe dich auch, Sam. Ich wollte dich nicht verlassen, aber ..."

„Warte. Erst muss ich dir etwas sagen ... Ich werde auf dich warten. Ich habe keine andere Wahl, und ich kann ewig warten. Du musst New York nicht aufgeben. Ich tue, was immer nötig ist, damit dieses Arrangement funktioniert. Ferngespräche, Cyber-was-auch-immer. Ich will, dass du deinen Traum verwirklichst. Du sollst ihn nicht für mich aufgeben oder meinetwegen um einen Teil deines Lebens betrogen werden."

Sie lächelte unter Tränen. „Aber du bist Teil meines Traums."

Sam nahm sie in die Arme und legte seine Wange auf ihr Haar. „Es spielt keine Rolle, wohin du jetzt gehst", murmelte er. „Komme, was da wolle, wir sind zusammen. Doppelsterne können sich auf ihrer Umlaufbahn weit voneinander entfernen und werden doch von ihrer Anziehungskraft zusammengehalten."

Lucys leises Lachen wurde von seinem Hemd gedämpft. „Liebesgeschwätz eines Strebers."

„Gewöhn dich dran", sagte er und küsste sie heftig. Dann warf er einen Blick auf das Terminal. „Willst du reingehen und deinen Flug umbuchen?"

Lucy schüttelte entschlossen den Kopf. „Ich bleibe hier. Ich werde das Stipendium ausschlagen. Meine Glasarbeiten kann ich hier genauso gut fertigen wie dort."

„Nein, das tust du nicht. Du gehst nach New York und wirst

zu der Künstlerin, zu der du bestimmt bist. Und ich werde ein Vermögen für Flugtickets ausgeben, um dich so oft wie möglich zu besuchen. Und am Ende des Jahres wirst du hierher zurückkommen und mich heiraten.“

Lucy hob den Kopf und schaute ihn mit großen Augen an. „Dich heiraten …“, wiederholte sie schwach.

„Den formellen Heiratsantrag liefere ich nach“, erklärte Sam. „Ich wollte dich nur wissen lassen, dass ich ehrenhafte Absichten habe.“

„Aber … du glaubst nicht an die Ehe …“

„Ich habe meine Meinung geändert, denn ich habe den Haken an meiner Argumentation entdeckt. Weißt du noch, wie ich behauptet habe, es sei romantischer, nicht zu heiraten, weil man dann nur in den guten Zeiten zusammen ist? Aber ich habe mich geirrt. Eine Beziehung hat nur dann Bedeutung, wenn man auch in schlechten Zeiten zusammenbleibt. In guten wie in schlechten Tagen.“

Lucy zog seinen Kopf zu sich hinab und küsste ihn. Es war ein Kuss, der von Vertrauen und Hingabe zeugte. Ein Kuss, der von Wein, Sternen und Magie erzählte. Ein Kuss, der das sichere Erwachen in den Armen des Geliebten vorwegnahm, wenn der Morgen dämmerte, die Adler aufstiegen und die Sonne glitzernde Silberbänder über die False Bay breitete.

„Über New York sprechen wir später“, erklärte Lucy, nachdem sie sich voneinander gelöst hatten. „Ich bin mir immer noch nicht sicher, ob ich wirklich gehen soll. Im Moment weiß ich nicht mal, ob ich das brauche. Kunst kann überall entstehen.“ Ihre Augen funkelten, als dächte sie über etwas nach, was nur sie wusste. „Aber erst einmal … fährst du mich nach Rainshadow?“

Statt einer Antwort hob Sam ihren Koffer auf, legte seinen Arm um sie und führte sie zu seinem Wagen. „Irgendetwas ist mit dem Fenster passiert, das du für mich gemacht hast“, sagte er nach einem Moment des Schweigens. „Der Weinberg verändert sich. Alles verändert sich.“

Lucy lächelte. Sie wirkte kein bisschen überrascht. „Erzähl mir mehr."

„Du musst es dir selbst ansehen."

Und dann nahm er sie mit nach Hause, auf die erste Straße von vielen, die sie gemeinsam bereisen würden.

## *EPILOG*

Lucys Herz raste wie das eines Kolibris, als ihr Taxi auf den False Bay Drive einbog und Richtung Rainshadow Road fuhr.

Im letzten Jahr war sie unzählige Male zwischen New York und Friday Harbor hin- und hergereist, und Sam hatte sie genauso oft in New York besucht. Aber diese Reise würde anders als die davor nicht mit einem Abschied enden.

Lucy war zwei Tage früher als geplant auf die Insel zurückgekehrt. Nach einem Jahr der Trennung hielt sie es einfach nicht länger aus, getrennt von Sam zu sein.

Sie hatten es geschafft, eine Fernbeziehung zu unterhalten. Hatten nach dem Kalender gelebt, Telefonate und Flüge geplant. Hatten sich Karten geschrieben, SMS, E-Mails und über Skype telefoniert. „Glaubst du, dass wir noch so viel miteinander reden, wenn wir wirklich zusammen sind?“, hatte Lucy gefragt, und Sams Antwort war ein eindeutig lüsternes „Nein“.

Wenn es so etwas gab wie eine gemeinsame Weiterentwicklung, obwohl man voneinander getrennt lebte, dann – so dachte Lucy – hatten sie genau das erlebt. Und die Mühe, die es kostete, eine Fernbeziehung aufrechtzuerhalten, ließ sie erkennen, dass zu viele Menschen die Zeit, die sie mit dem geliebten Partner verbrachten, für selbstverständlich hielten. Sie aber hatten sich jede kostbare gemeinsame Minute erarbeitet.

Während ihrer Zeit als Residenz-Künstlerin am Mitchell Art Center hatte Lucy sich mit anderen Künstlern zusammengetan, um Konzeptkunst mit Techniken wie Glasmalerei – dabei wurde eine Mischung aus gemahlenem Glas und Pigmenten auf das Glas aufgetragen – oder Schichtungen aus verschiedenen Materialien und Glasfragmenten zu entwickeln. Hauptsächlich arbeitete sie aber an Buntglasfenstern, erprobte sich an natürlichen Motiven und experimentierte mit verschiedenen Methoden, die Farben mit Licht und Lichtbrechung zu beeinflussen. Ein angesehener Kunstkritiker hatte geschrieben, Lucys

Buntglasarbeiten seien eine *Offenbarung von leichten anregenden Glasbildern mit belebenden Farben und greifbarer Energie*. Gegen Ende ihres Stipendiums hatte man Lucy Aufträge für Buntglasfenster für öffentliche Gebäude und Kirchen angeboten, und sie hatte sogar eine Anfrage erhalten, ob sie Bühnenbilder und Kostüme für eine Produktion des Pacific Northwest Ballet entwerfen könne.

Inzwischen gedieh Sams Weingarten so gut, dass er sein ursprüngliches Ernteziel von zwei Tonnen Trauben pro Morgen ein Jahr früher erreichte als erwartet. Die Fruchtqualität, so erzählte er Lucy, versprach noch besser zu sein, als er zu hoffen gewagt hatte. Später im Sommer würde der Rainshadow Vineyard erstmalig seinen Wein selbst keltern und abfüllen können.

„Nettes Anwesen", meinte der Taxifahrer, als sie auf die Rainshadow Road einbogen und sich den orange und golden überhauchten Weinpflanzungen näherten.

„Ja, das ist es", murmelte Lucy und nahm den Anblick des Hauses im Licht des Sonnenuntergangs in sich auf: Die Giebel und Geländer glänzten golden im Licht; die Buschrosen und die weißen Hortensien verschwanden fast unter der Last ihrer Blütenpracht. Die Weinstöcke hingen übervoll mit Trauben. Die Luft, die durch die Wagenfenster hereinkam, war süß und kühl, ein Gemisch aus salziger Meeresbrise und dem Duft gesunder junger Weinpflanzen.

Lucy hätte Justine oder Zoë bitten können, sie am Flughafen abzuholen, doch sie hatte nicht das Bedürfnis, mit jemandem zu reden. Sie wollte nur so schnell wie möglich Sam wiedersehen.

Sam erwartete sie nicht, ging es ihr durch den Kopf, und sie lächelte selbstironisch. Es konnte also sein, dass er nicht mal zu Hause war. Doch als das Taxi vor dem Haus hielt, entdeckte sie seine vertraute Gestalt inmitten einer Gruppe seiner Arbeiter, die gerade aus dem Weinberg kamen. Ein freudiges Lächeln spielte um ihre Lippen, als Sam das Taxi entdeckte und in seiner Bewegung innehielt.

Ehe das Taxi stand, hatte Sam es bereits erreicht und riss die Tür auf. Bevor Lucy irgendetwas sagen konnte, hatte er sie schon aus dem Auto gezogen. Er war verschwitzt von der Arbeit unter freiem Himmel und schien nur aus Testosteron und männlicher Hitze zu bestehen, als sein Mund sich in einem alles verzehrenden Kuss auf ihren senkte. In den vergangenen Wochen hatte er neue Muskeln angesetzt, und seine Haut war so tief gebräunt, dass der Kontrast seine blaugrünen Augen erstaunlich lebhaft wirken ließ.

„Du bist früh dran", sagte Sam, während er ihre Wangen, ihr Kinn und ihre Nasenspitze mit Küssen bedeckte.

„Und du piekst", gab Lucy atemlos lachend zurück und legte ihre Hand auf seine Bartstoppeln.

„Ich hatte vor, mich für dich fein zu machen", erwiderte Sam.

„Ich helfe dir beim Duschen." Sie stellte sich auf die Zehenspitzen und flüsterte ihm ins Ohr: „Ich kümmere mich sogar um die schwer erreichbaren Stellen."

Sam ließ sie gerade lange genug los, um den Taxifahrer zu bezahlen. Einige Minuten später hatte er seine grinsenden Arbeiter verabschiedet und sie davon in Kenntnis gesetzt, dass sie am nächsten Tag keinesfalls vor Mittag antanzen sollten.

Nachdem er Lucys Koffer ins Haus getragen hatte, nahm er sie bei der Hand und führte sie nach oben. „Hat es einen besonderen Grund, dass du zwei Tage früher als geplant kommst?"

„Ich konnte alles ein wenig beschleunigen und schneller packen als erwartet. Und als ich die Fluggesellschaft anrief, um meinen Flug umzubuchen, haben sie auf die Umbuchungsgebühr verzichtet, weil ich ihnen sagte, es handle sich um einen Notfall."

„Was für ein Notfall?"

„Ich habe ihnen erzählt, mein Freund habe mir versprochen, mir einen Heiratsantrag zu machen, sobald ich in Friday Harbor eintreffe."

„Das ist kein Notfall."

„Ein Notfall ist eine Situation, die unmittelbares Handeln erforderlich macht“, klärte sie ihn auf.

Sam blieb auf dem Treppenabsatz stehen und küsste sie noch einmal.

„Also, machst du’s nun?“, beharrte Lucy.

„Einen Heiratsantrag?“ Er verzog leicht die Lippen. „Nicht, bevor ich geduscht habe.“

In den frühen Morgenstunden erwachte Lucy, den Kopf an eine harte männliche Schulter gelehnt. An ihrer Nase kitzelten seine Brusthaare. Sams warme Hände glitten über ihre Haut, und sie erschauerte.

„Lucy“, flüsterte er, „ich glaube, ich kann dich nie wieder fortgehen lassen. Du wirst mich mitnehmen müssen.“

„Ich gehe nicht fort“, flüsterte sie zurück. Sie legte ihre Handfläche mitten auf seine Brust. Das Morgenlicht brach sich am Verlobungsring, den sie trug, und ließ strahlende Funken an der Wand tanzen. „Ich weiß, wohin ich gehöre.“

Wie sie so dalag, an Sam gekuschelt, seinen starken gleichmäßigen Herzschlag unter ihrer Hand, fühlte sie sich, als seien sie beide ein Paar Sterne, die weit entfernt voneinander gelegen und einander doch eingefangen hatten und zusammengehalten wurden von einer Kraft, die stärker war als Glück, Schicksal oder sogar Liebe. Es gab kein Wort für dieses Gefühl … aber eigentlich hätte es eines geben müssen.

Während sie so dalag, eingehüllt in eine Wolke des Glücks, und über namenlose Wunder sinnierte, zogen sich die Scheiben eines der Schlafzimmerfenster langsam aus ihrem Holzrahmen. Die Ecken rollten sich auf. Das Glas wurde leuchtend blau.

Hätte ein Passant zu so früher Stunde zufällig zur Bucht hinübergeschaut, dann hätte er eine Wolke von Schmetterlingen gesehen, die von einem weißen viktorianischen Haus am Ende der Rainshadow Road in den Himmel tanzten.

ENDE

Schon oft hatte der Geist versucht, das Haus zu verlassen, aber es war ihm nie gelungen. Wann immer er sich der Türschwelle des Eingangs näherte oder aus einem Fenster lehnte, verschwand er – einfach so, als löste er sich in feinen Dunst auf. Er hegte die Befürchtung, diese Auflösung könnte eines Tages endgültig sein und er würde völlig seine Gestalt verlieren. Warum nur war er hier gefangen? Wurde er womöglich für etwas bestraft, an das er sich nicht einmal erinnern konnte? Und wenn ja, wie lange musste er diese Strafe erdulden?

Das viktorianische Haus lag am Ende der Rainshadow Road mit Blick auf die halbrunde Küstenlinie der False Bay, als wäre es ein Mauerblümchen, das ganz allein am Rand der Tanzfläche stand und wartete. Den lackierten Holzschindeln hatte die salzhaltige Seeluft übel zugesetzt, und dank einer langen Reihe gleichgültiger Bewohner waren die Innenräume völlig heruntergekommen. Auf den alten Hartholzböden lagen Zottelteppiche, dünne Pressholzwände unterteilten die Zimmer, und die Zuckerbäckerverzierungen aus Holz waren unter Dutzenden Schichten billiger Farbe verschwunden.

Von den Fenstern aus beobachtete der Geist die Seevögel – Wasserläufer, Brachvögel, Sand- und Kiebitzregenpfeifer –, die am Strand umhertrippelten und in den Gezeitentümpeln nach Nahrung suchten. Nachts starrte er hinauf zu den Sternen, den Kometen und dem wolkenverhangenen Mond, und manchmal sah er sogar Nordlichter am Horizont.

Wie lange er schon in dem Haus weilte, wusste der Geist nicht genau. Da sein Herz nicht mehr schlug, fehlte ihm jeder Anhaltspunkt für den Sekundentakt und damit auch jedes Zeitgefühl. Er wusste nur, dass er sich eines Tages hier vorgefunden hatte, ohne Namen, ohne Körper, ohne zu wissen, wer er war. Er hatte keine Ahnung, wie er gestorben war, geschweige denn, wo und warum. Lediglich am Rande seines Bewusstseins tanzten ein paar Erinnerungen. So war er sich beispielsweise sicher, dass er einen Teil seines Lebens auf San Juan verbracht hatte, vielleicht als Schiffer oder Fischer. Wenn er auf die False Bay hinausschaute, fielen ihm Dinge ein, die mit dem Meer hinter der Bucht zu tun hatten: die schmalen Wasserstraßen zwischen den Inseln von San Juan, die Meerengen rings um Vancouver. Er erinnerte sich an die zerklüftete Küstenlinie des Puget Sound und die kleinen Buchten, die sich wie Drachenzähne in die Olympic Halbinsel schlugen.

Außerdem kannte er viele Lieder – und von ihnen sämtliche Verse, den gesamten Text, ja sogar die einleitenden Melodien. Wenn er das Schweigen um sich herum nicht mehr aushielt, sang er vor sich hin, während er die leeren Räume des Hauses durchstreifte.

Sehnlichst wünschte er sich Kontakt zu einem Lebewesen, irgendeinem, aber nicht einmal die Insekten, die über den Fußboden krabbelten, nahmen ihn wahr. Wenn er doch wenigstens irgendetwas über jemanden gewusst hätte, sich an Menschen erinnern könnte, die er einmal gekannt haben musste! Aber solche Erinnerungen waren ihm verschlossen, und er hoffte und wartete auf den geheimnisvollen Tag, an dem ihm sein Schicksal endlich klar werden würde.

Eines Morgens tauchten Besucher auf.

Wie elektrisiert sah er, wie sich ein Auto näherte und seine Räder tiefe Schneisen in das hochgewachsene Unkraut auf der unbefestigten Zufahrt schlugen. Der Wagen hielt an, zwei Leute stiegen aus: ein junger dunkelhaariger Mann, groß und muskulös, und eine ältere Frau in Jeans, flachen Schuhen und einer rosa Jacke.

„... konnte ich kaum glauben, dass ich es geerbt hatte“, sagte sie. „Meine Cousine hat es in den Siebzigern zurückgekauft. Ursprünglich wollte sie es restaurieren und dann wieder verkaufen, aber daraus ist nie etwas geworden. Wirklich von Wert ist nur der Grund und Boden. Das Haus wirst du zweifellos abreißen müssen.“

„Hast du es schätzen lassen?“, fragte der Mann.

„Das Grundstück?“

„Nein, die Kosten für eine Restaurierung des Hauses.“

„Himmel, nein. Es hat gewaltige Substanzschäden. So ziemlich alles müsste von Grund auf erneuert werden."

Völlig verzaubert starrte der Mann das Haus an. „Ich würde gern einen Blick ins Innere werfen."

Skeptisch runzelte die Frau die Stirn. „Oh, Sam, ich halte das für gefährlich."

„Ich werde sehr vorsichtig sein."

„Du könntest dich verletzen, und dafür möchte ich nicht die Verantwortung übernehmen. Du könntest durch den Fußboden brechen, oder ein Deckenbalken fällt dir auf den Kopf. Außerdem, wer weiß, was für Ungeziefer ..."

„Mir wird schon nichts passieren." Sein Ton wurde bittend. „Fünf Minuten. Bitte. Ich möchte nur einen kurzen Blick hineinwerfen."

„Ich sollte dir das wirklich nicht erlauben."

Sam grinste sie lausbübisch an. „Aber du wirst es mir erlauben. Du kannst mir nämlich nicht widerstehen."

Ihr Versuch, ihn mit einem strengen Blick zu bedenken, endete in einem zögernden Lächeln.

So war ich auch einmal, stellte der Geist verblüfft fest. Erinnerungen, die er nicht festzuhalten vermochte, durchzuckten ihn, Erinnerungen an lang zurückliegende Flirts, an Abende, an denen er auf einer Vorderveranda gesessen hatte. Auch er hatte einmal gewusst, wie man Frauen jeden Alters bezaubern und zum Lachen bringen konnte. Hatte Mädchen geküsst, deren Atem nach süßem Tee schmeckte, deren Nacken und Schultern nach parfümiertem Puder rochen.

Der junge Mann hüpfte auf die Vorderveranda und warf sich mit der Schulter gegen die Tür, als er feststellte, dass sie klemmte. Als er die Eingangshalle betrat, war er plötzlich auf der Hut, als befürchtete er, irgendetwas könnte ihn aus dem Dunkel heraus anspringen. Mit jedem Schritt wirbelte er den Staub auf, der den Boden bedeckte, sodass er sich Aschewolken gleich in die Luft erhob und ihn zum Niesen brachte.

Ein durch und durch menschliches Geräusch. Der Geist

hatte ganz vergessen, was Niesen war.

Sam ließ den Blick über die verfallenen Wände schweifen. Selbst hier im Schatten wirkten seine Augen blau, und die Lachfältchen in den Augenwinkeln waren gut zu sehen. Attraktiv war er nicht unbedingt, sah aber trotzdem gut aus mit seinen kantigen rauen Gesichtszügen. Offenbar hielt er sich viel an frischer Luft auf, denn seine Haut war intensiv gebräunt. Der Anblick allein weckte in dem Geist beinah die Erinnerung daran, wie sich Sonnenlicht und -wärme auf der Haut anfühlten.

Inzwischen hatte sich die Frau bis an die Eingangstür gewagt, und ihre Haare bildeten im Gegenlicht eine silbrige Wolke um ihren Kopf, als sie ins Innere des Hauses spähte. Sie hielt sich an der Türfassung fest, als wäre sie eine Haltestange in einem schwankenden U-Bahn-Wagen. „Es ist so dunkel hier drin. Ich halte das wirklich nicht für …"

„Ich brauche doch mehr als fünf Minuten", fiel Sam ihr ins Wort, löste eine kleine Taschenlampe von seinem Schlüsselbund und schaltete sie ein. „Was hältst du davon, wenn du auf einen Kaffee in die Stadt fährst und mich in … sagen wir … einer halben Stunde wieder hier abholst?"

„Ich soll dich hier ganz allein lassen?"

„Keine Angst, ich mache nichts kaputt."

Abfälliges Prusten war die Antwort. „Ich mache mir keine Sorgen um das *Haus*, Sam."

„Ich habe mein Handy dabei", erklärte er und klopfte mit der Hand auf seine Gesäßtasche. „Wenn es Probleme gibt, rufe ich dich an." Die Lachfältchen in seinen Augenwinkeln vertieften sich. „Dann kannst du kommen, um mich zu retten."

Mit einem tiefen Seufzer ergab sie sich in ihr Schicksal. „Was genau hoffst du eigentlich in dieser Ruine zu finden?"

Sams Aufmerksamkeit war längst wieder woanders. Das Haus faszinierte ihn zutiefst. „Ein Zuhause vielleicht."

„Dieses Haus war einmal ein Zuhause, aber ich kann mir beim besten Willen nicht vorstellen, dass es das je wieder sein kann."

Als die Frau davonfuhr, war der Geist erleichtert.

Sam machte sich daran, das Gebäude gründlich unter die Lupe zu nehmen, ging von Zimmer zu Zimmer, auf Schritt und Tritt gefolgt von dem Geist, und ließ den Strahl der Taschenlampe langsam hin und her wandern. Auf Kaminsimsen und zerbrochenen Möbeln lag der Staub in dichten Schleiern.

An einer Stelle war der Teppichboden zerrissen. Neugierig ging Sam in die Hocke, zerrte an dem Teppich und strahlte den Holzboden darunter an. „Mahagoni?“, murmelte er fragend und musterte die dunkle klebrige Oberfläche. „Oder Eiche?“

Schwarze Walnuss, durchfuhr es den Geist, der ihm über die Schulter schaute. Eine neue Erkenntnis … Er verstand etwas von Holzfußböden, wusste, wie man sie von Teppichkleber befreien, abbeizen, abschleifen und mithilfe unversponnener Wolle neu streichen konnte.

Weiter ging es in die Küche mit der eingelassenen Nische für einen großen gusseisernen Herd, in der noch ein paar zerbrochene Fliesen an den Wänden hingen. Sam richtete den Strahl seiner Taschenlampe auf die hohen Kassettendecken und die schief hängenden Wandschränke. Sein Blick blieb an einem verlassenen Vogelnest und dem uralten Vogelmist darunter hängen. „Ich muss verrückt sein“, murmelte er kopfschüttelnd.

Von der Küche aus wandte er sich der Treppe zu, wo er kurz stehen blieb und mit dem Daumen über das Geländer strich. Zerschrammtes rötliches Holz wurde unter dem Dreck sichtbar. Sorgfältig darauf achtend, wohin er trat, denn die Stufen waren teilweise morsch, stieg Sam in den ersten Stock hinauf. Von Zeit zu Zeit verzog er das Gesicht und atmete heftig aus, als wäre ihm ein übler Gestank in die Nase gestiegen. „Recht hat sie“, meinte er nachdenklich, als er den Treppenabsatz im ersten Stock erreichte. „Hier hilft nur die Abrissbirne.“

Das machte den Geist nervös. Was würde aus ihm werden, wenn jemand das Haus dem Erdboden gleichmachte? Womöglich wäre es dann ganz aus mit ihm. Er konnte sich nicht vorstellen, dass er so lange allein hier festgesessen hatte, nur um am Ende ohne erkennbaren Grund ausgelöscht zu werden. Er wanderte um Sam herum, musterte ihn, wünschte sich, er könnte irgendwie Kontakt mit ihm aufnehmen, und fürchtete doch zugleich, er würde ihn damit nur zu Tode erschrecken und verjagen.

Im selben Moment ging Sam weiter, mitten durch ihn hindurch, und blieb am Fenster stehen. Von dort konnte man die Einfahrt überblicken. Uralte Dreckschichten bedeckten das Glas und ließen nur gedämpftes Licht in den Raum. Ein Seufzer kam über Sams Lippen. „Du hast schon sehr, sehr lange gewartet, nicht wahr?“, fragte er leise.

Die Frage erschreckte den Geist, aber als Sam weitersprach, wurde klar, dass er mit dem Haus redete. „Ich möchte wetten, dass du einen großartigen Anblick geboten hast, damals, vor etwa hundert Jahren. Es wäre eine Schande, dir keine Chance zu geben. Aber, verdammt noch mal, dich wieder herzurichten kostet mich ein Heidengeld, beinahe alles, was ich in mein Weingut stecken kann. Teufel auch, ich weiß einfach nicht …“

Während der Geist Sam durch die staubigen Zimmer folgte, spürte er, wie das heruntergekommene Haus dem Mann immer mehr ans Herz wuchs und in ihm der Wunsch erwachte, es wieder in Ordnung zu bringen und in altem Glanz erstrahlen zu lassen. Nur ein Idealist oder ein Narr, so versicherte Sam sich selbst, würde ein solches Projekt in Angriff nehmen. Der Geist gab ihm recht.

Schließlich ertönte draußen eine Autohupe. Die Frau war zurück, und Sam ging. Zu gern hätte der Geist ihn begleitet, aber wie immer, wenn er versuchte, das Haus zu verlassen, wurde ihm übel, und er begann sich aufzulösen. Also ging er zurück und beobachtete von einem zerbrochenen Fenster aus, wie Sam die Beifahrertür des Autos öffnete, einen letzten Blick zurückwarf und das Haus auf sich wirken ließ.

In sich zusammengesunken stand es inmitten von Wiesen, die baufälligen Konturen weichgezeichnet durch wild wuchernde Büschel von Röhrkohl, Queller und stachligen Binsen. In der Ferne verlor sich das Blau der False Bay in der zurückweichenden Flut, und im fruchtbaren braunen Schlick des Watts glitzerten Gezeitentümpel im Sonnenlicht.

Ein kurzes Nicken, als hätte Sam eine Entscheidung getroffen.

Und der Geist machte eine weitere überraschende Entdeckung. Er war in der Lage, Hoffnung zu empfinden.

Bevor Sam ein Angebot für das Grundstück abgab, kam er mit jemandem vorbei, der es sich anschauen sollte, einem Mann etwa in seinem Alter, um die dreißig oder so. Vielleicht auch ein bisschen jünger. In seinen Augen lag ein kalter Zynismus, für den er eigentlich bei Weitem nicht alt genug war.

Wahrscheinlich waren sie Brüder. Sie hatten beide das gleiche dichte schwarzbraune Haar, den breiten Mund, den muskulösen Körperbau. Aber während Sams Augen so blau waren wie das Meer in den Tropen, wirkten die seines Bruders wie Gletschereis. Sein Gesicht war ausdruckslos, obwohl tiefe Linien um seinen Mund von Verbitterung zeugten. War Sam auf eher ungehobelte Weise gutaussehend, so wies dieser Mann eine geradezu verschwenderische Attraktivität auf mit seinen klar geschnittenen Gesichtszügen und den vollkommenen Proportionen. Außerdem hatte er offensichtlich eine Vorliebe für elegante Kleidung, jegliche Art von Luxus, teure Haarschnitte und noch teurere italienische Schuhe.

Was allerdings gar nicht ins Bild passte, waren seine Hände. Sie waren schwielig, zeugten von harter Arbeit und wirkten sehr geschickt. Der Geist kannte solche Hände. Vielleicht sahen seine eigenen so aus? Er wusste es nicht. Wenn er an sich herabsah, sah er – nichts, keine Gestalt, keinen Körper. Sosehr er es sich auch wünschte, er hatte nicht einmal eine Stimme. Warum nur war er hier, in Gesellschaft dieser beiden Männer, die er nur beobachten, mit denen er aber nicht sprechen oder interagieren konnte? Was sollte er lernen?

Nach nicht einmal zehn Minuten hatte der Geist begriffen,

dass Alex, wie Sam ihn nannte, verdammt viel über das Bauhandwerk wusste. Zunächst umrundete er das Haus einmal von außen, registrierte die Risse im Fundament, die Lücken in den Holzverkleidungen, die durchhängende Vorderveranda mit ihren morschen Dielen und Tragbalken. Im Haus untersuchte Alex genau die Ecken, die der Geist ihm gezeigt hätte, um ihm klarzumachen, wie es um das Haus stand: unebene Fußböden, Türen, die nicht mehr richtig schlossen, Schimmelflecken, die von undichten Wasser- und Abwasserleitungen zeugten.

„Der Sachverständige meinte, die Substanzschäden könne man reparieren", erklärte Sam.

„Wen hast du gefragt?" Alex ging in die Hocke, um den zusammengebrochenen Kamin im Salon und die Risse im freigelegten Schornstein genauer zu betrachten.

„Ben Rawley." Alex Gesichtsausdruck sprach Bände, und Sam beeilte sich hinzuzufügen: „Ja, ich weiß, dass er schon ein bisschen älter ist …"

„Er ist ein Fossil."

„Aber er beherrscht immer noch sein Handwerk, und er hat nichts dafür verlangt. Er hat mir einfach einen Gefallen getan."

„Ich würde mich nicht auf sein Wort verlassen. Wenn du ein realistisches Gutachten willst, musst du dir einen Bauingenieur holen." Alex legte eine sehr charakteristische Sprechweise an den Tag. Jede Silbe kam so präzise und tonlos über seine Lippen, als legte er ein Bandmaß an. Dabei war seine Stimme ein ganz klein wenig kratzig. „Der einzige Pluspunkt an der ganzen Sache besteht darin, dass das Grundstück mit einem abrissreifen Haus darauf weniger wert ist, als wenn es unbebaut wäre. Du könntest den Preis herunterhandeln, weil für den Abriss und die Schuttentsorgung Zusatzkosten auf dich zukommen."

Angst erfasste den Geist. Wenn das Haus zerstört wurde, war es möglicherweise aus und vorbei mit ihm. Es konnte durchaus sein, dass er sich dann endgültig auflöste.

„Ich will es nicht abreißen", erklärte Sam. „Ich will es retten."

„Viel Glück."

„Ich weiß ja …" Seufzend strich sich Sam mit der Hand durch die Haare und brachte sie damit in völlige Unordnung. „Der Boden ist perfekt für den Weinanbau. Ich weiß, dass ich mich damit zufriedengeben und mich über mein Glück freuen sollte. Aber dieses Haus … es hat etwas an sich, das ich einfach …" Kopfschüttelnd brach er ab und sah dabei ebenso verwirrt wie besorgt und wild entschlossen aus.

Sowohl der Geist als auch Sam gingen davon aus, dass Alex sich darüber lustig machen würde. Stattdessen stand dieser auf und schlenderte durch den Salon hinüber zu einem der mit Sperrholz vernagelten Fenster. Die uralte Sperrholzplatte leistete so gut wie keinen Widerstand und knarzte nur leise Protest, als er sie herunterriss, und plötzlich durchflutete Licht den Raum, begleitet von einer frischen Brise, die den kniehoch aufgewirbelten Staub in den Sonnenstrahlen tanzen ließ.

„Ich habe auch was übrig für hoffnungslose Fälle." Ein Hauch von Ironie lag in Alex' Stimme. „Ebenso wie für viktorianische Häuser."

„Tatsächlich?"

„Natürlich. Wartungsintensives, energieverschwenderisches Design, toxische Baumaterialien … das muss man doch einfach lieben, oder?"

Sam lächelte. „Also, wie würdest du vorgehen, wenn du an meiner Stelle wärst?"

„Ich würde so schnell wie möglich davonrennen. Aber da du dir offensichtlich in den Kopf gesetzt hast, dieses Haus zu kaufen … versuch gar nicht erst, eine normale Bankhypothek aufzunehmen. Du brauchst einen Kreditgeber anderen Kalibers, und die Zinsen werden es in sich haben."

„Kennst du da jemanden?"

„Eventuell. Aber bevor wir darüber reden, musst du dir über einiges klar werden. Wir sprechen hier von zweihundertfünfzigtausend Dollar für Reparaturarbeiten. Mindestens. Und glaub ja nicht, dass ich dir kostenlos mit Baumaterial und Arbeit aushelfen werde. Ich werde mich auf das Dream-Lake-Projekt stürzen und damit mehr als ausgelastet sein."

„Glaub mir, Al, ich würde mich niemals darauf verlassen, dass du mir mit irgendetwas aushilfst", erklärte Sam trocken. „Dazu kenne ich dich zu gut."

Plötzlich lag Spannung in der Luft, ein Gemenge aus Zuneigung und Feindseligkeit, das nur auf schwierigen Familienverhältnissen beruhen konnte. Eine ungewohnte Empfindung verunsicherte den Geist: Er meinte eine eisige Kälte zu spüren, die plötzlich im Raum hing, und wenn er einen menschlichen Körper gehabt hätte, wäre er erschauert. Tiefste Verzweiflung, wie selbst er in seiner trostlosen Einsamkeit sie nie empfunden hatte, ging von Alex Nolan aus.

Instinktiv wich der Geist zurück, aber er konnte dem Gefühl nicht entfliehen. „Fühlt es sich so an, du zu sein?", fragte er voller Mitleid den Mann – und erschrak, als Alex einen Blick über seine Schulter warf und ihn anzuschauen schien. „Kannst du mich hören?", fragte der Geist verwundert und wanderte um ihn herum. „Hast du gerade meine Stimme gehört?"

Alex reagierte nicht, schüttelte nur leicht den Kopf, als wollte er einen Tagtraum abschütteln. „Ich schicke einen Ingenieur rüber", erklärte er schließlich. „Ohne dir dafür etwas zu berechnen. Du wirst noch mehr als genug für dieses Haus blechen. Ich glaube nicht, dass du auch nur die leiseste Vorstellung davon hast, was du dir damit einhandelst."

Fast zwei Jahre gingen ins Land, bevor der Geist Alex Nolan wiedersah. In dieser Zeit war Sam die Brille geworden, durch die er die Welt da draußen sah. Zwar konnte er immer noch nicht das Haus verlassen, aber immerhin kamen regelmäßig Besucher: Sams Freunde, die Arbeiter im Weingut, Handwerker, die sich um Strom-, Wasser- und Abwasserleitungen kümmerten.

Sams älterer Bruder Mark schaute etwa einmal im Monat vorbei, um bei kleineren Wochenendprojekten auszuhelfen. An einem Tag glichen sie einen unebenen Bereich des Fußbodens aus, an einem anderen nahmen sie sich eine antike Badewanne mit Löwenfüßen vor, reinigten sie mit dem Sandstrahler und emaillierten sie neu. Dabei unterhielten sie sich ständig und lieferten sich gutmütige Wortgefechte. Der Geist genoss diese Besuche sehr.

Allmählich fiel ihm immer mehr aus seinem früheren Leben ein. Er sammelte die Erinnerungsfetzen ein, wie man Perlen vom Boden aufliest. Zum Beispiel wurde ihm bewusst, dass er ein Faible für Big Band Jazz, Comic-Helden und Flugzeuge hatte. Außerdem hatte er gern Radio gehört. Der Komiker Jack Benny, die George Burns und Gracie Allen Show, der Bauchredner Edgar Bergen zählten zu seinen Favoriten. Noch hatte er nicht genug aus seiner Vergangenheit wiedergefunden, um einen Überblick zu gewinnen, aber er war zuversichtlich, dass er irgendwann so weit sein würde. Das Puzzle setzte sich zusammen wie ein impressionistisches Gemälde, das aus unmittelbarer Nähe nur aus farbigen Punkten zu bestehen schien. Wenn man ein wenig zurücktrat und es aus der Ferne betrachtete, wurde ein vollständiges Bild daraus.

Mark Nolan war ein unbekümmerter verlässlicher Mensch. Einen wie ihn hätte der Geist gern zum Freund gehabt. Da er eine Kaffeerösterei besaß, brachte Mark immer beutelweise frisch gebrannte Bohnen mit und brühte als Erstes Kaffee auf, wenn er zu Besuch kam. Er trank ihn literweise. Wenn Mark sorgfältig die Bohnen mahlte und das Pulver sorgfältig in den Filter der Kaffeemaschine abmaß, kam die Erinnerung. Dann fiel dem Geist wieder der bittersüße, leicht erdige Duft der schwarzbraunen Brühe ein und das Wunder ihrer Verwandlung in flüssigen Samt, wenn man einen Löffel Rohrzucker und ein paar Tropfen Sahne dazugab.

Den Gesprächen der Nolans entnahm er, dass beide Elternteile Trinker gewesen waren. Die Narben, die dieser Umstand bei den Kindern hinterlassen hatte – drei Söhnen und einer Tochter namens Victoria – waren unsichtbar, aber tief. Selbst jetzt noch, lange nach dem Tod ihrer Eltern, hatten die Nolans nur wenig Kontakt. Sie waren Überlebende einer Familie, an die keiner von ihnen gern zurückdachte.

Ironischerweise hatte ausgerechnet Alex mit seinem kugelsicheren Panzer als Einziger der vier geheiratet. Er und seine Frau Darcy wohnten in der Nähe von Roche Harbor. Die einzige Schwester, Victoria, war alleinerziehende Mutter und lebte mit ihrer kleinen Tochter in Seattle. Sam und Mark waren entschlossen, Junggesellen zu bleiben. Vor allem Sam ließ keinen Zweifel daran, dass seiner Meinung nach keine Frau der Welt es wert war, das Risiko einer Ehe einzugehen. Wann immer er das Gefühl hatte, eine Beziehung könnte zu ernst werden, beendete er sie und verschwendete keinen Gedanken mehr daran.

Erst kürzlich hatte er sich wieder einmal von einer Freundin getrennt, weil die Frau ihre Beziehung *auf eine höhere Ebene* heben wollte. Als er Mark davon erzählte, fragte dieser, was er denn unter einer höheren Ebene zu verstehen habe.

„Keine Ahnung. Ich habe mit ihr Schluss gemacht, bevor ich das rausfinden konnte."

Die beiden saßen auf der Veranda und waren damit beschäftigt, ein paar Geländersäulen abzubeizen, die in die Verandabrüstung eingebaut werden sollten. „Ich bin nur für eine Ebene zu haben", fuhr Sam fort, „als da wären Sex, Einladungen zum Essen, gelegentliche nicht allzu persönliche Geschenke und grundsätzlich niemals Gespräche über die Zukunft. Um ehrlich zu sein, ich bin erleichtert, dass es zu Ende ist. Sie ist eine tolle Frau, aber mit ihrem Gefühlssalat bin ich einfach nicht zurechtgekommen."

„Was ist Gefühlssalat?", fragte Mark leicht belustigt.

„Du weißt doch, dieses Gefühlskuddelmuddel, das so typisch für Frauen ist. Heulen vor Glück. Tränen und Wut zugleich. Ich begreife einfach nicht, wie man mehrere verschiedene Gefühle zur selben Zeit haben kann. Für mich ist das genauso, als würde ich versuchen, gleichzeitig verschiedene Fernsehsender zu verfolgen."

„Ich habe schon erlebt, dass du mehrere Gefühle zur selben Zeit empfunden hast."

„Wann soll das gewesen sein?"

„Als Alex geheiratet hat. In dem Moment, als er und Darcy ihr Ehegelübde abgelegt haben. Du hast gelächelt, aber deine Augen waren irgendwie feucht."

„Oh. Da habe ich an eine Szene aus *Einer flog übers Kuckucksnest* gedacht: als bei Jack Nicholson die Lobotomie durchgeführt worden war und seine Freunde ihn aus Barmherzigkeit mit einem Kissen erstickten."

„Meistens würde es mir wenig ausmachen, Alex mit einem Kissen zu ersticken", meinte Mark trocken.

Sam grinste kurz, wurde aber sofort wieder ernst. „Jemand sollte ihn von seinem Leiden erlösen. Diese Darcy ist ein richtiges Miststück. Erinnerst du dich an die Generalprobe für das Hochzeitsessen? Sie nannte Alex ihren ersten Ehemann."

„Er ist ihr erster Ehemann."

„Ja, schon, aber ihn so zu bezeichnen lässt tief blicken. Sie ging offenbar von Anfang an davon aus, dass es einen zweiten geben würde. Männer sind für Darcy so was wie Autos. Sie sieht zu, dass sie beim nächsten Mal ein besseres Modell erwischt. Was ich dabei nicht begreife, ist: Alex hat das gewusst und sie trotzdem geheiratet. Überleg doch mal, wenn jemand schon unbedingt heiraten will, warum sucht er sich dann nicht wenigstens eine nette Partnerin?"

„So übel ist sie nun auch wieder nicht."

„Und warum habe ich dann jedes Mal, wenn ich mit ihr rede, das Gefühl, ich täte besser daran, eine Rüstung anzulegen und mein Visier runterzuklappen?"

„Darcy ist nicht mein Typ", meinte Mark, „aber viele Männer finden sie geil."

„Kein guter Grund, eine Frau zu heiraten."

„Gibt es deiner Meinung nach überhaupt einen guten Grund zu heiraten?"

Sam schüttelte den Kopf. „Ich würde jederzeit einen

schmerzhaften Unfall mit einem Elektrowerkzeug einer Ehe vorziehen."

„Wenn ich mir so anschaue, wie du mit der Gehrungssäge umgehst, ist damit auch viel eher zu rechnen."

Ein paar Tage später tauchte Alex unerwartet im Haus an der Rainshadow Road auf. Seit der Geist ihn das letzte Mal gesehen hatte, hatte er abgenommen, obwohl er schon vorher kein Gramm zu viel auf den Rippen gehabt hatte. Jetzt stachen seine Wangenknochen ungesund aus seinem Gesicht hervor, und unter den eisblauen Augen lagen tiefe Schatten.

„Darcy will sich von mir trennen", eröffnete Alex seinem Bruder ohne jede Vorrede, als der ihm die Tür öffnete.

„Warum?"

„Keine Ahnung."

„Will sie es dir nicht sagen?"

„Ich habe sie nicht gefragt."

Verwundert riss Sam die Augen auf. „Himmel noch mal, Al. Willst du gar nicht wissen, warum deine Frau dich verlässt?"

„Es interessiert mich nicht sonderlich."

„Könnte es eventuell sein, dass genau das Teil des Problems ist? Dass sie vielleicht einen Mann braucht, der sich dafür interessiert, wie sie empfindet?"

„Einer der Gründe, warum ich mich überhaupt in Darcy verguckt habe, besteht darin, dass wir nie über solche Themen reden mussten." Mit diesen Worten betrat Alex die Eingangshalle, die Hände tief in den Hosentaschen vergraben. Fachmännisch musterte er den Türrahmen, den Sam gerade zusammengenagelt hatte. „So reißt dir das Holz. Du musst die Nagellöcher vorbohren."

Nachdenklich schaute Sam ihn einen Augenblick an. „Magst du mir dabei helfen?"

„Na klar." Damit schlenderte Alex zu der Werkbank mitten in der Halle hinüber und nahm sich eine Akkubohrmaschine. Er überprüfte, ob die Laufrichtung stimmte und das Bohrfutter fest genug angezogen war. Dann drückte er probehalber auf den Schalter. Metallisches Kreischen zerriss die Luft.

„Die Lager sind trocken“, entschuldigte sich Sam. „Ich wollte sie längst nachfetten, aber ich bin einfach nicht dazu gekommen.“

„Wird besser sein, sie ganz auszutauschen. Darum kümmere ich mich später. Fürs Erste nehmen wir die Bohrmaschine, die ich im Auto liegen habe. Die taugt wenigstens was: ein Motor mit vier Spaltpolen und ein Drehmoment von vierhundertfünfzig Pfund.“

„Nettes Spielzeug.“

Typisch Mann, behandelten sie das Problem der gescheiterten Ehe von Alex, indem sie einfach nicht darüber redeten und lieber in einvernehmlichem Schweigen gemeinsam arbeiteten. Alex baute den Türrahmen mit großer Präzision und Sorgfalt ein, maß mehrfach nach, zeichnete die richtigen Maße an und meißelte von Hand ein wenig überstehenden Putz von der Wand, damit der Rahmen genau im Lot stand.

Der Geist hatte eine Menge für gute Zimmermannsarbeit übrig, weil sie einfach Hand und Fuß hatte. Ecken wurden passgenau zusammengesetzt, wo etwas überstand, wurde abgeschliffen und gestrichen, bis alles glatt und eben war. Was Alex da tat, fand seine Zustimmung. Obwohl auch Mark als Amateur seine Sache ganz gut machte, hatten sich doch Fehler eingeschlichen, und für manches brauchte er mehrere Anläufe, um es richtig hinzukriegen. Alex dagegen wusste genau, was er tat, und das sah man dem Ergebnis an.

„Donnerwetter“, stieß Sam bewundernd hervor, als er sah, wie Alex von Hand zurechtgeschnittene Holzstücke als dekorative Sockelelemente in die Türfassung eingepasst hatte. „Jetzt musst du die andere Tür in diesem Zimmer aber auch übernehmen. Das kriege ich nämlich unter keinen Umständen auch nur annähernd so gut hin.“

„Kein Problem.“

Also verzog sich Sam nach draußen, um mit seinen Arbeitern

zu sprechen, die dabei waren, die jungen Weinstöcke zurechtzuschneiden, zu veredeln und damit auf die kommende Wachstumsphase ab April vorzubereiten. Während Alex weiter in der Eingangshalle arbeitete, schlenderte der Geist im Raum umher und sang dabei vor sich hin, wenn gerade mal nicht gehämmert oder gesägt wurde.

Als Alex die Nagellöcher und die Fugen zwischen Wand und Türrahmen mit Holzspachtel verfüllte, begann er, ganz leise vor sich hin zu summen. Allmählich bildete sich eine Melodie heraus, und den Geist traf fast der Schlag: Das war dasselbe Lied, das er gerade sang.

Irgendwie konnte Alex offenbar seine Gegenwart spüren.

Der Geist sang weiter und behielt den Mann dabei genau im Auge.

Als Alex fertig war, legte er die Spachtelkartusche beiseite. Immer noch auf dem Boden kniend, stützte er die Hände auf die Oberschenkel und summte geistesabwesend vor sich hin.

Der Geist brach mitten im Vers ab und schlich näher. *Alex*, sprach er ihn vorsichtig an. Keine Reaktion. Voller Ungeduld, Hoffnung und Ungestüm versuchte er es noch einmal lauter: *Alex, hier bin ich.*

Der so Angesprochene blinzelte verdutzt, als wäre er gerade aus einem dunklen Raum ins helle Sonnenlicht getreten. Er schaute den Geist direkt an, und seine Pupillen weiteten sich zu dunklen Teichen mit blauen Eisrändern.

„Du kannst mich sehen?“, fragte der Geist verwundert.

Erschrocken rutschte Alex nach hinten und landete hart auf dem Allerwertesten. Gleichzeitig schnappte er sich das nächstliegende Werkzeug, einen Hammer, riss den Arm zurück, als wollte er damit nach dem Geist werfen, und fuhr ihn an: „Wer zum Teufel sind Sie?“

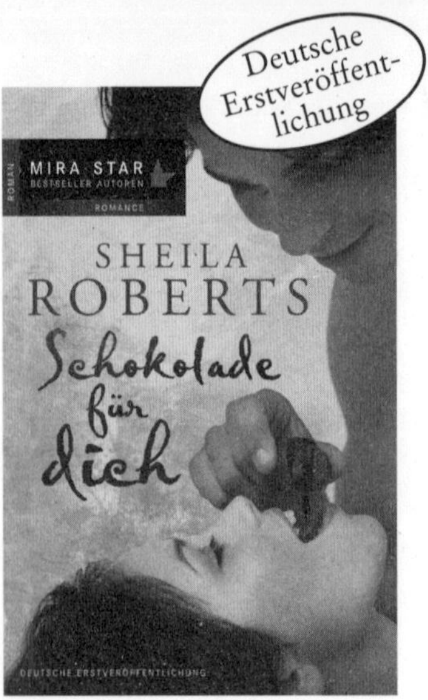


*Sheila Roberts*

## Schokolade für dich

Samanthas „Sweet Dreams Chocolates" steht vor der Pleite. Weder mit geballtem Charme noch mit ihren süßen Kreationen kann sie den Bankdirektor Blake Preston verführen. Jedenfalls nicht zu einem Kredit. Trotzdem gibt sie nicht auf. Ein großes Schokoladen-Festival soll Geld in die leeren Kassen bringen. Erstaunlicherweise wird sie bei der Planung von Blake tatkräftig unterstützt. Logisch, dass man sich dadurch näherkommt. Aber niemals würde Sam sich in einen Banker verlieben – auch wenn er noch so sexy ist …

Band-Nr. 25653
8,99 € (D)
ISBN: 978-3-86278-509-4
eBook: 978-3-86278-594-0
400 Seiten

*Victoria Dahl*

## … dann klappt's auch mit der Liebe

Lori Love hat viele Autos, aber nur ein Laster: erotische Romane, die die Automechanikerin geradezu verschlingt. So viel Liebe, Lust und Leidenschaft macht auf Dauer Appetit. Zum Beispiel auf Quinn Jennings, ein Architekt mit Leib und Seele. Aber was für ein Leib! Unglaublich knackig und sexy. Genau der richtige Mann – leider nur für heiße Nächte. Denn mit Liebe hat Quinn nichts im Sinn. Erst als Lori Drohanrufe bekommt und um ihr Leben fürchtet, entwickelt er ungeahnte Beschützerinstinkte. Der coole Architekt zeigt plötzlich erstaunlich viel Gefühl …

Band-Nr. 25645
7,99 € (D)
ISBN: 978-3-86278-500-1
eBook: 978-3-86278-575-5
336 Seiten

*Shannon Stacey*

## Ein bisschen Kowalski gibt es nicht

Moment mal – die hübsche Lady da am Tresen wird belästigt! Doch als Kevin Kowalski, Besitzer der Sportsbar, ihren aufdringlichen Verehrer k. o. schlägt, erlebt er gleich mehrere Überraschungen. Die erste: Das Opfer, Beth Hansen, ist sauer auf ihn. Die zweite: Nicht lange, und er sieht Beth wieder – was in einem heißen One-Night-Stand endet. Die dritte: Kevin wird Daddy! Und die vierte Überraschung: Beth denkt gar nicht daran, ihn in ihr Leben zu lassen. Aber Kevin nimmt es sportlich. Gewinner ist schließlich der, der zuerst am Ziel ankommt. Und seines ist glasklar: Beth, Baby und Flitterwochen.

Band-Nr. 25670
8,99 € (D)
ISBN: 978-3-86278-726-5
eBook: 978-3-86278-800-2
304 Seiten

*Shannon Stacey*

## Mein Ex, seine Familie, die Wildnis und ich

Entweder ein Exklusivinterview mit Joe Kowalski oder ... Den Rest kann Keri sich denken. Ihre steile Karriere beim angesagten „Spotlight Magazine“ würde in einer rasanten Talfahrt enden. Da scheint Joe das kleinere Übel zu sein. Auch wenn es ihr schwerfällt, ausgerechnet ihren Ex-Lover – mittlerweile ein berühmter Autor - um ein Interview zu bitten. Überraschenderweise ist Joe, der sonst Presserummel meidet wie die Pest, nicht abgeneigt. Er stellt jedoch recht eigenwillige Bedingungen: Nur wenn Keri mit ihm zum Campen fährt, beantwortet er ihre Fragen.

Band-Nr. 25621
8,99 € (D)
ISBN: 978-3-86278-463-9
eBook: 978-3-86278-527-8
320 Seiten